少年之水
SHAONIAN ZHI SHUI
罗光成 著
漓江出版社

图书在版编目（CIP）数据

少年之水 / 罗光成著. — 桂林 ：漓江出版社，2016.2
ISBN 978-7-5407-7644-2

Ⅰ. ①少… Ⅱ. ①罗… Ⅲ. ①散文集—中国—当代Ⅳ. ①I267

中国版本图书馆 CIP 数据核字（2016）第 030566 号

少年之水
SHAONIAN ZHI SHUI

出版人：刘迪才
作者：罗光成
责任编辑：何　伟　戴秀敏
封面题字：韦斯琴
美术编辑：谭惠方

责任印制：杨　东
出版发行：漓江出版社有限公司
社址：广西桂林市南环路 22 号
邮编：541002
发行电话：0771-5824817　0773-2583322
电子信箱：ljcbs@163.com
网址：http://www.Lijiangbook.com

印制：合肥添彩包装有限公司
开本：720 mm×1020 mm　1/16
印张：25.25
字数：380 千
版次：2016 年 2 月第 1 版
印次：2016 年 2 月第 1 次印刷
书号：ISBN 978-7-5407-7644-2
定价：48.00 元

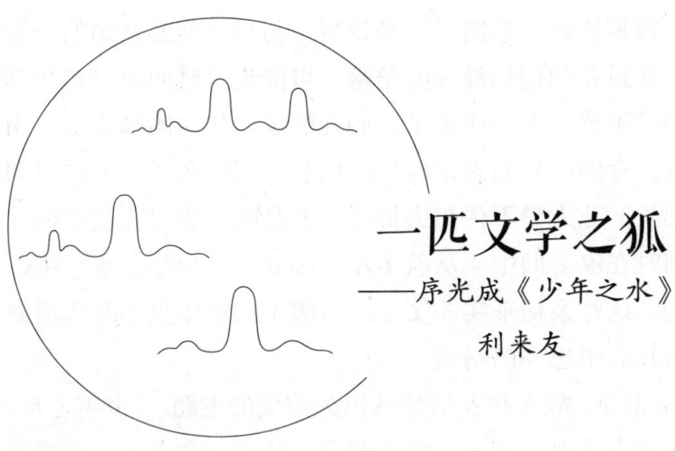

一匹文学之狐

——序光成《少年之水》

利来友

光成君又一部散文集，曰《少年之水》，出版之际，嘱吾为序，欣为之。

通读散文集《少年之水》，一个“狐”字跳入我脑中，人至中年，光成俨然是一匹文学之狐。

说光成是文学之狐，首先是因为他的创作很接地气，无论是前几年出版的《那些曾经花开的地方》，或是更早前出版的《草莓熟的时候》，还是这一本《少年之水》，都始终围绕着滋养着他身心和才情的戴汇小镇、戴公山以及从戴公山流出的“少年之水”来叙事、抒情。在《少年之水》中，他写童年，写故乡，写儿时的玩伴，写往日师友，写戴公山脚下那些淳朴的乡民，也写自己的亲情、友情和爱情，也写那方水土的风俗风景。光成就像一匹狐，游走在家乡的山水草木之间，草木的气息、大山的胸怀、溪水的柔情、民风的和润，滋养着这匹“狐”，这让他的散文充溢着浓郁的乡土气息和人文情怀，文章营构的意境，沐浴着戴公山、千山水库吹来的和风，脱离了外界的喧嚣和干扰，淡泊而宁静，淳朴且自然，清澈又明朗，在清淡温婉中体现了暖心的意趣，体现了若狐般率性快乐、自由无拘的生命形态。

说光成是文学之狐，还因为他对故乡的深厚情感。我与光成共事多年，他对故乡的浓烈情感深深地感染着我。人至中年，念旧怀旧之心日盛，儿时丢失的朝花，常常不期而走入梦中。年轻时，为生计为学业为理想为未来，可以不顾一切，披荆斩棘，毅然与故乡诀别，与自己熟悉熟知的一切诀别，一切的一切全部封存到记忆最深的角落，可能没有时间也没有想到去除尘，去维护。年过不惑，人生淡定了，心儿静了，匆匆的脚步缓下来了，突然发现，这被封存的一角原来最温情，而且，沉淀久了，那味道那感觉已变得醇厚而绵长，让人禁不住想去揭开，去品味。我与光成在同一片土地上长大，又同时在家乡的中学从教多年，因此，《少年之水》中，光成写故乡故土故人，这些亲切平实的文字，唤醒了我童年少年时代最温暖的记忆，最能熨帖我心中思乡的褶皱。

光成写作，故乡、故土、故人和乡情是其恒久不变的主题，《少年之水》中所表现出来的，正是光成对故乡无尽的情和爱。从这个意义上，光成真的是一匹狐，一匹对故乡、故土、故人充满真挚与大爱的文学之狐。

光成正值盛年，创作激情高涨。期望他不断坚持下去、努力下去，不断深入生活、扎根基层，“为人民抒写、为人民抒情、为人民抒怀”，创作更多更好无愧于时代的精品力作，成就一番文学的光荣与梦想！

2016年1月于南宁

（**利来友** 出版工作者、编审）

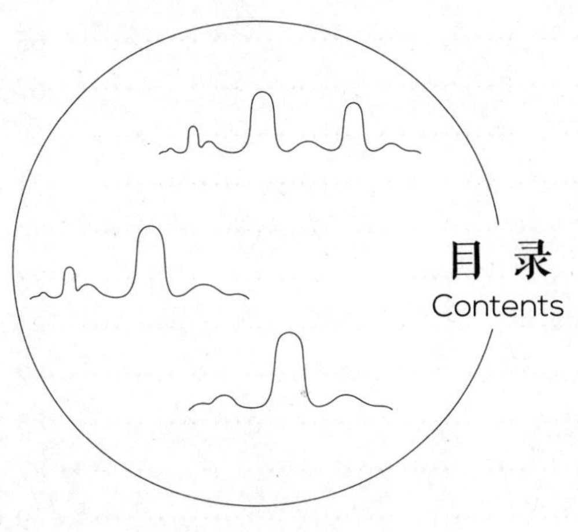

目 录
Contents

少年之水

我的梦，常常充盈少年之水。

我在充盈少年之水的梦中，有种置身青藏高原，天是夸张的纯蓝，云是大把的舒卷，风是澄碧的馨明，韩红的歌声“那是一条神奇的天路哟”破空而来，又穿彻而去的感觉……

我的眼睛，在梦中漫漶成无边的湖泊；

我的心头，在梦醒滚掠过无言的怅恋。

我的少年之水，她真实的名字叫戴汇河，发源于山高林深的谢家圩，汇聚于波光潋滟的千山水库，流经戴汇、红星、工山、柏一、城关，一路与后港河、漳河英雄同志相见恨晚，遥遥迢迢，共奔万里长江……

少时的冬天是真正的冬天。北风割得脸上皴出一道道红红的口子。白雪在地上铺了厚厚的一层。屋檐下的冰溜长长地吊着，夹裹其中的稻草露出与众不同的神情。树是一片叶子也没有，鸟关于不喜欢这么冷的发言还没出口就被寒风堵回到胃里。我们穿得破旧而单薄，没有帽子，没有围巾，没有手套，没有袜子。但这又有什么关系呢，我们有少年之水，我们就一点不冷，就一点也不畏缩了。冬天的戴汇河一改往昔的脉脉，展示给世界一种坚定与凝重。我们穿着布鞋或草鞋，滑行游戏在河冰之上。我们在冰上追逐，我们在冰上赛跑，我们在冰上打滚，我们在冰上摔跤。我们捏起雪团，比赛谁能扔到河的对岸，雪团在河的上空画出美丽的弧，大多在不及对岸的冰面盛开冬日的礼花；我们用力敲开冰层，将手伸进冰下的水里，立即就有寻找温暖的小鱼游到手心，任你撩拨也不肯离去；我们挑拣河滩

扁圆的小卵石，斜斜砸向厚厚的冰面，卵石紧贴着河冰，一路呼哨。这些最终停歇在某一处冰面的卵石，一个夜晚便魔术般成为封存在河冰之中的琥珀。在与冬天的戴汇河每一次嬉戏的尾声，我们总不忘敲下大如澡盆或小如手掌的冰块，取稻草两节之间的一段，对着冰块吹，慢慢或死劲地吹，脸吹红了，腮吹酸了，冰块也就渐渐现出了一个圆圆的小洞。用两根稻草穿过小洞拎起冰块，一路敲打一路走回家去。某一面墙上的某一根钉子，或某一棵树上的某一根枝杈，就是我们手中冰块驻憩的地方。冰块就被这样的钉子或树杈着落在墙上或空中，静静或晃动着听我们教化：冰冻冰冻阳阳，挂在家婆墙上，家婆出来洗衣裳，掉到家婆头上。只是，冰冻从来没有掉到家婆头上，我们也记不清冰冻最后究竟是以什么样的方式消失在什么样的时间。我们所领教的往往是母亲指着我们的湿衣湿鞋气恼地责骂，往往是母亲拧着我们的耳朵问还去河上玩冰冻吗。回答当然是再也不去了。但戴汇河，我的少年之水，你肯定知道，而母亲其实也肯定清楚，我们在耳朵十分疼痛难忍的时刻这样应答，是多么地违心！多年以后我终于悟达，对于一条曾养育自己的故乡之河，那些远离故土的游子为什么生生不忘，其实不忘的是童年与水的天趣少年对水的情结啊！母亲紧夹的手指让我的耳朵感到的切肤而麻木的痛，在形式上是如此威慑，而在效用上又是多么雁过无痕。冬天的少年之水坚厚的冰上，我们依旧嬉戏如常，欢欣如常。即使耳朵被第一百次拧过，依然阻挡不了我们第一百〇一次对少年之水的贪恋。不过，这时，草，已露出了芽尖。

草露出芽尖就是早春了。

我的少年之水，在早春，轻盈如风，欢快如鸟，心境一如脱去棉衣的我们。她笑，不知为什么也许就是根本不为什么无尽无了地笑，就像小小姑娘莫名其妙地开心；她唱，不知为什么也许就是根本不为什么无休无止地唱，就像一张 CD 被预置在循环播放；她跑，不知为什么也许就是根本不为什么撒开脚丫跑，就像人群中走失的孩子忽然找到妈妈那般惊喜和急切。春雷惊乍乍的，在河的上空新鲜而嘹亮，让人产生精神的无由悸动心灵的莫名渴望；春雨喜滋滋的，在河的上空无章地飘或疯疯地洒，让人的心思潮漉漉地在一帘幽梦中发芽。母亲们蹲俯在河滩，目光专注在一种黑黑的腻腻的与卵石和卵石间新生的春草搅混在一起的事物上。这是少年之水春天的事物，它的名字叫地苔，它是春雷春雨在少年之水的河滩上合力催生的产物，它是我们的母亲们十分喜欢捡拾的事物。雨，也许一直如雾般若有若无；阳光，也许突然在离西山还有丈来高的云里刺刺地透出；河滩尽头辽远的天幕上，也许不让你有任何思想准备就倏忽描上一道彩虹，彩虹气贯长空，召唤着少年之水梦一般向她流去。这时母亲手中的竹篮已挤满看上去十分生动的地苔，母亲们将竹篮浸进河水，用手搅一搅，捏一捏，筛一筛，簸一簸，拎起，钻进篮里的河水瀑一般滤出。母亲们将篮里的水再甩一甩，就互相说着看上去十分开心的话走向村庄去，笑声在河滩的卵石上蹦蹦跳跳弹出春天的节律。彩虹把河水河滩母亲们的脸映衬得饱满而兴奋，而这种饱满和兴奋，在晚餐中我们顷刻就让一碗拌着辣椒撒着香葱的地苔不见了的时候，在母亲的脸上达到了至臻至美。

少年之水的上游，野竹密密丛丛。野竹一个春天都像在河水中漂过，翠得令人心痛。我们脚趾中的老大最是受不了鞋的条条框框，总是在某一个不经意的时刻冲破束缚，露出新生事物睥睨一切的活力，让鞋感到无奈的羞赧和惭愧。我们就这样把脚放进被成长冲破的鞋里，让大脚趾神气地露在外面，沐着四月的春光，向着河的上游进发。野竹丛中到处是淙淙的流水，她们都是急急扑向少年之水的快乐妹子；野竹竿叶上到处是等待滴落的珠露，她们肯定会在某一个喜欢的早晨以薄雾的方式将她们喜爱的少年之水从睡梦中包裹；野竹丛里到处是青青的春笋，这正是我们向着河的上游奔行的缘由。一根根野竹春笋，规规矩矩站在流水淙淙的湿地上，在野竹的庇护下，样子是十分的天真无虑。它们青青的、紧紧的，像一座小小的宝塔，顶端尖尖的笋衣微微向外扑棱披散，似流水中静伏的泥鳅长着胡须的口。我们急急地寻，急急地掰。鞋在湿地里踩出的叽叽声，笋和大地道别的叭叭声，与野竹丛被我们挤弄出的娑娑声，伴着头顶小鸟掠过的和弦，一起融入少年之水戴汇河早春的歌唱。

早春的歌唱被少年之水带向远方，六月的春末就从少年之水的上游赶来了。六月春末的少年之水，让人产生着一些担忧，可又是多么让人兴奋和不可忘怀！骤雨，连续几天几夜；乌云，几乎擦着河面。水，从犀牛山、寺冲、谢家圩、戴公山、落牛岭上汇聚；洪，在上游千山水库的泄洪道滚

涌咆哮。戴汇河一夜之间昂扬激奋情不能禁。我们小镇所有的土墙草房，在这被称作汛期的春末六月，对泄洪道，对水库大坝，对水已快要涨到墙脚的河，总是平添许多的关注、敬畏，甚或恐惧。但这都是在闪电、惊雷、暴雨的暗夜。天亮了，雨累了，恐惧也就进入休眠了。父亲们手握铁叉，钉耙，锄头，木棒，带着蓄谋已久的意图，不成队形地奔向浊浪排空的河床。父亲们掂掂自己的水性和胆量，站在离岸或远或近的河里，紧紧抓住手中的器械，盯着浊浪里的动静，眼睛眨也不眨。水，在父亲们阻挡她直抒胸臆的腿上狠命地拍打；鱼，在疯狂跌宕的波浪中无助地落魄；叉，在父亲们手里意念般地挥舞；笑或惊叫，在立在岸边的母亲和我们中间轰然或炸响。嗬！一条大青混！快！快！！随着岸边母亲们惊喜的指点和尖叫，一位健硕如古希腊斗士的父亲对着波涛“嚯”的一声已叉起大青混高举头顶。大青混在空中做出摆头扫尾不愿受辱奋力挣扎的姿势，成为这位父亲吸引全场眼球张扬智勇果敢的旗帜。哇——，一位母亲没命地追着洪水，所有的父亲，所有的母亲和孩子瞬间都没命地追向洪水——哪位父亲被鱼从裆下拱翻，“呼”地被水冲出好远，只有黑黑的脑袋在浑黄的波浪中一隐一现……

少年之水，注定要在某一个季节与我们进行最亲密的接触，完成一位少年与水从一开始就注定要实践的肌肤之亲——你想，一条河，若没有与少年的肌肤之亲，又怎能被少年以及少年以后永远的时光所铭记，又怎能被少年在以后无论身在天涯何处的时光里唤作少年之水。天烈烈地蓝，太阳火火地热，知了恬恬地叫，大人们早就躲进树荫或晒场角落的草棚里，对这不可删略的季节过程做出无奈的回避。少年之水就在这时呈出无与伦比的诱惑。哗哗的流水清澈无尘，水底的卵石亮亮地颤动，绿嫩的水草没完没了演绎被水爱抚的情形，拃来长的鲳条子一阵一阵组织纪律性并不很强地在明净若无的水中钻过来，又钻过去，它们是带着什么样的目的呢？我们头上没有帽子，我们不用戴什么帽子，摘一片荷叶顶在头上，太阳就变得绿凉绿凉的了；我们脚上没有凉鞋，我们从来就没有也根本用不着穿什么凉鞋，我们的脚对这个季节的大地是再亲爱不过了。我们呼朋引伴，比知了还要聒噪地奔向少年之水，猿一般跳过布满卵石而每一枚卵石此刻都是一颗小火球的阔阔的河滩，裤衩还在一只脚脖上挂着，人已扑通一声浸向水里去。先是尽兴地打一阵水仗，对面打，打得眼睛睁不开就背对着打，直打得一方连连求饶，一方胜利地哈哈哈，然后一齐发声一二三，猛地往前一扑，向着河的上游，一个劲地划，划，划，划到再也抡不动臂膊，就顺势一倒，像条独木舟，任水浮着向下漂，漂，漂，漂，一直漂到某一个水坝或某一处水湾。这段长长的一点气力也不用花巧云随我意青山跟我走的漂流，像拧发条一样让我们在划向上游时损失的气力又一点一点鼓胀起来。气力鼓胀起来我们就开始做另一道功课了。摸鱼，扳蟹，钓虾，掏黄鳝。扳蟹最有意思，揭开一块卵石，小毛蟹十分惊诧，先是梦一般怔怔地望着我们，待好一会儿仿佛醒来了知道不是梦的时候便鼓起眼睛对我们舞一舞自以为很不得了的小钳子，然后急急逃向一边去。我们当然不会把它那根本没什么用的小钳子当作一回事。我们一般是让它先逃出一段距离，然后在它感到有些得意甚或不大以我们为然的时候将手掌“刷”地往它前面一切，它当然又是一怔，不过很快便又重复被揭开卵石后所进行的表演。当我们与蟹逗了很久或想到要扳更多的蟹摸更多的鱼时，便将一根小草往早已被我们切来切去的手掌逗弄得晕头转向方寸大乱胡乱奔逃的小毛蟹眼前一伸，这时的小毛蟹显然已十分地生气了，会用尽气力钳住小草，任你把它拎起也不松开——它就这样十分任性也十分可爱地与小草一起落进了我们临时用稻秸编织的鱼篓。

少年之水开始变得宁静了，河滩开始变得宁静了。河水河滩宁静得像个懂事的小姑娘了。秋天也就在这个时候莅临少年之水了。这个时候，雁鹅子从河的北岸戴公山背后的天空飞来，“啊哦啊哦”犁过少年之水碧蓝如洗的天空，把我们的颈脖我们的目光一点一点牵扯得酸痛；犀牛山上的枫叶一片一片一层一层开始渐次地红，一只白兔在林间潜现，几只松鼠在枫叶上顿跃，它们是在与枫叶、雁鹅子和少年之水联袂诠释季节的含义演绎秋天的童话么？我们也好像突然长大了许多，也像个有那么一点懂事的小小少年的样子了。这时的戴汇河，让人很容易产生一种恋意和怀想。太阳从少年之水下游宏阔的河滩升起，从少年之水与云天相接的尽头升起，一颤一颤地顶，一寸一寸地拱，一丝一丝地长，一点一点地拼，并将一种鲜亮的在未来岁月的征程中永不言败的朝阳情结从此种植在了少年

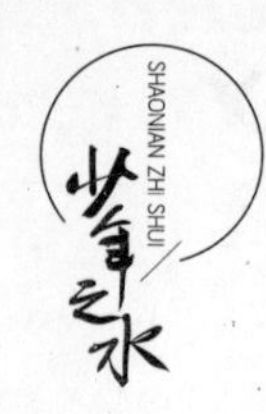

的心上。在一个又一个充满希望的早晨，我们默默伫立河滩，等候从河的尽头新生的旭日，等候少年之水尽头初升的太阳给我们热情，给我们智慧，给我们信念，给我们毅力，给我们启迪，给我们能量。我们用心折叠一只又一只纸船，将理想挂在桅杆，将彩梦放进船舱，然后交与少年之水，目送少年之水承载着少年的心思，从少年时光的港口起航，去探寻梦中的大海，去问鼎未来的太阳。黄昏，河水平静如一首古典歌谣，河滩迷离如一幅印象派油画。我们捧一本书，坐在河滩，把脚伸进河水；我们躺在河滩，将摊开的书本按贴在胸口，一任目光以每秒三十万千米的速率撞击辽远的无极。不远的老牛咕喳咕喳啃嚼着甜滋滋的水草，一只鹭鸶在旁边一动不动望着老牛一派老朋友的贴心，少年之水在鹭鸶独立的脚边唱着祝福的歌子，挥手远去，远去。一只麻雀站在一块突出的卵石上，歪着脑袋用一侧的黑眼睛望着我们唧唧地叫几声，那是在向我们发问，发问我们读懂黄昏的河滩了吗。太阳就要在河的上游谢家圩落牛岭下山了。万丈光芒绚烂至极，生动的火云映印河滩。所有的故事都在此刻戛然而止，静谧从天而降。蜻蜓无声地扇动翅膀，蚂蚱无声地挥舞触角，野花无声地散发馨香，只有身边的少年之水汩汩汩汩，把岁月的恋歌无尽地弹唱。夕阳远远地望着我们，用意识与我们心灵对话，用意念在我们的心里不可阻挡地拨动来自宇宙的玄妙和震撼。秋夜的月光，圣洁如银。北斗星排出思想者的符号，对时空又像是对自己进行着心灵的披露或拷问。河滩的边界线条柔和，感觉是一首暧昧的朦胧诗，又像琴键上滑落的抒情的音符。河滩的卵石大大小小，一律高深莫测的样子，这高深是那样地富有底气，让我们年少的智力根本无法达知哪怕一丝关于它们的过去或未来。我们身披如银的月光，在流淌着碎银的少年之水畔，在秋夜的月光下呈出一派沉默是金哲学意象的河滩，第一次静静地踱着对人生思考的步子，第一次尝试以理性的目光解读喧嚣的尘寰。少年之水汩汩汩汩，不舍昼夜。少年的心在这秋夜如银的月光里，在这秋夜落满碎银汩汩的流水中，第一次升腾，升腾，升腾为无尽的苍穹上一颗不落的恒星……

戴汇河，我的少年之水。

戴汇河，我的生命之河！

2004.12

打开春天的大门

打开春天的大门。

昨天的故事，或往日情怀，就让她随风而去，随风而去吧。成功的，失败的，喜悦的，感伤的，完整的，零碎的，实在的，空泛的，清晰的，朦胧的，有序的，芜乱的，可昭天下的，不可语人的，都让她随风而去，随风而去吧！——这是注定的，在这新年开始的前夕，在这春天的大门像序幕一样就要被拉开的时刻。

你看，往事的枝头，缀满多少成熟的果子啊！你看，成长的河流，鼓荡多少洁白的风帆啊！你看，岁月的海滩，洒落多少金色的贝壳啊！你看，人生的天空，密布多少晶亮的星辰啊！

灯光洒满每一个角落，每一个角落都沐浴着温情；炉火映红每一张笑脸，每一张笑脸都绽放出春天！母亲唠叨着，唠叨着我们小时候小到我们根本没有印象的往事；弟兄们谈论着，谈论着这一年的风雨彩虹拼搏收获；孩子，几乎与我一般高了的孩子从奶奶手里接过压岁钱认真地说着谢谢。CCTV 春晚的叽里呱啦此刻只是一种不太重要的背景，是的，只是不太重要的背景，它不能改变我们对传统意义上“年”的认识和谐同，它不能将我们关注“年”的目光太多地吸引到它的身上，在今天，以及将来，我想。事实上，我们正沐着温情的灯光，围着温暖的火炉，与母亲，与兄弟，与爱人，与孩子，以及以拇指在手机上以 e 时代的方式，与远方的亲友、师长、同学，还有许多我们认为值得敬仰或不能忘怀的人们，共享这相聚的时刻，升腾这相聚的情感，遥递时空的祝福，印证远方的忠贞。我们

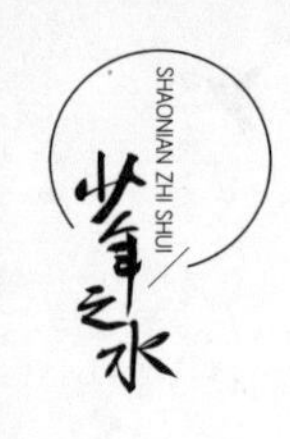

只是在某一个闲暇的时候放松或不经意地瞥一眼春晚，无忌地点评讨论几句，然后以调整频道或音量的方式表明我们此刻对它在意的程度。——在这一年最后的一个夜晚，我们只需亲情、爱情和友情；我们拥有亲情、爱情和友情。这就够了！至于其他，我们有自由选择的遥控器，一切都是根据我们的心绪、我们的需要而舍取——在这春天的大门就要打开的时刻，我们把一切与我们有所关联的事物的主动权，都牢牢掌握在我们自己的手中！

此刻，点燃一支烟，或不点燃一支烟，实在是没有多大的区别，更不是什么重要的原则。问题只在于，点燃一支烟，思绪可以像烟雾一样袅然氤氲，直至漫漶成纯无的时空；不点燃一支烟，思想可以像深潭一样沉静无言，直至悟照出生命的本真。过去的三百六十五天，就在点燃一支烟或不点燃一支烟的时态下被回放、咀嚼、点检、分类、反刍，一遍，又一遍……子夜的钟声，开始从宇宙的深处飘来，一颗、一颗地飘来，声声敲打我们潮涌的心房和蓄势待飞的心灵。把过去的三百六十五天交付给这子夜的钟声吧，让子夜的钟声为它贴上时光的编码，存入往事的档案；把新鲜的愿望说与这子夜的钟声吧，让子夜的钟声警策我们，引渡我们，并为我们梦想而光荣的未来做证。

打开春天的大门，新年的第一缕曙光是怎样照进我们的瞳孔，直达我们的心瓣！我等待，我静静地等待，我虔诚地等待，我耐心地等待，等待被曙光牵引而出的新年的红日，等待这新年的红日以君临天下的王者气度辉映我们写满思想的脸庞。喷薄而出的万丈光芒与我们闪耀的思想碰撞、交织，交织、碰撞，那是我们在与红日热烈商讨又一个可持续发展的时光方案。我们把充满善和爱的心灵交付给朝阳的翅膀。我们已完全摆脱了冬的桎梏。在这样的春天，我们需要，我们第一需要的，是飞翔！

打开春天的大门，春风是怎样吹绿所有的草芽，绽开所有的花朵，唤醒所有的河流！草儿、花儿、河流，她们等待春风，已等了超过一个冬天的很长很长的时间——如我一样执着而虔诚。她们在地下的暗夜里忆恋春天，她们在花蕾的甲胄里忆恋春天，她们在坚冰的封阻里忆恋春天。为了迎候春天，为了装点春天，她们以信念作注，以沉默作注，以生命作注，是多么忠贞不贰和义无反顾啊！让草儿，让花儿，让河流，在这温润的春风里自由地舒展自由地歌唱吧！她们历经了太多的压抑和磨难。她们是解放了的普罗米修斯，我们举手一致通过——她们以几近完美的形象，最有资格，也理所当然成为这个春天的代言！

打开春天的大门，我们是怎样抖落所有的包袱，轻装上阵走向春天的深处！我们曾经胆怯怕事，畏首畏尾，瞻前顾后，裹足不前；我们曾经钻进框框，自我束缚，循规蹈矩，不敢创新；我们曾经不思进取，得过且过，耽于安乐，坐失良机。把这些曾经的曾经的曾经的都剥离立即剥离全部剥离扔向永远的身后吧！时间已更新到又一个轮回，时空已经发生了彻底的转换，陈腐的土壤已全部铲除，脚下的羁绊已被坚决斩断！崇尚创新，宽容失败，支持冒险，鼓励冒尖，已与春风一起，交织成这个春天阳光一样明媚的主题。这是我们思想的营养和精神的新生，这是充满人性关怀的拼搏规则和评价体系！在这个春天，我们没有了后顾之忧；在这个春天，我们坚定而智慧地向着既定的目标，开拓！前行！

打开春天的大门，我们底气十足，

打开春天的大门，我们充满信心！

2006.1

朝阳挂在少年的心上

有个少年，乡村小小少年，驻足在故乡的河滩。

这是戴公山下的河滩。河水，来自上游的千山水库。

地下突涌的泉和山涧迤逦的溪，注释了水库的清纯。

清亮的水滑过河床，抚弄着卵石。卵石被挠痒了于是咯咯地笑。河水把这笑揣在怀里，故作城府不动声色。而调皮的浪花却一朵一朵，将河水小小的秘密和得意，一路破译。

河的尽头是东方。

朝阳，正从那里升起来。

小小少年，驻足在故乡的河滩。

在他身边的，有一只粪筐和一只倚在粪筐提襻上的粪铲，还有一只很乖的正在长大的狗。

朝阳，从河尽头的地平线一点一点认真地升起来。庄严而肃穆。天际的云霞，舞动全部的激情，把满怀的问候和祝福，献给新生的朝阳。

戴公山踮起脚尖，抢先接受朝阳的洗礼。

朝阳走向少年，温情脉脉，昂扬勃发。朝阳的手在少年、粪筐、粪铲、狗、流水、河滩，和世间所有的一切上，轻轻地摩挲，摩挲。

少年的心跳开始加快，像朝阳频闪的晕环。少年不知道为什么要来到河滩，为什么爱读朝阳。是她的颜色恰如少年身体里流淌的生命的汁液，还是她缓缓而坚定的上升注释了少年心中潜在的梦幻？少年不知道，反正河滩很开阔，河滩最好读朝阳。

朝阳被少年含在眼里。少年一眨眼睛，朝阳就挂在了少年的心上。一只鸟儿从少年的心房高高飞去。鸟儿把看到的戴公山那边很远很远的美丽告诉少年。少年的脸红红的，心海卷起波涛。少年把心双手托给鸟儿。少年的心被鸟儿衔向远方，从此维系在远方一棵叫作理想的参天大树上。

粪筐拎在少年的手里。空空的。

狗子跑在少年的前头。狗子不时回头看少年的脸。狗子为少年空空的粪筐很是有些忧虑。

少年的心思狗子不知道。粪筐空与不空甚至粪筐本身已不在少年的意识。粪筐对少年就像篱笆上插的竹枝，只是一个没有底蕴的名称或符号。少年对粪筐从来就谈不上任何喜欢。粪筐从少年的手中滑落，漂隐于少年长大后称之为往事的河流，是从开始就注定的。

隔壁的强子斜地里插过来。强子是少年的好伙伴。强子的粪筐满尖满尖。强子是拾粪高手，能同时跟踪几头猪，还能把别人跟的猪争过来。强子一早拾粪能挣两工分，强子的母亲常在人前这样夸。狗子看看少年的脸和什么也没有的粪筐，很有些不平地对强子和强子满尖的粪筐汪汪地叫。其实狗子很熟悉强子，但再熟悉狗子还是偏心少年。可狗子实在分析不出粪筐满或空的原因。狗子只是浅层次地想肯定是强子拾多了少年才拾不到。于是狗子就有些不平地对着强子汪汪地叫。

少年在狗子汪汪的叫声里涌起一丝自责和愧疚。粪筐的价值应该像强子的粪筐，满满尖尖，沉沉的，实实的，豪迈的。少年却不能为自己手中的粪筐做到。少年就又多了一层对不起粪筐的感觉。而粪筐却似乎没有什么怨艾的表情。粪筐对强子的粪筐视而不见。粪筐是这样想，能与一位爱读朝阳的少年曾经相伴走过，意义与价值已远远超出了自身的满满尖尖。

少年看到了母亲。

一担蒿草正离开母亲瘦弱的肩头跌落在土院上。

蒿草青青的，翠翠的，还有许多小小的，斑斑的，野野的花。

蒿草在晨风里得意扬扬。蒿草为自己有三分工的价值而得意扬扬。

阳光已很灿烂。灿烂的阳光铺向土墙土院，铺向繁花如星的蒿草和母亲从蒿草间探出的汗滴如豆的脸上。

母亲就在这时看到了粪筐、狗子，和拾粪归来的少年。

狗子紧跑几步冲母亲呜呜地叫。狗子是在先发制人编织少年粪筐空空的理由。狗子担忧母亲责怪少年，那样少年委屈狗子也会难过。

母亲在狗子的注视下注视少年。少年没言语。少年的目光粘连在自己和母亲的脚尖上。母亲的脚尖被少年粘连的目光牵向少年的脚尖。

母亲没有责备少年。少年是母亲的少年。少年是母亲的希望。母亲不是不知道少年对粪筐没有兴趣，母亲也深知让不喜欢粪筐的少年亲近粪筐实在是为难了少年。可母亲现时实在想不出贫家少年不喜欢粪筐长大还能靠什么吃饭。母亲双手捧起少年的脸。就在这时，母亲从少年的眼里看到了朝阳。

狗子一路的担忧烟消云散。放下心来的狗子在少年、母亲、粪筐、蒿草之间撒欢歌唱。狗子的尾巴竖竖的，是春风中一穗丰硕的狗尾巴草。

2005.3

怀想一座山

我怀想的这座山叫戴公山。

她是一个标记，一个象征。

海拔五百五十八米，横亘长江南岸。既为九华余脉，灵气生动；又特立独行，英气摩云。这就是以三维空间对戴公山的描述和界定。

其实，你还不知道这座方圆百里海拔最高的山与我具有怎样前世今生的因缘！她是我的少年之山，更是我的图腾之山！在我已历经多少名山大川，披阅多少世事风雨，生命的年轮已毫无商量地将“不惑”这一曾是多么抽象多么渺远的概念倏地括进，诱引我的思想发生着革命性转变，我的感念和怀想时常无由地生发甚至泉涌的今天，你听我说，这座山，是多么让我感到熟悉亲切相看两不厌！

戴公山南麓大约两千米的地方，一条纯澈的小河从一排原为大队粮库的土房前悠悠地流过。这土房中的两间在我出生六个月后的一九六三年夏天由我亲爱的父亲和母亲用三百元人民币购买成我的新家。我就这样在襁褓中开始了与戴公山某种烙印性相望无猜的联系。多年以后我依然不敢结论，我究竟是在与戴公山的相望中长大，还是在长大中与戴公山相望。我只知道，有个小小少年，时常站在门前被他后来称之为“少年之水”的小河边，以朴素清纯崇敬追问的目光，对着戴公山，仰头，看，久久地看，傻傻地看，一遍又一遍一天又一天地看，不知道春来秋去花开花谢地看。直到一个梦醒的早晨，金色的童年骤然随风而去，小小少年心思的天空，扑闪着怎样的欢欣、怅惘和追寻的翅膀……

北望戴公山，是道苍翠的屏障。她像一匹狂奔的马驹，更像一面迎风猎猎的旗帜。冬天，她尽力阻挡着酷寒的西北风的入侵；春天呢，她则成了远天一块花团锦簇的挂毯。而我最喜欢的还是戴公山的夏日和秋天。不过，喜欢她的夏天主要与父辈们的稻田和农事有关，而喜欢她的秋天则完全是我自己的意思了。夏天，从清明就播下的经过精心挑选润胀如珠的稻种在父辈们好像没有停止过的侍弄没有断流过的汗水没有移开过的目光里成熟了。她们金灿灿的，饱满满的，笑眯眯的，娇喘喘的，让父辈们心头滚过一种踏实而愉悦的热浪。父辈们在月光下检阅着镰刀，对着月亮一遍一遍地拭看，与母亲们谋划着收获的大局构想着关于抢收的每一个细节。小河边瘦长瘦长的杉木电杆顶端牵牛花一样的大铁喇叭正播着“广大社员同志们，现在是天气预报时间，今天夜里到明天白天，晴，有时多云……”父辈们对银亮的镰刀庄重地点点头，银亮的镰刀借着月光向父辈们庄重地眨眨眼，父辈们与镰刀在月光清朗的夏夜、流萤嬉舞的场院和大喇叭的天气预报中，就这样在收获的问题上达成了彼此都十分满意的和谐与默契。但父辈们对大喇叭一般是信而不迷的，20 世纪 70 年代挂在乡村杉木电杆顶端的大喇叭用现在的话来说是科技含量不高，它讲的话，特别是关于天上的事情，只能是瞎子算命，准不准只能看是不是碰上了巧——这一点父辈们是有切身的体验和自己的见解的。其实，大喇叭灵不灵与父辈们的稻田或收获又有什么关系呢，父辈们自有自己的一套，自有自己的办法。父辈们晚上就看星星看月亮，看星光沉闷还是鲜活，看月亮明朗欢快还是心事重重，这样对下一步的天气和农事安排心里就有了一个草稿。而真正最后决定父辈们行动的，则是戴公山。戴公山才真正是父辈们神灵的山信赖的山，是好比当今亲民政府深入市曹体恤民情那样的一座直接与父辈们的情感和农事息息相关的山。她的表情，特别是夏天里的一颦一笑，都会直接影响和左右父辈们的情绪和动作。父辈们在晨光里读戴公山，就能读出这一天太阳的情绪；父辈们在傍晚读戴公山，就能读出明天的阴晴。确切地说父辈们不是在“南陵人民广播站，现在是天气预报”里而是在直面解读戴公山的过程中完成田野从春到冬从翻耕到收获的系列农事过程。夏日的中午，太阳火冒三丈，大喇叭正认真地说着“今天白天到夜里，晴”。刚刚从田里挑上来的稻子被父辈们用木耙薄薄地摊在土场，在太阳如火的激情里发出快乐的呻吟。父辈们也许真的太累了，将身体放平在土场边搭建的草棚里，立马就发出动人的鼾声。但父辈们始终不会忘记对天的警惕，那是对稻子对生活对整整一个季节辛勤劳作的自我关怀与珍爱！我们用在童心眼里很有趣味的木耙在摊成煎饼似的稻子上耙着，画着，写着我们认识的字或我们感兴趣的名字，更重要的是按照父辈们交代的任务，念念不忘注视着戴公山，记下她的每一点变化。不好！一朵黑黑的云不知从哪里游到戴公山尖了——这是父亲特别强调的危险信号！快，快，快摇醒父亲！父亲一骨碌坐起，跑出草棚对着戴公山定定地一望，“要打暴了！”父亲向草棚猛发一声喊，夺过我手中的木耙，口里喃喃着“戴公山戴帽，赶快收稻”飞快地收拢起稻子来。这是流传于南陵西乡一句十分古老的农谚。而此时，太阳依旧炽烈炫目地吊在天上，投在草棚地上光影的嘴角对疯狂收拢稻子的父亲似乎正呈出一丝不可理喻的讽嘲。可父辈们不管这些，父辈们现在管不了这些，父辈们就在这火一样的太阳光下流着豆大的汗珠按照自己的意思急急地收拢着稻子。稻子拢成团团的饼了，稻子扒成尖尖的堆了，尖尖的稻堆盖上了塑料薄膜了，薄膜的边角压上重重的砖石了，父辈们的动作这时终于打了个逗号腾出胳膊抹了一把脸上的汗了。轰隆隆——暴雨也就在这时落在地上就像巴掌打在脸上一样脆响着劈天盖地而来了。父辈们这时才有时间抬起头看看细高细高杉木电杆顶端的大喇叭，看看撇着嘴角讽嘲自己的太阳，而大喇叭此时已默不作声挂在那里，太阳对父辈们嘲讽的嘴角也已不知什么时候不见了。有时，麦子或油菜已完成了与土地的又一轮对话，父亲肤一样色泽的麦粒、母亲发一样乌亮的菜籽已急急想从穗或荚逃逸，而天却一直沉沉地阴，雨却一直细细地下，大喇叭也总是“今天白天到夜里小雨……小雨”地叨个不停。再不收割，麦或油菜就要霉烂在地里了！父亲和一村的农人心里都焦得恨不能上天去挖个洞把太阳掏出来。父亲一次次出门仰望戴公山，一次次脸都像天一样阴沉。突然，父亲脸上有了阳光，父亲发现戴公山脱去了雾罩，戴公山尖的一块乌云已开始意向性地隐向山后。割麦子！父亲一劈手，语气和动作都十分领袖，也懒得抬头看天。看天也没用，天上还在飘着毛毛雨呢。父亲就在漫天毛毛雨中割着对戴公山的崇拜和自信，一垄麦子割倒在地，又一垄麦子割倒一半，太阳果然神一般从云缝里探出来了。父亲直起腰瞥一眼戴公山，目光里满是还愿般的感激和自豪。

戴公山的秋天，是属于我的秋天，是牵引我的目光激发我的灵性养成我的内涵调教我的品质的秋天。秋天的戴公山是全全部部齐齐整整漂漂亮亮出现在我们眼里的，是没有半点一丝掩掩饰饰或遮遮挡挡的——她需要什么掩饰什么遮挡呢，她是初成的少女和少年，从头到脚从前到后从眉眼到精神哪里不是帅呆了酷毙了美坏了还要做什么刻意的遮掩呢。竹的翠，枫的红，松的绿，在秋天清纯的空气明澈的阳光里，按照海拔，一层一层，次第排出清朗明洁的波浪，那是造化赐给戴公山出阁的项链和花环。碧蓝的天仿佛俯贴在戴公山，白云一朵一朵絮一般梦一般少女的香腮一般摩过山尖，她与戴公山在耳语些什么吗？雁鹅子一只两只三只四只从戴公山背后闪亮登场，她们是应季节的锣鼓催发去开展心连心活动的艺术家吗？她们在高远的蓝天上艺术地划过，动作那样齐整，训练那样有素；她们与我们遥遥相望眉目传情，满足我们“雁鹅子排个人字给我看，雁鹅子排个一字给我看”的盼望，在蓝天上流畅地变幻着队形，与我们实现着表演的互动，让我们小小的童心得到多么大的安慰和满足啊！北斗星晶亮亮地倚在戴公山的脊背，我们的眼眨一眨，她们的眼也睒一睒，我们再眨一眨，她们也再睒一睒，我们的眼眨呀眨，渐渐就把瞌睡眨来了，北斗星睒呀睒，也与我们的目光一样飘飘忽忽了，我们就在妈妈对我们乳名绵绵的呼唤中回家钻进蚊帐里了，北斗星没有我们跟她玩也就躺在戴公山脊背上睡觉了。——童年的时光，有多少就这样交与我故乡这座英姿摩云的山了；童年的心思，有多少就这样被戴公山艺术的界面玄妙的空灵填充和抒写了。那时，我正痴迷地读着兄长从县图书馆为我借回的《曾天顿的那朵云》，这是一本童话，可在小小少年的心里哪有什么童话与现实的区别呢。那朵被曾天顿装进瓶子里会变幻色彩的云，曾使我多少回梦中登上戴公山，将山尖蒲公英飞絮般的流云也装上一朵，然后像曾天顿那样从小伙伴们面前炫耀地走过引得他们眼放绿光哇哇直叫啊！我还想登上戴公山，用一根细长的竹竿捅一捅天，看看天像玻璃还是像海绵，敲下山尖那颗最大最亮的星星挂在草屋的堂前照着妈妈为我们纳着厚厚的鞋底缝补磨破的衣裳。我还想登上戴公山，看看山的那边，看看那边有没有像我们一样的村庄河流野树和稻田，看看那些秋天从戴公山背后哇啊哇啊游过我们头顶的雁鹅子究竟栖息在什么样美丽的地方。可是，戴公山太高，我们太小，我们只能做梦，只能在梦中放飞无尽的想象。

第一次与戴公山亲密接触，是小学三年级学校组织的军训。但那时不叫军训，叫拉练。现在想来大约就是把人马拉出去训练训练的意思。我们戴着用小河边柳树上折取的柳枝编织的伪装帽，扛着木头枪尖和麻丝缨子用红墨水浸染过的红缨枪，拎着母亲用一小块一小块平时积攒的碎布头拼缝的干粮袋，在老师的带领下，嘹亮着三大纪律八项注意，沿着少年之水，绕过犀牛山，一路抬头挺胸向戴公山进发。突然，校长吹起了破旧的铜号，漂亮的小吴老师猛然一声尖叫："卧倒！敌机来了！"事先是没有谁告诉我们有这么一招的，我们一时吓蒙了，什么也不想就失去知觉般扑倒在地，扑倒在我神往的戴公山脚下的砾石灌木丛里。一块尖尖的砾石恰巧顶在我的干粮袋上，顶在了碎布头拼缝起来的干粮袋最最薄弱的地方，我心爱的炒米仿佛在教室里盼望放学的顽童突然听到下课的铃声，顷刻砂子般从顶通的小洞挤涌出来，流到树叶上，流到草芽上，又漏到树叶和草芽下面的砾石缝里去。那时我们已学过《邱少云》，课文的中心思想老师也给我们总结了，我伏在灌木丛里，不敢稍稍挪动身子，只能眼睁睁看着装有我心爱稀罕的炒米的五花十色的布袋一点一点由鼓胀的鱼鳔变成了干瘪的丝瓜——我的眼里满噙泪水，我的泪水很响亮地吧嗒在草叶上。——多年以后我突然顿悟，我那早已不知遗落在岁月何处的母亲用一小块一小块碎布头拼缝起来的干粮袋里的炒米挤出小洞流过树叶流过草芽流进砾石缝里的全部过程，早已以一个预设的程序植入我的心灵。不然，为什么我一百遍怀想戴公山，这一过程就一百遍清晰回放。——但戴公山是护爱着我的，她只是和我玩着一个童年的游戏，逗我开了一个带点小小刺激的玩笑。她是要给亲近她的小小少年感知一点成长的挫折，她是要对喜欢她的小小少年进行一些抗击性的测验，她是要让她认为有出息的小小少年学习养成坚强的品性和不屈的人格。中午，伙伴们说说笑笑吃着自带的干粮，我手捏瘪气的干粮袋，在伙伴们看不见的地方，在戴公山春天的怀抱里，采撷着遍地的野果，野草莓、三里红、饭米果，还有茅菇娘娘，掬饮甘甜的山泉——戴公山，她正是以顶通我干粮袋与我游戏的方式，让我不觉地领受了她原始质朴回味无穷的情谊和野趣。

十七岁，高中毕业。我与三二同学携手戴公山。我终于第一次站在与我相望默契了十七年的高山之巅！往昔的童年啊，你对戴公山的遥想是多么曼妙如歌多么美丽如花！戴公山山顶的天离我们是高高又高高；戴公山山尖的云又怎么是我们能装进瓶子里去的呢；雁鹅子根本就不住在戴公山的后面，她们是从更远更远波浪般叠涌的群山后面飞来……但这一点也不让我失落——我长大了，我不再是孩子了，我已是正儿八经英气勃勃的少年了。山巅的风，无凭而来，无由而去；远天的云，浪卷涛涌，恣狂不羁。少年的心思，像初出窠巢的雏鹰，第一次从这海拔五百五十八米的高度，起飞，起飞——天有多高心就有多高，地有多阔心就有多阔地起飞，起飞，不可阻挡！我们俯瞰远近的田畴、丘峦、河流、村庄，辨认着自家的房舍和炊烟，争执着前方影影绰绰的县城、远天缥缈如烟的长江；我们激情，豪迈，辩解，幻想；我们指点，说笑，许愿，击掌。一只苍鹰在我们头顶英雄地滑过，一辆吉普像只大龟搅得山麓南丫土路上一片黄尘。我们滚动开始突出的喉结，十分投入而青春地高咏：“怅寥廓，问苍茫大地，谁主沉浮！”“谁——主——沉——浮！”——戴公山以她博大的胸怀，鼓舞着少年的我们。我们年少的理想，因为戴公山的支垫，一时直冲万丈云霄；我们年少的志向，因为戴公山的铺陈，一时意气击水三千；我们人生的目标，因为戴公山的引领，从此豁然开朗，猎猎燃烧，直指朝阳升起的地方！

怀想母亲，

怀想故乡，

怀想一座山。

2005.7

故乡的土场

故乡的土场，高高突出，田野把它围拱，如颇具规模的露天舞台。那本是两亩见方的乱石岗，不知是先民们遗忘，还是有意留下以示来者当初蛮荒岁月开拓的艰难。二十八响礼炮，唤醒颗颗疲惫心灵深处的激情，祖父们为了一个灿烂的目标，高举希望的蓝图走向一起。祖父们指着它说，改作晒场吧！便挑来村后山坡上微红的黄土，垫平，夯牢，碾实。一个气气派派的土场便抹去昔日荒岗，开始与周围的田野一起春华秋实。从此，故乡父兄们喜悦忧虑的神经末梢，便维系在这高高突出的土场边那棵歪脖楝树上。

太阳匆匆奔向季节的子午线。田野羞涩地走向青春的成熟。父辈们又挑来微红的黄土，堆在经过一冬一春风吹雨打的土场。母亲们用小锄将黄土里的坷垃认真地敲打细碎，又极均匀地摊平在土场。中午时分，祖父们牵来脊骨高耸的老黑牛，套上蓝里泛绿大青石凿成的碌碡，敞开家织的白粗布汗褂，扬起淡黄的长麻鞭。随着空中一声清脆的“叭”，老牛迈开悠闲的步子，碌碡在牛后踏实地碾压，祖父们尖着喉咙哼起质朴的乡野小调，小调袅绕成村头炊烟的旋律，在黄昏的时候把土场熨得如一块染满晚霞的云天。

故乡的土场，高高突出在一小块一小块拼合而成的田野中间。

流火的七月，太阳忙乎得大汗淋漓。田野一片欣喜的躁动。知了们在原野很响亮地演示夏天。父辈们扛着褐色的禾桶，走向梦中希望的金黄。硕大的稻把有力地掼向禾桶，“嗵——嗵——嗵——嗵”收获的韵律娓娓

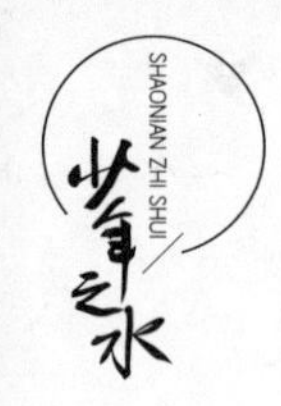

飘向土场。土场上，父辈们奔忙不歇，挑来一担担浸透汗珠的“水籽”，祖父们用竹耙梳去“水籽”的杂质，然后极薄地摊开交给太阳评价。祖父们还将稻子收拾成美丽的波浪，波浪很悠闲地在土场上变换着姿势。黄昏时分，祖父们弓着酱色的脊梁，将维系页枷的麻绳勒进羸弱的肩头。母亲们双手紧紧按住页枷，将满场的波浪堆成金黄的小山。分粮了，各家各户都有代表来到土场，挑箩端箕，嬉笑怒骂，黄昏的太阳在他们脸上很有韵味地跳。小队长过秤，老会计记账。有时还分草，分草是给人盖房顶的，那时村中没有瓦房。有时，大家都来了，因分配方案没想好，队领导班子便蹲在一角嘁嘁嚷嚷，指指点点，闲着的父兄们便玩起了抵棍、掰手腕、摔跤的游戏。有蛮劲的小伙子还用一根大棒挑起两禾桶稻子，或举起大青石凿成的碌礴，缓缓或跌跌撞撞地绕场一周，做着即兴表演。乐坏的是我们这些萝卜头们——乘机抓起祖父们晒场用的大竹扫把，挥舞着去捺满场翻飞的红蜻蜓；奔跑着在阔大的土场上“老麻雀”；钻进小山似的草堆里“躲猫”；爬上祖父们在场角搭起的看场的凉棚，闭着眼倒向地上厚厚的稻草，嘴里哼着“倒冬瓜，倒西瓜，倒在地上没人拉，哪个拉起做大大”……

等到秋天，田野完成了又一次分娩，土场走过了又一次喧闹。有风从北方来，扫得土场光洁可爱。歪脖楝树上不时有一片两片橘黄的叶款款飘落。故乡的父兄们清楚地知道仓里的粮食能吃到几月，但春荒的日子离秋天还远，父兄们不去过早地忧虑。有月高悬的秋夜，他们在歪脖树杈上吊一盏破旧而雪亮的汽灯，站在已有些凉意的土场上，观看下放知青和回乡青年表演的《公社是棵向阳花》很晚很晚如痴如醉……

走过故乡的土场，正是黄昏的时候。和土场一样颜色的夕阳映着土场，而土场已不再有黄昏迷人的灿烂。沟沟壑壑如老人衰弱的皱纹，蓬蓬秋草是老人曳扬的胡须，藤萝曲折地连接沟坎，秋虫在乱石间踟蹰旅行……土场老了，土场在辉煌中老了，土场突然有天很惭愧，觉得自己忙活了几十年却没能给人几回温饱，便让自己在一夜之间老了。

走过故乡的土场，太阳如颗硕大的火球，缓缓滑向西天那永远仰天张开的山口。那山口吹来的黄昏的秋风，掠过空旷的原野，摇曳着土场上走向生命涅槃的秋草……土场，已完成它历史的使命，走过了一个轮回。我不想随意评价土场的得失，或许，土场的兴起是时代的必然；土场被家

家户户门前的水泥晒场替代也是时代的方向……我只想告诉远方的朋友：秋日黄昏，我走过故乡的土场，土场上许多许多逝去的风景，搅得我神思飞得很远很远。

1989. 10

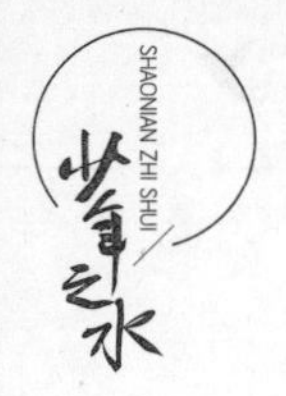

看　山

故乡最多的是山。生就山的儿子。生就与山有种扯不断的亲情。喜欢静静地与山同坐、同思、同感应。

山，如故乡矮矬而坚实的汉子，横站。竖立。大弧度起伏。成一道风景，向远方凝固地流去。

孩提，玩着泥巴的小手，很有把握地擦去拖下的鼻涕，满是那回事地凝望大山。大山高耸入云，便崇拜，便设想长大如何站在山巅，用竹竿敲一颗星子吊在堂前，照妈妈磨那永远磨不完的苦荞麦，纳那永远纳不完的厚鞋底，让妈妈大吃一惊然后微笑着抚摸我的头。——人在孩提，就有功利。

孩提功利的前提很鲜丽很动人。

这时便去看山——生命的流程向目标又迈进一步的时候。把心头的喜悦向山倾诉，凝固的波也为我激动得抖擞流淌。一步一步爬上浑圆厚实的山之肩膀，一路把清亮的目光大把大把洒给明丽的山泉。鸟，在天与山间划着优美的弧。环顾八方，天辽地远，俨然伟人临世。良好的自我感觉使心中奔向明天的希望燃烧得心血透明。坐下，静静地翻译流向远方的凝波。山们保持着数千数万数亿年不变的姿势，沉稳冷静得令人感动。便耻辱自己目光短浅小人得志，便不由剔去沾染的一份浮躁一份功利。踏实些吧！——然后，将山的昭示阐释给自己的心。

这时便去看山——人生的风帆簸荡疲惫的时候，满世界的秋雨在心里沥沥淅淅。走向山，走向坦荡开阔的山之胸怀。粗大的树桩，密密匝匝烙印生命苦难的历程。一二三四株小树，窈窈窕窕很优雅地俯读老桩上如易卦样清晰如谜的年轮。轻抚树桩，想象那何曾伟岸的身躯轰然倒下时刹那间的万般苦痛。而树桩却以另一种方式将地下生命的本真展示。山之老树啊！抬头，山缓缓而不屈，从谷底而上，终及云天！便想，如果也如山这般缓缓而不屈……心中便有阳光临照。小家子气儿女情长在阳光下羞然消释。掬一捧泉水洗去满脸愁云，然后安闲走出山谷，外面的世界一扫阴郁依然七彩流畅。

有时心中一阵失落，便与山静坐。山让我的失落消融在她那博大的精深里，酿我成一个不屈的信念。

故乡的山，总也看不够。

1988. 10

野　树

与野树们在一起，有种说不出的感觉。

野树，生在旷野。野树，没有人照料。深秋，生命涅槃的季节，一颗颗生命的种子，与风，与水，与鸟，与蜂蝶，与小狐狸，结伴而行，走向未知。它们不为前途的未知而惶惑而感伤，它们知道未知的尽头便是已知便是目的。父辈们站在高处挥舞着含泪的手。它们与风，与水，与鸟，与蜂蝶，与小狐狸，共同摆出快乐潇洒的姿势，呈给那高远处挥泪的父辈。

太阳月亮优雅地舞蹈。星星始终眨着疑问的眼睛。一声震撼人心的惊雷，在山崖，在沟谷，在沙地，在水滨，便有茎茎嫩绿的生命，一头，扎向大地深处，一头，倔强地仰望蓝天，奔向惊雷的呼唤。似乎只在谁也没有注意的瞬间，嫩绿的茎便倏忽长成堂堂皇皇的野树。

野树，生在旷野。野树，没有谁照料。有顽童折它手臂，有老牛蹭它躯体。野树，甚至还没来得及展示生命的辉煌，便被拦腰砍断，成为釜底之薪。野树不哭，哭，算不得野树。野树在火中豪迈地狂笑，那是野性的喷发！

与野树们在一起，有种说不出的感觉。

野树很丑，很少有硕伟的身材。野树很丑，大都是龇牙獠怪。这是生活的摧残磨难的见证。野树不自卑，自卑，算不得野树。野树不用自卑，龇牙獠怪里蓄满遒劲，那是力的肌腱，那是野性的风采！

野树不美。不美的野树深恋美的春天。野树，第一个嗅到春姑娘温馨的气息，第一个将生命的旗帜高举迎接春天的光临。别的树们也举起绿，那是对野树的模仿。

野树有花，野树的花不甚鲜艳，但香得内在，香得深沉。野树有果，野树的果貌不惊人，但果中的生命原汁很浓，很旺盛。

野树爱世界。野树不嫉妒世界。当朔风击落山花，当严寒冷冻鲜活，野树，便毅然脱去云衫，抖落每一叶包袱，赤裸着挥舞遒劲的臂，呼啸着发表对冬天的宣言。

与野树们在一起，我们人往往不是人。

1989. 10

冬夜，到原野去

有月的冬夜，你曾独立原野，静静地咀嚼某种韵律了吗？

你首先得解放思想。坐下来，把流传的关于冬夜令人寒战的故事，细细地用思想的筛子遴选一遍，然后揣起冬夜美丽的魂灵，抓起淘汰的虚构大把大把地抛向脑后。

你还得经住一道门槛的考验。那门槛横隔着两个截然不同的天地。我的好多朋友都曾有独立冬夜原野的雄心，他们穿暖衣裤戴上风帽，握一下妻子的手，很是男子汉地走向门边，很果敢地扭动门闩拉开大门探出脑袋。一股冷气毫无商量倏地钻进他们肺部，接着耳边全是寒气呜呜的宣言，胀鼓的雄心立时从胸腔掉到地上无声地摔碎，便潜意识缩回脑袋收回刚刚抬起还没来得及迈出门槛的那只脚，砰地关上门自嘲地一笑，很女子气地折回写字桌边的火桶——那里是暖洋洋的春天。

跨出那道门槛，有时你还可能把握不住自己。这时你最好用你的手很响亮地将身后的门反锁上，这响亮能为你壮胆为你助威。然后你就可以破釜沉舟地走向原野；然后你就可以静静地咀嚼有月的冬夜的某种韵律。

冬夜的原野，很静，很赤裸。田里的稻桩硬硬地戳着，野树展示着自己野性的骨架。远山如凝固的轻烟，近岭如一笔浓墨。这一切，都在那静依野树臂弯里的灿灿月光里显现出来。那月如一只鸟窝。也真的有一只什么鸟如雕塑般立在野树枝头立在那灿灿鸟窝里。空气很清冽，很纯寒。下意识中你总是将手拢在一起或插进衣袋里。寒气也总是见缝插针地钻进你的衣领和裤脚。可既已立在原野你也就什么也不在乎了。你头脑中会有许多新鲜的思想或什么意象都没有般的胀满，你没有工夫考虑在朔寒前退缩。你一对比倏忽发现冬夜与夏夜真的不一般，夏夜天上有很繁密的星子，冬夜却没有。只是你不明白，冬夜空气洁净如水纯如蓝玻，为什么反不多见星子。你又想，必定怕冷回家睡觉去了。忽又觉得星子轻佻，夏夜原野桥头山径水滨都是散闲的人，那时她们就出来，争着向人眨眼，媚取善感的少男少女几丝喟叹。这样想，左右前后一望，原野月光清淡，果不见一人。

远近一两声狗吠，应和着。你又比起夏夜。夏夜蛙鸣蝉嘶狗叫人闹，嘈杂含混如一锅煮熟的五香豆。母亲呼唤土场上如蝴蝶般奔逐游戏的小儿，悠长切切的声音不远便被嘈杂消融。而此时，狗吠如从地下发出，尖锐中带着几丝沉稳，在这寂静的原野灿灿的月光下，显得古老可敬，似隐含某种生命的玄机，贴着地表，流传得很远很远。

两三声清亮亮的咳嗽从远处飘来，接下来便是带着古韵的足音和侃谈。

——酒喝多了。

——酒多？哪里。乖乖，好冷！

——月亮好大！

月亮是大，如一只灿灿鸟窝。忽觉得野树远山月亮都是贴在深蓝背景上的一幅古老的剪纸。月儿好真诚。——夏夜的喧嚣中，真还没来得及静下来想这些。月儿以她的旷世纯美无言地征服着我们，浮载我们的地球嫉羡而无奈，多少次对太阳面陈月亮盗光欺世，但纯美旷世的月儿却在我们地球竭力的遮蔽排挤下奇迹般一次次绝处逢生，并依然纯美旷世，依然大度如什么也没发生一般把我们的地球映照得迷蒙动人。——美，岂止人类仰服；美，岂止人类爱怜。太阳丈夫也如此哪！又想，最滑稽的是文人中的酸类，一面装模作样爱月吟月如痴如醉附庸古人，一面七拼八凑涂画一些讨好地球讥月讽影的小诗，然后揣起得来的几元铜臭，借着月光得意地走在回家的路上。

忽然觉得有必要看看自己，便张开双臂，萧瑟的原野上就有了一个令人兴奋的“大”字。将手放下，一个大写的“人”字便有力地印在冷冻的稻桩上……灿灿的鸟窝已升到树梢，树梢在北方来风中轻舞，仿佛月在

飘摇。面对清清凉凉的月光，一种怅惘忽然爬上心瓣——月轮从何处来，又往何处去。月轮无声地滚去时间，会有一个时候原野上再也寻不见“大”字和“人”字的模印吗？

有点后怕。有些玄秘。这有月的冬夜。

1989. 12

那年，我们在象山

那是一段如诗的日子。

那是一段如歌的日子。

——那年，我们在象山。

高考因五分之差而落榜。

学区张校长荐我到象山——本乡的“西伯利亚”。

于是，十七岁的青春便书写在象山“戴帽”初中的讲台上。

“初三数学，怎样？”象山学校汪校长问我。

“好！”脆嘣嘣没一丝犹豫。

现在想来还有些后怕——那时，胆子为什么那么大。

第一次走上讲台，幸福不可言传，激动不可言传。

面对三十六双眼睛，竟一时没有话说。

十八岁大个子班长在我滚烫着脸寻章找句时突然站起喊声“欢迎新老师”于是全班热烈鼓掌直到我想起要说的话。

事隔多年人事沧桑，总难忘十八岁大个子班长，总想知道却总未能知道他后来的情况。

翻了花名册，十八个比我小，十八个比我大。

好憨厚的山民后代！——比我小比我大的都对我这山外来的代课教师很虔诚。

我说课堂上我是你们老师课下我是你们朋友。

于是一阵惊喜的躁动一片惶恐的悄语。

宿舍，是教室隔壁的一间房子。三张竹床，三个同来的代课教师。

中午，窗外挤满了学生。端坐床上，我开始了午间书场。

记得，面对双双入神的眼睛，曾讲完了《西游记》，讲完了《水浒传》，讲完了《卓娅与舒拉的故事》，讲完了《上下五千年》……

直到今天，闭了眼，依然看见一双双入神的眼睛。

学校坐落在小山坡上。

小山坡后是大山坡。

有草间小径牵着小山坡和大山坡。

那是清晨读书锻炼的好地方。那是黄昏漫步歌吟的好地方。

每当清晨或黄昏，总有早起拾粪或晚归砍柴的学生远远地跟在我后面，眼巴巴羡慕地看我读书锻炼漫步歌吟。

山坡下，流着一条河，丈来宽。

河上，有两根电杆并起搭的小桥。

夏天的黄昏，这条河很美。

我们三个代课教师几乎天天去看她，去接受她的爱抚。去领略她的妙意。去评论她的诗情。去躺在她怀里告别又一个太阳。

大山坡背后，是十六岁的“小不点”家，他太瘦小。他父母都五十多岁都一字不识都望子成龙都纯朴憨厚得要命。

腊月里生产队车塘分六条鲢鱼给他家过年，老夫妻拣两条大的让“小不点”带来送我，我不收，放学了亲自拎着送去讨了一顿温暖慈爱的骂，只得拎回，心里暖和得发烫有一丝淡淡的内疚。

“小不点”瘦小却很聪敏又肯用功，终于考上机电专业学校。大山坡后真的出了龙子，老夫妻笑得好开心，请我吃饭。我一口气跑去，心里高兴得要死，高兴得忘记自己是个代课教师，忘记昨天校长说的“下半年有人分来你就别来了”。

……

哦，那如诗的日子。

哦，那如歌的日子。

——那年，我们在象山。

1990.6

走在山间的小路上

走在山间的小路上。

山间的小路，崎岖坎坷，倔强伸延。是舞女遗落的裙带吗？是山妹子发梢那根新年的黄丝辫吗？是山民生活的唱片上一道艰难的纹吗？

山间的小路，显示一份原始的贫瘠，也展示一份动人的新意。

初春时节，路旁草色朦胧。野花在草间含笑隐约。黄莺把婉转的歌声翻成舞蹈的曲线。一轮娇羞的春阳静静悄悄伏在宽厚的山肩。有群衣着不齐却充满活力的山娃，沐着朝阳的颜色，蹦跳着嬉笑着走向山外的世界，花书包在屁股上一跳一跳地打着节拍。

仲夏时节，小路旁草茂齐腰。桦树林如撑开的一把绿色大阳伞。有火红火红的小狐狸在林间闪现，有褐色的知了躲在树冠阴影里惊叹世界的热情。外面的世界大汗淋漓，山间的小路凉意丝丝。一队山里小伙，满满尖尖稻谷，悠悠颤颤扁担，急急切切脚步，粗粗犷犷山歌，……收粮点，在小路那头。微风在草间起伏，在林间和鸣，轻抚小伙厚实的胸脯，还将粗犷的山歌带到小路上空，给知了听，请太阳评分。

深秋时节，草儿黄了，树叶黄了，山间的小路也有些黄了。有只只小鸟跳跃在草丛，捡着成熟的草籽，一面叽叽喳喳发表关于“走过冬天”的话题。月儿黄了，悄悄爬上路旁树梢，把缕缕富贵色彩的光从叶隙洒向小路，小路便有了一件缀满金片的晚礼服。一声两声的蝉鸣，分明不如夏日自信，抖颤颤地，做撤退前的新闻发布……有甜润润的歌声飘来，有山妹子们走来，她们手拉着手，谈时新服装，比今年收获。她们赞叹秋夜的小路好美，她们说这是山村的骄傲。

隆冬时节，小草在雪下做着暖洋洋的梦。野兔穿过小路急速奔跑。不知哪来的野鸡在积雪的小路上书写一串串“个”字。大黑狗伸出红舌头舔舔雪，在小路上悠闲地盖着图章。黄昏时分，太阳在远天山梁哧哧地笑，一帮山里老汉拾粪归来，小路、山尖、积雪、树林、老人、粪筐、黑狗都镀上了一层红艳。老人们精神百倍，互说今冬积肥计划，明春耕种打算。老人们显得很年轻。

走在山间的小路上，小路的四季风景是一组诗画。没有人告诉我小路的由来，但作为山民后代的我，总坚定地认为，这山间的小路是我勤劳质朴的先人们开拓出来的。目睹山路上那鼓突的黑山崖，风化的青石板，陡峭处凿出的石窝窝，我越发坚信，这山间的小路确是我勤劳质朴的先人们开拓出来的！有时，随大流走出的路不能久长，而开拓出来的路却总有自己的位置。

走在山间的小路上，小路的四季风景令我怡然，但又总拂不去一丝说不清道不明的情绪。是的，我们能就这样世世代代走在这崎岖狭窄的小路上，陶醉在先人们的开拓之中吗？新时代展示给我们的，能沿这山间的小路走进山村的生活吗？

小路载不动啊！

走在乡间的小路上，我轻快，我沉重……

1990.6

故乡风物

藤缠树

不知是藤缠住了树，还是树搂住了藤。

就这么立在弯弯的村道。就这么生生死死死死生生再不分离。就这么春来青青秋去黄黄无歌无泪。就这么痛苦而洒脱地冷观悠远的时空。是在默默向世人叙述一个古老的离合悲欢么？

哦，那可怜的梁兄九妹化为比翼双蝶，嬉戏花丛草间，引出纯朴乡民的一把清泪多情诗人的一声叹喟。而你们，却以你们的反抗，你们的超脱，在这弯弯村道树起了一座醒世警碑！阿妹把阿哥搂在怀里，阿哥把阿妹爱进躯体，令代代后来人尤其是多愁善感的少男少女几多慨叹几多沉思。

我和她走过这弯弯村道。她默默地拜了你，我静静地仰观你身后悠远的时空……

姑嫂石

远远地，在山谷，就见你俩搂着，精赤地搂着。

沿着古老的山间石级，走到了你们面前。听见你们急促的呼吸，看到你们起伏的胸脯，感到你们羞得滚烫的脸。

不远，一头老牛正叫着向你们走来。

——老牛啊，都说你憨厚。你为什么要冲破牢笼翻过一山又一山因为饿吗找草吃吗？

——老父啊，都说你爱儿女，你为什么要骂这姑嫂"找不到牛别回来"因为牛是你的命根吗？

——荆棘啊，你为什么要撕碎这姑嫂单薄的衣裳且丝缕不留？欺侮弱女子你能安心吗？

——太阳啊，你为什么要匆匆升起而不为这丝缕不挂的姑嫂想想？只是为了人们赞你是守信的朋友吗？

牛，找到了，正哞哞地走过来。

姑嫂绷紧的心弦一松，相视疲惫地一笑。——啊？！

这时太阳不知趣地走来。

于是，这姑嫂一搂，化为千年石雕。

虽女性，亦悲壮矣！

只是不明白，老牛干吗石化？是害羞？是反省？

水碓

我不知你是谁的儿子。我不知在这条绿溪上你几百几千年了。只是听到你"嗵——嗵——嗵——嗵"沉缓而有节奏地敲击，我仿佛置身黄河故道走向古朴蛮荒，我仿佛听到深沉的旷古钟声而这回荡的钟声与我的心脏发生了共鸣。

你不是水车谣。水车谣也古老寻不着头但她婉转没有你深沉凝重。

你不是伐木号子。伐木号子也深沉凝重但他洒逸不如你栩栩质感。

"嗵——嗵——嗵——嗵"沉缓而有节奏地敲击！

站在你面前，有一种说不出的心绪。你长长的臂膀就这样举起又放下放下又举起，几百几千年了不累吗？难道就是这绿溪，这清清亮亮年轻活泼的少女绿溪给了你不息的生命强有力的臂膀？

我问：你会有一天融入历史——永远融入历史——停止臂膀的高举生命的敲击？

"嗵——嗵——嗵——嗵"沉缓而有节奏地敲击！

你是雄性的。你是憨厚的雄性。你属于那种能把全部生命交给钟爱

他的女人的男人。——离开你时，我这样对自己说。

旱桥

你曾拦腰抱着象山河。绿波在你的怀里温柔地拍击，你满是雄性的刚健与豪迈。

但你是凝固的。活泼新鲜的水怎能经受你封闭木然的拥抱。终于，在一个春天，怀中的水借口山洪的逼迫，挣脱你的双臂，离你迤逦而去。

你至今稳固，但却无用。以永世不变的真爱，保持着昔日的姿势，只是怀里不再有温情与鲜活。曾经属于你的水儿在不远处唱着你熟悉却再也不属于你的恋歌。但你依然爱听。

不管怎么说，你代表一段历史。而不管这段历史轻巧还是沉重。既然你不能选择历史而只能让历史把你选择，那你就站在这里以不变的姿势站在这里昭示后人吧。

真想把你重新搬到那曾属于你的活泼的水上。但搬不动啊！——爱，是一种自然；历史，总是太沉。

1986—1990

感应生活

母亲与山妹子

夕阳。山溪。一群洗衣的山妹子。

红连衣裙，白真丝袜，黄蝙蝠衫，把个山溪摆成了彩色的世界。

“啪啪”的捣衣声不甘寂寞地此落彼起，把个山村啪成了一首优美的短章。

脆甜的笑声像芬芳的甘醇，把个小村的黄昏醉成了一支抒情的旋律。

还是母亲做山妹子的岁月。仍是这条小溪，也是黄昏的时候。一条条粗布裤，一件件粗布褂，补丁叠着补丁，大洞缀着小洞。那时母亲的脸上没有现在山妹子的玫瑰红；那时山村的世界只有打补丁的黑与白；那时的捣衣声空洞而虚渺；那时的夕阳也没有现在这样红艳……

如今，母亲们已年老了，母亲们退出了溪边洗衣的舞台，悄悄带走了打补丁的日子和黑与白的单调。

山村再也没有忧虑了。

溪边永远是多彩的了。

桥头古树喇叭花

桥头有一棵遒劲的古树。老人们总喜欢在黄昏的时候静静地伫立树下，留一张回忆的剪影。老人们说：它是一册历史啊！

也不知是哪年，喇叭花开放的时节，几个幼童拿着喇叭花坐在树下玩。

也不知什么时候，竟有嫩润的绿茎搂住了参天的古树。每当春风吹来，便有些许粉红喇叭在蜂蝶的拥舞和小桥流水的伴奏下，把春天的妙意，在树上广播着。

从此，老人们来得少了，年轻的他和她来得多了，常常是月华朦胧的夜。摸摸粗裂的树干，嗅嗅温馨的花朵，当然也顺便听听小桥淙淙的流水和田野阵阵的蛙鼓。

年轻的他和她说：它是美的启蒙。

有一天，一个少年诗人经过桥头。正是喇叭花开放的时候。诗人用心去感应。喇叭里广播的是：水，不会两次流过同一桥头。

诗人把这句话留在桥头的石墩上。

噢，我的恋人

灯光如桔，我面你而坐。默默燃起一根纸烟，轻轻叩击藤椅扶手。于是，心中的春华秋实得意感伤，风雨雷电飞鸟流云，便一如这穿插缠绕的老藤，指间袅绕如梦的“黄果树”，向你展现，向你倾吐。

噢，我的恋人，你就这样默默听我对你说。

岁月流逝。时光在我的脑际狠狠刻下永不消逝的沉重。而我的心依然年轻如活泼的山溪；而我的恋人依然纯洁如一轮皎月。多年前那个黑色的七月，参加高考被抛进低谷，人生的边缘线向我发出迷人的召唤。是你，我的恋人，悄然走进我的生活，闪一双晶亮的眼，敞一颗纯洁的心。我扑进你温馨的怀，把多愁的十七岁，幼稚的幻想，跌倒的沉痛，奋飞的希冀，静静地向你倾诉。你怜望着我，默默听我对你说，默默，如一位伟大而沉静的母亲！

噢，我的恋人，你就这样默默听我对你说，默默给我信念和希望。终于在又一个黑色的七月，我拥有了一张红色的灿烂……

如今，十七岁的稚嫩早已被南北穿梭的燕儿衔走，人生之树已积淀了几圈颇有分量的年轮。我知道，人生，就是一次翻山越岭实现价值的旅程；前方，还有许多令人窒息的日月等着我去把它征服。但只要有你——我的恋人在我身旁，只要有你——我的恋人伟大而沉静的目光，我定会穿

过所有黑色的日月，拥抱更多成功的太阳……

噢，我的恋人——我的日记。

少女的四季

春天的少女是骄傲的公主。她漫步青草地，徜徉花丛中，头高高昂起，以为世界都属于她，以为世界都逃不出她的思想。实际上她知道的很少很少，犹如才出壳的小绒鸡。

夏天的少女是彩色的蝴蝶。她到处采撷，走得很远很远。她问自己，花儿为什么不能永开不败？蜻蜓和蜜蜂哪一个生活得更充实？她低头沉思着，觉得自己并非知道一切。实际上她已是只练翅的小天鹅。

秋天的少女是十五的月亮，不做任何雕饰却令人神往。她想世界真大啊过去真可笑。她在夜深人静时独自考察整个世界，思索着绿怎么变成金黄，秋枫为什么似火？

冬天的少女是成熟的诗人。她把过去的日子编写把未来的时光吟唱。她把她的诗集题名为“世界，博大的书”，她在扉页上写道：我懂得的多么可怜。实际上，她已知道得很多很多……

山里的姑娘

山里的姑娘健康壮实像挺拔的大山红透的秋枫。

山里的姑娘柔嫩丰满似弹性的泉水立体的油画。

山里的姑娘如山一样倔强自信，她们敢和那些享有赤膊专利的小毛头打赌，提着月牙刀登上大青山看谁先砍一担柴挑到家门口，并且从不会赖账从不知赖账，谁输了下次上山就帮别人砍。

山里的姑娘像山里红一样实在像杜鹃花一般多情。但你最好不要讨好卖乖想她像城里姑娘那样娇滴滴说声“我爱你”——不可能不可能她们语言的词典里没有这个条目。如果你已成为她心中的太阳，她会为你倾倒为你疯狂，她会翻开青春的全部书页送你赏阅而唯独不说“我爱你”。

如果你不接受她的真情你终将远去，她会深情地挽留，继而是恍惚，

最后只好猛地一推，“你走吧”，而不像城里姑娘那样道声“珍重啦”“勿忘我”泪水汪汪。只有当夜深人静月妹妹透过树隙给山溪披上花衣的时候，她才独坐溪边把思念和怨恨交给溪水带到天涯……

挑灯读史

一部无尽的章回小说，永世循环的潮汐。一个巨人的倒下，一群英雄的逝去，一炬狼烟的消散，一轮民族的衰荣……在或多或少的逗号问号冒号惊叹号之后，便清晰地画上一个暂时的圆圈：小说一回结束，潮汐一次完成。

走进历史古道，有无数颗星子闪烁，有无数块星云飘逸。那是哲人的思想，那是劳动者的智慧。历史，是人类写的。历史，是写人类的。但历史只大笔书写人类中杰出的英魂，有作为的一群。也写些人类的渣滓，那是为来者提供一面铜镜，设置一个反面的参照。

历史是条清澈的河。历史是条流血的河。历史每走一步都要刀枪相见，历史鳞伤遍体仍昂然向前。历史带血的前行不是为了某个人或几个人。流血的河当时浑浊刻意掩饰流血的真理，蓦然回首穿过清澈便能透视真理的积淀。

徜徉历史，人不再仅是为食五谷着暖衣而生的人。徜徉历史，人成为一种深沉的思想、蓬勃的精神。目光不再仅注视油盐酱醋妻子儿女，思想的精灵搜寻章回的开头流向辽远的时空……

端正的铅字本身没有热度，但铅字排出的历史有血与火从中喷出。合上书页默默走出历史，有种责任感深沉地流进你的躯体。

栎炭

那份炽热的情是与生俱来的吗？

为情而轰轰烈烈献身，是那粒种子当初的本意，还是命运的冥冥界定？

你心脏那样艳红，你血汁那样红艳。每一声细碎的爆裂，都是你又一根血管的断折。你哈哈大笑，心脏更红艳，血汁更艳红！

你这难寻难觅的情郎！

你是一棵长不大的树。

你是一棵遒劲而深沉的树。

你外表毫不洒逸，而你内质坚韧无比。

你被拦腰砍断，被迫离开你热爱的林子。

你被山民们架起，划根火柴点燃。

你喷天而起，高扬的烈焰是你男性的旗帜，飘扬的浓烟绕林三匝，是你血性之爱的表白。

而一盆凉水，浇灭了你人生的希望。

你变得憔悴，变得干裂。

热爱生命的男人爱情失意时都是这样。

这只是表象。

你已把冲动与不安的幼稚，深深锁进憔悴干裂的内心。

你寻找着真正的爱情，不再如初恋般直露，而是默默燃烧着生命的汁液。

心如血。血如火。火如真情。

独坐残阳

少时，最是爱早晨。

多少次，翘首在河滩，望旭日冉冉升起，激动得泪流满面。

如今，生命的年轮已旋转得很规则，如太阳挑不出半点棱角。依然在河滩，只是不再翘首旭日，而是独坐残阳。鼓点在心中剧烈地敲，感叹悄然流进心里。

甚至笑少时痴情。少年如朝阳，蓬勃但稚嫩，热情却单纯。对生活缺乏深入的思考，对前途没有充分的估量，只凭一腔热血，一身强健，一头冲向未知的长空……

残阳如血。西天如血。河滩如血。残阳，惨阳？不，残阳悲壮！生

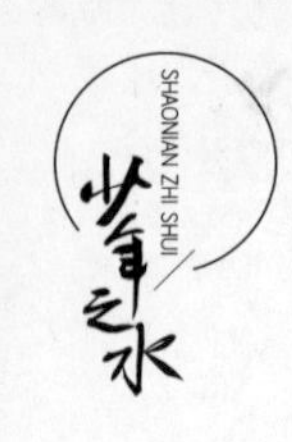

活的风雨，天宇的搏击，残阳已被铸打成超脱生命表象与机械教条的崭新残阳！成熟，深沉，懂得生活，理解生命……至于将逝的感伤，对于一个生命，不会全无；但对于一个充实的生命，不会太重。残阳把最后的心思投向过去昭示来者——那是她一生体验的精华！

有邮递员按响车铃，铃声搅动如血河滩。信封上一律贴着很马虎的退信签，上面“查无此人”或“地址不详”很是清晰……便有淡淡的失落在心里滚动。随手将信丢进如血流水，一种心绪又想把信捡回，伸手，信已漂离原来的位置。

信上地址，都是三十年前走出校门时笑嘻嘻留下的。

残阳如血。鼓点在心中剧烈地敲。

墙头草

忽东。忽西。忽南。忽北。

吹什么风，就摆什么姿态。

有两股不同方向的风？有三股？这有何难，哪股风强就听哪安排。

两股或三股风势均力敌？那也好办，不偏不歪，做回中间派。

忽东。忽西。忽南。忽北。

顺应自然，明哲保身，老祖宗就是这么交代。

趋炎附势？摧眉折腰？真是诬蔑造谣，嫉贤妒才。

没有个性？失去气节？观念怎还没转变，大丈夫就应该能伸能屈。

崖上松

在决定生命方式的初始，完全可以选择一块肥沃的土地，在阳光的偏爱清泉的滋润下，无忧地走过生命的花季。

但，你却选择了坚硬贫瘠的山崖。且以一种无与伦比生命的“超能”，使万古不化的山崖与你融为一体。

也许，今夜会有风暴。

也许，明晨还有冰霜。

但，又有什么挑战能赢得了你砥砺生命的意志！

纵使你一旦遇险遭劫后灰飞烟灭，

但昭示世界的，依然是青春无悔的壮烈。

1986—1992

教师节，我怀念一个人

秋日的周末，我喜欢漫步郊外的原野，放逐清纯的目光，去抚摸那同样清纯且精深博大的天宇。天空湛蓝湛蓝，三四朵白云温柔地舒卷，五六只大雁眷恋地回旋。世界好静好静，生命的真谛从宇宙的深处无言而来，又如风而去。

这时，我便想起一个人，一个早已走过生命的轮回，却怎么也不能从我心灵的磁盘上抹去的人。

20 世纪 70 年代的第四个春天，怀着十一岁小小少年的彩梦，我走进了故乡南陵戴公山下的那所中学。它是在那特殊的年代，由芜湖市第八中学下迁的。随同下迁的，不仅有图书室、钢琴、物理实验室、化学实验室、教学手扶拖拉机、生物学标本及人体模型，而且还有一批蜚声芜湖教育界的各科优秀名师。

教我们语文的是位姓陈的老师，名字叫陈晓义（“晓义”是否就是这两个字，已有些不敢肯定了），据说是芜湖中学语文界赫赫有名的“三胡一鲍二陈”的一员。陈老师五十多岁，高高的个子，很瘦很瘦，布满皱纹的脸上呈出一种缺乏营养的蜡黄。他一手抓本书，另一只青筋暴突的手拿支雪白的粉笔，在油漆已很是斑驳的黑板上工整地写着，口中喃喃地念着，“长夜——难明——赤县天，百年——魔怪——舞——翩跹，人民五亿——不——团圆。一唱——雄鸡——天下白，万方——乐奏——有——于阗，诗人——兴会——更——无前”，“批判——孔子——克己复礼，妄图——复辟——资本主义”。完全沉浸在课本里的陈老师，把枯燥的诗文，念得抑扬顿挫，林籁泉韵，余音绕梁，娓娓不绝。下面学生哄闹得狠了，陈老师便缓缓转过身，眼光从老花镜上方忧虑而慈祥地飘出，久久瞄向哄闹的方向，什么也不说，只是做出无声的警示。如果下面还不自觉，依旧哄闹不止，陈老师才会渐渐涨红脸，嘴唇翕张半晌，吐出无奈而略带威严的几个字：个别注意！

但那是一个反常的年代，是知识越多越反动的年代，是老师不敢教学生不愿学的年代，是批判“师道尊严”高喊“师生是同一战壕战友”的年代，是一个小小黄某便激起一股教育界反潮流横浪，一个“马神府事件”便扰乱了全国外语教学的年代……扭曲的年代，在同样被扭曲的一颗颗年少稚嫩的心中，教师，又有什么位置；陈老师那“个别注意”的警示，又有什么真正的分量呢？

在全班同学中，陈老师最喜欢的要数我了。这大约是因为我的语文成绩比较突出，也大约是因为我对他表现出了不同于某些学生的发自内心的尊敬——陈老师的课堂上，我从未跟风起过哄；每次遇见陈老师，我都会恭恭敬敬叫一声“陈老师”。——现在想来，如果连这样最基本的遵守课堂纪律、尊敬老师也会成为被老师格外喜欢的缘由，是不是更从一个侧面，反映了那时教育环境的乖违。一天，放学的钟声响过，陈老师把我单独叫到他的房间。我这才第一次以一个小小少年的眼光，打量起陈老师的住处：一张板床，一只旧皮箱，用木条支在墙上的一块长木板就是书架，一张木椅摆着教科书和蘸水笔算是办公桌。陈老师拍拍我的头，让我坐在另一只矮凳上。那次，陈老师给我讲了许多做人和学习的道理，教导我一个人要有远大的理想，要有自己的头脑，没有知识的世界就像天空没有了太阳……那次，我还不能完全领悟陈老师教导的全部内涵，但却以一个小小少年的直感，理解了陈老师对我的器重与厚望。那次，陈老师好激动，蜡黄的脸上泛起了潮红，昏花的眼里有了水膜，九分钱一包的劣质香烟因为手指的抖颤竟怎么也凑不到唇边……

而生活总不会给一个人以永远的赏赐。就在我接受着陈老师的个别辅导而信心百倍地做着瑰丽的作家梦的时候，陈老师却因为什么“思想问题”，而突然不知调到什么地方，从此再也没有了音讯。

那是星期一的早晨，我捏着一篇周末的习作，如往常一样匆匆奔向

陈老师的宿舍。敲开门，一张陌生的面孔。

陈老师呢？我怯怯地问。

调走了。那人轻轻地说。

调哪里了？我问。

那人轻轻地摇摇头。

我少年的心里，霎时有了一种跌进深谷的失落。我直奔学校不远处的山坡，倚着那块壁立的犀牛石，向着通往山外县城的那条黄土公路，极目眺望，一遍遍在心里呼喊着陈老师，泪眼迷蒙……

多年以后，我从一个幼稚的少年成长为一个堂堂皇皇的男子汉。许多往事如烟飘逝，而陈老师那清癯的面孔，那熟悉的语调，那夹着九分钱一包劣质烟抖颤的手，那摩挲着我的头传递给我的直达心灵的温暖，却总也挥之不去，越发清晰如昨。

1992.9

九岁的那个早晨

不错，那年，我九岁。

九岁，做了一回生意。

公鸡喔喔叫的时候，母亲把我喊醒。

我装没听见。我心里正赌气。昨晚昏暗的油灯下母亲理好菜叫我去卖我就不愿：卖小菜，好丑。

丑什么，一不偷，二不抢。母亲这样劝导。

陆续有人来买菜了。

别的我都不怕，就怕被老师同学撞上，那好丑！

还好，没见他们。

不一会儿，我篮子里只剩下两把豆角三把小白菜。

我暗自庆幸我的菜分量足销得快。我急急盼着快点卖完省得在这里担惊露丑。

忽然，我似有预感地一抬头，我的脊梁骨一下冰凉——大姐姐似的音乐老师吴老师远远地走来了。

完了！我的脸一下滚烫。心跳到了嗓子眼。小脑袋飞快地转。周围的一切都在消失，唯有吴老师甜甜的脸和跳荡的蝴蝶结格外清晰，而那张甜甜的脸又似乎即刻幻成不屑与嘲笑：哟，卖小菜哪，小学生。

太丢人了！吴老师要是发现我在卖小菜，还能看起我吗？我想也没想，迅速拾起篮子，借着人与物等障碍的掩护，逃也似的奔出小镇，停下，已到了家门口。这一切没有过程，只有本能。

早饭后上学，吴老师对我甜甜地笑，我也对她傻傻地笑。她笑什么我不知道，我笑她不知我的心思。

做生意能赚钱，但我不感兴趣，我不愿做小生意——九岁的那个早晨，我开始这样想且至今不变。

1994.6

少时读书总关情

时常忆起少时读书的那种执着与纯真。多想再有一次少年的时光。

少时读书，是解渴，是解馋。为能看到一本好书，可以付出一切代价：帮人家劈柴担水；用心爱的笔记本做贡品；替别人做作业写作文；陪有书的同学偷偷去山边池塘洗澡，回来被老师罚站在烈日下……一本好书到手，时间立刻变得没有上课、放学、白天、黑夜。多少次身负为灶洞添火的重任，却因为专注于书而常常是母亲的“角栗”在脑勺起落数下才猛然惊醒，才深刻认识到灶洞里早已是火熄烟灭；或在母亲“哎呀”的惊叫声中才知道“三毛”（睫毛、眉毛、头毛）又一次殉难。

少时读书，是一种全身心的投入。那份虔诚与多情，只有爱情中最华美的断章才可以相媲美。眼前，除了书中的风物，什么也没有；耳际，除了书中的音响，什么也不闻。灶洞口红红的火光或床头煤油灯跳荡如豆的火苗，忽明忽暗。沐着这暗红的温暖，书中人物的行动、对话、自白、思索，无不激起心中轰然共鸣。身不由己走进书中清晰如画的情境，与正义的一方辗转腾挪，爱憎分明……掩卷，年少的心灵便洗礼了又一场人生。

如今，依然爱读书，但对书的渴求和全身心投入已是久违，与书中人物同生共死的动情境界更是难寻。是现在的书都不耐读？是人生读书的必然过程？我以人生的经验告诉年少的朋友：多读些好书吧！别错过了最绚烂的时光。

1994．6

手足情深

1979 年，十六岁的我高中毕业，参加全国统一高考。那时，还没有实行“一条龙”，报考大学还是报考中专，全是事前确定。心气高远的我自恃作文成绩出类拔萃，没有像同班绝大多数农村学子那样报考中专图个“现的”，而是不顾师长的劝导，报考了大学文科。

7 月 6 日，闷热难当。在班主任和秦校长的带领下，我们乘车来到县城，第一次住进了人民旅社。晚饭过后，闷热的天空乌云翻滚，几串炸雷响过，大雨顷刻铺天盖地，砸得地面、房顶一片水雾。我正坐在床沿洗脚，一声“光成——”，抬头，见我如落汤鸡的兄长正立在门口。他取出红尼龙网兜里的西瓜，去自来水上冲净，从口袋里掏出削铅笔的小刀，把西瓜切成两半，一半用毛巾盖上，另一半切成数块，“吃吧，西瓜凉性，消暑。千万不要随便吃冰棒，喝冷饮，那样容易使肠胃受到刺激，会影响考试。”又说，钢笔要打满水，准考证千万不要忘记带，拿到试卷要认真审题，然后先易后难，不要慌张。我一面吃西瓜一面漫不经心地“嗯”着，直到兄长站起身说“那我就回去了”，我才想起问他吃过饭没有，兄长说“吃过了，你早点休息，明天好好考试”，就一头扎进漆黑的雨夜。

一连三天，兄长都准时赶来，带一个西瓜，询问一下我的考试情况，说一些鼓励我的话，教导一些考试要注意的问题，然后又穿行在夜色里回家去。第四天，我带着考试后的疲惫走下客车，兄长已在乡村的小站迎候我多时了。

回家后，母亲告诉我，兄长每天放学后便沿小路走到县城，然后再

走回家，来回六十华里村道，回到家往往已是凌晨。他哪里吃过饭，回到家饿得累得发昏，泡几片锅巴就完事了。母亲说，为了你，你兄长命都差点没了，七号晚上他从你那儿回来，雨下个不停，走到八甲，山洪暴发，山塘倒坝，你兄长被大水冲倒，他又不会水，呛了几口水，幸好被田边一棵老柳树拦住身子才保住了性命，那晚你兄长回来天已快亮了。

十六岁的我已开始知道这份手足之情。随着年龄的增长，这份感动更是与日俱增。那时我的兄长还是一名山村小学教师，他工作勤勉，从不迟到早退，就连假期都在无偿地哺育着他的学生。一九八五年，他被评为"全国教育系统劳动模范"；一九八九年，被评为"全国教育科技十大新秀"、"七五"建功奖章获得者、全国新长征突击手，并受到党和国家主要领导的亲切接见。

1995.7

妻做的茶叶蛋

朋友们都说我不爱吃茶叶蛋。是的，的确不爱。因为无论是自己在街上的大排档吃早餐，还是陪上面来人在宾馆用自助餐，面条牛奶馒头豆浆之类我都不避，唯独茶叶蛋引不起我丝毫兴趣，并因此而得罪过乡下的一些亲朋好友——在乡下，茶叶蛋可是待客的上品，试想，当主人满怀真诚地端上热腾腾的茶叶蛋面带微笑地放在你面前，连喊“吃、吃，趁热吃”而你却毫无兴趣面无半点兴奋的表情，主人的心情会怎么样呢？

但是，我却爱吃妻做的茶叶蛋，真的。当然，一开始我同样不吃，妻剥了一个说：“你吃，你吃，你吃吃看，不好吃你就不吃。”我终于吃下一个后，才发现妻做的茶叶蛋确实不错。

妻是怎么学会做茶叶蛋的，我没有细细过问。但多次吃了妻做的茶叶蛋后，我便不动声色地进行了跟踪剽学。常常是晚饭过后，洗净锅碗，妻便选出上好的土鸡蛋，大多是二十六个二十八个，如果蛋少，十二或十六个也行，总之一般是双数。妻将这些鸡蛋一个一个小心地放进锅里，舀上一瓢水，慢慢地将鸡蛋浸住，盖上锅盖，“吧嗒”一声打开煤气灶，然后捧一本书或抓一张报纸，在客厅和厨房之间踱来踱去，密切关注着锅里的点滴动静。嗞嗞嗞，嗞嗞嗞，锅盖的缝隙冒出细细热气，鸡蛋在沸腾的开水中摩擦发出“吱吱咕咕”美妙的乐音。这样大约十来分钟，妻揭开锅盖，用网勺将鸡蛋捞进一只盆里，放进自来水，冷浸一会儿，再一个一个地取出，一个一个地在灶台上细心叩击，使每只鸡蛋的外壳都呈出好看的龟裂。做完这一切，妻哼着轻快的小调，再将鸡蛋放进锅里，撒一两勺

细盐，倒些“老蔡”酱油，撂进四五瓣八角，放入半小把茶叶，加上不多不少的冷水，调节气阀，用文火煮上半小时左右，关闭火门，就不再管它了。第二天早晨，揭开锅一看，哇，好家伙！一只只鸡蛋闪着浅褐的光亮，蛋壳的龟裂线条明快，如高明的画家以舒畅的心境勾勒的印象山水，加之一丝飘入鼻腔混合茶叶和八角的清香，不要说吃，仅是这种视觉和嗅觉的本身就足以使胃部加快蠕动了。

每每早餐吃着妻做的茶叶蛋，我就想，为什么在外不爱吃茶叶蛋呢？是因为那些茶叶蛋大多没什么看相？是因为那些茶叶蛋不是土鸡蛋？还是因为担心那些茶叶蛋天数长了可能变质？想来想去，早餐吃完了，仍找不出什么充足的理由。

1999.10

倾 诉

我们大概都有过听别人倾诉和向别人倾诉的经历。

但我们能说都因之而完全懂得了倾诉的内涵了吗？

那是山间一汪满盈的碧水，瓢泼的骤雨涌注的山洪搅乱她平和的生活和宁静的梦幻，她无法不烦躁不焦虑地漫过坡堤；那是田畔一朵无名的野花，三月的脚步春天的气息唤醒她沉睡的意识新生的渴望，谁也压不住挡不住锁不住她迎接春天心思的开放……

多年前的一个下午，一位三十来岁的年轻男子，像一片落叶飘到我的办公室。肩上一只已完全褪去黄的本色的帆布挎包，憔悴的脸如干枯的菜叶，一个十来岁的小姑娘面无表情地跟在后面。其时我正做着县报社长兼主编，他不认识我，我当然也不认识他，他是被人指点找来的。当他知道我就是“我”时，身子立即往下一沉。我在他另一只腿的膝盖即将着地的刹那将他扶起，按在我对面的一张椅子上。我终于找到贵人了！——他垂着眼，这样开始了他的倾诉——他是一所乡村小学的代课老师，妻子是他青梅竹马的同学，一手缝纫名扬八里十乡。可天不成全，三年前他妻子得了白血病，住进上海一家医院。医疗费用是填不满的窟窿，家里的积蓄用完了，亲朋好友能借的都借过了，但病情依然没有什么好转，血还得过几天一换。妻子劝他不要再白费钱了，把她弄回家。他不，他总觉得他妻子的病不会致命，只要治下去是肯定能治好的。他说着说着打开挎包，掏出一本红绸绢包着的练习本——那是一本“功德簿”，里面条理清晰地记载着“好人”的名单和功德。他一页一页地翻给我看，每看一条，都要带着感激和骄傲的神情喃喃讲述它的由来……原本菜黄的脸上也因之渐渐泛起红潮，眼睛顿如与老友久别重逢般明亮。尽管还有不少公务等着我去做，但我无论怎样也不忍心打断他，没有勇气不听他——对于境况如此的他，何曾一刻逃离过愁烦！养家糊口、为妻治病、奔走乞讨（他这云游募捐的实质难道不是如此吗？），如此的重负和苦难放在任何一个人身上都足以把人压垮！而此时，感激、骄傲的神情以及兴奋的红潮能从他的心底升腾，是多么难得和可贵！他把我当成他倾诉的对象，他把我当成他忠实的听众，他把我当成他蹇命的同情者，他把我当成他不幸的掬泪人……我就这样静静地听他倾诉。因为我的倾听，使他暂时忘却了苦难；因为我的倾听，使他知道世上还有很多善良的人。——至今我还时常后悔，当初为什么那么急着将百来元钱钞交到他手里，为什么那么急着安排记者报道他的不幸以呼吁社会的同情——因为这些，我打断了他的倾诉，将他从倾诉中拽出——而这些与他向我倾诉所享受的解脱、快乐相比又显得多么微不足道啊！——尽管，对他而言这些更重要些。

记忆深处的这位耄耋老者，向我倾诉的永远是一个重复的故事。他总是先恭敬地递上一张或数张密密写满了他要说的话的复印件，然后，便是如山涧水碓般慢悠沉缓地叙述。他原是一家教育单位的文员，六十年代人员精减时被清退了。多年来，他不停地奔走，不停地跑有关部门，最终的目的只是为了讨个说法——证明自己本不属精减对象，证明四十年前精减他是违背了党的政策！他要恢复国家公职人员的职衔，不要顶着个“精减人员”的帽子离开人世。老人每次都是一套破旧但一尘不染的布衣，拎着一只旧得不能再旧了的塑料手提袋，花白的胡须如洗净的蒜根，儒雅严肃地俯向他所倾诉的对象。其实，我清楚我是帮不了他什么忙的，四十年过去，且隔山隔水、沾上政策的事情，是我这种年龄这种资历能够说话的吗？但我从不打断他，都是极有耐心至少是让他感到是非常认真地在听他的倾诉——我知道，对这样的老人，知识分子老人，一位用他自己的话来说大限将至的老人，他所需要的已远远不是物质上的补偿，他更需要的是精神上的慰藉——包括获得应有的荣誉，以及别人对他发自内心倾诉的耐心。由于我的倾听，老人每次苦着脸进来，走出我办公室时脸上却漾着春风，连那蒜须般的白胡子也仿佛有了年轻的生机。——这实在是倾诉的魅力！老人的话已很少有人能不显出心不在焉的样子，老人的行为也很少有人不表示怀疑和轻蔑，而老人每次从我这里满面春风地归去，这春风其实并不来自于我，而是来自于倾诉，来自于因倾诉而心胸垒块的消融……

少时对旭日形成的情结至今益深。清晨，我常常来到郊野，不仅为了锻炼，更为了看朝阳。而每当嫩如桃腮的朝阳从遥远的地平线冉冉升起，我便不由心胸透明热血泉涌。想到人生的激越，想到人生的悲壮，想到人生深不可测的际遇，而这时，我更多地想到了倾诉——这人与人之间最真切的沟通与交流。如果没有倾诉，人生将会怎样；如果没有倾诉，世界将会怎样？

1998.6

关 怀

人是不能缺少关怀的。

人是渴望被关怀的。

特别是他曾关怀过你，而他现在正需要你关怀的时候。

——这是一次基层走访馈赠我的顿悟。

有预谋地用刀砍伤家人，然后割腕自焚的，竟是一位耄耋老人！不可思议吗？

老人参加过抗美援朝，复员后一直在大队也就是现在的村里当干部。经历加蛮力，使老人在小天地里很是风光了一阵子。老人自己没儿女，“共产风”时，老人听人劝，收养了一个饿得气息奄奄的遗弃男孩，像亲生儿子一样待。长大后又为他娶了亲，盖了房。老人老了，指望栽树乘凉了，没想继儿夫妇却开始嫌弃他，把他赶到旁边破旧的房子里，吃喝也一应随老人自理……渐渐老人心灰意冷，恶从胆生，买回钢刀，暗藏杀机，星夜趁人不备，将继儿夫妇砍伤，然后反锁屋门，割腕自焚。

这个案例本身没有什么典型，它令我有所顿悟，主要是因为行为人的年龄。八十多岁的老人，还有这样强烈的仇恨和报复心理，真使人不得不承认只要生命没有结束，人的心就永远不老的事实。老人不砍别人而只砍继儿夫妇，是因为老人曾为继儿付出了很多而继儿知恩不报，是因为继儿媳在继儿的不孝中起着直接的作用。老人割腕自焚，是因为已看不到生活的任何希望。

人是社会的人，离不开交流，离不开关怀。我们可以不带任何功利地去为别人付出什么，这当然是最崇高的。但对带着功利目的而为别人付出的人，从道德的层面观之，也属正常的人性。譬如上述老人，行为虽已触及法律，但此前他渴望或曰索取继儿对他报答的心理，却仍未超出道德的范畴，仍为大多数人所接受。由此观之，对待那些曾给予过我们关爱，特别是在我们困难的时候给予过我们关爱的亲人、领导、同志、朋友，我们多么应该时常想到他们，并献之以真诚的回报——特别是在他们遇到困难或者非常需要得到别人帮助的时候。

1998. 6

雨夜的灯光

多年以后，我依然忘不了那道灯光，那道雨夜的灯光。

十八年前，我的女友从省重点师范——宣城师范毕业了。为了长远的打算，我计划将她调到我教书的乡。在如火的七月一个烈日炎炎的午后，沿着山间的乡道，我们奔往象山——那里，住着我们乡中学德高望重的老校长。

事情十分地顺利，老校长一口答应为我们帮忙，并坚决挽留我们，硬是让我以水代酒陪他喝下了六两“老白干”。

这时，天已经完全黑了，乌云压在周边的山峦，闪电像一条条燃烧的鞭子，凶狠地抽打着远方的天空。我们谢绝了酒兴盎然的老校长真诚的留宿，一头扎进黑夜，踏上了二十华里回家的行程。

伴着几声闷雷，空中丢下了几滴粗重的雨点，像是探路一般。又是几声滚雷，炸得地动山摇。仿佛只有片刻的寂静，大雨便瓢泼似的倾泻下来。但是，我们有无数的理由对此毫不理会，我们年轻，我们顺利办好了事情，我们心里火热着，我们心情快乐着呢！我们索性收起老校长硬塞的一把雨伞，让头发，让嘴脸，让身体与暴风雨亲密接触，与暴风雨亲切对话。我们感觉暴风雨真好，它使我们在这伸手不见五指的山野，显得充满青春的活力，感受到人与自然不可宣泄的玄秘。我和我的女友在暴风雨中唱着台湾校园歌曲，在暴风雨中高诵着高尔基的“这是勇敢的海燕在闪电之间在怒吼的大海上高傲地飞翔！”我们彼此看不见对方，我们只能以手来感受对方的位置和成功的欢乐，只能以直感迈开脚步踏向前方的路。

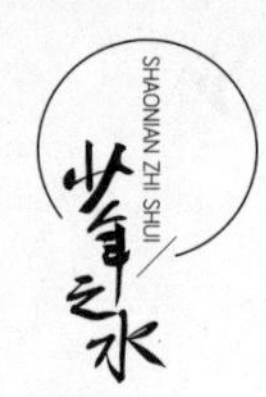

然而，暴风雨中夜晚的山路，实在是太难行了，尽管我们很年轻。翻过一个小山包，走了将近一半的路程，便进入了长长的山冲。下午原本干涸的山涧，洪水怒奔，如涛似瀑。逼仄的山冲土路，被水冲得沟沟壑壑。我们就在深深浅浅的水里，在坑坑洼洼的泥路上，借着闪电瞬息的亮光，艰难地走着。忽然，我的脚下一滑。不好，我踩塌了被洪水淘空了的紧临山涧的土路，整个身子急速倒向湍急的洪流。女友哇的一声哭叫，本能地拽紧我的胳膊……我终因命大而没有被洪水冲走，但却因此而对这雨夜的山路平添了几丝说不出的担忧与恐惧，一时竟有些进退维谷了。

这时，我看见一线亮光，一线并不强烈的手电筒的亮光。尽管那微弱的光柱甚至照达不到我们，但在这漆黑的雨夜，在我们刚刚经历了一场惊险的时刻，却使我们心中霎时涌起温暖和希望。我们将手放在嘴边卷成声筒，对着风雨，用最大的气力呼喊："喂，同志，照照我们行吗？"一连喊了几声，突然那道亮光仿佛一愣，接着就急速地向我们这边移来。听声音，这是一位大约四十岁的农人，夜太黑，雨太大，我们看不清他的脸。我们向他简单说明了几句，他先是一句话没有闷声地听着，随后突然说："错了，你们走错了，前面就是大山塘，再走就走进塘里去了！"我们一时惊得说不出话来！农人又瓮声瓮气地说："来，跟我走这边！"雨，淫威不减；雷电，在头顶惊炸，在天边低吼。我们跟在农人后面，跟在这微弱而温暖的光柱后面，在暴风雨的夏夜，踏着泥泞的山道，一步一步奔向家的方向……

我之所以时常忆起这个夏天的雨夜这位天助我也的农人，是因为我至今也没能知道他的名字，不清楚他的面庞。这是我年轻的疏忽，也是我永远的遗憾——在那样暴雨如注的黑夜，我也许问过他的名姓，而他的回答或因暴风雨的掩盖而没有进入我的耳道；也许我根本就没有想起要问他的名姓。后来，我也曾再次走过那段山路，也曾以我那雨夜的记忆驻足那道山涧，久久地凝望远远的山村稀落的农舍，但我终于没有弄清他属于哪座房舍，甚至不敢断定他就住在那个村庄。

2005.9

门 面

这是一座两进的老式房屋，以天井为界，前面是老丁家，后面是老王家。

房屋紧临破旧狭长的古巷。

一九八三年以前，一切都相安无事。五十岁不到的老丁老王早上浇浇天井里几盆一点也不金贵的花，晚饭后摇着大芭蕉杀两盘，然后哼几句“刁德一”，睡觉。

一九八四年，老丁受大街上老张的启发，到百货公司批回十打火柴、十斤食盐、八块肥皂、一条香烟、十个麻饼、一桶散装酒，还有针头线脑等几样小物件，把乌黑的吃饭桌半张门里半张门外往门槛上一卡，批来的货色往上一摆，丁记小店就从无到有地诞生了。

可哪怕一根针，古巷人还是习惯多跑几步路到街上的百货公司去买。老丁开店就像没开店。这样老丁老王的生活规律也就一点也没打破。老丁浇花时每每自嘲“没事做，看人吃豆腐牙齿快”。老王则在走马将军时掩住满脸智慧：哈，吃一堑，长一智嘛。

问题是小店终于渐渐引起了古巷人的注意。这一注意生意就渐渐多了起来。早上浇花，壶刚对着那盆指甲花，“肥皂，肥皂”，老丁忙丢下壶去接钱找零；“老丁，来包‘大前门’”，老丁只得放下手里的卒。等买卖好“大前门”再回到棋盘，半天也想不起招数。没趣，收棋。老丁老王之间出现了不一致。

再后来，老丁干脆花也不浇棋也不下了。货卖得越来越多，越来越快。

终于一天，整个前堂变成了门面，只留下很窄的一条通道供两家进出。老丁老王的生活规律也就彻底不一样了，生活的档次也渐渐就拉大了。

老丁为儿子在城南富人区定购了小别墅，喝早茶、舞宝剑、数钞票成了老丁新的癖好。老王没有门面，棋又没了对手，只剩下隔三岔五憋着怨气浇闷花。儿子谈个朋友带回家，看看这既不靠街又不着店的破房子，一句话也没有就含蓄地走了。儿子就开始和老王吵，被吵得烦不过的老王就红着脸去找老丁，商求在前堂给他放张小桌子也卖点小百货。老丁说，我做不了主，问我儿子吧。老王就去问老丁的儿子。老丁儿子说，王伯，这前厅是我们家的，都市场经济了，能留条路给你进出还不算客气的呀？

这样又过了几年。同在一片屋檐下，两家的生活和精神却越发不可同日而语了。老丁老王也完全适应了各自的生存状态，包括两人顶头相碰装着视而不见也没了当初的那种尴尬了。

这天早晨，老王正在那盆久已不浇开始枯萎的花前发呆，从前厅进来了几个小伙子，用皮尺横一拉竖一量，再用漆把蘸着红漆往墙上一抹，对老丁老王说，根据城镇规划，这条巷子要建成主街道，从前门到这天井都在拆除红线内，必须在半月内自己拆除，补偿按每平方米……老丁脸白了，老王脸红了，老丁老王心里都嘣咚嘣咚起来。

晚上，老王正在哼着久违的“刁德一”，老丁来了，找老王下棋。找来找去，总缺几颗棋子。两人就用扣子代替。老丁下着下着就红着脸说，这一拆，你就成了大街上的门面了，嘿嘿，老哥，能不能辟块桌子大小的门面卖给我。老王脸红红地说，我做不了主，问我儿子吧。儿子用毛巾擦着脸上的水跑出来，丁伯，我正嫌我家这门面太小了点呢。

2000.5

院 墙

周日，回乡看母亲。

父亲已去了。母亲一人住在乡下老屋。母亲不喜欢城里鸟笼般的生活。

母亲在灶上灶下忙着我喜欢的口味。我在院里踱着怀古思悠的步子。

拨开恣意芳艳的月季，手搭在石砌的院墙上。

这一搭，就想起十多年前——

应是一九八七年或一九八八年吧。

紧临的隔壁住着一家铁匠。男人高大壮实，为人敦厚坦诚；女人瘦黑内向，遇事爱钻牛角。

夏末秋初，两家商定修一道院墙。

按理，院墙应修在两家房屋的分界线上。

而当我们家请来工匠动手砌墙时，隔壁那家女人违背约定出来阻拦了，高嚷着要我们家把院墙往后退让。

我当时很气愤，二十几岁的小青年是容易激动的，我红着脸，与她进行着捍卫“领土”的辩论。

街坊也都站出来讲起公道话，说隔壁女人的要求好没道理。

就在我占尽优势已经取得初步胜利的时候，母亲把我喊回了屋。母亲叫着我的乳名说：要是你们将来没出息，再加这么大的院子也不够你们兄弟三个；要是你们将来有出息，这院子全部给人又怎么说，何况只是小了一些。

我很惊诧。母亲没有什么文化，但她却讲出了一位了不起的古人讲的话。我折服了。

隔壁女人很高兴赢了。因为我们家最终将院墙向内缩了一米。

……

十余年的风雨，院墙的泥灰已斑驳陆离，墙头因石块的崩落也有了些许齿豁。但这都不能引起我的什么心思。触动我的是，隔壁那家早已搬走，并且那爱钻牛角的女人也于前几年可怜地死于绝症。而院墙，却虽旧犹在；而那可怜的爱钻牛角的女人因我家院墙后退而扩大许多的院子，却早已易姓他人。

手抚院墙，心里有些空然。

人世的纷争，无论古今，其理也不过如此啊！

1999.10

假日经济需要呵护

“假日经济”这一新兴的经济和社会现象，为各类商业运作、拉动区域消费创设了有利条件，拓展了广阔空间。交通、商贸、旅游、餐饮、宾馆等业更是受惠莫浅。但我们的“假日经济”还是一株刚破土的幼苗，一只才出壳的雏鸡，需要的是精心的培育、悉心的呵护，众商家千万不能竭泽而渔，剥皮抽筋，贪一时暴利而扼“假日经济”于萌芽，断自家后路于朝夕。

这样说，并非无中生有，杞人忧天。就现状而言，形成并推动“假日经济”的消费群体指向不是占人口总数80%的农民，也不是那些效益一般的企业里的员工，而是较为集中地指向机关及效益较好的企事业干部、员工。很明显，这一消费群体在整个社会消费大局中所占的比例还很低，还很脆弱，只有加强鼓励、引导、关爱、培育，才能促其健康成长，形成辐射推动。然而，事实却多少令人有些失望。报载：某名胜景区，节假日门票翻了一番；宾馆三人间收费却是标准间；正常六十来元的小吃，呼啦涨至一百多元，还美其名曰“运用经济杠杆减轻客流压力”。更甚的是，收了导游费的导游，导了一半竟倏忽不见了；某旅游公司平时客源清淡，假日陡增的游客使交通工具捉襟见肘，但公司不是想法儿调剂，而是利用游客“游心似箭”的心理，一辆四十来座的双层大客，竟一下挤进八十余人，结果半途与一集装箱货车相撞……；某商场精心筹划“假日经济”，摸准“假日经济”中消费群体特定的购物心态，以次充好，大肆炒作，诱人上钩，使消费者痛心不已。等等这些，对“假日经济”造成的负面效应是不可低

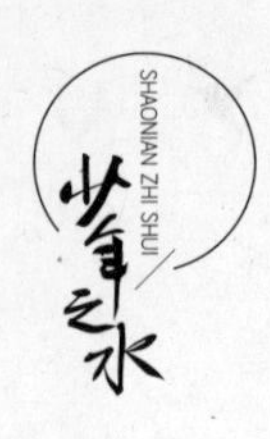

估的。试想，这样的名胜景区，这样的旅游公司，这样的欺诈商场，游人还会留恋，顾客还敢再来吗？

“假日经济”是我们生活中一道崭新的课题，确实需要花些精力去分析、研究和呵护。安徽省级风景区、素有“国色天香西山多，赏花何必到洛阳”之誉的南陵丫山，牡丹花开时节对所有游客免费开放，远宾近客，纷至沓来，赏石观花，怡然其中，“假日经济”，繁荣健康。此举对参与“假日经济”大合唱的众多商家，应是一个很好的借鉴。

2000.5

忠　贞

春天到来的时候，下班路上买回一株文竹。

文竹是我喜欢的植物，也是我忘不了的植物。十七年前走出师范校门走上乡村教坛，单身宿舍里摆放的第一盆花草，就是文竹。它纤如游丝，蓬如绿云，静若处子，神如哲人。风吹过枝摇曳，月照映影扶疏，俨然超凡脱俗的谦谦君子，令你心生敬畏而不敢亵渎。多少个夜晚，橘黄的灯光下，一杯新茶浮漾着淡淡的氤氲。一部名著，一本稿纸，一支毛笔，窗外是村野的狗吠和田垄的虫鸣，文竹就这样，就这样摩挲着我的额发，传给我生活的激情、创作的灵感和未来的梦想。后来有了女友，文竹就自然而然渐渐淡出了目光，以至今日怎么也忆不起来那盆文竹的结果：是自然枯萎了呢，是转送于人了呢，还是进城时有意无意将它疏忽在了曾留下我青春印记的山乡？

文竹在泥质的盆里生长得很惬意，依然是那种淡淡的、静静的、雅雅的、幽幽的，一副清心寡欲、物我皆忘、与世无争、不卑不亢的神情，如那盆遗落在山乡的文竹一样。我忽然有些感动地意识到，我喜欢文竹，原来是因为这种叫文竹的植物与我有一种灵魂上的叠合与相通啊！我又在有文竹相伴的日子里久违地读书和思索；我在又有文竹相伴的日子里重新涌动起青春的激情和奋斗的希望！可是，在一个午后，我忽然发觉文竹翠绿之中杂入了黄斑，且随着时日的推进而扩散。我连忙在电话里请教文化馆的花草大师。大师问：“最近搬弄过它吗？”“搬过，原来沙发茶几靠客厅南墙，前不久搬靠了北墙，文竹也就随之搬移了。”“这就对了。”

大师像医生一样，“文竹虽不像有些花草那样要你三天浇水五天松土，但它有个倔脾气，就是认方向。它习惯你一开始为它设置的枝叶朝向后，就再也不愿改朝其他方位了。老弟，还是把它摆放成原来的朝向吧。”我照大师的话做了，果不其然，三五日后，文竹又风姿绰约了。

我真的有些说不出的钦佩与感动。文竹，你这纤柔的植物，你这忠贞不贰的植物！为了坚持认准的方向，你宁愿以生命去抗争！在物欲横流、追名逐利、明哲保身的世风中，你如此地坚持一个道理，得到的嘲讽会少吗？但你没有在乎，你从来就没有在乎，因为你知道，毕竟，毕竟还有与你一样的坚持方向和真理的人，比如，我，我们。

2000. 7

这盏台灯

这盏台灯已经七八年了。多少个夜晚，它以柔和不倦的光辉，引领我耕耘在文学与思考的田园。它的样式，它的颜色，它的高矮，已完全符合了我的心理和生理，或者说我已接纳了它的一切。

新闻报纸关于“第一缕阳光”的炒作，电视屏幕后主持人唾星四溅地鼓吹，搅得满世界都在奔走，都在除旧布新，都在忙着迎接新世纪新千年。我也没能免俗，像当年阿Q闹革命那样瞎忙活，终于发现这盏台灯的命可以革一下了。换盏新台灯，开启新千年文学的新航程，多好！

这样想着，就有了一些自我感动，就有了一种在新台灯下思绪如风文如泉涌的快乐幻感。而此时再看这盏台灯，多陈旧啊，怎么看怎么不顺眼：椭圆形的底座，一点也不讲究比例；笔直的杆柱，哪有一丝美感；紫罗兰的颜色，过于黯然沉闷；弧度外翘的灯罩，造型毫无章法——我的那些在省报国刊上发表的一篇篇文章，就是在它伴照下写出来的？不会吧？

革命不是请客吃饭，还等什么！跑到灯具店，在小老板的热情介绍下，花上一百多元，买回最时髦的拉杆台灯。微微隆起的不锈钢底座状如可爱的面包，伸缩的拉杆可任意调节光照的角度，葫芦瓢造型的灯罩一派新潮时尚……“小宋，看怎么样？”妻闻声而至，快人快语：“不好看，不好看，像个瘦老头。”废话！你这女人不懂审美。“儿子，快来！”儿闻声而至，左扳右看：“不怎么样，还不如原来的好看。”是吗？我眼睛有问题？决不会！但既然全家三分之二票不喜欢，那就只有暂时保留意见，负隅顽抗是没有什么好处的，退回店家重选适合众口的才是唯一出路……

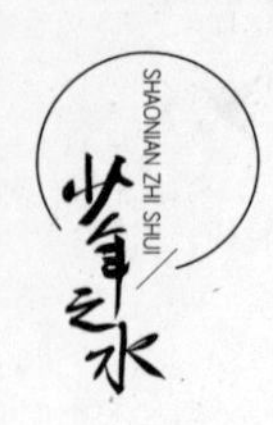

好像没有任何异样，新世纪新千年就跨过来了，而且新千年的第一年眼看也就这样没有任何异样地快要过去了。换盏台灯的想法也在工作和生活的奔忙中渐渐淡化消退。我现在仍坐在这盏已伴我七八年的老台灯下，它的光辉一如既往地柔和不倦，我也一点感觉不出作为台灯它还有哪些不足的地方。想到前时对这盏真诚伴我多年的台灯心怀的鄙视和采取的行动（若不是妻儿的反对，它早已不知被扔到哪座垃圾堆了），心里竟顿生一股淡淡的愧疚。我想，人是喜欢凑热闹的，人是喜欢随大流的，人是容易喜新厌旧的，人是容易主观臆断的，人是容易改变自己的，人是容易忘恩负义的……人对人如此，人对事物也如此——不如此的人，是高尚的人，是脱俗的人，是与众不同的人。

2000. 12

献给新年的歌

飘逝的日子

墙上的日历只剩下最后一页，我记得昨天它好像还是厚厚的一本。那三百六十五个完完全全的日子就真的被我的手指打发走了吗？回想逝去的日子，预定的计划没有完成，灿烂的目标没有达到，成功的芳草地依然是那么缥缥缈缈……惭愧呀，对不起逝去的日子，再也不敢去碰那最后的一页。

记得童年可不是这样，离新年还有一大截距离，就吵着要父亲去商店挑一本最漂亮的日历，然后眼巴巴盼着墙上的日子快点过去，好把新的一本挂上。那时，撕去旧日历的最后几页和新日历的开头几张都是我的专利，而父亲和我正相反。

岁月如小溪，我走出了童年，少年的稚嫩也已被流水轻轻悄悄地洗去，对日子的体味也有了一些新鲜的感受：知道了日子的分量，知道了日子的含义，知道了日子和生命之间那种你依我偎的关系……也说要不辜负日子，也说要拼搏一番，也说要留下一道闪光的轨迹。但，真正能如贺拉斯“抓住那似水流年！抓住！！抓住！！！”又有几个日子呢？多少个日子仿佛不是日子，就被两只手指轻巧地撕下又轻松地挥去，然后去寻找种种理由与自己的良心去说理去欺骗自己，而只有待到一本厚厚的日历变成将逝的几页，才会手指抖索心灵震颤莫名地失落，空有一番悔恨与苦涩……

但日子终究是要去的，正如日子终究会来一样，而不在于你撕不撕去它。重要的是要总结昨日的教训，制订明天的计划，并付诸未来的行动。

如果，能在下一个三百六十五天的日子里，留下几粒灿烂的种子，画一条辉煌的弧线，那，今天的悔恨与失落，就会变成明天的欢笑与充实。

这样想着，我毅然撕去了日历的最后一页……

子夜的钟声

子夜的钟声，悠悠扬扬，节奏鲜明。

子夜的钟声，用她那温情的尾韵，将悄然滑过我们身边的日子，编成了一束又一束酸甜苦辣的小诗。于是，记忆之河上便又多了一些依依稀稀的往事，生活的书页中便又增添了许多永不褪色的故事。

子夜的钟声，还用她那温情的尾韵，把一束崭新的时光轻轻放在我们掌心。这崭新的时光每一个都好灿烂好辉煌，当然分量也都是沉甸甸的，令你不敢也不忍心随便挥去……

哦，子夜的钟声哪，你击落黑暗，迎来黎明；你带走我们失误的昨天，又将明媚的日子交给我们重新编写。你温情的尾韵，悠扬着父辈的鞭策与鼓舞，回荡着慈母的抚慰与叮咛……

哦，子夜的钟声哪，我怎敢忘却你的教训，怎敢不牢记你的叮咛，怎敢再如多年前那不懂事的少年，随便地虚度年华浪掷青春。

子夜的钟声哪，催人奋进的钟声！

新年的太阳

轻轻地，翻开又一本日历的封面。

新年的太阳便带着微笑向我们款款走来。

新年的太阳，如殷殷赤子，带着崭新的鲜活；如娇艳的少女，浮漾着动人的羞涩；如风华正茂的青年，展示着蓬勃的生命……

沐着新年的太阳，惆怅和迷惘成为陌生的路人。

沐着新年的太阳，失意和感伤被抛到九霄云外。

沐着新年的太阳，生命之船的风帆被季节风鼓得满满当当。

沐着新年的太阳，心灵的世界洋溢着温暖的情绪……

面对新年的太阳，我想给远方的朋友捎去一封信。我们已好长时间没有互通音讯，是这新年的太阳唤起我心头彩色的记忆。信中，我将这样写道：这新年的太阳也正照着你吗 / 我远方的朋友 / 预料中如此漫长的别意 / 是否还如当初挥手时那样多情？

面对新年的太阳，我还想打开王蒙的《青春万岁》，放飞一颗依旧年轻的心，然后在初升的太阳光里放声高咏——

所有的日子，所有的日子都来吧，都来吧，我编织你们，用青春的经线和幸福的璎珞……

1990. 12

去西山看牡丹

其实，于花草，我实在是没有什么特别的热情。如果真要我说，我就说，那篱笆墙上的牵牛，村头地脚的桃花，灌木丛中的杜鹃，倒还多少算能引起我心灵的一丝愉悦。但这都是些不在册的非名非贵之花呀，说出来大方们岂不会掩口窃笑。因了这层原因，当牡丹之乡的友人一次又一次盛情邀约“来，来西山看牡丹”时，我总是寻找这样那样的托词，一次又一次婉拒了。直到去年春上，县外的朋友们打来电话，嚷嚷“我们来你什么也别忙只要带我们去看牡丹就行”，我才彻底没有了回避的理由，才猛然感到自己不甚喜爱的东西为了别人也不能不随一下流附一回和了。

我之所以一直懒得去西山看牡丹，还有一个也许毫无道理的原因，那就是在我的心底，实在找不出哪怕一丝牡丹情结。在我所认知的花草中，牡丹归属于让我不太在意，或说无动于衷的那些——尽管，她声名远播；尽管，她被册封为百花之王，被唤作花中仙子，被文人墨客千年吟咏百世渲染。这就好像我们所认识的某个人，看上去也手握大权坐拥财富道貌岸然冠冕堂皇而终不能让我们从内心产生敬意一样。你看牡丹，萼皮肥厚，花瓣也肥厚，芯蕊也肥厚，活脱一个饱食终日心高气傲目光向上不闻不问不知天下饥寒的食利的肥妇人。与平民之花离得那么远，与民之维艰隔得那样深，你说，如山野之花一样的我们，有什么资格有什么心思有什么必要去同她近乎同她交流同她亲和？

汽车出了县城，行进在质朴的山乡公路。这是四月的清明稍后。小雨昨夜已经停歇，太阳很生机地挂在灰蓝的天空。路旁新生的嫩叶和绽放的野花，挥舞着娇小的手，眨闪着惊奇的眼，向我们欢呼，把我们迎送，也把朋友们看牡丹的急急情致撩拨得越发高涨。在满车跳荡的牡丹诗句里，在一路播撒的牡丹之歌中，西山，到了。

一行人就这样立在了西山脚下，开始仰望西山。西山如一道高耸的屏幕，把山那边的天地隔在了山的那边。只不过，这时的屏幕已全然没有了原本面目的墨绿，而是被一位名叫春天的姑娘饱蘸浓情，恣意地涂成了一派乳白——一派高及云天、横无际涯的乳白。这还不够，那位叫春天的姑娘又孩子气地掏出口红，任性地在这一派乳白的界面上毫无规则地左圈右点，留下一抹一抹一团一团青春的焰火。西山友人说，这就是牡丹啊！朋友们眼睛唰地晶亮，唏嘘着，呢喃着，天啦！美哉！而我，在这大自然美妙而雄浑的造化面前，在这气宇轩昂、堂皇富丽的情势面前，一种从没有过的审美体验，也像小草到了春天注定发芽一样，不可遏制地开始在心底缓缓蠕动轻轻升腾。

我们开始走近牡丹，沿着原始曲折的山道。山道是山民们千百年来一脚一脚踏出来的，一镐一镐开出来的。顺着清泉，绕过危岩，因势利导，曲折蜿蜒，处处体现出以人为本的理念和对人性的关怀。一株株牡丹，一丛丛牡丹，一片片牡丹，就从我们脚下，从山道的两旁，生长着，簇拥着，欢笑着，快乐着，铺向我们目之所及的辽远。这，实在是令人不能不为之怦然心动——花盆里那让我无动于衷的牡丹，那让我见着就会想起食利阶层肥妇人的牡丹，在这远离尘嚣清静无邪的山野，何以如此充满活力，如此精神焕发，如此光芒散射，如此摄人心魄？难道，这就是集群之美、聚合之美、高贵之美在这声势夺人的乳白色屏幕上为我们所做的最直接最原始也是最生动的演绎与诠释么？

西山是座石山。从自然景观意义上来说，它的品牌就是奇石。石林，石海，石猴，石蟾，石壁，石井，石屋，石洞，几乎无所不石。而从自然生态意义上来说，如果山水本身也有贫富优劣之分的话，那西山毫无疑问归属于穷山陋水，与秀山丽水怎么也沾不上边。而牡丹，这骄逸的花，这千百年来一直被捧为花之神明的花，却把这块贫瘠的乡野择为自己青春的驿站，并把满腹的情思以热烈奔放的姿势一层一层次第抖落直到呈出最隐蔽的心瓣。是失宠后的无可奈何吗？是对尘嚣浮华的看破逃避吗？是对

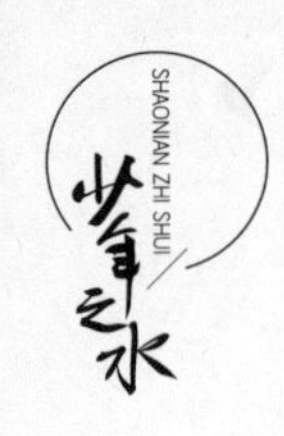

深宫高院虚伪无聊的厌倦反叛吗？是生命内质中最初的平民意识的复苏归真吗？不问，我不问，所有的原因都是次要的，只要她不嫌弃这贫瘠的山野，自然地开放在这自然的山野，脸上微笑着哪怕是掺和着些丝遗憾的微笑，这就够了。何况，她笑得满足无比，笑得纯洁无比，笑得灿烂无比。而此时的我，心头固有的对牡丹根深蒂固的偏见与不屑，也开始如晨光下的霜露，一点一点无声地消散，渐至不知所向了无影踪。

事实上，牡丹是生长在石与石之间、石缝石隙那一箕一抔的黄土里，更多则是生长在山民们就地取材用山石垒筑的一块一块狭小的连绵的梯田里。自然生态上的穷山陋水，在勤劳坚毅、生命力极强的山民们手中，硬是变成了花的屏风，花的波涛，花的海洋，并由此刷新着日子，将富裕这两个字高高悬挂在了这块贫瘠的土地上。牡丹的花季在清明前后的半月，那乳白的、艳红的花是开给外人看的，是开给春风评价的，是对世界所发布的孕育的宣言，是对山民艰辛莳弄的承诺。花期过后，牡丹就化归岑寂，一心一意哺育藏在地下的果实，等到来年再回报给山民们——这世界上最艰辛最勤苦最脚踏实地最容易满足最没有怨言的人们。西山的土是岁月的刀子剥蚀风化的土，富含特定的矿物，西山的牡丹也因了这土的深情内涵而渐渐出落成牡丹中的上品——凤丹——一味高品质的经年走俏东南亚国际市场的地道中药材，其质地其身份远非他处土地上生长的同类可比。

在花的海洋里畅游，在花的海洋里谈笑，在花的海洋里思索。裹拥着浓郁的馨香，观赏着蜜蜂的舞蹈，追寻着春鸟的音迹，沾带着蒲公英的绒羽，前行在牡丹丛中。这是怎样心情舒畅的辰光，这是怎样美妙如歌的开心一刻啊！随着一声惊叹，我们已站在了花海的波峰。举头天宇，云絮款款，艳阳含笑；俯视山脚，牡丹凝脂，连绵递进；眺望远方，丫山古镇，玲珑剔透。金黄的油菜花，深红的紫云英，遥遥铺陈，奔涌而来，如诸侯会盟直至山脚，呼拥着牡丹。更有那右前方几丘峰峦，跌宕起伏，俨然一位绝代佳人不经意卧躺在乳白的艳红的牡丹之波上。西山友人介绍，那是“睡美人”。我说，不，不，应是牡丹仙子，真正的牡丹仙子。因为她，牡丹才下驾了这块偏僻贫瘠的土地，才使这块偏僻的乡野充溢着如此的国色天香，这里是牡丹真正的故乡啊！同行的朋友左瞄右看，对，

对，是牡丹仙子，是牡丹的故乡！

春雨淅沥，芳草又绿，牡丹的花季又要来临了。西山友人又捎来言语：来，多引些朋友来！这次我没有半点推辞。县城去西山的公路已全部铺成了水泥大道，上山的石径已是修了又修，今年的雨水又特别适合牡丹的花事。更主要的，我已理解了牡丹，认同了牡丹，甚至于对她产生了发自内心的怜惜与感激。朋友，请让我也这样向你发出邀约：来，我陪你去西山，看牡丹，去看牡丹！

2001.3

人的杀人与自杀

这个题目，确有些可怖。但看官勿躁，待我如实细表，便知并非危言耸听。

话说公元2001年7月中旬，晋中市质监局组织对晋中市医院和榆次区、太谷、祁县、昔阳、左权、榆社的8家人民医院用氧情况进行交叉检查，发现这些医院都是用工业用氧冒充医用氧用于临床……现场查证正在使用的工业用氧200余瓶，并初步查证这8家医院今年上半年已使用工业用氧用于医用7000余瓶。（见《深圳商报》2001年7月29日 A2版）

本人平时虽无关痛“氧”，但对工业用氧与医用氧迥异的性质和用途还是有所耳闻，对医用氧在临床中救死扶伤的特殊作用也是略有所知的。试想，面对一个个垂危甚或奄奄一息、急需用“氧”将其从死神手里拽回、所有生的希望都寄托于医院（医生）的病人，医院（医生）竟能狠心地用工业用氧冒充医用氧来医治（糊弄）病人，这何异于落井下石雪上加霜！这些失去医德的医院（医生）难道不是想想都觉得可怖的杀人者吗？只不过，那狰狞的面目都藏在那白褂、白帽、白口罩后面罢了。

再话说今年各地煤矿安全事故迭起，死人的事是真的经常发生了。“有1394座小煤矿的河北省最近接连下发三个措辞严厉的紧急通知，要求所有小煤矿全部停产整顿。”然而，部分小煤矿依然“顶风”作业，已成为安全生产的巨大隐患，“在邢台县羊范镇固北煤矿，等待拉煤的车子挤满了院子。”（见《深圳商报》2001年7月29日A5版图片新闻）

本人没有做过矿工，当然也没有下过小煤窑。但从报刊荧屏上，从那些在小煤矿挣钱养家的农民工口中，却深知这种遍地开花、抢掠性开采、疏于安全管理的小煤矿对国家煤炭资源的巨大破坏，对煤工生命安全的巨大威胁。政府下发紧急通知要求所有小煤矿全部停业整顿，其目的一是有效保护、合理开发国家矿藏资源，而更主要的是为了切实保护广大煤工的生命安全。政府爱民之心，真乃天地可鉴！而现实，虽然政府“措辞严厉”，“紧急通知”接连下发了三个，但部分小煤矿就是视而不见听而不闻，一些煤工也依然愿意为了钱而甘冒巨大的安全隐患，置生命于不顾地在生死线上作业。此情此景，何异于自投虎穴，何异于持匕自刺？

面对“人”的这种杀人与自杀，不禁胸中闷得好慌！带着惊诧左翻右看前寻后找，终于初步弄清这“杀人”与“自杀”的背后，都有一只共同的隐形的手在操纵——钱！据悉，那八家人民医院——是“人民”医院——之所以胆敢用工业用氧替代医用氧，是因为工业用氧每瓶只有十五元，仅是医用氧每瓶三十元的一半。而那些不顾安危犹如持刀自杀的煤工，之所以自愿而麻木地行走在生死线上，其原因也是“受经济利益的驱使”。

这“杀人”与“自杀”还会继续下去吗？

这“杀人”与“自杀”何时才会彻底消失？

呜呼！吾无言矣。

2001.7

狗　子

三月的一天，我陪妻回娘家。

院里矮矮的桃树上，粉红的桃花灿若云霞。我站在桃树下，任山野清纯的风拂过我春天的心思。

忽然，我感到裤脚被什么软软的东西触动了。条件反射地扭过头，呀，狗子！一条陌生的狗子！狗子摇头摆尾，哈哈地喘着气，正偷偷用鼻嗅我的脚，用舌舔我的鞋，用头蹭我的裤。我扭头的时候，它猛地向上一蹿，在目光与我对视的瞬间，它温软的舌头已触到了我的手上。“狗！”我惊得一甩手，一声断喝，断喝中满怀恼怒，本能地后退几步。而狗子却不知我的怨意，索性放开性情，急急地喘着气，摇头摆尾，跳起扑向我的胸前。多年的城市生活，已使我们远离了动物，童年时代乡村的狗子情结已消逝无踪，曾经亲切的狗子们在我们远离狗子的日子里，渐渐变得多余而至令人提防，何况这么一只陌生的狗子。我迅速抓起靠在院墙的竹竿，狗子这才夹着尾巴悻悻地走到一边去。

“它认得你，是在和你玩呢。”坐在墙角择菜的岳母说。

“它认得我？它怎么认得我？”

“它是隔壁谢家的，常来这院里。”

“可我一年就来三两回啊，它怎么就记住了我？”

“嘿嘿，狗子嘛。”

狗子，被我手里的竹竿吓退的狗子，此时正坐卧在院子的门边，头伏在前腿上，眼睛一动不动地望着我，流露出委屈而不计前嫌的神情。绒绒的耳朵软软地垂着，黑黑的尾巴像田野上一株狗尾巴草，在风中摆得心不在焉。

我轻轻地走过去，在狗子的身边蹲下来。狗子把头偏了偏，做出承接我抚摸的姿势。我的手掌按在狗子的头上，狗子闭上眼，一副受宠若惊的样子。我拿开手，狗子立即站起来，抖抖身上的毛，围着我，前后欢喜地跳腾着。而我再一按它，它又立即像棉花一样柔顺地伏在了我的面前。我的手从狗子的头顺着抹向狗子的身后，又抓住狗子摇得正欢的尾巴。

童年时代的狗子，是我们最亲密的伙伴。早起上学，登山砍柴，下河洗澡，狗子从来都无须招呼，总是乐颠乐颠地伴在我们左右。至于赏赐，是什么也没有，也从来不需要的。你只需伸出手，让它舔一舔，或轻轻地在它头上拍两下，它就满足得要命了。郭妈离我家有十多里山路，童年的我一个人去郭妈家，就因有了狗子的伴护而气豪胆壮。漆黑的夜，父亲牵着我的手走在回家的路上，远远的一声轻咳，狗子就会立即跑过来，在我们腿上嗅着舔着，引领我们快乐地走向朦胧温暖的灯光……

我再次轻抚狗子，以我复苏了的童年的狗子情结。我心里对狗子说：对不起，狗子，我们人类在地球上是至高无上的，一切其他的生命在人类的眼里都是不足为道的。但是，我们人类已经犯了并继续犯着一个不可忽略的错误，这就是，我们正在丢失一些最本质最美好的东西——像你这样的对人类的亲密与真诚。

2002.2

逃离游戏

我现在是真切地体会到玩物确实是可以让人丧志的。

我这人，一不好游闲，二不打麻将，除了工作，除了朋友之间的邀聚，余下的时间，基本上是在看书学习中度过。写点文字，成了充实心灵的一种方式。为了便于操练文字，使自己的思想能够比较方便地留存和调阅，妻子小宋三年前就为我买了台实达“奔三”。有了电脑这玩意，弄起文字材料来可真是方便多了！材料一次性输入后，想怎么改就怎么改，改后还能将原稿备份；想打印多少份就打印多少份，什么时候打印全凭自己喜欢。这样，随着时月的递增，电脑里我的文档资料渐渐多了，并慢慢成了我思想的投影和信息的资讯库。

然而，也就在这个时候，我不经意间进入了玩物丧志的行列。

罪魁祸首就是随运行软件一道装进电脑里的小小游戏。

起初几个月，甚至半年之久，我是从没打开过游戏的。因为对玩游戏我没有什么兴趣，我从经验出发，对游戏这两个字进行阐释，得出的认识是所谓游戏不过是孩子们的事情。我们小时候不就是在玩藏猫咪、打鬼子的游戏中度过的吗？何况，当我的双手犹如弹奏钢琴一样敲击键盘，人生的理想和梦幻流水般演变成文字映印在电脑屏幕上，那种春光流溢心灵的充实与快乐，又怎能是意识中毫无意义的游戏所能替代的呢？

但后来的一天，也就是个星期天吧，坐在电脑前，半天脑子里没有激情。无聊中点开“俄罗斯方块”，一个个由各种颜色组成的或方或长或折或凸的“俄罗斯方块”，像冰雹一样从天而降。手指在键盘上慌乱地敲击，当落下的方块刚好填满某一个或几个层面，刷，记分牌上的分数便 10 分 30

分地增加。这种直观现实的虚拟奖赏，让你一下子沉入其中。这以后，每当打开电脑处理文档，总要先偷空玩一把“俄罗斯”。最后往往是文档的处理只用了半小时，而玩“俄罗斯”的时间却用了几小时。简单的打熟了，就设定高难度、高速度，直到把难度调到了最大，把速度调到了最快。而这样的游戏你是注定玩不完的。这次打出了300分的记录，下次你还想打出400分。当你果真打出了400分，你又想打出一个600分看看。这样，你就不由自主地被游戏牵住了鼻子，永远别想主动退出来。往往是，你与“俄罗斯”较上了劲，一次又一次不服输地闯关，忽然妻子喊你吃饭了，或喊你帮忙做什么小事了，你才不得不恋恋不舍地关闭电脑，暂别“俄罗斯”。

后来，又有这样那样的游戏，而每一样新的游戏，都有让你不能自拔的魅力。譬如“中国象棋”，平时与别人对下，按我对事物的心态，输赢两三局也就再没有兴趣下下去了，双方停战或各奔东西。而在电脑上玩象棋游戏，情况则大大不同了。一是对方永不言累，永不主动退出，大有不战个天昏地暗不战个得胜回朝誓不罢休的架势。这样，你人性的本质里不肯服输的意识就会渐渐苏醒，就有一种男子汉不能轻易言败的傲劲在心里升腾。输了吗，不行，重来！打平手了吗，不行，一定要赢过你一点点！这样一来，就不是三五局能解决问题的了。再比如“推箱子”，一共是三十六个级别，级别越高，难度越大，玩到第三十级，已是比较不容易的了。但毕竟是和电脑玩，输赢没人看见，思想上没有什么障碍，推呀推呀，只要一玩起来，就推个没完没了。还有个什么“水管工”，速度一设定，你在前面修水管，忙得不亦乐乎，后面的水却不管你的辛苦，哗哗地只管顺着水管涌来，弄得你手忙脚乱，只得没命地修，否则涌来的水就会从你没有修好的水管里漏出——真是好刺激哦！你想，这些游戏，既不用你动多少脑筋，又不需你多少学问，只要你乐于介入，乐于参与就行了，真是对你没有任何要求，但给予你的却是不能自拔的快乐，你能不一见倾心，誓玩到底吗？

这就是电脑游戏，这就是迥异于我们孩时玩的“调马能”“抢羊子”“打跪鳖”的现代电脑游戏，它已根本不是我们所解释的传统意义上的游戏概念，更不再只是孩子们的专利，而是属于所有的人。那么多的人对它喜爱、沉迷，甚至几近痴狂；那么多的人不计时间，甚至可以放下现实中许多要紧的工作和事情，心甘情愿地飘浮在这虚拟的场景空间。——电脑游戏，你究竟具有怎样不可告人的内在魅力！

但是，我还是要摆脱游戏，远离游戏，逃脱游戏的。因为，它实际是一种精神的消沉，一种意志力的销蚀，一种没有理想的放松——不管你是不是出于主观，你本意是不是愿意沉入进去，电脑游戏，只要你交上了这个朋友，它就会以毫无商量的态度，将你不知不觉地拉进它预设的陷阱。一天不行，那就两天；两天不行，那就三天……反正总有一天，会将一个曾经志在天地的你，一点一滴，一滴一点，变成一个庸俗不堪、毫无建树的人。

远离电脑游戏，从现在开始。当然，远离电脑游戏，只口中说不玩是不行的，要做的是，马上就将电脑里的游戏全部删去！

好，现在，我的电脑无游戏。

2003.2

少年的池塘

每当走过这口池塘，便油然生出一种往日情怀。

而这时，我总有些疑惑：就是这口池塘吗？印象中，它是要开阔得多呀。

我曾问过祖居塘边的乡民，答曰：就是这口池塘。乡民告诉我，这口池塘因紧临山脚，植被茂盛，几乎没有水土流失，加之每年都要清淤培堤，几十年来大小形状水质基本没有改变。

那么，问题果真出在我的眼睛？

二十多年前，我是一个十一二岁的少年。那时国家不喊“减负”，但我们的学业却比现在生活在“减负”中的孩子轻松十倍。星期六、星期天，老师一般是不布置家庭作业的。我们的任务，除了游戏，就是尽可能为大人们做些力所能及的小事，如打扫门前的场院，拔除地里的杂草，再就是背着竹筐上山捡拾枯落的松针，或扛把锄头到生产队已收获的山芋地一垄垄再刨一遍，捡回被社员挖断而忽略或隐藏得很巧妙的几根留在地里的山芋……这就是我所要说的那种往日情怀产生的背景。

那是一个夏日的周末，我与强子、蛋头、“南霸天”扛着竹筢，结伴去搂拾松针。黄昏的时候，我们背着满篓黄灿灿的松针，唱着愉快的歌曲，走在回家的路上。转进林场的山脚，一幕只有电影里才有的情景出现在我们面前：几位身着泳装的下放知青，正比赛似的腾空扎进山边的池塘。在我们山乡，游泳是很少的，即使有一些青年游泳，也是穿着土里土气缀满补丁的内衣，并且是慢慢地下到水里，狗爬似的在水里扑腾扑腾，充其量也只能算是洗个冷水澡，哪有这样的齐整、洋气、威风、壮观！我们急急奔到塘边，放下肩上的松针，坐在扁担上，出神地欣赏起来。山边的池塘，水面开阔，水质纯碧，挂在西山的太阳，为知青们健硕的肌体镀上了一层厚重的铜质，流溢出动人的力量。有了观众，知青们似乎更欢了，他们爬上塘埂，抹一把脸上的水，向我们投来友好和渴望喝彩的目光。我们一时竟感动得不知怎么才好——要知道，像我们这样的小小少年，这些上海芜湖的下放知青是从来也不屑用正眼看一眼的，而此时，他们却主动对我们表达了如此的友好和真诚——我与蛋头、强子面面相觑，忽然连自己也弄不清怎么就鼓起掌来。听到掌声的知青们先是一愣，接着就有一丝受宠若惊的害羞，最后是仿佛要答谢我们的掌声，一个个抡臂甩脚，拿出看家本领为我们表演起来。其中一个高个子，退居塘埂十数步，深吸一口气，然后快速冲向池塘，猛地腾空一跃，像一条海豚划过一条弧线，双手向前插入离塘埂四五米远的水里，半天不见人影。就在我们屏息凝神急得心咚咚跳的时候，塘中间忽地冒出了他来。另一个胖墩墩的知青，一边摘下金丝眼镜，一边慢慢站起身，背向池塘，双脚一蹬，笔挺地倒向水面，双手大飞轮一样向上向后桡过，身体像一只独木舟，在水面快速地向前漂行……我们看呆了，看得忘乎所以了，手拍得都有些酸痛了——在那文化娱乐单调划一普遍匮乏的年代，能欣赏到这样一场高水平的不用花钱的游泳表演，实在是难得得有些奢侈了，以至在未来成长的岁月里，它曾好长时间成为我们闲谈的一个资本，乃至今天，我依然挥不去这一幕往事情怀。

知青已去，池塘犹在。每次面见池塘，无论是车窗里的匆匆一瞥，还是坐在与池塘隔公路而建的陆家饭店里久久凝视，二十多年前那个夏日池塘夕照下的生动一幕，总会从记忆的磁盘里闪电般地调出。每每这时，总有一种池塘不是我少年的池塘，不是那知青的池塘的幻感或失落——这般小，这般小，我记忆中少年的池塘是多么开阔，多么浸润人心啊！我崇拜得要命的，知青一个猛子扎得我们心咚咚跳的池塘，原本就是这么小，这么小吗？如若果如乡民所言，那问题究竟出在哪里？是我长大了吗？是我少年的眼里只有故乡的这口池塘，而如今我不仅读入了长江、黄河，还读入了大湖、大海，甚至大洋了吗？

我少年的池塘啊！

1996.9

一九七五年的圆规

读初二的时候，我有了一把圆规，时间是 1975 年。

现在提起“有了一把圆规”，在小小初中生们看来，实在是不合时宜了。但在我，却一直挥不去这种圆规情结，以及与圆规有关的人和事。那是一种与现时多么不同的大背景啊——计划体制下物资的定向流动；城市的热血青年成批涌向大有作为的天地；一个健硕的劳力日出而作日落而歇一天下来只有两三毛的工分值。而我这把圆规呢，它是纯不锈钢三用圆规，在县城的百货公司是见不到的；它价值一块七毛六分钱，是普通铁皮圆规的十多倍，一般农家学子是很难拥有的。更重要的，它是一位名叫黄戈萍的上海知青春节回上海探亲为我带来的。

黄戈萍等八位上海知青下放在大队农场，大约都在十七八九岁的样子。那时，上上下下对文艺宣传、大批判抓得很紧，兄长是公社小学代课教师，兼大队团总支书记，自然是这些活动的领头人。黄戈萍等上海知青与大队回乡青年，常常挤在我家简陋的屋舍里，描儒家嘴脸，画法家头像，抄写大批判稿，编排文艺节目……我就是这样与大我五六岁的黄戈萍渐渐熟识的。

初二，学几何了，圆规也就成了必备的学习用具。时至今日，我已很难记清，是我主动请黄戈萍帮我捎带圆规，是黄戈萍主动要为我捎带圆规，还是兄长与黄戈萍打的招呼？但有一个场景十分清晰：早春的一个夜晚，春节归队的黄戈萍与几位知青来到我家，我从她手里接过一个小小的硬纸盒，打开，躺在盒里的不锈钢三用圆规，在跳荡的煤油灯光下，闪耀着一层高贵而融暖的光芒。我的心一下被攫住了——多么奢侈的学习用品啊！——在我后来的读书生活中，我再也没有受用过比较而言如此与众不同的学习用具。事后母亲曾责怪我“买这么贵的东西事先也不跟大人说一声”，当时曾嫌母亲小气。如今想来，母亲是有理由的。那时，兄长的工资每月只有十三块五毛，父亲的副业每月只有六十来元的收入，这就是全家七口人的生活依靠。换个角度，如今我们的收入已超出当年的百倍，如果可以同步换算，这把圆规现在应值二百来元。——这对当前社会中弱势人群家的学子，依然不能说是一个小数目。

正因此，我对这把一九七五年的圆规是情有独钟，珍惜异常。上高中，读师范，我都一直带在身边。去年，儿子上初中，书包、文具盒等所有学习用品都是新买的，唯独圆规是我用过的这把一九七五年的圆规。但儿子对这把圆规的历史太模糊了，因而对这把圆规的感情很是一般。也难怪，远去的那个 1975 年，对于一个在改革开放市场经济中成长起来的孩子来说，实在是太不可思议了。不多久，孩子就自作主张地买回一把新圆规，才六块钱，而且如实说比我的那把造型更别致更耐看。但我却不能因之而不喜欢我的圆规——这把一九七五年的圆规，就像儿子不喜欢我的圆规，而更喜欢二千零一年的圆规一样。我没有责怪孩子，我知道这是社会发展的必然，是不同于我们的又一代人的选择。同时我还肯定地预料，如我对待一九七五年圆规的这般情结，随着社会的进步，物资的丰富，是再也不会在我们的孩子们身上重现了。这固然使孩子们少了一种惜物的体验，但孩子们的生活却因此而过得更自由，更轻巧，更放松了。

那么，这把一九七五年的圆规，这把与上海知青时代同行的圆规，就让我独自珍爱吧。一九七五年，毕竟也是有许多值得缅怀和忆念的东西啊！

2002.9

调拨生命的航向

更生今年五十一岁，是位老机关，现任一家单位的副局长，副科级。按说，这样的年龄，这样的阅历，即使不能达到宁静致远、淡泊明志，至少也应初步懂得了生活的目的，能够较为正确地把握生命的航向了。可更生不，他一根神经通到底，只朝一个方面去想，去思，去赶路。结果，时常滑入焦躁无望的旋涡，除了牢骚还是牢骚，除了自卑还是自卑，除了哀叹还是哀叹，真正是“白了中年头，空悲切！”

五十一岁的更生在这个小城的机关其实算得上较有才华——写得一手不错的文章和漂亮的行楷；早年在部队写通讯报道散文小说就小有名气。转业到地方，先后在三四个科局和两三个乡镇做过副职。按说，这样的经历在这样的内陆小城，也算得上是春夜的青蛙——呱呱叫了。可更生同志太富于“名分”意识了，他虽不嫉妒别人位置的攀升，但对自己多年来一直是个副职很是想不通，对行政职级有一种强烈的渴求。更生同志时常挂在嘴边的一句话是：我副科帽子都戴了二十一年了，简直成了‘妇（副）科病’了。他酒后喜欢对朋友说：我不是想有什么权力，只是搞这么多年还是副科，人家看不起，我也不想什么实职，哪怕弄个主任科员，只要是正科，一点实权没有也行。

事实上，更生同志真正是一位做事敬业的人。随着年龄的增长，他更是尽职尽力辅助一把手，单位大事小事苦事累事他做得最多，并且从不越权。但单位一把手似乎并不怎么赏识他看重他，甚至不把他当成班子里的副手，而是当作比一般科员更好使唤的工具。这样一来，更生就承受了太大的思想压力，也就更加强烈渴求自己副科变正科了。

而按时下选人用人的框框界线，五十一岁的更生“正科渴望”也许真的是没有太多的戏了。

其实，更生，你又何苦让自己在这种“正科渴望”中苦闷地度过呢？——如果这种渴望从现实的角度来看确实是很难实现的话。难道你生活的所有意义就是从副科到正科，生活的唯一目标也就是弄个主任科员吗？如果是，那实在是你性格和欲望的悲哀，是你生命的无意义；如果不是，你为什么又不能跳出圈子看圈子，跳出小路走大路呢？你工作勤勉，单位一把手不赏识你又有什么？！你应该知道，工作勤勉是每一个国家公务员应有的作风，是取得一份工资报酬时为了无愧于社会无愧于良心而应有的态度，这与正职对你的看法好坏，以及副科多少年也没能变成正科没有任何内在的联系。此外，你写得一手好字，作得一手好文，为什么不在干好本职工作的余暇，多读书，多思考，多做点社会调查，多写点心灵的文字呢？更生同志，像汪洋中的航船根据航线不断调适前行的航向吧——这样，你不仅会从“妇（副）科病”的烦恼中解脱出来，精神振作地生活，而且等到许多同龄人都从岗位上退下来，正科与副科已没有任何区别和实际意义，特别是那些正科们正无所适从的时候，你将依然生活得充实，生活得洒脱，并将反过来成为他们心目中真正的永远的“正科”。

2002.9

石 头

石头是很平常的。很多人都看不起石头。

能看得起石头的人，是有内涵的人，是深邃的人。

看不起石头，一点也不奇怪。石头土啊，土得只是石头。愣头愣脑的，与现代，与洋气根本沾不上边。对一般的人，看不起石头，我们都能原谅。

但对那些理应看得起石头却看不起石头的人，我们却不能原谅他。他们认识石头，深入过石头，知道石头的故事，了解石头的脾性，甚至曾经得过石头的好处，借助石头而腾达。然而，现在，他们看不起石头了。

看不起石头，就是看不起自己啊，其实。

石头的资历谁可堪比！它在天地混沌中产生，它从时空的零点走来。人类复杂而艰难的从猿到人的历史，在石头的眼里，是多么简单的一瞬！石头默默，那是一种无须也不愿张扬的默默，就像天上的星星，从不说一句话，而你却无法不以仰望的姿势去礼赞。

石头的生命谁可堪比！它在熔岩突涌中凝固，它在地火奔流中聚成。笑迎狂风骤雨，笑傲冰雪雷电，笑战险流恶浪。与生俱来的激情，铺就了它丰厚的底蕴。哪怕遍体鳞伤，也依然斗志昂扬；只要还叫石头，就一定还是石头的性格！

石头的精神谁可堪比！那是一种无私的奉献与关爱。人类的童年何尝不是在石头的庇护下成长起来。是石头，为我们支撑起巨大的藏身的洞窟；是石头，帮助我们猎获延续生命的丰厚食物；是石头，为我们提供了与自然界初次较量的武器；是石头，让我们的文化留在摩崖上，让我们的

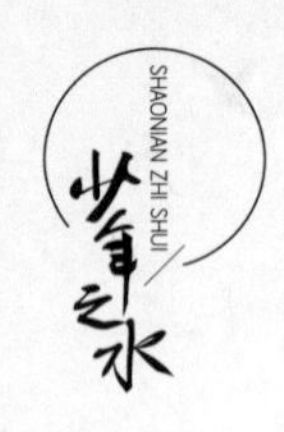

精神留在牌坊上，并引领我们从河的此岸走向河的彼岸……

实在不应该看不起石头啊！特别是那些石头为你垫过脚，石头为你敲过门，石头为你问过路，石头为你留过名，而使你爬上一个又一个新的层次，走进一片又一片新的天地的人，你们真的不应该看不起石头啊！石头是默默的，是不喜欢计较的，更是不求回报的。但石头的心却永远是实在的，明白的。忘记石头，想不起石头，石头无所谓，真的无所谓。而若鄙视石头，奚落石头，毁誉石头，石头是不会让步的——因为这已触犯到石头的尊严与底线——像我们人类的尊严和底线不可触犯一样——如此，石头是再也不会为你所用，你的黄粱美梦也就只好到此为止了。

石头是很平常的，石头又是我们永远无法彻底解读的。但有一点，石头是坚硬的，更是和善的。只要我们尊重石头，以平齐的目光去注视石头，石头就一定会给我们以更多的支持与帮助。

2002. 10

写 信

周末，很好的阳光。在家里翻检书橱——带着难得的放松与闲适。书橱的底部是一摞信件，那都是往事的堆积。随手拣出一封轻轻地展开，初冬的阳光微笑着与我共览。啊，多么熟悉的声音，多么亲切的面容，多么富有理想富有朝气的青春——远逝的——而现在，却如此清晰地在耳畔回荡，在眼前闪现。

第一封信具体写于何时，写给何人，写了何事，是记不起了。但有一点可以肯定，是写给“尊敬的编辑叔叔”的。二十世纪七十年代初期，文化是鲜活无比的。刚进初中的我在热爱文学的兄长的熏陶下，偷偷地写过一些所谓“儿歌”的东西，很虔诚地寄给我从没到过的地方那些从不认识的人。那时，省里有《安徽红小兵》，市里有《群众文化》，县里有《工农兵文艺》，这都是我从兄长的书架上见到过的。随着年龄的增长，视野的开阔，写给熟悉的人的信多了，写给不熟悉的人的信少了。信写得最多是远离故乡读书求学的时候，每一封写给父兄的信，都飘忽着门前的小河窗后的菜园屋顶的炊烟。信写得最富于激情是刚踏进社会那阵与同窗好友的通信，每一封信每一个字眼都挥之不去难忘的情谊金色的梦想相互的勉励。……哦，那如梦的岁月，如烟的往事，如火的青春啊，你就这样被这种称之为“信”的东西真实地存封着，存封着，让我们随时开启往事，供我们随时追忆吗？

从一封封信上收回目光，心中充实，又有道不出的怅惘。我的亲人和朋友，我们曾经以“信”这种方式如此真实地思考过、生活过、成熟过、

稚嫩过、交融过——我们的记忆有时要腾出空间更新信息而抹去以往的一些，只有我们手中的“信”，是明明白白，永远的明明白白啊！可是，我们现在已不愿动笔，懒得写信。是因为电话的普及？是因为计算机网络的发达？果如此，信是不是已完成其历史使命，将彻底退到历史的幕后，消逝在历史的来路？我们的下一代，下下一代，还知道信吗？还用得着信吗？还会写信吗？

其实，与现代通讯相比，信是多么温文尔雅——你要用文如其人的文字，一笔一画把自己的想法写在你喜欢的规格、颜色的纸上；你要把写好的话从头至尾细细地览阅一遍甚至增删点什么；你要把写好的信按照邮寄的不同对象叠成相应的方片、纸鸽或小船，装进同样按邮寄对象选定的黄色、白色或带花边儿的信封；你要贴上你喜欢的邮票，再反复检查一下收信人的地址姓名，小心地塞进邮筒……然后想象着看不见的那方收到信时是怎样的情态，并焦虑或平和地等待那边传来同样的思想或真诚。然而，温文尔雅是注定不属于竞争的。市场经济是竞争经济，竞争中的人需要的已不是氛围、情致和雅趣，而是快捷与便利。只要抢在别人前头，只要比别人赚钱更多——至于电话那头放下话筒就再也看不到什么，互联网上那刻板的印刷体千篇一律有多少真情投入，市场经济中的现代人是不会多在乎的。

那么，如今究竟还写不写信？写也好，不写也好，也许都是有理由的。既如此，那也就不必以一种尺度去强求了。尽管，这种被称之为“信”的文化载体，曾经辉煌过中国乃至世界的文化。

2012. 10

忆念师恩

达观老师去了，我没能送行，理由虽然充分——没有及时得到音信，但我依然感到说不出的遗憾。

我是达观老师的得意门生，达观老师对我倾注的期望太高太重。达观老师晚年常与人褒扬我聪颖诚实——这是达观老师走后师母写给我的信中反复提到的。师母在信中说："达观老师生前时常与人说起他的学生，每次都要提到你，说你聪颖踏实，肯定会有大出息。……"那时，我正任职县委宣传部宣传文化科长、县报社长兼主编，职业使我对写在纸上的文字有种特别的敏感。读着师母的信，我微闭着眼，仰靠椅背，心中默默向远去的达观老师说：达观老师，弟子出息也许不会很大，但弟子一定会做一个有品有格的人，这一点，您是可以放心的。

受业于达观老师，是 1979 年秋至 1980 年夏，我十七岁，高中二年级。那时高中实行两年制，也就是说，达观老师教的是我们毕业班。其时，达观老师五十六七岁，中等的个头，精干的身材，眉宇慈善，目光深邃，尤其是他丰富的语言，入理的剖析，使我们不少同学对文言文刻板的虚词、实词、句读、直译、意译等的畏惧渐至消隐，对包括古汉语在内的语文知识产生了更为浓厚的兴趣。那时，我已开始心高气傲地做着作家梦，作家是那个时代最令人神往的骄子。邻班的一位同学是我的同梦人。我们以那个年龄特有的朝气与虎气，放大着文学的功用，并时常带有炫耀地把写好的文章送给达观老师批改。这样，达观老师对我们也就比一般同学更接近更看重更喜欢起来。

达观老师姓孙，何湾人。其时，班上何湾籍的同学中，有少数时常在课堂或课下为难达观老师，或叽喳一些怪话，这使达观老师很难过，也使我感到很不平。这样，达观老师对我就更不一般起来。春天的一个午后，达观老师约我来到七星河畔。清澈的河水洗润着卵石，流唱着明媚的春光；沿河的平畴绿意欲滴，铺排起紫云英的旗帜。在古老的七星桥头，达观老师向我讲述了他的身世、凄苦和迷惘。——尽管，达观老师知道，一颗十七岁没有尘染的少年心是无论如何也承载不了他那年届花甲的人生负荷，诠释不了他那历经风霜的世事坎坷！达观老师出身名门，祖传书香，精通古典，画艺独绝，然……右派箍咒，背负石山……年过半百的老者——我的老师，在他的学生——我面前，霎时泪眼婆娑。这颗十七岁的少年心，从此注定了对达观老师的敬重与铭记。

六月的仲夏，我们毕业了。打起包裹，扛起行李，走向回家的路。达观老师又一次从家中赶来，送我走过荷塘，走过田垄，跨过木桥，登上土坎，一直送到南丫沙石公路上。我劝达观老师回去，达观老师拍拍我的肩膀，扶正我的行李，只说声“好好考，考上大学，别忘了告我一声，啊”，就哽咽着再也说不出话了。

今夜，我以思想的流水写下这段文字，献给已故的我高中时代的达观老师，并在心里向我从幼儿到成年所有的老师们说一声：师恩难忘，师恩永存！

2002．11

青海湖畔的藏族小姑娘

翻过海拔四千米的日月山口，跨过神奇的倒淌河，沿着宽阔平直的青藏公路，西行不远，就来到了青海湖。

青海湖，你这汉文献中的“仙河”，民间传说的“西海”，蒙语中的“库库诺尔”，藏语中的“错温布”——青蓝色的海洋，自从少时在地理书上认识了你，你就使我一见倾心，你就逼我发誓要与你一晤。今天，我以不惑的年龄，终于来到了你的身旁，终于来了！

青海湖位于祁连山地中最大的内陆盆地——青海湖盆地，面积四千五百平方公里，海拔三千余米，是我国最大的高原湖泊。我们到来的时候，是江南的夏末，而青海湖畔却已是一派深秋。健硕的牦牛铺满斜坡；纯白的藏羚羊像云朵在草甸飘动。牧民们身着民族服饰，游走于牛羊之间，默默，如一幅画，透出几分古朴原始的禅意。踏上通往湖滩的廊桥，我看见两个四五岁或五六岁的藏族小女孩，分别被两个妇人牵着手，紧随我们身后，并有脚步匆匆要赶上我们的样子。小女孩眼睛乌亮，脸颊紫红，皴出一道道褐色的细裂。牵她们手的妇人不知是小女孩的母亲还是祖母或外祖母——真的看不出，她们的步态与满脸祁连山风割出的道道深褐色的褶皱与裂纹，使判断她们的年龄成了我们这些江南游客的一道难题。我觉得这藏族小女孩土朴得可爱，这判别不出年龄的藏族妇人牵着这土朴的藏族小女孩是一道真正的西部风景。我想为她们拍照，但我不敢贸然，以免触犯了民族禁忌。但我又太想拍下这地道的西部风情了，就用商量的口气说：小朋友，我给你照相，好不好？小女孩望望妇人，妇人好像没听明白，讲了一句我同样听不明白的话。我又从包里掏出相机，比画着说：小朋友，照相，好吗？这下，妇人似乎明白了，一边举起右手伸出一根食指说了一句什么，一边松开小女孩的手。小女孩急急地跑到我面前，抓着我的衣角，像猫咪一样，靠在我的腿上。我急忙说：不，不，不是这样。一边牵着小女孩的手走了几步，对站在不远的妇人说：是这样。妇人终于明白了，上前牵着小女孩在廊桥上慢慢地走着。我变换着角度，闪光灯一闪一闪，一连拍了六张。我收起相机，向妇人和小女孩笑着招招手，说声“谢谢”就赶紧向前走去。忽然，身后一阵哇啦，回头，是妇人牵着小女孩追了上来。妇人脸上有些愠怒。我的心一下紧张起来，头脑闪电般搜索，难道真的触犯了藏民的什么禁忌不成？没有哇。她们来到我面前，小女孩仰起皴裂的小脸，伸出皴裂的小手，妇人哇啦着，向我晃动着大拇指和小指。同行的肥东周主任说，莫不是要钱吧。要钱？为她们拍照还要我出钱？我试着掏出十元钱递给妇人，妇人接过，脸上怒容立去，并从身上不知哪里的口袋里摸出几元零钱找我，然后笑着点点头，牵着小女孩向前走去。这下我们知道了，小女孩是专门为游客做拍照“模特”的，拍一次收“模特”费一元钱。不知为什么，也许是觉得这种收费太低了，也许是潜意识对小女孩和妇人的同情，我快步赶上去，把相机交给周主任，然后抱起这个可爱的青海湖畔的藏族小女孩，以浩渺的青海湖为背景，留下了青海之行与我的藏族同胞们最贴近的纪念。

来到湖边。湖水轻漾着波浪，在脚下石隙间荡起美妙的西部韵律。一位十三四岁的藏族小姑娘，身着鲜艳但看上去很是显旧的藏族服饰，头发编成数十百条小辫。她的脸颊和双手同样皴成紫褐色，呈出青藏高原特有的土朴。天南地北的游客正热情地邀请小姑娘合影。待她稍为闲下来，我招招手，她就笑眯眯地跑过来。我指示着，让她站在湖边的一块石头上，叫她做个舞蹈动作。她一挪脚，一抬臂，一仰头，一个最经典的藏族舞蹈动作就摆出来了。我问她今天不是星期天怎么不去上学，她说，念二年级就没念了。我问，那么，就天天到湖边来拍照吗？她点点头，眼里闪过一丝茫然与落寞。我问她叫什么名字，她说着，并用我递给的笔在纸上写着歪斜的“夸马吉”。看着这歪斜的字迹，看着这天水一色的高原湖泊，我忽然觉得国家开发西部的决策是多么必要，多么及时！但同时又想，开发西部的根本在哪里？难道就是帮西部多修几条路，多建几个厂，多造几座楼吗？不错，这都是十分需要的。但更重要的，是要发展西部的教育，帮助西部人民尽快提高自身的文化科学素质，增强他们自我开发家园发展经济的能力。这样想着，我拉过夸马吉，再次抱起被妇人牵着手的小女孩，请周主任按下了快门。我掏出两百元，递给夸马吉和小女孩，反复说着：孩子，要读书，要读书哇！

回西宁的车上，同伴们有的说我是慈善家，问我那个小女孩身上那么脏，都有一种馊味，我抱着怎么不嫌。我说，我闻不到馊味，即使闻到我也不嫌，因为她是我们的同胞，也是我们的孩子。又有同伴说，你那两百元就能保证她们回学校读书了？我说，我不能保证，但我相信，我的言行，至少会使她们读书的意识增强一些。

青海湖畔的藏族小姑娘，愿你们与广大西部的青少年同胞，在新时代的阳光雨露下，成长为开发西部、建设家园的一代主人！

2002.12

扔弃变味的咸鱼

事实证明，扔弃了变味的咸鱼，并没有因之失去什么。

咸鱼是妻小宋腌制的。应该说，这是一条不错的鱼。鲜活地买回来，在初冬的阳光里，鳞片一路折闪着金属般的光泽。但就在从瓦盆的盐水里取出晾晒的时候，太阳休假了。连日的阴雨，使挂在廊头的咸鱼整天潮漉漉的，虽在多日以后重新上班的太阳关照下终于晒干，但早已生成的异味是再也无法除去了。

是留？是扔？这一古老的“是非”命题开始围绕这条有些异味的咸鱼在小宋与我之间展开了。扔掉！——我的态度十分明朗。因为这已不是名副其实的咸鱼，而是变味的咸鱼，从科学的角度是不能食用，至少是食之无益的。留着！——小宋的意见也比较明确。虽然变了一点味，但仍然是咸鱼，就算食之无益，料想也绝不会有什么大碍。何况，怕变味道不让你吃就是了。

这样，这条变味的咸鱼就在小宋与我“留还是扔”的论证中被暂时搁在了厨房的食品架上。时间一天一天地过去，咸鱼就这样被搁在那里。坚持要留下的小宋似乎也忘记了品尝；而明确要扔掉的我更是无心去惦记它。……终于在一个周末，趁小宋外出买菜的当儿，我果断地将这条变味的咸鱼装进早已准备好的塑料袋，扔弃到楼侧的垃圾小屋里。

想象中的小宋的责难并没有发生。因为她根本就没有及时发现变味的咸鱼已被我扔去。她的注意力显然已不在这条咸鱼，或说，这条变味的咸鱼已不再占据她的记忆——这是我经过分析得出的结论。直到现在，她

依然没有提起或查找她曾搁在橱架上的这条咸鱼。

其实，生活中，有多少这样变味的咸鱼，像鸡肋一样粘连着我们，使我们留着无用，弃之不舍。譬如，已派不上用场的旧家具，因为曾与我们共处，宁愿堆在那里占据空间，也不愿卖给旧货店；譬如，早已穿不着的旧衣服，因为曾带着我们的体温，宁愿垫在箱底，也不愿随便丢弃。还譬如一把拆换下来的门锁，一截装潢时剩下的水管，一盏早已不用的台灯……都在那里占据着位置，混淆着有用与无用，使我们的生活变得累赘与复杂，远离了清雅与简单。

“人的本身是可以清纯一些的。为物所累，只能是庸者。”智者的智慧不在于拥有多少，而在于能清楚地辨析有用与无用，明确地决定留取与舍去——包括对荣誉、地位、金钱的取舍，从而永远走着轻装上阵奋发向前的路。

扔掉变味的咸鱼，是一种意识的觉醒，是一种积极的生活，是争取完美的开始。

2002. 12

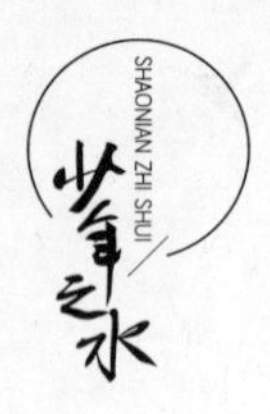

沙漠飞翔

“攀登高峰望故乡，黄沙万里长……”《梦驼铃》的描写，这里才是印证。满眼是沙，一望无际的是沙，平铺的是沙，矗立的是沙，全世界的沙肯定是集中到了这里，但全世界哪有这么多的沙呀？！所有的事物都有来龙去脉，可我实在无法用我的脑力，直达这沙的来路。

那就不想吧，那就真真切切地看吧。买一张票，递给一位黄沙一样质朴的汉子，就有一头骆驼走过来，眼睛温温的，前腿跪地伏下来，让你坐上去，坐在它两只凸鼓的驼峰之间。它知道你是第一次，生怕惊吓了你，直到你在它身上终于调适好坐姿安静下来，它才慢慢撑起前腿。可就像举重运动员，最后一瞬是要发力的，驼已是十分地尽心了，但完全站立的最后还是禁不住一个震颤，这一震颤会让你有点坐不稳实地一晃。驼不去想是因为你骑上它而让它费力震颤，驼感到不好意思的是这一震颤让你受惊了。你几千上万里地来到它的家乡，它却让你受惊了，这实在不是它的品性，这多么有悖常情地让人感到不好意思啊。不好意思的驼不想去为自己表白，只是摇摇头甩甩颈脖以肢体语言表达歉意与羞涩。然后，一步一个沙窝地驼你走向沙漠深处。

有风，是爽爽的风。一路是骑驼的游客。美国的、英国的、俄罗斯的，高高大大地骑在驼上，脸上是夸张的惊奇，嘴里是含混的哇啦，大拇指是不倦地摇晃。随处可见三两土著妇女，黑黑的衣衫，黑或白的面纱，都没有骑驼。她们脚踏黄沙，迎着爽爽的沙漠之风，以及间或被风抓起抛扬开来的细细沙尘，匆匆，默默，行着自己的路。

一座沙的山脉，横亘在视野的远方，横如波浪，纵如涛涌，勾光勒线，摄人心魄。一道道沙之粉雾，像钱塘潮水，顺着山脉，贴着山坡，仿佛两个看不见的巨人，一在山脊，一在山脚，扯起一匹深黄的薄绢，喊着口令，从山脉遥迢的这端跑向遥迢的那端。这是沙漠之风在沙山之上温情地演绎，这是任何一位山水实景演出导演大师不管运用什么样的光声电也无法企及的大自然造化，无法媲美的大自然盛景。

而走近沙山，这一道道从山岭垂下的移动粉雾却不见了。是真的不见了，还是那本身就是沙漠的“海市”，我一时真的不敢肯定。山上山下都是游人，很多游人都玩滑沙。一步一陷，一步一退地爬向山腰，坐在一块两头上翘形如扁舟的木板上，工作人员从后面用力一推，就不可阻挡地滑向山脚。有惊叫不止的，有英雄豪气的，而更多的人，则是滑不多远，就因控制不住平衡，倏地人仰马翻。

在从山脚向沙山攀爬时，我最想的是攀到山顶，看看沙山的那边是一个什么样的世界。可沙山的顶脊线，却总是随着我的攀登而攀升。而当我气喘吁吁腿脚发软时，山顶依然浑圆在我高高的头顶，在湛蓝的天幕下，谜一样画出一笔雄浑的天际线。我所想见的山那边，依然在我视线无法跨越的高高沙脊的背后。这时，就有了一丝面对无边沙山，深感叹喟的遗憾。于是，只得坐上滑板，在工作人员用力一推之后，张开双臂，在沙的高处乘风而去，体味一次沙漠的飞翔。

2002.12

沙海之月

千万年，千万年之前的那个夜晚。一队商旅经过万里跋涉，困步茫茫沙漠。粮早尽了，水早绝了，比沙漠茫茫更茫茫的，只有水分也快干透的心了。

千万年，千万年之前的那个夜晚，月牙早早地洗净了，梳妆了，在自家的天庭凝思踌躇，数数后园点点星豆。她看到了沙漠的茫茫，她听到了心的呼唤，她以少女的纯情与执拗，扑向沙漠，扑向驼队，化作一弯滋润梦想的月牙泉。

当月牙泉与我今生今世相望的第一眼，我就这样确定了她的由来。

因为，除了这样的由来，在这前不知何朝后不知哪代的茫茫沙海，她难道还可能有别的什么来路吗？

两弯牙尖相隔一百或两百米，月牙最宽的地方约三五十米。月牙的外围，是一圈木栅栏。赤脚在沙海上行走，一步一步走近木栅栏，走向月牙泉。月牙泉漾着微波。其实，这微波是一直荡漾着的，与我的到来或不到来应该没有实质的关系。但我亲眼见到了，就是这微波，把蓝天把自己揉碎了，把远处的沙山也揉碎了。天，云，还有沙，心甘情愿被揉碎，痛而快乐地沉醉在这雪莲花一般纯雅的泉里，与泉畔稀疏而明朗的苇草，相互传递着大漠万年一瞬的动人风情。

抚栏凭望，我的眼睛一定是把月牙泉摄进了我的心里，不然，我的心怎么与月牙泉荡起了同样的节律。有了这样的节律，挂在木栅栏上“不得翻越”的警示牌，又有什么意义呢？我的眼睛说“不得翻越”，可我的心不依不饶啊！不是我的心不依不饶，是月牙泉一定要我与她肤水相亲啊！我跨过“不得翻越”的栅栏，扑向风情摇曳的苇草，扑向波光迷离的月泉。掬一捧水，洗净脸上世俗的风尘，擦亮蒙蔽日久的眼睛；掏出胶卷盒，装上一捧清泉，封尘住月牙泉今生的记忆。

我没有听到“不得翻越”的呵斥，我又似乎听到了“不得翻越”的呵斥。我觉得我是不应该对“不得翻越”轻慢无视的。但我又觉得我是有着道理的，我不是对月牙泉不怀好意，我不是故意不听劝阻对月牙泉进行践踏。我与月牙泉今生得遇两情相悦是前世注定的！

据说，今日月牙泉，已远不如百年前丰盈。那么明天的月牙泉，究竟会是一个什么样的归宿？在这前后左右天际无涯的沙漠上，这实在是一个变数。但我想，只要我这一胶卷盒的水在，这不过数十毫升的水在，即使再过千万年，月牙泉真的干涸了，真的没有了，但月牙泉分子也会依然存在——在这一胶卷盒水的事实面前，依然存在！

2002.12

风起嘉峪关

站在嘉峪关上，心中一片空茫。所有的语言都是多余的，所有的表达都是不着边际的。风，挟裹着盛唐才子的吟诵，从望不到头的戈壁生动地吹来。

嘉峪关位于河西走廊西端，是明代万里长城西端的起点，被称为天下第一雄关。当地语言意为“美好的山谷”。南依祁连，北望马鬃，扼古丝路之咽喉。进得关门，踏上十余米宽、数百米长的马道，以朝圣的心境，揽阅这用一抔抔黄土垒起的，在时空的隧道里穿越近千年的天下第一雄关。我不说话，我也不希望别人说话，我睥睨那些喋喋叽喳的游人。嘉峪关，这用黄土垒起的，曾抵御了多少外辱，捍卫了中华尊严，让多少中华男儿生发出“醉卧沙场君莫笑，古来征战几人回”的豪迈雄关，是我们这些浮躁的今人能读懂的吗？我在瓮城里，沿着城脚，贴着城墙，慢慢地踱着。瓮城是由四面城墙围成的一个正方形空间，内外有两道城门，攻城心切的敌人，一旦误入瓮城，城门瞬间关闭，敌人立成瓮中之鳖。壁立高过十米的城墙头上是严阵以待怒火满腔的守兵，瓮中之敌除了缴械投降，插翅也难有生路。抚摸城墙，土垒的城墙历千年风雨依然光滑坚固，隐然透射出御敌卫国的不老豪情。

登上城楼，远眺祁连山，相望茫茫戈壁，胸中充塞着说不清道不明的情绪——是将士们杀敌立功的呐喊？是朝廷犒赏将士的圣谕？是寂寥落寞的关月？是孤灯思夫的怨妇？我依然看不清千年历史，依然消释不了胸中说不清道不明的情绪。

啊，嘉峪关，你巍巍乎于天地之间雄立千载！你成就了几多英雄豪杰，又使多少无辜别亲离井的魂游异乡。这不只是一座嘉峪关的故事，这是万里长城任何一座雄关都不可背弃的铁律。其实，这又何止是雄关的铁律？历史，以及历史的任何一种曾经、现在以及将来的基座，毫无例外地把这样的铁律因循。——一些的败成就了一些的胜，一些的输成就了一些的赢，一些的死成就了一些的生，一些的辱成就了一些的荣，一些的倒下成就了一些的站立……这样的铁律，又是人类自身怎么可能打破的呢？！

有云从戈壁的尽头翻卷汹涌。

风，在嘉峪关的垛口里，吹起了轻轻的口哨。

2002.12

莫高窟的伞

从敦煌向东南行车不到一小时，就到了世界文化遗产的宝库，谜一样神奇的莫高窟。

沙漠的天气，是有个性的，是绝对自己的天气自己做主的。任我怎么奢望，也不可想象，莫高窟，竟用一场隆重的雨作为迎接我的仪式。这是真正意义上的洗尘啊！莫非我与莫高窟，与这块承载太多太厚太重的往事的大漠，有什么既往的因缘吗？这与我的故乡万里相望，与我的故土质异天壤的地方。

雨是莫高窟最奢侈的物品，奢侈得甚至超过七彩的飞天。其实，飞天们千年不变的舞姿，隐含的不正是千年不变的对风调雨顺的祈祷，千年不变的对沙漠绿洲的颂祝吗？身披这隆重的礼雨，感受这无法言说的福雨，仿佛看到千年前绿如江南的三危山下，鳞栉的客舍，络绎的驼铃，满城摇曳的烛光，绵缠不绝的笙歌。丝绸、纸张、瓷器、茶叶，通过这里远销中亚西亚；香料、药材、珊瑚、珍珠，通过这里流入中原。腰缠万贯的巨商大贾，在这里建家筑室，一任倾国红颜，把自己侍弄得乐不思蜀。大把的钱财散与红颜，红颜再把钱材散与工匠，于是有了万丈悬崖上一个接一个壁立的洞窟，有了深深的洞窟里永不褪色的商队与飞天。

莫高窟前的古树，笔直而粗壮，笔直得直指云天绝无旁逸，粗壮得需几人才能合抱。这是西部的耿直，这是大漠的粗犷。与江南的树无论大小都旁逸侧出，都喜欢拉一拉关系，搞一搞中庸，形成鲜明的反差。我是喜欢莫高窟前这些树的，它们或三五聚立，或独自守望，很容易让人想到人世的故事，想见历史的昨天。

栈道建在壁立的山崖，一根根棱石条或原木插进崖上凿出的洞孔，铺上木板，就成了进入一个个石窟的栈道。高低的栈道以栈梯相连，整个莫高窟就这样被串联起来。栈道里侧是壁立的悬崖和石窟，外侧是幽幽的深渊与遥迢的沙漠，这样的处境，这样的视角，用“伟大”送给历史的先人，似乎太轻了，但除了“伟大”，又有什么最恰切的颂词呢？石窟的四壁，不，还有顶壁，描绘的是出世、入世、天神、地人的故事，最生动的，依然活力四射的，充盈几乎每一个石窟的，还是飞天！——云髻偏俏，绸带如风，长袖抛舞，裙袂旋摇，琵琶反弹，娇憨可掬。倾国佳人，从此飞天而去，飞成神人共享而又可望不可即的飞天。

在一个最大的石窟，我看到一尊最大的卧佛。侧躺的卧佛，右肘支在床上，左手搭在髋侧，向我递达千年迷人的微笑。卧佛的五官有男性的鲜明，卧佛的身姿却是女性的婀娜。佛所表现的，是盛唐时代的巨商与红颜吗？还是佛的本意就是这样？我想不出更多的，我只是觉得这卧佛多么似曾相识，又是多么深深印在了我每一个感知的细胞里。

在莫高窟小商场，我买了一把雨伞，淡蓝色，江南杭州的天堂牌。伞的面料很薄，只是作遮阳用的，莫高窟的伞从来都不是挡雨的。而此时，我撑开这从不挡雨的伞，让从天庭赶来的甘霖，在淡蓝色的伞面上，嘀嘀嗒嗒，敲打出从盛唐而来的滋润和天籁。

2002.12

秋风五丈原

孩提时代，很长一段时间，诸葛亮是与蜘蛛叠印在一起的。那时，老家屋檐下，常有蜘蛛结出硕大的比现在上海交通线路还要复杂得多的网。起初，蜘蛛是在半空，只有尾部细细的一根丝线连在檐上。我是被伙伴们喊去玩打仗了吧，我是被母亲拽去按在大木盆里洗澡了吧——反正回头再看到的，已是一张结成或已初具雏形的网。结成的硕大的网，高高地张挂在屋檐下，一粒蚕虫大的蜘蛛黑黑地伏在网的中间，一动不动。人的破坏心理是人类的基因，人的本性是恶的，只有后天成功的教育才能使其向善的方面转化。看着这规整又迷宫一样精致的网，我总想用一根竹竿去捅破它，笑看蜘蛛在网被弄破后无奈地溃逃或仓皇地掉到地上。也就在这时，母亲拦住我，说蜘蛛是诸葛亮变的，网就是诸葛亮布下的八卦阵。我问诸葛亮是什么人，母亲说是孔明。我又问孔明是什么人，母亲说是诸葛亮。我不再多问，但从此蜘蛛与诸葛亮就叠印在心中了。

直至后来读三国，直至来到五丈原，潜意识里，诸葛亮与蜘蛛依然是难以割分。

五丈原。位于关中西部秦岭北麓的渭河南岸，三面凌空，峭壁悬崖。蜀汉建兴五年（公元227）至十二年（234年），诸葛亮率军五次伐魏，为巩固蜀汉政权出将入相，直至病逝五丈原。

历史的刀光剑影已经暗淡，昨日的争鸣鼓角已经消散。功过是非谁与评，荣辱成败笑谈中。十月的五丈原，秋风萧瑟。秋风五丈原，一派北方汉子的厚重与深沉。登临五丈原，那些亭与殿，那些碑与柱，都没能在我的心里留下什么特别印象。独立五丈原，看黄土直铺万里，看三秦大地苍茫，看渭河不舍昼夜，看天际云涌无常。一生谨慎的诸葛亮，羽扇轻摇胸有成竹的表象下面，隐藏了多少不可为人道的志向、忧郁和心知肚明的无奈啊！羽扇是轻松的，思虑却是沉重的。这是书生的智慧，也是书生的招摇。这招摇就如莽汉大碗喝酒大块吃肉一样，是一类性格的外在物化。诸葛亮，你这胸藏锦绣的蜘蛛，你六出祁山，是要编织一张天罗地网吗？你编成了天罗地网，你静伏五丈原，你静候从你八卦阵的任何一线网丝上传来的捷讯。可你不曾想到，历史的稚童，用一根竹竿只轻轻一挑，八卦阵顷刻便哗然崩塌，地网立马就破不堪收。诸葛亮，你这胸藏锦绣的蜘蛛，你六出祁山，是要以万里疆土规划一副逐智斗勇的棋盘吗？你静坐五丈原，拈须摇羽，笑视渭河，一着重招已在你慢慢举起的手中。可你不曾想到，历史的骤雨倾天而降，欢快的渭河顷刻变脸！雨歇浪平，棋盘已不知何在，手中的棋子又能投向何处？——其实，这些在你又算得了什么？你知道人是只能与人争的，人是不能与天争的；人是可以与人战的，人却不能与历史的取舍相抗衡的。谋事在人，成事在天，以书生意气，揖别隆中，一往无前，鼎足三国，让文人的梦想成为千年不变的史实，这已够了！

2002.12

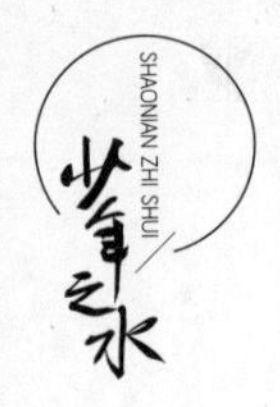

黄河母亲

我在心里一千遍地呼唤：黄河母亲，母亲！

我呼唤的不是黄河，是黄河上的一座雕塑。雕塑的名字就叫“黄河母亲”。

黄河在兰州折转向西，黄河母亲就倚卧在兰州黄河的北岸。

黄河之水，从不远的铁桥下滔滔而过，直向万里之遥的大海，一路呼奔！

从来没有看过这么有魅力的雕塑，从来没有一座雕塑让我的心底涌动如此兴奋难抑的浪花。基座和雕塑是取自同样质地的石材，肉红色，麻石。凿成方方正正的基座，恰似一张卧榻，黄河母亲就侧躺在这卧榻上，右手小臂支放在卧榻的边缘，秀发瀑一样滑下，有一些飘落向右肩，又风一般掠过浑圆的右肩滑向丰满的胸侧。孩子们在她微微屈起的膝前爬滚嬉戏。趴在黄河母亲胸前的那个孩子，可是刚刚吮足了母亲的奶水？肉嘟嘟的小脚调皮地跷着，粉团团的小脸一丝警觉地回望。这肯定是个护奶的孩子。他不允许与母亲无关的孩子分享母亲对他的爱，他警惕与母亲无关的孩子吮吸他最享受的母亲的甘泉。黄河母亲左手抚着孩子们，面容恬静而安详。她的身后是奔涌万年不舍昼夜的黄河，黄河的对岸是雄浑绵延的苍山。

我不知黄河母亲的雕塑出自哪位名家之手，但我要对我不知道名字的这位雕塑家说声：谢谢你，让我目睹了黄河母亲！黄河，是中华民族的母亲；黄河，是华夏大地的灵魂。黄河之水天上来，奔流到海不复回；大漠孤烟直，长河落日圆。黄河母亲，就这样简约而不简单地教给了中华儿女人生的信念和审美的视点。五千年中华，正因有了“奔流到海不复回”的信念，才历经忧患而不败，历经沧桑而不老。回环九曲，只当天降大任测其心态；壶口挟裹，聊作劳其筋骨初试豪情。只要海不枯，志向就不变；只要有大海，目标就不改！五千年中华，正因有了“长河落日圆”的视点，才有了风雨前行中彻悟生命的宁静，才有了建功立业后扪心自问的反思。——河为谁流，日因何落。这信念，这视点，使五千年中华最终走向既昂扬向上又沉静内省，既创新创造又熟虑深思，既争强好胜又低调谦和，既目标高远又求真务实的，令世界莫测高深的成功之路。

我不想离开黄河母亲。她就是我的母亲，我就是趴在她胸前那个护奶的孩子啊！

2002.12

观　念

夜晚，偶到街上游逛。新装的三盏一组的弧形路灯，隔街两两相对，沿路无尽延伸，加之各种射灯、霓虹灯、灯箱广告竞相开放，街上亮如白昼，丽若仙境。几个小县城颇有知名度的离退休老机关，聚在市政广场的立柱旁，天上地下、国事家事、县内海外地议闲，不时流露出对县城建设的赞许，对加快发展的期望。

这使我想起十年前。好像是 1993 年，五月，县城唯一的主街——坑坑洼洼的沥青和青石铺就的陵阳街——西段约三百米街道水泥路面拓宽改造竣工了。改造后的这段街道，第一次就着单侧的电线杆装上了五六盏高压钠灯。灯亮的那天晚上，县城是万人空巷。现在看来没有什么特别光彩的钠灯，在当时普遍用白炽灯做路灯甚至一些街段连白炽灯路灯也没有的小城市民眼里，简直比太阳还要明亮！但就在年轻人沿着这三百来米亮花花的新街来回溜达流连忘返，小孩子在大人缝里钻来钻去尽兴嬉戏时，也是几个离退休干部，围聚在街道旁的梧桐树下，指指点点痛心疾首：简直是浪费，修这么宽的街道有什么用？装这么亮的灯有什么用？形式主义！简直是在糟蹋国家的钱，糟蹋国家的电！

时间瞬间过去十年，城市也大步发展了十年。而现在，哪怕你刚建的街道接着拓宽改造，哪怕你刚造好不久的楼舍立马要规划拆建，哪怕你路灯一盏挨着一盏，灯箱一只接着一只，霓虹灯铺满所有的屋顶，怕也不会听到一丁点儿闲言微词了。几乎所有的市民，包括离退休老机关，嫌的只是路还不够宽，楼还不够高，灯还不够亮。因为经过十年的实践大家都已知道，形象就是实力，形象就是引力，形象就是魅力。城市要发展，经济要提升，没有实力，没有引力，没有魅力，就是纸上谈兵。那种一味依靠节约闹革命的时代，那种一味依靠装穷博取同情与施舍的时代，那种不去投入而自有回报的时代，是永远地一去不复返了……这，就是观念的作用。

观念是什么？观念就是一定条件下对某种物态的认同程度。认识不到位，就叫观念落后；认识有突破，就叫观念超前；认识紧贴物态的实际情状，就叫观念更新。作为生活中的人，一定要走出真空的玻璃罩，以社会的眼光，做社会中的人，做顺应社会的事。只有这样，观念才能始终保持更新状态，人才不会被社会扬弃。不仅如此，还要开阔视界，学会比较。只有比较才能鉴别，只有鉴别才能知优劣，只有知优劣才能正确取舍，只有正确取舍才能跟踪时代的潮流，才能建立超前的观念，才能加快发展壮大的步伐，才能决胜于群雄逐鹿之中。

2003.1

框框

春天的一个早晨，妻早起去了菜场。从被窝里坐起，看看温度计，十五六度！想想昨天穿得单飘飘的同事们笑我“真会保养，还穿着毛线裤！”，就下床翻找起来。我要找的是棉毛裤。首先是那只皮箱，我经常看见妻将洗净叠好的衬衫裤袜之类摆进去。打开箱盖，一股洗净衣物特有的香馨丝缕缭绕。像侦探一样扫视表面，又将手探到箱子底下扒望，没有。那么是在壁橱里了——棉毛裤归类很含糊，箱子里放的是单衣，一定是摆在橱里的冬装那块了。拉开橱门，五颜六色却杂而不乱，上面挂着的大多是妻斑斓如虹的衣裙，下面叠码如书的是一家三口的裤褂。眼光一寸寸掠过那一摞摞“书脊”，没有，就是没有！怪了，难道会在写字桌右边的那只柜子里不成？那里好像是只有一些杂物的呀——不过，还是看看吧。打开柜门，里面又杂又乱。鸡刨食一样将里面的杂物扒到地板上，没有，还是没有！那，就干脆再穿一天毛线裤吧。可一转念，又不服气，妻不在家找件衣服都找不到，岂不笑话。这样想着，“胡汉三又回来了”地打开皮箱、壁橱、柜子，鬼子进村般统统狠搜了一遍，没有，实在是没有哇！只好拿起毛线裤，穿上了事。

妻回来了，我“先下手为强”地埋怨她把我的棉毛裤都不知弄到哪去了。妻边说“就在橱里啊”边拉开橱门，一边嚷着“怎弄得这么乱”一边从一件马甲底下抽出一件衣服一抖，“这不是！”可不是，正是我的棉毛裤！不过，怎么会是驼色的呢？“你哪里能找到东西，除非东西长了嘴巴会自己喊你。”妻嗔怪得满脸得意。“不，我印象中一直觉得我的棉毛裤是深灰色的，我特别注意了每一件深灰色的衣服，谁想它竟是驼色的呢。早知是驼色的，我还不是太简单就找到了？”“你说的是不错，但你为什么就一定要认定驼色而不改呢？这实际上是你潜意识中的一种框框。是框框限制了你的思维，是框框使你看不见近在眼前的东西。”

我心中忽然有种感受在升腾。是啊，是框框。生活中，类似找衣服这种以框框去认识事物、处理问题、结朋交友、决定取舍的事我们做得还少吗？若框框偶然与实际相符，当然还算是幸事；而若框框如我找棉毛裤以“深灰”替代“驼色”，其结果就实在可笑可叹甚至可悲了。再有，似我等之辈带点框框行事，最终谅也不会对人对社会造成多大不利和损失。而若商界带框框去闯市场，政界带框框去选人才，其结果不蚀尽老本、万马齐喑才怪呢！

2003.1

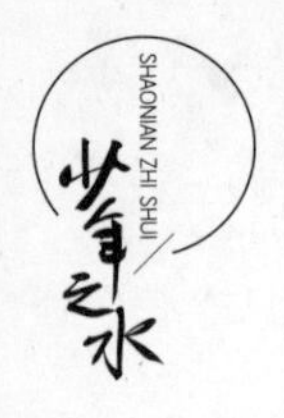

眼　睛

这是一双童稚的眼睛，但流露出来的却是与这花朵般的年华不相称的迷惘、痛苦、怀疑、黯然、失望，甚至还有，仇恨。

她清秀的小脸，漆黑的头发，脑后扎两根细短的“刷把”。她坐在一只用尿素袋钉制成的包裹上，头低垂着，两颗泪珠沿脸颊缓缓滚向嘴角。偶尔，她一抬头，传给我们的就是那样令人心痛、惊颤、不安的目光。

坐在这只包裹上的还有一个男人，看上去四十多岁，黑黑的、灰灰的、脏脏的，紧依着小女孩。男人伤心地哭着，诉着，是那种委屈到极致、痛苦到极致、无奈到极致的号啕和呜咽。

男人实际三十出头，农民。小女孩是他的女儿，还不到九岁。七年前，男人外出晚归，遭劫被打瞎了双眼，而同乡的凶手却因为“上头有人”，至今依然逍遥法外。如今，老婆早已另择新枝，辍学的女儿成了他唯一的依靠和眼睛。依靠女儿的眼睛，他身背包裹流浪在讨取公道的漫漫征程。

我没有调查这位当事农民的受害事实，因此从法律的角度我还不能给他以满意肯定的解答，我只是希望法律的天平是公正的，法律的利剑永远是惩恶扬善的！我更加担忧的是那双眼睛，那双小女孩的眼睛。本来，这个年龄这个季节的小女孩应该是坐在教室里，面前摊开的是彩色的教科书，这双眼睛也应该像蓝天一样纯朗，像星星一样明亮，像山泉一样清澈……可现实，却过早地将苦难，将不公，将歧视，将丑恶降临在她稚嫩的肩头，蠡噬着她无尘的心灵，并由此而使她的目光变得迷惘，心灵变得麻木，进而失却真诚、关爱、同情的高尚品性，而代之以虚伪、自私、仇恨。长大后的这双眼睛会以怎样的目光认知世界？以怎样的标准判定真理？以怎样扭曲的心灵回报社会？思之实在令人心颤。

愿小女孩及天下所有与小女孩命运相似的眼睛早日清澈起来，重新扑闪着纯真与希望的波光。

这，是我的期盼，更是社会的呼唤。

2003. 3

关于文学的些许记忆

周末的上午，我用一只透明的玻璃杯，泡上雀舌。水纯得像没有水，雀舌在这没有水的空茫中抒情得好夸张好自在。我泡雀舌，不为干渴；我泡雀舌，只为收拢抚宁已开始撒野的心。我把久违的稿纸平展在桌面，拧下笔帽，做好流泻思想的姿势。时间掠过茶面的氤氲，声色不动地消融着雀舌最初的激情。曾经青春勃发的雀舌，此时正静卧杯底，以随意不拘的意象，诠释老道智慧的禅机。时间嘀嘀嗒嗒在我的眼前流逝，而我的稿纸洁静如初，而我的笔始终没能亲密我的心。

我知道，我的心，在天上；我的心，在心外。我的心，已有些不愿安宁；我的心，已开始有点奢望。我要收拢它，我要抚宁它——我这已有些马放南山般撒野的心。

我的文学情结，或说对文学最初的感悟，源于我的双亲。而我文学最初的启蒙老师，当数长我九岁的兄长。

我父母从严格意义上来说属于文盲。但我至今依然认为，父母的智商属于比较高的一类。父亲与从夜校里学到的几个汉字相伴相随，受用终生；父亲听过的大鼓书简直过耳不忘。孩提的夜晚，我贴在父亲身旁，听父亲为我一个人演说《杨家将》《小罗成》《岳飞传》，在紧张或怡然的气氛中进入梦乡，时常与小罗成、杨六郎、少年岳云进行跨越时空的会晤。特别是小罗成，三岁能吹屋檐瓦，七岁能吹百步灯，简直成了我整个童年时代神往而为之演练的梦。我母亲应该说是典型的聪慧而善良的女性。

母亲砍柴，母亲种地，母亲总理家务。之余，便是烧饭喂猪做针线活。夏日的夜晚，我躺在父亲亲手扳制的凉床上，仰望高深辽远的星空，流萤从身边飞过。

母亲说，天上一颗星，地上一个丁。

什么是丁？我问。

丁就是人，天上一颗星，地上一个人。

一、二、三、四……我细细地数着天上的星星，我数出天上有九百颗星。那地上就有九百个人吗？我问。

啊，不，有许多星躲起来了，你看不见。母亲指着东南角的天空，那是织女星，那是扁担星，中间最亮的是牛郎，两头是织女的儿子，牛郎挑着两个儿子在追织女……孩提的心中，并不怎么感激农历七月初七衔枝搭桥引渡牛郎织女七夕相会的喜鹊，更多的是对王母作梗的痛恨，对织女的叹息、牛郎的无助的同情。春夜如豆的灯光下，母亲轻摇熟睡中的小弟弟，将大底针在发间淡淡地擦过，我的心房在被母亲柔润缥缈的《手抚栏杆》流云般摩挲的同时，母亲手里的大底针也就滑滑地穿过了厚厚的鞋底。狗子叫了，几声清脆的咳嗽传来。母亲边起身边说你伯伯回来了。开门，果然是我亲爱的父亲……

我的兄长长我九岁，是他，引领了我文学最初的航程。他那超于文学之外的坚韧与不懈，更是成为我战胜艰难困苦、搏击人生的夜行北斗。他以苦涩的童年抱着我哄着我避在教室的窗外听课；他以因“文革”停课而只读到初一的学历，熟背了《新华字典》，自修到研究生，创新了中学语文教改理论和实践，走上了全国教育系统劳动模范、全国青年十杰领奖台，受到赵紫阳、李鹏、邓颖超、杨尚昆等党和国家领导人的亲切接见，并最终作为优秀人才被引进中国教育体制改革与实验的前沿阵地——中国浙江万里国际教育集团……当我写下这些的时候，丝毫没有哗众和炫耀的意思，我只是信笔由缰，让我的感情毫无阻碍地舒展。我其实要表达的是，一个初一没有读完的少年，能在文化教育领域攀登到现时的高度，其内在的艰辛与甘苦、迷惘与搏击的过程，对我人生的追求特别是对文学的偏爱，实在是产生了不可抵御的震撼和推动，尤其在我长大的岁月里逐渐认识人生意义的时候。而我的整个童年，也几乎都是兄长的尾巴和影子。

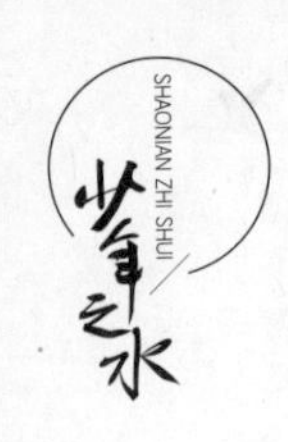

兄长用泥团在大门上写“毛主席万岁”教我识字；兄长将写好准备寄发的文稿念给一头雾水的我听；兄长在阳光很灿烂的冬日带着我去河滩挖过冬烤火的树蔸，一面挥舞锄镐，一面即兴为我编织绚丽的童话；兄长从县创作班归来，用节余的菜金，一次就为我买回三十多本令人眼馋的文学读物。七十年代是文化贫乏而单调的年代，特别是乡村少年，能读到几本课外书，简直就是碧空里兀自突现一道彩虹。而我却在我少年的时光里拥有并相伴了《西游记》《金光大道》《艳阳天》《高玉宝》《吕梁英雄传》《苦菜花》《钢铁是怎样炼成的》《吉尔·布拉斯》《气球上的五星期》等文学著作，这实在归功于当时作为县业余文学骨干的兄长。二十二岁那年，我的散文《草莓熟的时候》在《山西青年》举办的全国青年散文大奖赛中获得优秀奖。那几日，我正在外校上观摩课，归来的时候，兄长急急地将证书递给我，看到我对“优秀奖”似乎不太感兴趣的样子，兄长忙不迭地鼓励我说：可以的，可以的，你不看获奖作者中，还有贾平凹呢。我在乡村中学任教的时候，也是我对文学最在意的时候，所有的喜悦与苦痛、进取与彷徨，都可在这远离尘嚣的乡村以文学的形式，以心灵与稿纸对话的方式，倾诉于笔端，寄托给夕阳里排成人字形游向南方的秋雁。这段日子，每一颗文字从我的血管，从我的笔端，沐着摇曳的烛光落向稿纸，进而植根发芽在报刊——不管什么级别的报刊，对我来说都是莫大的动力和欣慰。为参加某国家级刊物举办的文学大赛，我在盛夏的雷雨中穿行十五里山路，亲手将参赛作品投进小镇邮所的信箱里——我没有交给三天跑一趟我们学校的乡邮员，我实在是怕他不慎将我的作品半路丢失了。我想，在他的眼里，我这只是一封普通的邮品，他是不可能站在这是我心血的视角像我一样来珍视的。而与我一样呵护我的作品的，就是我的兄长。好多年前的那个冬日，我在一家省级纯文学刊物发表了一组散文，为我代收邮件的兄长为了让我能在第一时间享受这份喜悦，竟怀揣杂志，在朔风凛冽的雪野跋涉两个多小时，赶到了我教书的学校……

我之所以至今不愿也不能放弃文学，还与我曾经相识相交相知的一些人物有关。师范读书的时光，是我青春的激情与文学的梦想撞击飞扬的时光。同时也是文学处于整个社会以注重精神价值向一切以金钱为尺量的不可逆转滑行的前夜。——当然，这都是文学本身所没能前瞻的，也是我们这些文学青年所无法预知的。我们就像雷雨前的鱼儿，急切地在水面腾跃，在文学价值最后的回光返照里，在不知道文学的价值和功用就要彻底被社会钝化的前夜，痛并快乐地在文学的隧道中穿行。我毫不怯生地在学校礼堂举办诗歌讲座，我在学校广播站开设文化专栏，我在校园的荷塘手握书卷如朱自清先生清风一袖纯情满腔模样地走过一圈又一圈，我将自己的诗作请老师谱成曲子在班级和学校文艺晚会上让男生女生如痴如醉地传唱，我受学校安排创办并主编的校刊《当师校园》每期来稿都积压盈尺……当我手指在键盘上澎湃敲击的此刻，我文学的心潮又久违地排空拍岸，郭荣虎，黄卫，方秀涛，胡善琴，夏华兴，吕建荣，李文信……还有我们的老师赵志坚先生，你们现时在做着什么，对文学，是否还惜守当初菁菁校园金色年华不变的诺言？

很多时候，我都会不经意想起一些人，他们中有许多类属我文化圈中的师长或朋友。他们与我相处的过去或言谈，随着时光的流逝，越来越让我感到真切和贴近。程志生先生，好多年前直到现今对我不变的厚爱与高评，使我文学的信心始终鼓荡起激越的风帆；县人大主任许仁斌先生，几十年如一日，以诗歌记录故事，以诗歌抒写生活，并于1999年我们在县人武部相邻而居的日子，打开了散文创作之窗，其人品与文品，正义与无畏，毅力与成果，都让人感到深深的敬佩。十五年前，时任县委组织部长的文友沈为健先生，在与当时我们南陵八大文学社社长座谈时说，做官是一时的，做文是永恒的，你的文章白纸黑字发表出来任何时候也没有谁能够赖走——现在想来，以沈为健先生当时的身份，公开对文学进行这样的定义，是多么难得和前瞻。

轻轻地握着你的手，为你把眼泪擦干，这颗心永远属于你……何处歌声敲打我的窗棂。我抿一口雀舌，心中回味着怅惘后的甘甜。轻轻地握着你的手——我以雀舌滋润的心田和着无痕的旋律，以依然年轻的手指通过键盘传达来自心灵的激情。感谢忠实的键盘，请把我的心思原汁原味印证在显示屏上，并在今后的日子时常提醒我：文学，这颗心永远属于你！

2003.11

探访百草园

我来到先生的故乡。这是因为我的坚持。

因为我的坚持，我终于了却了一个久远的梦，与少年闰土的岁月一样久远的梦。

一行二十余人，都是些乡镇主管宣传文化，以及县直宣口负责同志。上普陀，逛宁波，走奉化，过余姚，经绍兴，一路学习考察而来。海上仙山登了，都市商场跑了，溪口清流看了，安昌乌篷坐了，可却经余姚而不临河姆渡，过绍兴而不去百草园。都说世风日下，都说文化衰竭，都说先富起来的大多是些没什么文化或有点文化却对文化不甚感兴趣或很有文化却在铜钱眼里钻得太久而找不到文化归路的人，现在看来，这种界定或指责多少是带有一点囊中羞涩葡萄酸酸的愤愤。不是吗？我们都是为政一方的文化小吏，我们倒是没有先富起来，而我们就能说有多少多少文化懂多少多少文化了吗？与人类历史的驿站擦肩而过，我们可以漠视六千年前的母亲们对我们的呼唤；与一代文化巨人咫尺对视，我们竟然不会想到去探访有“叫天子”在翻飞的百草园。我们身上还能说有多少文化的印痕吗？我们还能有资格再对那些无论是工作还是生活原本就与文化没有多少直接关联的人们对文化的疏离与反叛持讥傲愤激的态度吗？

按行程，是应该回家了。大家在绍兴的柯桥镇很丰盛地用过了由地主招待的中餐，挥挥手，车子开动了，目标——就地上高速，直奔归途。感谢领队，是他在驾驶员一百二十个不愿去看鲁迅，把满心的牢骚都写在脸上时，同意召开“遵义会议”，并在大家举手表决各占半数的情况下投了一个赞成票——这决定性的一票，便改变了一个既定的路线。尽管这一改变在我们这次整个外出时间中只增加了两个小时，但这就够了！因为人生中的很多满足，其满足的程度与时间的长短往往并不一定形成必然的正比。

车折转方向回开半个小时，就到了先生的纪念馆。下车一看，还有沈园——爱国词人陆放翁与唐婉的故事园，一路巨幅广告牌上写着的“中国第一爱情园”。这也是不可不进的啊！可时间只有一个小时，因为还有一半的同志不愿花钱买票参观，我们是违背了这一半同志意愿的，所以我们把时间掐得很紧。小刘似乎来过，或没来过但听说过，反正显出很熟悉的样子，急急而热心地带着路。这边，这边，先看沈园，小刘风急火燎地说。沈园门票二十五元，鲁迅纪念馆门票六十元，联票八十元，小刘单买了一张沈园票，我与丁华各买了一张联票。进沈园感受了一下园景，急急的心无法静静地与遥远而美丽的爱情故事对话，便与丁华一道急急奔向先生的纪念馆。尽管一路看到的广告上先生被热爱他的故乡人称为“中国第一名人”的提法我不完全苟同——我想先生有知也许会，不，肯定会同意我的看法，但此时我已来不及在这上面深究，我想目睹和感受的实在太多了，三味书屋、先生祖居、先生故居，特别是先生少年的天堂——百草园。于是我与丁华迅速奔向先生的故园。

先生的故地已被整合成一条很整齐的古韵叮咚的老街。先是进街的右边，祖居，七里八杂旧时代的东西，一眼扫过，很有些感慨。急着来到三味书屋，一转，就有些不舍得走了。过去读书时老是弄不明白先生与寿镜吾老先生的相对方位，而现在，现场一看，一道题目总算有了答案。赶忙用一九八八年结婚时购置的红梅相机从不同的角度拍下几张照片，目的是带回去向儿子回答一下曾经回答不甚清楚的“三味书屋”问题。想象先生当年就从这张书桌边走出山乡，走出乌篷船，扛起中国新文学的大旗，引领了几代人的思想和心路历程，确实让人有说不出的涨潮一般的感觉。但我心底最系结的还是百草园，那有着轻捷的叫天子，碧绿的菜畦，光滑的石栏杆，高大的皂夹树，还有那不期然探过墙头吸人魂魄的美女蛇的少年乐园。我们从吴家花园到百草园，中间几乎没有停顿，以至游客都对我

们投以诧异的目光。是的，吴家花园确实很好看，但它不是先生，更不是我们儿时的乐园。我们急急奔向百草园，一是时间所限，再则我们从少年直至青年乃至如今不惑之年，百草园一直是我们的精神感动啊！其实，百草园已是一个比较荒芜的园子了，有几畦青菜莴笋什么的。在我们现时的眼里，园已不是很大，皂夹树更称不上很高，在我们想象中至少高及丈余的院墙，其实现在只齐我们的腰胯。早春是没有叫天子的，更是没有美女蛇的，但我们在这百草园里，却觉得是最惬意最受用的。因为这百草园，就如我现今很无规律地回家看母亲时走进的那个后园，亲切真实得没有一点见外的模样。我和丁华走遍每一畦菜地，抚摸过每一株老树，先生所记下的皂夹树，我是仰头看了又看，摸了又摸。在据说保存很完好的只齐我腰胯的园墙下，我蹲下身子，做出先生少时在沙土中寻找虫蝥的姿势——毫不作秀地从心底想做出的这种姿势，请丁华按下了快门。

回家的车程中，我知道了，真正买票看了先生故居的，只有我与丁华，其他大多只在先生故居的那条街上，买了些吃的用的玩的和这样那样的纪念品。我从心底感谢大家对我们，严格来说是对我与丁华弯路耽搁大家时间的理解，尤其是那八位投赞成票而没进先生故居纯粹是为了支持我们了却一个心愿的朋友们。但我心底还是想说，我的朋友们，我们是从事文化这一行的，至少现在是从事这一行的，与这样一位伟大的先生擦肩而过却不拜谒，无论从纯文化的层面还是民族精神的角度，都是有所遗憾的啊！

2004.4

有个地方叫乌霞

有个地方叫乌霞，
春来花满坡，秋风水潺潺；
有个地方叫乌霞，
那不是一片云朵，
那是一座寺，那是一座山。

山不是很高，也算不得很大。两道峰峦并行横卧，结构就有点像古徽州大户人家筑建的四合院。峰与峰之间的谷底，一线流泉，一片翠竹，一壁危岩，一穹石窟，一块土坪，一座古寺。

寺是好寺，省级重点保护寺庙。但却一点不显山水。朱红的院墙，漆黑的门线，一副谦逊随缘的样子。

这好理解。披阅九百年晨光，已不知看惯几回又几回花开花落月缺月圆。缄藏的几许玄机早已被岁月风化得苍白透明，所有的心思也都在时光的洗礼中抛与流水了，逝与东风了，还不随缘的样子？磨也磨成了，学也学会了，练也练就了。

石窟是不能省略的。石窟贴近古庙的后墙，个中犹如现代房产商开发的复式楼层。窟不甚宽敞，但名气很大！清光绪年间《装修神像碑》记载："……唯羡五松壤有洞名曰乌霞，四壁凌空，层峦叠秀，云霞盘桓于谷口，仙气合蕴于洞中，楼阁天生，不啻桃园一别境也。"

古人不如我们福气。我们有俯拾即是的人造景观可览。古人可堪寄托情怀或所能借题发挥的，几乎百分百联结在大自然的山川风物紫气岚烟。乌与五谐音，乌霞即五霞，红黄青白黑，玄妙不可言。想当年，多少大道贤者，慕名而访，面壁修心，谈佛论道，发思古幽，凭亭识马。或作赋论国，捭阖天下；或远避时政，沉静学问。其文心义气之盛，报国立功之切，直让今之来者噤若寒蝉，羞怯无容。

陈翥就是这样的一位。

公元一千年初叶，北宋大学者陈翥遍踏名山，择中乌霞，于乌霞洞前伐茅结庐，婉拒大政治家包拯奉旨三征七聘，广植油桐，朝观夕研，埋头著述，几忘寒暑，竭尽心力，终成正果。一部《桐谱》出乌霞，乌霞自此灵气生。

历史，倏忽就又翻过了一千年。在这公元2004年的春天，我与我的朋友们聚在了乌霞。我们看到了漫山遍野丰杆厚叶的油桐，它们一律都是一种思想者的姿势，直将一种历史的拷问指达我们心的深处。我们无法回答为什么商贾政客数不胜数而陈翥千年只有一个？真的，我们实在无法回答。我们只是一棵一棵地寻找，而究竟哪一棵是陈翥亲手栽下的油桐，却最终也没能确认。

乌霞之美，美在山，美在水，美在云，美在花，美在空气，美在蓝天。

乌霞是在文化的长河里浸泡的，是文化的汁液美育了千年乌霞。

四月，人间芳菲殆尽，乌霞桃花正妍。

一行款款拾阶缓坡，都道暗香浮动幽兰。空气是水一样的纯澈，春光柔顺如缎。映山红最是掩不住半点心思，这里那里，那里这里，这这这里，那那那里，就像农村集贸市场嚷嚷无序的小贩，叽喳热情得直让人有些受宠若惊。一座亭翼然于褐石之上，所谓观马亭是也。看出对面石壁上的五匹骏马了吗？那五马正在盘槽啊！看到了，好啊！没看出，那也很正常。当年将军战场归来，心情逐浪，挥鞭示部下，五马壁上盘。部下观之，莫见所以。后人经验，能见一马者，处级；能见二马者，厅级。五马全见者，那可就是不得了的大人物啦。罢罢罢，看不出就不看了吧，有什么不好意思，看出了反而不正常。走，还是去看不用费什么心思一眼就能看到底的泉。

真不可想象天下还有这样纯清的泉。这清是软软的那种清，是让人想伸手摸抚想把脸想把整颗心都贴上去的那种清，而很多时候我们所见的泉的清都是有些寒寒的冷冷对人的清冽的清。两米深的泉，一角硬币飘落泉底，上面的纹图与花理甚至比没有水还清晰，你说，这还不是一口让人看着就想搬回家去的清泉吗？水是从石窝里流出的，这同样有些令人不可想象。一块硕大的火岩，不知怎么就中空成一眼泉，形如往岁舂谷用的石臼。水不急不慢地汩汩，在石臼恒定的高度形成一个圆圆的泉面。舀一点吗，那就涨上来；一点不舀吗，那就稳定在一个层面。泉边有溪喧喧地流过，但喧喧是溪的事，泉一点也不介入，事不关己的样子。只说井水不犯河水，这泉水不犯溪水与之又存在什么因果？

危岩十丈，修竹千竿，古木连理，曲径通幽，就是乌霞精华所在——乌霞寺了。寺前方鼎，香火缭绕千年；庙内钟声，梵音绵延不绝。忽有短笛从高空流下喜洋洋的曲子。举头，寺后山顶两块巨石相对形成的一线天上，一个黑黑的影子。笛音就是从那里流下来的。我们被笛音牵引，一路攀缘，历经一路风景，气喘喘立于山巅，汗涔涔戏说年龄。持笛者为一旅游小贩，卖些可乐茶干矿泉水软底鞋之类，吹笛是为招揽生意的。这很有些品位，我们评论。再吹一支好听的，我们要求。瘦山民就又吹了一曲《十八相送》，我们践约买了他十八包小茶干外加几瓶暂时并不需要的矿泉水。

三县界碑，竖在马鞍形的山腰。一块三棱柱，黑黑的，拄在方方的基岩上，看不出什么石质。其实看不看出也没什么关系。再好的石材，它也就是一块碑；再不好的石质，只要用上它，它也就同样具有了某一种赋予的功能。这地方是可以留个影的。绕着石柱转个圈，南陵、铜陵、繁昌，三县就都到过了；摸一摸石柱，三县也就算都感受到了。转一转，看一看，想一想，在这马鞍形的乌霞山脊上，觉得还是比较有意思的。

八仙过海，童子拜佛，猫戏老鼠，金龟早朝，犀牛望月，玉帝过桥，景都是不错的，看也是很有看头的，游人一般对此还是十分感兴趣的。但总的来说也就是一些或大或小形态各异的石头，被一个或几个人以有限的脑力牵强上某一具体物象，实在没什么必要去较真。太白祠是灰飞烟灭寻不着了，只空留宋人戴昺的“舣舟来访宝云寺，快上山头寻五松。捉月仙人呼不醒，一间老屋战秋风。”在历史的时空里没有着落地飘游。

还是去看月亮。月亮？对，月亮。月亮实际也是一个洞，但这个洞与众不同。别处的洞都是有底的，月亮却没底。月亮挂在峰的脖子上，峰壁然傲立，像佩了一块玉。月亮洞穿了厚厚的峰，让峰背后的风景涌入到峰这边人的眼睛。坐在月亮里，南面，芜湖三县四区最高峰海拔558米的戴公山如绿浪卷涌；北望，一条白线划过天际，那是我们的父亲河——万里长江。

在这很文化的乌霞，在这很文化的乌霞峰巅某块平坦如砥的火岩上，洁白的云絮一朵一朵，载荷着往日情怀，从我的发际，从我的指间，从我的心底，流过。我伸手九次捧握，但我留不住乌霞的昨天。

昨日之乌霞，造化钟神秀。工山削翠，龙池布雨，射的占丰，自明代以来，就被官家录入府志，诗家歌咏传唱。工山雄壮巍峨，郁郁青葱，如靛青披凝，史志描为秀削芙蓉，色凝螺黛。明进士梅鼎祚诗云：白云飞去又飞还，万壑千岩指顾间。半天芙蓉争削翠，案头一点是工山。山腰龙池，一丈见方，大旱不枯，久雨不溢，为岁旱祷雨之所。清雍正御笔“佛所悦可”，可见龙池当年名气。乌霞东麓，一峰如屏，古人发挥想象，取其恰如用布做成的射箭用的把子，名之射的山。射的之奇，奇在占丰，农历大年初一，看山色而知丰歉。其卜曰：射的白，米斛百；射的玄，米斛千。山体发白，即兆丰年，一斛米只值一百钱；山体发黑，必兆灾年，一斛米将值一千钱。明诗云：几载人看射的元，秋风陌上鼓阗阗。鹿门旧有移家兴，乞种南陵附郭田。其实，布雨也好，占丰也好，要么是自然的巧合，要么是富含某种矿物的山石对气温气压等气象综合指数的一种反应。古代百姓没有谁教给他们科学的世界观，他们只能从事物的表面推定事物的就理。但我认为这样也不错，科学好是好，但不一定什么都要用科学来解释。有些时候，有些事物，比如这龙池，比如这占丰，用科学的镜子一照，也就没有什么神秘了，也就直白无味了，审美中古朴浪漫的情绪也就再也找不到了。

又想古时乌霞。古时乌霞，山环水绕，支流直达长江。官商文士，来去扬帆，暮鼓晨钟，驿马飞传。而地壳运动是不可阻挡的。不可阻挡的地壳运动让大自然山不转水转。如今，山升河落，帆影不再，但二级省道走在了乌霞的脚下；但两块天一样蓝的湖，傍在了乌霞的身旁。石峰湖，杨村湖，这因势利导造就的两大人工湖，一个坝高六十余米，一个集雨面

积达十二点六平方公里。湖岸丘峦叠韵，竹风逶迤，嘉树不数，古居隐映。探春登乌霞，寻梦游两湖，山水相映，衷情互诉，料偷闲人生之快意，其融乐也不过如此矣。

踏访乌霞，你尽可以像志摩那样，挥一挥衣袖，不带走一片云彩。但在你归程的行囊里，最好还是能有一块这样的铜渣——一块公元前十一世纪距今三千多年前乌霞先民运用先进生产力的遗证。乌霞南侧的大工山古铜矿遗址，是全国重点文物保护单位，西周至唐宋乌霞土著采掘矿石、冶炼青铜的遗存。其时代之早，规模之大，延绵时间之长，罕见于中外！最大的一处冶炼场纵横一点五平方公里。诗仙李白曾为之激情放歌：炉火照天烧，红星乱紫烟；赧郎明月夜，歌曲动寒川。你想，这样一个古冶场你能不去吗？这样一块古铜渣你可以不寻吗？这包含了人类文明进程的信息，包含了科学技术是第一生产力的理念，包含了乌霞全部文化要义的铜渣，寻上一块，放在案头，让她引领你随时走进三千年前曾经傲立华夏乃至世界青铜文化之巅的乌霞，难道还不是一种智慧的人生？不是一种以历史透释现实的捷径？

不到乌霞，心中神往乌霞；历经乌霞，心中难忘乌霞。乌霞，以一种特定的符号，以一个深刻的概念，充盈了我们心灵的空间，并随着时光的流逝，这符号，这概念，渐至在我们脑际叮咚成一支愈加清晰且挥之不去的旋律——

有个地方叫乌霞，
那不是一片云朵，
那是一座寺，那是一座山；
有个地方叫乌霞，
那不是一处山水，
那是文化的故土，那是我们精神的家！

2004.4

一路山水

昨晚领导电话，问今天有没有事，若没什么事，一道去爱民买茶叶。

爱民是皖南革命老区泾县的一个乡镇，茶叶是很有些名气的。

早上八点，驱车出发。

去时因为路途不熟，竟在山里山外整整兜了一圈。我要说的是，兜过以后回头看，这一圈虽然兜得不明不白，但兜得却实在是好极了，兜得是那样地歪打正着，歪打正着得几乎让我忘记是来买茶叶的，我的眼前只有好山好水好风光，我的心里只有“我见青山多妩媚，料青山见我也如是”飞翔般的畅想。古坝、苏红、丁溪、爱民，还有月亮湾，你这绿色的泾川，一路好山好水啊！你们就这样从车窗外掠过，牵引着，牵引着我对你圣洁如斯的目光。

几乎所有的行程，都是山水相伴，是山与水同时相伴的那种相伴。水，绕着山脚流；车，抱着山脚转。一边是流水，一边是青山，而水的那岸还是青山，青山的那边就是天幕的蔚蓝。春末的阳光在高远的蓝天上倾泻，鸟儿们在春光的大海里游泳，翅膀划出民歌般婉约的波痕，而这波痕瞬间就又被阳光的海水所消匿。

这水，真的像一匹绸缎，温、软、润、滑，一路铺过来，又一路铺过去。质地都是那样的纯，一定要说有什么区别，那也就是因了地形，有的地方铺得厚一些，有的地方铺得薄一点。那么厚一些的地方颜色自然就深一些，像已有些生活的少妇，学会了恬淡，喜欢把有些心思暂时埋藏埋藏。薄的地方颜色当然就要浅一点，有些地方浅得看见一个个小卵石，被水呵得痒痒的再也憋不住了就在那里很是舒心地笑，几个调皮一点的大卵石甚至还把半截身子从水里探出来，一捧一捧地掬起流水，兴奋得不知怎么好似的往自己的头脸上泼洒。这浅浅的流水，则像刚刚对男女有别有所意识的小女孩，依然有些大大咧咧的，想唱就唱，想笑就笑，有什么念头就立即跟爸爸妈妈报告，跟小伙伴们谈论，很是快乐无比的样子。

这山的美，不在他高，不在他形，尽管高峻挺拔在他身上表现也是很突出的。我所感到的更撼人心魄的美，是他的光感，他的气质，是他光感的生动流韵，他气质的青春夺人。在阳光的支持下，这山，无论是独立千仞，还是连绵卧波；无论是老树绝壁，还是披黛凝翠，都呈出生命勃发的律动。青绿，粉红，洁白，金黄，任何一种树直至其中的任一株，任何一簇花直至其中的任一朵，都是那样的鲜明，那样的亮丽，那样的活络，那样的充满神采。仿佛一个个小小少年，用青春的手指在阳光的琴弦上合奏成长的和弦。这旋律无论是循规的还是先锋的，无论是工笔的还是写意的，你都无法漠视，你都很愿意去听，就像看你的孩子成长，听你的孩子弹奏一样。

随着道路的折曲提降，随着汽车的弯拐升落，古坝，苏红，丁溪，一个个地界相接的泾川古镇，一座座青春勃发的山，正面、背面、侧面、俯面、仰面，像 T 形舞台上走过的时装模特，走过来，走过来，把每一个亮点都展示给你看，不紧不慢地展示给你看。但看是看不够的，但他却不因为你看不够而不按照自己的设计退向越远越远的车后。你看那山腰的茶园，一抹一抹的，幽绿幽绿的，像画家饱蘸浓情的画笔激情满腔地扫过画布，像刚刚用飘柔洗过被煦风拂干的秀发，折射着阳光，散发出淡淡的幽幽的不怎么撩眼但却十分让人心动的眩晕。真的，这眩晕与你的心产生了互动，相互切入，一时成了你身心的一部分。你看那金色的株树，这后来在爱民茶农家才打听出名叫株树的株树，我想这真是一种很自信也确实是很有资格自信的树，他喜欢站得比别的树高，从山腰起，越向山巅越是他的领地。他们在山巅很骄傲地站立，君临天下地俯瞰着仰视的我们，我们则仰视着他那如皇冠一样在阳光的衬托下散发着纯金光泽的华盖，一种莫名的植物崇拜竟在我们心底轻轻漾起，而这皇冠一样的株树，则将我们的目光久久粘在他的身上，使我们久久无法把目光从他身上摘下来。

停车爱民，一路跟过来的水就在车旁。我看到，这是真正的清溪。很多我们见过的水，远看很是活泼清爽，而零距离面对则是掩不住的呆滞浑浊。而泾川的水却不，你用肌肤感受她，感受就如同你远远感受她一样。天还不是很热，让整个身体与这样的水相互融入还不完全是时候，把手放在里面多润一润，一捧一捧地把水捧到脸上，也就是此时我们对这样的水说不出的留恋最好的表达方式了。领导走下来，一步跨到水中一块石头上，与我一样对这样清爽的水叹恋不已，对我们生活的小城乃至几乎所有城市都几乎再也寻不着这样清爽的水影而喟叹不已。一首五古《爱民即景》在心中涌动：好峰尽恣意，清泉唱村前。天蓝游嘉鸟，云白摩山肩。古瓦翼新竹，茶园叠梯田。品茗农家乐，水墨入眼帘。

驱车爱民，一路山水。从来没有对山水爱到这种深度，即使如西湖的水黄山的峰。我不知这是否与我特定的心境，以及今日阳光、天宇、云朵等与这一路山水正好处于最佳的搭配节点有关。在月亮湾漂流渡口，男女筏工们坐在筏首向上弯翘的竹筏上，静静地笑笑地望着走向古渡的游客，与身后不言的峻岭和脚下浅吟的清溪相互映照。岸边有叠堆如垛的竹筏。我知道，有许许多多的脚步，已经走在奔向月亮湾的路上。这些堆放如垛的竹筏，明天，或者后天，就将与水亲密接触，就将载着许许多多远道而来的游子，沿着这泾川温润如缎的清溪，去追寻，追寻珍藏心中的梦想。

2004. 4

换灯泡

客厅莲花吊灯的十二只灯泡坏了两只，已是两个星期前的事了。每当晚上开灯的时候，心里就说，明天一定要把坏灯泡换了。可第二天早上一出门，公务杂事，七拐八磨，换灯泡的事就不知被甩到什么地方去了。

回想当初装修房子，那股认真劲，现在想想都有些不可思议。开关在墙上的位置高低，电线在墙里的穿插走向，灯具在墙壁顶棚的相互照应，哪一样不是设计又设计，精心又精心；哪一样不是亲自监工和验收，但有不符，便命工匠纠偏重来。这扇门的背面油漆怎么有些不匀？干脆，再刷一遍，多用些油漆没有关系；那块地砖下面是不是有点空？不行，撬起来重铺；亚光墙壁上怎么有一个污点？师傅，快把它刮掉；墙裙的钉眼怎么这么难看，小宋，来，我们自己和上石膏，把它一个个抹平……

现在是怎么了？那一丝不苟精益求精毫厘必较的心思哪去了？水曲柳三合板地脚线被家中十二岁的“足球大王”练球踢裂了，唏嘘心痛一阵，也就没事一般了；厨房地柜的玻璃拉门碎了，足足挨了三个月才在小宋的唠叨下上街裁了一块换上；夏夜有蚊蝇从门窗纱隙乘虚而入，嗡舞一阵后歇在墙上，急忙找来蝇拍，蹑手蹑脚，满怀愤愤地一蝇拍过去，蚊蝇顿成扁平的标本，黑黑地展示在雪白的墙上。开始一两个黑点还想擦拭，后来就只顾打得痛快而不想去擦了，以至现今墙上到处黑迹斑斑也视而不见了……现在是怎么了？

其实，我知道，我并没有怎么了，也不是失去了对完美事物的渴求。我的这种对同一事物前后不一的心理和态度，根本就不是我个人的个别的

品质，而是我们大家，甚或人类的一大共性——喜新厌旧、护新弃旧、创新蜕旧。这一共性的优劣，似乎也不可一概而论。喜新厌旧，缺乏的是毅力和坚持，在人生的过程中，往往不能善始善终；不喜新厌旧，往往容易循规蹈矩，得过且过，不能抓住机遇开拓发展。当然，至于在做人待物上，我看还是不喜新厌旧的好，在这上面的喜新厌旧，只会失去忠诚的朋友，迎合阿谀奉承的小人。

不管怎样，明天，一定要把坏灯泡换掉。

2001.9

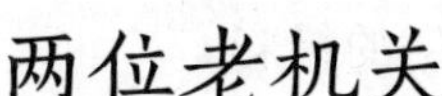

两位老机关

小区住着两位老机关。一位六十多岁，一位七十有余。一个正科，一个副处。在小县城，这样的级别，算是可以又可以的了。七十有余的正科，原在教育部门工作。在位期间，忙里偷闲，写字读书，广结贤士，切磋文论，儒雅群中，常现身影。退休后，不沾棋牌，远避闲乐，潜心诗词书画，活跃一如既往，常牵头组织各种文化活动，应者云集，声势如昔，被誉为小城文化伯乐；六十多岁的副处，原在赫赫权势部门当政，后进县级班子，在位昂首挺胸，目中无人，喜好逢迎之言，咄咄不知所以。退休后，官帽挂壁，门庭陡冷，提笔不能写，伏案不会书，昨日拥后呼前者，一时消匿不知何处。自备烟茶，邀人闲叙，人曰“没空”；找上门，强约与弈，人摇手，“改日”。无聊之中，时见在家喝喝老伴，骂骂鹦鹉，踢踢桌凳，捏捏健身球。

忽然想起一句话。这句话是母亲与邻里拉家常时随口说的：不看姑娘上轿，只求老来风光。那时年少，这句话只是随耳听下，并没什么感觉。现在看到这样两个老机关，这句话就不知怎么倏地跳出了记忆，对这句话就突然有了些理性与感性相结合的认识了。

“姑娘上轿”，对一个女人，应具有多么重要的意义啊！——“大姑娘上轿头一回！”这句民间歇后语，就清楚不过地说明了。按说，上轿的排场，上轿的气势，上轿时夫婿婆家对自己的恭捧，是一个女人“天字第一号”的荣光了，不把握住怎可了得！不过，这只是一般女人，一般的想法。真正有远见有卓识的女人，固然看重这第一回“上轿”，但更希望

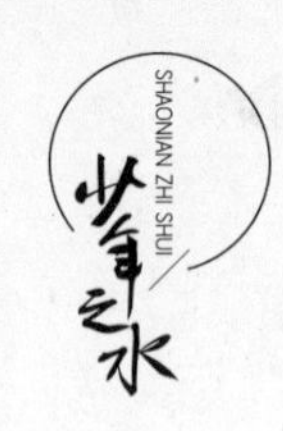

的是“老来”风光。因为她们知道，“上轿”，包括“在轿上”都只是一种外在，都是别人抬着你走的，最终如何，还是要看“落轿”后自己能不能站稳脚跟，能不能赢得认同，能不能修得正果……如果达不到，即便“上轿”时热闹空前，也难免落得“下轿”凄凉；如果达到了，即使“上轿”时不喧不哗，也能一步一个脚印，热闹而充实地走出人生的精彩。

可在现实中，绝大多数人，对“不看姑娘上轿，只求老来风光”却不愿参悟或体味不透。特别是一些并不具备多少超人才智的小机关，以及依靠钻改革政策空子或小欺小骗腰包鼓起来的暴发户，他们的思维大多停滞在“我现在就这样，你们谁谁比得过我？你们谁谁能把我怎样？”的层次；他们的目光往往就落在自己手上、脚下、眼前，并气壮如牛地自捧为现实主义。他们不知“现实”是一个无尽的过程，是一个动态的链接；不知道不仅要关注眼前的现实，更要着眼未来的“现实”的道理。而这一道理，小区里的两个老机关，已为我们再清楚不过地证明了。

2004.5

茶 杯

想起茶杯，是因为叫“茶杯”的这个物件很能唤起你对人生世事的一些思考或参悟。

茶杯本身是不能喝的，或说在最终喝茶的目的上，它似乎是无意义的。但是你要喝茶，就不能不用茶杯，此时茶杯对喝茶这一目的上的无意义，开始被过程中的不可缺失所替代。没有茶杯，茶就没有了立足之地；没有茶杯，茶就只能躺在桌上或流在地上……在这里，我们初步看到了茶杯对道哲先贤老子“有用不如无用，无用即是有用”简单而又生动的阐释。

茶杯有玻璃的，有塑料的，有紫砂的，有青瓷的，有竹木的，有不锈钢的，有单层的，有保温的，有敞口的，有带盖的，有一手握的，有带把的，有又高又细的，有又矮又粗的，实在不胜例数。但无论哪种外在形式，其本质用途都无二致：泡茶。这就像无论是工人还是农民，是战士还是商人，是高官还是草民；也不管是亿万富翁还是潦倒乞丐，是拥有香车宝马还是只剩破车蹇驴，是啖着生猛海鲜喝着“爱克斯喔”还是咽着瓜菜杂粮就着“老白干”，其实都是或正常或不正常的社会生活外在的表现。若剔除这些外在的附加，剥离这所有的画皮，这些或满足或失落，或得意或忧戚，或幸福或痛苦，或信心百倍或萎靡不振的社会个体，谁也逃不脱这样的定义：是一种高级灵长类动物，都要吃饭，且都想吃香的；都要穿衣，且都想穿好的；都想有钱，且都想比别人钱多；都想当官管人，且都想当大官管更多的人……茶杯，正是以这种声色不动的外在，向我们清楚地昭示了人类社会现象与内在的秘密。

茶杯在实现“无用”到“有用”的过程中，还一次次将茶在杯中的运动展示给人看，暗示你怎样去做人，怎么去走路。拈撮茶叶，撂于杯里。茶叶尖尖的、茸茸的，蹲伏在那里似在等待什么，又似在呼唤什么。开水注入杯里，所有的茶叶都呼地贴着水头向上浮，往上蹿。但每一片茶叶以及之间大小、干湿、初始位置的差异，却影响或决定了面对同样水的注入，其浮蹿的快慢、高度以及在某一层面上把握自己坚持下去的耐力与后劲。有的叶子一直浮到茶杯沿口，真正是水有多深山就有多高，而且依然毛茸茸气昂昂，完好无损一派挥洒自如；有的叶子猛地一蹿，却被上面的叶子一个反弹，弹到水中央，雕塑般静立在不上不下的一个中间位置，似在思考或总结着什么；有的叶子从没走进茶水的法眼，却自顾闭着眼在那里一上一下地硬撑，十分的斗志里掺满疲惫；有的叶子在水刚冲进杯子的时候略有躁动，但很快就老老实实守在杯底，管尔东南西北风……茶在一口口地喝，水在一次次地冲。最后呢？最后，浮在最高的、静观水中的、挣撑不止的，都……都一无例外地自觉或无奈地落向杯底，聚向那些不久前在它们眼里还是最无能最没出息的叶子。——茶杯，就是这样，以一种植物的叶子在水中的“叶生”百态，把人与人，人与社会的关系，巧妙地演绎给任何一个端起茶杯的人。

挑一个合适你的茶杯，每日冲上三杯茶，细心地领悟茶杯以多种方式为你揭示的一些奥秘吧。荀子说，“君子博学而日三省乎己，则知明而行无过矣！”每日“三省”就能“知明而行无过”，若每日“茶三省”，则会怎样呢？也许，那就不仅会“知明而行无过”，而且更会处事不惊胸有成竹，满目青山天地宽了。

2004.10

苏W之路

江苏句容一客商来投资，意欲利用我们丰富的玄武岩上马石子厂。这种石子是用来修建高速公路的，因为玄武岩硬度高，耐磨性好。投资上事情谈得差不多了，谈着谈着就谈到了路，自然也就谈到了江苏与W省的路。W省的路质量之差是远近闻名的，去年年前某国家级主流媒体一竖黑漆漆的标题就令我们W省人很有些撑不住脸，标题是《汽车一颠，就知道进入W省了》。说的是一个走南闯北的生意佬，在长途车上疲惫地打盹，小憩中很是放松怡然。忽然车子重重地颠了一下，生意佬一个激灵，睁开惺忪的眼，嘟噜道：到W省了？车上其他人对窗外一看，可不，果然是进入W省地界了，于是一车的哄笑。这位客商当然也说起了这条新闻，并充满对自家“母省”公路品质的骄傲。当时在座的一些出过远门跑过一些大码头的“我们的同志”也随声附和着客商，一副宠商媚苏的神情，并自我揭露诸如某某高速怎样怎样坑如麻脸，某某国道与浙江交接的某某过境公路怎样怎样积泥如沼。对于“我们的同志”这种妄自菲薄，想想也是十分正常。生活在这样一个现代信息现代交流如此便捷的时代，人早已不是坐井观天的人，优劣的评定已不再是谁谁独家的专利。不是吗，某条通向W省省会的高速通车之日，就是小修不断大修不止之时；曾经满满一车同志去浙江考察，路过G县，那国道还能叫国道，还配称国道吗？断裂，肮脏，泥泞，混乱，实在令人心生烦躁，过往的车辆被泥水溅得面目全非，一辆执勤警车停在路边店外没有行道板也没有水泥硬化的黑泥中，车牌也被黑泥溅糊得看不出号码了。两个穿蓝衣的警察歪歪地站在车外，通着移动电话，很是心安理得的样子——我们不知道他们在心安理得些什么。同行的一位市里部门领导当即愤愤然：这样的县长怎么还在让他干，这样的县长我们哪个都会干，哪个干都会来管管这条路了，这太损害W省形象了。而进入同样是山区小县的浙江安吉，再看人家那令人神情一振宽阔平整的道路，确实让人感到气短。

客商是位健谈的客商，也难怪，他曾当过句容乡镇的党委书记，年龄也就四十二岁，又拥有资产六千多万的几个石子厂，说起话来当然是既有观点，又无顾忌，同时也比较准确和现实的了。他说，江苏和W省路修得好坏，不是工程技术人员的设计水平问题，也不是经济实力问题，而是体制问题。客商说，我的石子生意做到几个省，W省的生意最好做，也最有赚头，举个例子，前一段时间我同时为江苏和W省两条高速供应石子，同样的石子，卖到江苏路上，严格按照质量，一分货一分价，给好处哄人也没用，人家不吃这一套，熟人也不行，因为江苏是以制度修路，以标准修路，这段路是谁修的，责任就是谁的，永远跑不了。W省就不一样，我的石子送到路上，收方开个价格，开始也是水泼不进的，但过后私下请一餐，洗个澡，按个摩，塞点货，结果就不一样了。你再跟他说，哎，这个价真是亏本呢，没法做。他就会问你，亏么？亏多少？你说至少亏两毛一吨。他就会对你望望，手一挥，那就补你两毛一吨。钱就这么赚来了！而且W省好些修路责任是定在纸上的东西，路坏了，来修补的转来转去大多还是原来修这条路的施工单位，而且修补路款也是另外照付不误的，你说这样还能指望哪个施工单位不偷工减料狠赚你的钱吗，还能指望哪个小工头不尽量捞取好处吗？！

江苏客商的毫不讳言，不能说没有一些主观色彩和夸大言辞，但还是既让我和“我们的同志”心生怒其不争，更让我和“我们的同志”浑身热辣辣地难受——毕竟是W省人。W省是我家，形象靠大家。从全国放眼，江苏样样比我们好我们也应该高兴；但从正常的心理层面，我们还是更希望W省样样都走在江苏乃至全国的前头。我的W省，我和“我的同志们”都有这份“报省心”，但愿你能带领好我们！

2004.11

坚 持

江南最冷的日子到了。连日来，零下四五度，滴水成冰。往年这个时候，有三件事是跑不了的：一是尽量赖床，能不起尽量迟起，只要上班不迟到就行。若是周末，尽可九点钟之后才拱出被窝；二是用热水洗脸，水越热越好，只要不烫就行。洗过还要搽一点蛤蜊油之类防止皴裂；三是出门要戴手套，而且最好是皮的里面有衬胆的那种。现在呢，这三件事是一件也沾不上边了。首先是早晨六点就起床，一天的忙碌由此开始；其次是不管早晚，一律洗冷水脸，用冰冷的毛巾擦耳根擦脖子，什么霜什么油也不用往脸上搽了；再就是手套已不知扔到哪里，即使朔风如刀，双手也是毫不在乎地与寒风亲密接触。

其实，我现在所达到的境界，往年也曾努力过，只是往往都是半途而废了。譬如从秋天就开始练习早起，进入初冬依靠电子钟叫醒服务硬撑着，而一当最冷的日子来临，即使电子钟叫哑了，依然敌不过热被窝对我的诱惑；譬如从夏天就开始用冷水洗脸，进入秋天再继续适应，初冬的几天尚能勉强坚持，可隆冬一到，夏天的计划也就完全被瞬间的变化替代了。还有手套，也是如此，只要寒流南下气温陡降的那天一旦戴上，整个冬天也就再也离不开双手了。

而现在，隆冬已至，又为什么能够笑傲以往的“老三件”呢？细一想，当然是外在压力和内在动力共同作用的结果。外在压力，来自读初中的儿子。早上六点半就要去上学，周六也照样上课，我再想赖床也不能赖、赖不成了。我必须最迟六点就起床，小心地唤醒晚上作业写到十二点才睡

觉的儿子，然后做着一系列父母应做的服务，直到儿子不慌不忙走向学校。内在动力呢？源自一种叫作意志的，或说对某一既定目标的坚持。往年之所以用冷水洗脸闯不过寒冬之关，原因是一开始就缺乏长远目标，缺乏如何战胜隆冬的事前规划，其结果只能是走到哪里算哪里，坚持不住就退却。今年却不同，我从夏天用冷水洗脸开始就想到了冬天，并将能否闯过“寒冬冷水脸”这一关作为对自己能否遵守誓诺，能否取信于人，以及是否具备战胜困难夺取成功品质的检验。这样一来，情况就不同了，“闯关”成了一件极富挑战的事。面对难关，沉睡的意志开始苏醒，人在与自然的对峙中，能力的弹性出现了，并不断向极限攀升。

人生世事，虽出万端，而其理不过三二。要想做出一番事业，成就一番人生，就必须让那番事业和既定目标像儿子要上学你不能贪睡一样逼迫你；就必须让那最终的目标像闯“寒冬冷水脸”之关一样时刻堵在你面前。如此，人力之所及的事，大概都是能够达到的。

2004. 12

山水桂林

你让我如何表述桂林呢？你让我如何叙述漓江呢？我承认，在桂林，在阳朔，我的语言仿佛苍白了许多，我的词汇仿佛被人偷去了许多，我觉得我对你说的最准确的一句话应是导游对我说的：桂林山水甲天下，阳朔山水甲桂林。

在桂林，你无法确定是你在看山，还是山在看你；你也无法确定哪是最美的山，哪是最别致的景；你还无法确定是你在看客观的山水，还是一幅巨大的中国山水画卷将你裹拥其间。山，耸立得如此突兀，壁立得如此果断，没有一点缓冲，棱角无比鲜明，是大地上冲天的石笋，是自然造化的摩天大厦。山与山之间有一丝无一丝地相连，那是一种基于根本的相连，甚或是地下不见的相连，低调而含蓄，可靠而无私。绝不像我们江南的一些山，联系得过分表象而一副勾肩搭背的哥们义气。数不尽的这些突兀壁立的山受阅于一道润绿的水，桂林，哪还有不甲天下的道理！

这水便是漓江，一道不以体量而以清纯吸引世界目光的少女之水。她就在拔地而起山的列兵簇拥下，快乐无比地奔向她自己想去的地方。她时而浅吟低唱，时而闺阁斜倚，时而奔跑弄蝶，时而幽思回徨。她喜欢把水底的卵石一颗一颗清清楚楚地呈给你看，她喜欢把水中的游鱼一条一条仔仔细细地数给你看，她喜欢把缠绵的水草一根一根舞给你看，她喜欢把幽蓝的心思一点一点交给你看。两岸的山看醉了一不小心就把灵魂丢掉在她的怀里；天上的云看醉了一不小心就飘进了她的心房；高高的太阳看醉了一不小心就撒下大把大把的白银，白银绫缎一样铺洒水面，丁零丁零伴着少女之水漓江的浅吟低唱。我们呢，看醉了就把手把脚浸进水里，这还不够，

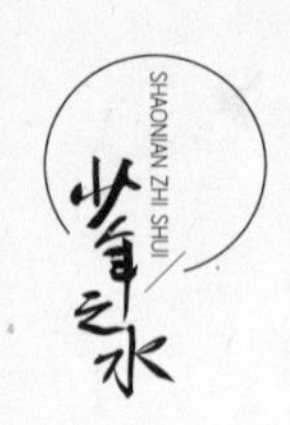

还要掬一捧再掬一捧敷洗再敷洗尘蒙的不惑的脸。这一洗，果然精神一振，果然洗却了许多其实都是自己强加给自己的精神所累，心境也顿然一如这少女漓江清纯无虑起来。当年陈毅先生游桂林，挥毫题写“愿做桂林人，不愿做神仙”，在极品山水漓江面前，人对自然本质的感受还是相通的。

阳朔，以方位而论，当在桂林略为偏东的南方；以水流而论，是在漓江的下游。一座两峰之山形似羊角，羊角便成了这个地方的名字。又因当地民族语言读羊角音似“阳朔”，这一段山水也就被确注为阳朔山水了。阳朔山水甲桂林是怎么甲的呢？总体说都是山奇、水秀、石美、洞异，但阳朔之山水，却是奇得更绝，秀得迷人，美得极致，异得无比。景致大气而集中，景中有景，画中有画，目之所至，不尽妩媚。你看那十二座俏丽山峰，护着一片两平方千米的氤氲碧水，成了演绎《印象刘三姐》绝佳的天然山水剧场。在阳朔漓江支流遇龙河，汪群、金萍、吉来，我们笑坐竹筏，土人撑篙击水，水顺我与筏竟流，山迎我漂向身后。夹岸草树，卧正天成，凤尾绿竹，一往情深。更有瑶家姑娘，隔筏撩水，挑对山歌，乐调婉转，疑为仙音，令人一时恍然梦中。置身这样的时空，对乐不思蜀瞬间就有了一层体验上的理解或认同。

总是有刘三姐的形象眼前闪现，总是有动人的山歌耳边飘荡。从走下飞机脚落桂林，到现在已作别桂林几天又几天，刘三姐，还有那山歌，仿佛已被我们装在包里带回来一样，时时萦绕脑际，刻刻鲜亮不绝，让我都有了一种被幸福折磨的感觉。真的，桂林，阳朔，还有漓江，不能没有山歌，更不能没有刘三姐。山歌是桂林的底蕴，三姐是漓江的灵魂。如果没有山歌，没有三姐，桂林阳朔还有漓江，美的都不过是一种视觉的外在，又怎能让人精神为之震撼，心灵为之动情呢？……在我写着这些文字的时候，仿佛我又置身漓江竹筏，仿佛又飘来刘三姐和阿牛那荡人肺腑浸人心怀的山歌——

连就连
你我结交定百年
哪个九十七岁死
奈何桥上等三年
等三年……

2005. 1

道 路

人生注定是要走路的。

当一条路被人生整个过程或一个相当的时段所选择，这就是道路。

让我们将道路从以往“革命”和“反革命”两种黑白强烈对比的状态中淡出，单纯就一个人所经历的特定的生命过程，作一时空的比较。

对一个人来说，对一个有清醒的意识，能够自己把握自己的人来说，道路，似乎是没有什么好坏优劣的。

三百六十行，没有哪一行没有自己的旗帜。

层出不穷的新领域，没有哪一个领域没有自己的领袖。

从政——科级，局级，部级……洒满汗水的机遇之路；

经商——起步，十万，百万……洒满汗水的算计之路；

科研——实验，失败，成功……洒满汗水的奋斗之路。

所有的道路，只要你以一种坚忍不拔的精神走下去，走出了名堂，这条路就因你而升级为“成功之路”。

也就是说，“成功之路”是走出来的，它不在“走”之前，它只诞生在一种叫作坚忍不拔的“走”之后。

而无数的人却不知其理。他们一心想找一条“成功之路”，然后指望在这条路上轻松地获得成功。他们是一群聪明绝顶的弱智者。

这样一群令人艳羡聪明绝顶的弱智者，曾依靠背后一双权力的大手，走上了供销社、食品站这条成功之路——这是二十世纪七十年代多么令人渴盼的道路。可是二十年后，这条成功之路突然山穷水尽，下线竟是杂草从生的荆丛滩坡。

这样一群令人艳羡聪明绝顶的弱智者，曾费尽心思挤进了化肥厂、钢铁厂，走上了工人这条领导一切的成功之路。可是弹指一挥间，厂子一夜划在了私人的名下，这条成功之路的尾声原来是各自走路。

这样一群令人艳羡聪明绝顶的弱智者，曾上下钻营进入了利益肥厚的强势部门，踏上了钱权的成功之路。可就在一觉醒来的时候，等待他们的却是毫无商量的凄凄末路。

人，在现有已知的生物界是无与伦比的。但在大自然面前，却又是甚至不如一只蚊蜢一根草芥。很多大自然的物事实际上已经昭示着人的取舍，只是人不觉察或不愿去觉察而已。你看地上的路，有的乍一看上去是那样的宽，那样的直，路边的花草是那样的鲜艳与青春。可谁承想它却突然终止在了山的那边，离你的目标还差得很远。还有的路，细如羊肠荆棘丛生，几乎没有人会主动选择这样的路，但往往就是这样的路，在你看不见的某个地方突然变得豁然开朗，一路坦途伸向远方无尽的光明。

这样看来，道路本身不会立即向你和盘托出它的秘密。道路的秘密，只有在你走过之后才能顿悟。道路正是以这种方式逗乐人类的绝大多数——冷水一盆浇在他们欢喜的头上，然后看着他们自己把自己淘汰出局。道路只对那些认准目标不停步的人说，走下去吧，不管前面是荒漠，是峭壁，是急流，走下去，坚持走下去，成功就在等着你，肯定的！

2005. 9

态 度

镇里的计划生育工作连续两年掉了尾巴，这可是天大的事！——一票否决啊！就这一票，书记镇长你就自己想想怎么走路吧。情急之下想出杀招，靠边其他工作，独为计生让路，镇领导带队，镇内镇外划片而治，不惜一切代价，只求计生进位。

电话来了，是已外出几天前往江浙找人的童村支书求援的，喜悦中带着焦虑。他们像敌后武工队一样掌握了对象户打工落脚的大致地点，但又不敢贸然行动，怕打草惊蛇被对象户发现而让对象户跑了。想与所在地计生办联系，又怕人家不热心。

带上几个人马，立即驱车出发。首先是到宜兴丁蜀镇。早上八点半，一行进了丁蜀镇计生办公楼。一楼门厅，两名坐在桌后的女工作人员正在接待围了几层约有几十人的妇女。挤进去问一声负责人在哪里，其中一个立即站起来，笑吟吟指着一边楼梯，并目送我们拾阶而上。踏上二楼，走廊尽头一女工作人员手握拖把，正起劲地擦着地砖，头上一层沁出的细汗。见我们走过，立即放下手中拖把，迎我们进了办公室。当得知是为计生来求助的，一脸真诚的微笑，没关系，没关系，我马上来查。说罢打开电脑，点击“流动人口”，没有。看我们有些茫然，一面安慰，一面笃笃笃与各个村电话联系，一面口中急急地喃喃：昨晚市里下了通知，今天有强台风过境，学校都停课一天，村里同志一定是防风去了。忽然电话通了，一番我们听不大懂却好听的吴侬软语。放下电话，头上沁出了更多的细汗：有这个人，我问过我们高桥村的妇女主任，去年还在这个村子登记过，你们现在就去，出了镇向东，经过娘娘庙，不远就到了，村里妇女主任姓高，她在村里等你们，市里马上要来镇里检查计划生育，不然我会陪你们过去。我们辞别这位热心的钱主任，顺利找到高桥村，妇干高主任果然已站在村部门口：刚才我已经查了，你们找的对象户今年二季度没有登记，肯定已不在我们村了，你们说她可能在前面那些个厂子？那些个厂子虽与我们村只隔一条路，但不属于我们村，也不属于我们丁蜀镇，是属于大蒲镇双庙村，这样，我带你们去双庙村联系。一行咚咚咚来到双庙，双庙村妇女主任小卢正在忙报表，听了情况，将报表往边上一推：没问题，没问题。边说边下楼骑上小摩托，嘀的一声跑在前面带起了路。进得厂区，一片五六家，都是陶瓷厂。为不暴露目标，小卢与高主任商议由她们先一家一家地问，就说是搞流动人口登记的，先把对象户找出来。小摩托载着小卢和高主任，一会儿突突突这家厂，一会儿突突突那家厂，问值班问工人问老板，直到对象户的踪迹浮出水面。

宜兴市新庄镇新庄村，妇干翟主任简直就是把我们的事当成了她的事。我们赶到村里已是十一点四十，翟主任一直在等着。我们一到，她立马一边带我们去对象户家，一面全面指挥哪里有路口，要派人把守；哪里有后门，要派人看住。直到下午两点多钟，才在我们一再邀请下共同吃了一盒快餐。在接下来我们去上海及回来的路上，还一次一次主动打电话给我们，商量下一步协作的好办法。

找到上海嘉定华亭镇。镇计生办只有两名女同志。听我们说有位二女户计生对象在华亭塔桥村，约莫三十岁的赵主任将挎包往肩上一背，挤上我们车就走。好不容易找到对象户，对象户小孩只有三个月，夫妻俩开个快餐店，主要向工地卖盒饭。女人回家做手术至少十天半月，快餐店生意受到影响。对象户就很不情愿。赵主任配合我们，对这夫妻俩话长话短，逗趣说理，直到对象户心理松动，理好衣物，抱上孩子，坐上我们回程的车子。

与江浙这些乡镇计生干部的接触，我头脑中有两个字在不断地跳腾，并放大占满了我头脑的整个空间——态度。是的，就是“态度”。当江浙的同志以如此真诚友好的态度支持配合我们工作的时候，想想我们内地，我条件反射般突然感悟到我们的差距，感受到内心的惭愧。我们的干部能这样普遍地具备为一个毫不相干的外地人无私奉献的品质吗？我们的部门能这样普遍地形成对一个毫不相干的外省单位开展的工作尽职尽力支持配合的高效作风吗？我们的政府事业部门能这样普遍地让一个毫不相干的外地求援者感到如此温暖和信赖吗？扪心自问，我们脸红啊！实际上，我们也具备独特的发展空间，也具有超前的发展思路，无论是“改革开放大讨论”，还是曾经的“呼应浦东”，都是地域经济发展中颇具眼光的大气魄大手笔！但为什么我们外出打工的总是居高不下，我们发展的结果总是落在江浙的后面？这是需要我们拿出勇气真实面对的。我想，在诸多的原因中，我们工作的作风，我们对事对人的态度，尤其需要来一次整体的改进，或进行一次彻底的革命。只有人人都重树务实高效的作风，形成无私协作配合的氛围，才能吸人眼光，才能让世人知道这是一个做事的地方，是一个有希望的地方。否则，口号喊得再响，县城建得再大，资料做得再好，发展讲得再多，也终会因为缺乏“态度”这一人文的支撑而挺不直，站不高，始终对发达省区成仰视状态，也始终只能喊“赶超”而没有底气喊“领跑”。

2005.9

朋 友

那还是很小的时候，十岁左右，上小学四五年级的样子。

那也是最喜欢扎在大人堆里，听大人们谈论些听懂听不懂事情的时光。

兄长大我九岁，是当时小镇上看书最多，在他那个年龄群中最具号召力的人。

三五个或一班人围在一起。春日的地头，夏日的树荫，秋日的归雁，冬日的火桶，是我兄长与他的同龄朋友们在一起开论的经常背景。

这样的背景里，兄长他们谈论了很多。

但就像当年叫作知青的城里人曾那么真切地笑着哭着踩在乡村遍地腐殖质的田野里，一忽又一卡车一卡车飞鸟般返回城市之海了无痕迹一样，兄长他们高谈阔论间或掉进我耳朵里句子的碎片，也随着岁月的流云从容得让人几乎没有感觉地飘向了我看不见也听不到的地方。

朋友就是背后不说你坏话的人。——只这一句，刻在我脑海里没有随流云而去，一直保鲜到三十年后的今天。

我甚至虚虚实实记得兄长这句定义式的语录，曾让聚围在他周围的一班青年醍醐灌顶的神情。

被我揣在身上走了三十年路的这句话，我一直没去想为什么会被我揣在身上三十年而没有扔在过去的路旁。——我曾扔弃了那么多那么多看来那么有用的东西。

背后不说你坏话就是朋友啦？那朋友的标准是不是太低了？那朋友

是不是到处都是啦？

这才是我记住这句话的根本。我对这句话是怀疑的，或说我总隐约觉得这句话里有很大当量的秘密。

秘密在三十年后的今天被我用人生的经验自然地破译和揭露。

朋友就是背后不说你坏话的人。我不怀疑了，这是一个真命题。

这个真命题对作为“朋友”的这个东西，要求是太高了，实在是太高了！

在“朋友就是背后不说你坏话的人”面前，朋友能替生和死，朋友就要两肋插刀，都显得那样虚饰和黯然。替生替死，两肋插刀，是朋友，但那是江湖朋友，是一定带有很大功利很强关联就像拴在一条线上的蚂蚱必定唇亡齿寒的朋友，这类朋友属于朋友这个东西中的另类，另类成一个放射着强烈利益目的色彩、平常人不得进或不想进或进去出不来的圈子。那种替生替死、两肋插刀也不过是这种另类规则胁迫下别无选择的悲烈着的雄壮。在用三十多年的人生经验破译了一个秘密之后，朋友，背后不说人坏话的朋友，屈指有多少？放眼在哪里？

单位分房了。僧多粥少，利益分配上的老毛病。与你关系称作朋友的人条件和你一样具备，对房子的需求与你一样渴求。你为了先一步得到梦寐已久的房子，多么希望朋友能在背后说一句主动退让的话，或表达一句你比他更急需的话，而根本不奢求朋友为你先得到房子而两肋插刀，而赴汤蹈火。可这容易吗？在分房结果尘埃落定朋友再一次很朋友地请你吃饭之后的某一个时间，结果的结果也便真相大白——不错，朋友背后说了与你希望他说的话相反的话，或背着你用实际行动让领导体会到他比你对房子更迫切的需要。

局长下台了。据流传但又似乎十分确切的消息，新局长将在本局副职中提拔。你与朋友都是单位副职，朋友与你共事多年，论文凭论学识论能力论资力论习惯朋友排名都在你之后。这时，你真的不指望朋友为你替生替死，你只求朋友背后能实事求是讲几句公道话，能本着朋友一场地摆正与你的位子，也就是不对你顺理成章成为局长设置障碍就行了。朋友也真的很够朋友，拍着胸脯主动表白一副恭敬，让你没做局长已感受到做了

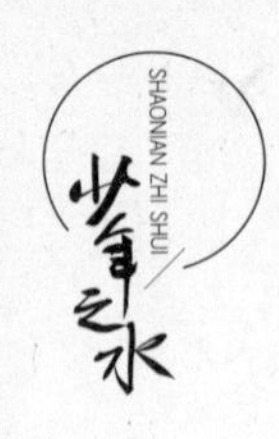

局长的痛快。组织部来了，你的心很有信心地悬了；常委会开了，你的气哗啦一下泄了。朋友坐在了局长的位置上，很朋友地对你说其实局长应该是你这回自己当上局长真是做梦也没想到今后还请多多关照。朋友的脸上还是过去朋友的样子，朋友的手放在大班桌的后面，让你看不见做着什么动作。

或是相遇或是邀约，或是有目的或是无目的，一些人聚到了一起。你的某一个或某几个朋友也在其列，而你或因公因私，或因与有目的或无目的都不沾边，总之你没有介入。酒酣谈笑间，有你朋友掺和其中的这临时圈子，扯东扯西不着边际扯着扯着就扯到了张三李四。一个家伙有意无意说到了你的不是，比如说，你真不够朋友官帽一戴嘴就歪了，不就找你帮忙批块地吗，有什么了不起，原则原则，都像你这样讲原则，早就世界第一了；比如说，你不就办了个企业赚了几个大钱吗，有什么了不起，小时候破衣烂鞋拖鼻涕有谁带你玩啊，现在有了几个臭铜板就摆起阔佬看不起人了，呸！然后用眼的余光斜斜探向你的朋友。照说朋友这时应该为你讲话的，应该实事求是为你挺身洗冤的，但朋友佯装没听见，朋友佯装喝多了，朋友难得糊涂地傻笑，朋友摇头点头摇得点得意义十分模糊暧昧，朋友“哎呀呀，喝酒喝酒”，朋友“其实他什么都好，就是……就是……”总之，朋友这时突然忘记了为你正名而赴汤蹈火。而后来你遇到朋友或通过朋友特意打来的电话你知道了，某月某日某一个场合有人不安好心坏你形象朋友他是如何拍案而起力驳谗言拂袖而去啊。你在感动得目送朋友的背影成为渐去渐远的黑点，感动得差点想不起来回家的路的时候，你在心里默默宣誓，一定要以最真诚的心善待这样真诚的朋友……

朋友最初的意义，已消逝在远去的农业社会，沉积在古典的词义里。市场经济的海啸，淘裂了一切的曾经。远古意义的朋友像被撞击的星体迸裂出的碎片，在茫茫的宇宙里毫无依附地游移，或成为十分现实的赤裸裸的陨石，或成为环绕地球环绕人类的太空垃圾。利益趋同是朋友新的定义和时代的等价，保本共赢是朋友新的内涵和起码的底线。

但是，也请不要太过于失望，就像那个人类已毫无印象的远古大洪水淹没地球，几乎一切生物都在劫难逃，而终于有挪亚方舟渡过了一部分物种一样，原始的不带功利的“背后不讲你坏话的”朋友，虽少如珍稀动物，但毕竟还存在着，只是能否交臂，则看各人的修行和造化了。

至少，在我的周围，还有这样一些珍稀动物般的朋友，我也确实把他们当作珍稀动物一样珍惜着。

2005.9

在彩云之南

云南六日，看到了一些别具的景致，感受了一些别样的风情。你问我对这彩云之南如何概括，那我就将丽江古城明信片上的一句话送给你：这是一生不能不到的地方！

云南，云南，彩云之南——这想一想、念一念就让人心生梦幻、心鸟腾跃的地方！她厚重的历史人文，她壮阔的山水地理，她鲜活的民族气象，她特立的生活精神，直教在无谓的热闹和喧嚣中满身满心浸透浮躁的某些外省人对之无言，唯有慨叹。石林是一个村落的名字，更是一处以“天下第一”标注的景点。我向来是反感对一些物事动辄冠以什么什么第一的，但在我面对石林的时候，在石林的巨大场面和夺魄气势面前，一时成了被石林俯瞰的毫不足道的微粒，这样的反感早已不知消逝到什么地方去了，我不得不承认这真的是天下第一的石林。

大理古城，是古南诏国政治经济文化中心，被誉为“文献名邦”。精明的江浙人成群结队来到这里，在古城古旧却散发着历史余晖的房舍里，开着各式各样的店面，经营着各式各样的物品。当年电视片《西游记》中女儿国就是在这里拍摄的。走出城门，驻足回首，初升的太阳把这苍山脚下的古城渲染得让人心荡神摇，仿佛那如玉的女儿国国王正站在城楼，笑而不语地望着唐僧师徒们迤逦而来。

蝴蝶泉，那是太美了！这是我至今所见的最清最纯的泉，纯得像九千米高空的空气一样。要不是水面被游人撒落了一些鱼食，你根本就感觉不到水的存在。十数条大大小小的红鲤鱼忽而这边忽而那边，就像无所依托在空气中飘浮一般。蝴蝶泉边好梳妆——这样清纯的泉，当然会梳妆出清纯超尘的白族金花了。崇圣寺三塔，背依苍山，面朝洱海，鼎足三立，刺云问天。仰观三塔，百看不厌，导游催喊，心恋难舍。

洱海，彩云之南一颗柔情的心！洱海一号游轮，劈波斩浪。手扶舷栏，凭海临风，远观苍山风云之变幻，感受时晴时雨之妙奇，联想人生几多无谓事，一时宠辱皆忘，满心阳光。游轮演出中心正表演着三道茶，金花们甜美的歌声和献茶的殷勤，让每一道茶味都烙印在我们愉快的心间。

丽江的美是一种容易俘虏人的美，清澈的流水，巨大的水车，古朴的小桥，舒缓的节奏，欢聚的民族，撩人的情韵，繁闹的酒吧一条街，仿佛都在传达着这样一种讯息：丽江，最宜人居的地方！我们不少人都在头脑中闪过“要是能在这里买套房子居住下来，做着自己真正热爱的工作和事情那该多好啊”的念头。两百多米长的酒吧一条街，古老的木楼隔着清溪相望。我静静地观望着一米阳光酒吧，这是电视剧《一米阳光》的一个拍摄点，看着看着就觉得一米阳光真的十分耐看耐想。其实这一条街上的百十家酒吧都是十分耐看耐想的，她们完全可以是一米月光，一米星光，或一米春光。摩梭女孩们在酒吧前蹦跳来去，已看不出年轻的她们是不是还会走婚。白族土司的木府在酒吧一条街的北面，“天雨流芳”四个大字镌刻在气势雄浑的牌楼上。土司就是当年的土皇帝，木姓土司的政权统治曾延续四百六十多年。玉龙雪山向游客开放的高度是 4506 米，而且还要看天气。我们那天先是被告知山上正狂风大雪，只能坐小索道到达 3200 米的地方。后来运气特好，竟可以坐大索道直达 4506 米的雪线。站在刻有 4506 数字的碑石边留张影，感觉确实有些与别处不一样。

从大理到丽江，三个多小时，几乎都是迤逦于苍山东麓，穿行于横断山脉之间，直到走进了洱海之源，直到走进了苍山之首。那种感觉，就如面对一个你心仪的人，有一天你不知怎么就知道了他的家，看到了他没有作秀的居家生活模样，你一下子就觉得苍山洱海与你更加亲切贴近起来。

2005.10

砸石子

康、翔、军、玲等来玩，他们都是我到乡镇任职前在县委办共事的好朋友。乡下没有什么好去处，那就去看看山逛逛水吧，反正这些都是野生的，城里稀缺，乡下却有的是。

就来到了犀牛山和犀牛山下的千山水库。这是五月不到的天气，山里的春天正水灵的时候。干干净净的山道让人产生一种与自然贴近、贴心、真切的感觉。山道两旁的红花绿草一律恣意得让人的心简直要从胸中呼地飞出来。于是就谈，就议，就笑，就高兴，就觉得这乡间还是很人性的，比城里大街边喧嚣的办公室里的局促不知要好多少倍。

从山道折回，走在水库埂上。两山夹个凹，中间一道坝，是什么？水库，有人猜着了。于是又笑。水库很大，水绿茵茵的，周围群山环抱，对面是有着传说故事的鸡蛋山，一半浮在水面，一半在水中倒影。我们来砸石头（即打水漂），看哪个砸得远。是军在提议。砸石头其实是童年的游戏，可军一提，却得到一片应和。大家立马散开，猫着腰，像只大虾或大公鸡，寻找、拨拉、挑选石子，然后狠狠地抡起臂膊，将石子向宽阔的水面砸去。咚嗡——咚嗡——咚嗡——，石子在空中画出很好看的抛物线，然后“咚嗡——”地落进或远或近的水里。砸得远的，脸上就有些得意的春风，踌躇满志的样子；砸得近的，有些不服气，是自己对自己不服气，间或也怪石头选得不好，或怪风向有些问题，就再一次猫着腰，像只大虾或大公鸡，寻找、拨拉、挑选中意的石子，再狠狠地砸去。

砸着砸着，忽然就有了一些想法或叫思想的东西从头脑中冒了出来。

石子在水库埂上过得好好的，我们把它捡起砸向远远且深深的水里，石子是怎么想的呢？是兴奋还是无奈？是心甘情愿还是迫不得已？我们挑拣石子时首选的是形状比较秀气圆而略扁的那种，那么是不是说在石头中圆而略扁的石子就格外珍贵或格外有用一些呢？这些石子是什么时候因为什么缘由被什么样的自然力以什么样的方式从什么地方弄到这水库大埂上？它又有没有想到会在某一个时候比如今天被某一个或某一些人比如我和我们发现，并从此改变生存状态比如被掷向水底或被带回城市的窗台上呢？咚嗡——咚嗡——，石子接二连三飞过天空落进水里，看上去都是毫不犹豫的样子。这些毫不犹豫落向水底的石子在与鱼与蟹与虾与鳖与波一阵新鲜劲过去后若再想返回大埂上与风与鸟与云与雨相伴时会立马实现会有实现的可能吗？我在挑拣石子的时候，俯下或蹲着身子眼与耳与石子十分贴近，我在拨拉石子时隐隐听到石子们在交头接耳窃窃私语，不少石子在说要抢抓机遇乘势而上志在必得确保被选，并纷纷挤在我拨拉着的手边唯恐我看它不见。对这些充满进取或说功利心太强的石子，我按我的标准选了一些，但大多都因棱角太多不符合圆而略扁的要求而被我“哗”地拨拉一边去了。当然也有一些石子对我不太在意，静静地在离我一定距离的地方笑谈着什么宿命之类，我觉得这些话多少也有点哲理或玄机，也就不经意移步过去，没想竟也寻到不少合乎标准圆而略扁的小石子。我对自己挑选石子的方法感到比较满意，我没有只见眼前和手边，所以捡到了更多符合要求的石子。而我如果只盯眼前只见手边，不能倾听更多的或不同的声音，不愿多挪动一下脚步身子，结果又会是怎么样呢？

挑选石子如此，挑选人才呢？

2005.10

色彩大王冲

一个地方，在十二月初的冬天，能有如此丰富而动人的色彩，我算是真正领略到了，在大王冲，在张家山。

天，是连续的阴雨，而到了我们预约的这天却晴朗得出奇。这不能说是天曲意逢迎或巴结我们。我想，天一直是高高在上很骄傲的，是不会随便这样巴结人的。这只能说明我们心中有远谋，我们大家有福气。不是吗，如果天还是一味地下雨，我们不是顺延预约，就是完全为了实践一个预约而与雨与坏天气生一些不尴不尬的闲气，那样多没意思啊！

大王冲是原绿岭镇的一个村庄。这个村庄可不一般！它有一条清澈的山溪，山溪沿着山脚曲折，顺着山势跌宕。在每一个溪水产生落差的地方，都有一座低矮的茅屋，茅屋四周的墙和屋顶看上去都被镀了一层土红。茅屋外面的一侧，有一个几与茅屋等高的黑黢黢水淋淋的木轮，木轮的边缘一溜等距离装有斜斜的木片，木片迎着陡落的溪水，陡落的溪水也就借着时局的变化不再温情脉脉而以野性的本真大胆地撞击木轮，这撞击的能量就以木轮在吱呀吱呀愉快的呻吟中没日没夜旋转的形式向我们表达出来了。随着木轮一道愉快旋转的还有木轴，木轴的一头伸进茅屋，通过一个玄关，带动一个大石锤，举起砸下举起砸下捣向大石窝里被砍削成一片一片的檀木。溪水是常年不断地流，木轮是常年不断地转，大石锤也就常年不断地起落。嗵嗵嗵嗵，一次十次，十次百次，百次千次，千次万次，檀木片变小了，檀木片变细了，檀木片变成颗粒了，檀木片变成粉末了，檀木片全部变成浮游在空气中土红色的尘埃了。尘埃寻觅一切缝隙向外逃逸，茅屋四周的墙和屋顶就被它们镀了一屋檀红；更多的尘埃最终落定在茅屋的地上，被主人扫拢入瓮，用传统的手工特制成大王冲牌檀香，销往东南亚及国内的佛山名刹。这茅屋和木轮整体的名字叫水碓，水碓在大王冲的溪水上旋转已几百年！一棵明代小叶女贞独立村口，美人离群索居的样子。树身依然坚挺挺的，枝杈依然俏丽丽的，叶片依然潮绿绿的，不知使用了什么样的宫廷养颜秘方。一道石桥，年代已不可考，老水桦树就在桥下溪的对岸倔倔地伸向溪的此岸。两人合抱的树干粗粝地黑，稀疏的叶已透出一些苍老的信息，树下一排五颜六色的婆婆媳妇姑娘，淘着白白的米，洗着碧碧的青菜红红的胡萝卜银银的鱼，浣着五颜六色的衣裳。她们说着一些感觉很有趣很好笑的事情，但她们没有一个说一句老桦树，甚至没有一个丢给老桦树一个随便什么样的眼神，老桦树的叶子便更显出苍老的样子。在一个水碓旁，一棵银杏高高地立着，金黄的叶一片一片地随风零落，落到自己的根部，落到茅屋和旋舞的木轮和哗哗的溪水里。银杏和女贞隔着一个山角相望，望得深切关怀，她们是在相望中守护四百年前深藏心底的爱情吗？

大王冲的色彩是以溪水为脉络的，溪水上嗵嗵旋转的水碓则是引你探看色彩的导游。逆溪而行，峰回路转，缤纷颜色，令人开怀。你看，四月里的映山红，竟开在了大王冲十二月的山坡上！一些花儿已经凋落，一些花儿正在开放，还有一些花骨朵儿，甜甜的，梦一般睡在十二月的阳光下。草莓的枝茎一丛一丛，草莓的果子一串一串，这些本属秋天的果实，却红在这冬月的大王冲，并且红得特别特别矜持，特别特别冷艳，似乎听得见在说别碰我别碰我。但怎么可能不碰呢，谁让你出脱成这样令人生津的样子！水杉一排排，造型是一把把巨型的收拢的伞，他们的叶已变得棕红，一些飘落在地，一些还留在树上。脚在这棕红的大自然的地毯上走过，仰望一把把棕红的巨伞，仿佛生命也一下子变得厚实起来，富有起来，成熟起来。枫叶红了，这是这个月份当然的事，只是大王冲的枫叶红出了色差，红出了层次，这又是不同别处的，这又当然让人饱尝视觉盛宴的同时，不禁露出“这叶看着那叶红”这平日总是掩着掖着的贪欲和劣性来。

溪是哗哗地向冲外流，路是曲曲地向冲里伸。有的地方，溪水几与路平，沙石很洁净地躺在水底，一些瘦瘦的看上去很是冷峻的鱼，贴着沙

石，倏地一游，又贴着沙石，再倏地一游，并以这种方式传达生活在这样急急的溪水里确是不怎么容易的了不起的意思。水在这样的地方是以云天青山的倒影作底色的，看上去是青青的绿，亮亮的蓝。如果有一两块突出的石头并无恶意地挑逗她，她就像小姑娘一样不知深浅地拍打石头，放肆无忌笑得露出满口雪白的牙。有的地方，溪水被路旁蓬生的红的黄的白的密密的花儿和草树遮住了，只听见轰轰的瀑一般的声音，或汩汩歌唱的声音，让人知道这下面有一道溪，有一道热爱生活奔放多情的溪。走过最后一个水碓很远很远，是溪的尽头，也就是溪的源。这溪的源地下冒出的泉形成的潭，二十来人手牵手围成圈样大小，一层楼左右的深。潭碧透里闪着金色，这是潭底金色的细卵石影映的。潭的圆周的某一切点，是一道宽约一米的口子，潭水就从这一米宽的口子很有朝气地泻出，泻出哗啦啦雨打芭蕉的声音，泻出七月里天边白云舒卷的飞沫。但整个潭却很静很静，似乎那道切口的逝水与己无关。人在潭边，潭底的太阳是圆圆亮亮的，蓝天是新织的绸缎一样平滑无皱的，潭底的山与地上的山是严格对称的，野花的各种形态色彩都是至少八百万像素分辨率的，发丝、微笑甚或脸上一颗好看的痣也是很清晰呈在脚下的潭水的。这溪之源的潭越看越像是一个嵌在大王冲深处的巨大的广角镜头，她把这十二月冬日的所有色彩，包括我们彩色的心情，都真切地留下了印记。我们放声吼啸，欣赏远近群山一浪一浪的回音，那是我们以主观的器官发出然后以客体的位置感受主观的一种谛听，犹如感受自己的能量倾听自己的脉动。潭底金色的卵石细沙间，应着我们的吼啸被唤出一颗一颗一串一串的水泡，水泡晶亮如珍珠般从潭底悠悠地游升水面。大王冲溪的源，这大王冲深处精灵般的珍珠泉！

张家山是从溪的中游折转向北沿坡而上大约三华里的一个村庄。整个村庄在很高很高的山的一处平台上。百十户山里人家，整体看上去没什么章法，但站在每一户院落，感觉每一家房子的朝向和进退都是因地制宜的唯一选择，与周围的山水树坎以及人家都存在一种内在的和谐。比如清泉是在左边流过的，桂树是栽在右边的，那门前必然是春日里满天红云的桃树了。再有如后面的房舍是飞檐古朴的，那前面这座房子必然是平顶现代的了。张家山的色彩首先是体现在这些山里人家的房舍上，从上而下，屋面的瓦有黑色的，蓝色的，绿色的，红色的；墙面有颜色各异的涂料或

颜色大小各异的贴砖；窗子有在光线的干预下折射不同光谱的实木的铸铁的塑钢的。而晾在一家一户院落里绳或竹篙上大人小孩的衣裳更是赤橙黄绿，仿佛一个悬挂着的调色盘。张家山的溪水与大王冲的溪水不属于一个源头，张家山的水源在张家山接近山顶的地方。但这两条溪具有共同的品质，属于同一个风格同一个流派，源头都是一汪清泉一泓深潭，只是大王冲的源是在逆溪逐渐抬升的山谷，张家山的源则是一个大大的水缸，被高高置在了张家山村落的头顶之上。

张家山上繁杂的植被所渲染出的色彩与大王冲一样丰富，一样将一种生机传达。阳光洒在整面朝南的山坡上，使整面山坡连同她的色彩令人目眩地鼓荡着一种撩人心魄的挑逗。而从山顶向四周倾泻下来的数百亩山茶，则碧绿的叶子发出许多许多油亮的光点，以先声夺人的气势，一下就将这满怀的绿隆重推展，并定音为十二月这世外桃源般张家山色彩大合唱的生动和弦。

绿岭镇，作为中国最次一级的地方政府，已在乡镇区划调整改革试点中被撤并了，时间是公元 2003 年 10 月 8 日。此前作为绿岭的最后一位镇长，我曾在这里全心投入主政过半载的时光。那时，整日为镇村历史的欠账烦心奔忙，竟没有发现辖地大王冲张家山如此迥异别处的色彩。其实不是没有发现，而是心境杂芜得视而不见啊。今天，当我以一个心思清纯简单的我再次踏闲与 2003 年 10 月 8 日前其实没有任何两样的绿岭的两个村庄，我却看到了不一样的大王冲，不一样的张家山，她们的色彩这样的繁丽和活泼，她们给我的印象是这样的新鲜和温暖。

2015.12

在这个纬度

沿着原始古朴的林间小径，我们游赏，笑谈，指点，感叹。这是二〇〇六年，四月，人间芳菲几尽，山寺桃花正妍的春天。天空是瓷一般晶蓝，阳光是缎一样柔滑。云、鸟、兔在各自的领地散闲、歌唱和隐现；树、藤、花以亿万年不变的姿势站立、缠绕和开放。风化的层积岩，片片叠码，是刻录沧海桑田的磁盘？散落的五连池，静影沉璧，是谁家待字闺中的姐妹？我们融入大自然的怀里，大自然印进我们的心中，我们与这山、这水，与这里的一切，和融协调得都快要忘记外面的路了。

其实，我们不在神奇的九寨，也不在虚无的香格里拉。我们是在小格里，安徽南陵烟墩一个山水相依、颜色养眼、空气让人的心肺特别特别舒张的地方。这样的时节，这样的地方，春光裹着你，和风拂着你，绿意围着你，清溪跟着你，幽香贴着你，是一种怎样的环境怎样的风情怎样的令人陶醉啊！一行人，外在的年龄职业身份以及性别肯定不可能一样，但只要来到小格里，只要被拥在小格里的怀里，又是怎样的步调一致毫无区别，一任人的天性回归本真，让所有社会赋予的区别都暂时消失殆尽，都不禁或深或浅回望人生的来路思索人生的终极意义啊！你看，谁的精神不饱满得如拔节的笋；谁的气色不灿烂得如路边的花；谁的心境不恣意得如自由的藤？几支蕨菜，柔柔的，挺挺的，立在草地里，顶部的花序卷曲着向四周扑棱，好招摇的样子，引得久居市间的小周一阵窃喜，蹑手蹑脚走过去，像怕惊动蕨菜，然后遵循《诗经》的节拍采撷这古老经典的野趣。一株小杉苗，尺来高，庇护在一片高大的树下，叶羽是透明的浅绿，软软绒绒的，放出一种生命之光，像一只乖巧的宠物。小陆看见一下子就不想走了，围着转了一圈又一圈，蹲下抚了一遍又一遍，站起念叨一声又一声，把胸中的爱心和宠意全部交付给了这株幸福的杉苗。诗人德华、摄影家文放、企业家陶子，与我，则专注于大步流星地走，尽量将自己的脚印复制在这诗意的小格里起伏回环原始质朴的土路上。文放内存四百张照片的相机储满了小格里！陶子也涌起了平生第一次诗情！我怂恿德华将一小块藏毯样的绿苔塞入他那只倒尽茶水的杯中，我是想让他将小格里的绿带回家去，置于案头，让小格里与他久久久久相看两不厌。

午餐就在小格里山脚的林场。场长陈君是我多年的朋友，他有一手很好的厨艺，只是平常不轻易展露。今日亲自操瓢弄勺，满桌都是地道的乡味，诸如地苔、蕨菜、香椿、河鱼、土鸡。这让城里特别是市里来的朋友味蕾兴奋，口舌生津，也让我们很有面子。镇党委和人大负责同志，谈起小格里胜景，如数家珍；说到烟墩镇发展，底气十足。窗外青山，室内宏论，你言我说，宾主不分。我们正在落实签订一个土鸡销售项目，几百万只土鸡在为烟墩农民带来实惠的同时，也必将为烟墩的新农村建设描上浓墨重彩的一笔。——镇党委主要负责同志的话，激情满怀，掷地有声，令人精神为之一振。

这就是小格里，这就是烟墩，这就是要将烟墩建设成和大自然一样美好和谐的烟墩的领头人。林场的院里，充沛的阳光把一棵棵树引向高高的令人仰视的角度，两只狗子围着我们一声不吭只从眼里流露出温顺和依恋，一只黄母鸡带着七八只鸡雏"咯咯咯咯"地进行适应性训练，许多只鸟儿憩歇在我们的车上任我们走近也不飞去。环顾四周，不由再次想起中科院专家的评语：小格里，是地球上同纬度原始次生林保存最完整的地方。

那么，这是否也就是说，小格里，是地球上同纬度大自然最为和谐的地方？

我想，应该是的。——在小格里，在这个纬度。

2006. 4

记住一座山的传奇

文坛，巨星陨落；鲁彦周，走了。

中国著名作家、戏剧家、电影家——鲁彦周，走了。

在用生命的最后四年打磨出七十五万字的《梨花似雪》后，鲁彦周，带着七十八载对人间的思考洞彻、对世界的至真大爱，驾鹤凌云，永远地走了……

中国文坛的时间，在这一刻缱绻踟蹰——

公元 2006 年 11 月 26 日。

29 日中午，我才惊悉鲁老驾鹤仙去。

是在芜湖湘渔情酒店，一个会议的午宴上。

一位领导匆匆离席，说是赶往合肥。

鲁彦周走了。——我听见一句耳语般的解说。

沉寂，心中顿然一片空茫。

斟一杯酒，静静地躬身洒向大地。

我完全有条件有理由再次聆听鲁老教诲的。

因为，我总认为时间会有的。

我是设想在一个春暖花开、燕呢蝶舞、阳光温情脉脉、大地生机勃勃的日子，专程赶往合肥，再次呈请鲁老点化的；

我是设想在牡丹盛开的时节，请鲁老来皖南西山赏游花海石林；在

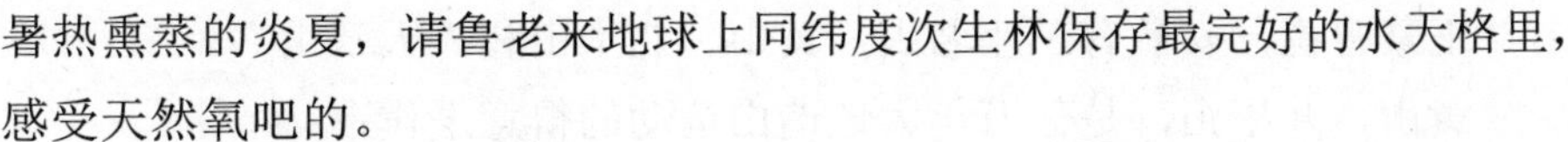

暑热熏蒸的炎夏，请鲁老来地球上同纬度次生林保存最完好的水天格里，感受天然氧吧的。

这些，我都对书妮老师说了。

这些，在11月21日，朋友、领导相聚合肥的晚宴上，我都对鲁老的长女——书妮说了。

书妮说，好。

大家说，好。

我们大家还一致肯定地说，在天然氧吧，鲁老就不会再怕肺气肿了……

可仅仅只过五天，只过五天，我们就再也没有机会聆听鲁老哪怕片言只语的教诲了；

可仅仅只过五天，只过五天，我们所有的设想，就成了搁浅在心灵深处永远永远的遗憾。

我与鲁老有过两次面缘。

一次是在南陵。1989或1990年，在一个文学作者座谈会上，我第一次领略了这位以《天云山传奇》令中国文坛为之一震的安徽文坛泰斗的烁烁风采。

一次是在芜湖。2000年，老作家王兴国七十寿诞，我前往恭贺，再次得见鲁老。鲁老紫红夹克、棕黑礼帽、满面瑞气、步履轻快，笑谈文学人生，风采烁烁依然。

鲁老说：作家应当在促进社会进步中承担起重要职责；

鲁老说：写作应当成为作家实现生命价值、参与社会进程的最有效途径；

鲁老说：文学艺术应当始终关注社会现实生活和广大群众的精神需求，注重发挥作品对人的道德建设潜移默化的作用；

鲁老还说：一个作家，最重要的，也是最关键的，是要有良知、道义，和责任。

鲁老走了，就这样突然地走了。

王蒙曾说，安徽有三座名山，黄山、九华山和“天云山”。

黄山、九华山，是亿万年大地造山运动的得意之作；

“天云山”，则是鲁彦周一手创造的中国文坛回春年代“反思文学”的喜马拉雅。

鲁老走了，“天云山”的创造者走了。

鲁老走了，“天云山”永远高耸云天。

鲁老走了。

鲁老没有走。

鲁老是我们心中永远的《天云山传奇》。

2006.11

随风轻飏

当我见到柳絮的时候，我的思想便循着柳絮，在一阵随风轻飏中开始了质的升华。

其时，晚霞不温不火，恰到好处地呈出春日晚霞的娇憨与无拘，这是年轻的资本，用不着如冬日晚霞那般需要用浓浓的胭脂来涂掩一些岁月的衰痕；男男女女老老少少或匆匆或缓缓或骑车或徒步或进或出在小区大门。我不住这个小区，我是一个过客，一个偶尔的过客。我就在这时看见一朵一朵一朵一朵白白的棉棉的柔柔的绒绒的轻得似乎只消一口气就可以把她吹到天空很高很高的彩云之上的柳絮，在人们头顶上方，从穿梭的人流之间，如水一般地滤过，轻飏又似乎凝滞，凝滞又似乎轻飏，沉静地飏滞在不事张扬的春日的黄昏和喧嚣杂沓的滚滚红尘。我不明白为什么几乎所有的人都对之视而不见或见而不视。而我与柳絮不期相遇，我的心立时就被这小小的物事紧紧攫住，一种电流般感应竟毫无阻碍地对接起我与柳絮的异样语境。

小区的门后是一条河。准确地说，进入门，跨过一座桥，才是真正进入了小区。这条几乎将小区包裹着的小河岸边，种着一棵一棵一棵一棵的垂杨柳。那一朵一朵一朵一朵的柳絮，就是从这些垂柳的叶隙流出来的。我只看见她们一朵一朵一朵一朵地从叶隙流滑出来，却看不出她们流滑出来之前生长或附着在一个什么样的枝条或叶片上。我顾不上去探究柳絮的根源而可能遭到的几个行走匆匆满头满脑都是些钱呀色呀位子呀自以为是的家伙们的嘲弄——他们中好些头脑已经开始病态地粗糙而不自觉总喜欢感觉十分优越地评论着真诚善良忍让富有爱心懂得尊重的人什么“文气太足”。文气太足又怎么样，文气总比粗气好些！——我就这样凑近垂柳，凑近柔顺的柳枝和油绿的柳叶，但结果依然是失望，我还是只看见一朵一朵一朵一朵的柳絮从叶隙不断地流滑出来，却找不到也弄不清她们的今世前生。

柳絮从叶隙流滑出来之后，便开始独自地飞翔。那是一种近似于绒羽的飞翔，但比绒羽的飞翔更轻盈更娴静更富有思想。为什么我竟会感知到她们富有思想呢？原来绒羽是脱离生命的物质，而柳絮却是生命的本身，所有未来某一棵窈窈窕窕或历经忧患的柳树生命的全部密码都隐藏浓缩在这绒绒的让人隐隐感到一丝肌肤般温暖的柳絮之中啊——这是我后来悟出的我之所以会这样认知柳絮的理论依据。没有什么风，这个黄昏的窄窄的小河边。没有什么风柳絮依然能够很随意地飞翔，高高低低，沉浮沉浮，穿过楼与楼之间不甚宽阔的过道，钻过谁家门前铸铁的栅栏，越过街头广告牌的上空，高高低低，沉浮沉浮地飞翔。有一朵轻轻地无声地落到地上，我听不到她的哭，我看到她艰难地翻转了几下身子，颤颤地弹了几下，就又拼争着一点一点地飘升起来，高高低低，沉浮沉浮，一直飞到很远很远我看不见的地方。我读不懂她们无风飞翔的秘密。我让一朵柳絮停靠我的掌心，这小小的东西在我的掌心很不安分，一颗更加小小的内核，周围是精致的羽，羽上的每一根纤毛都在不停地颤，不停地颤，整朵柳絮因之而产生了虽微弱但却足以达到心之所及的远方的能量。也许，就是这种源自更加小小内核的生命的律动，使风的有无不再成为柳絮憧憬未来实现理想的依托和羁绊。

一只狗子走过来。很好看的一只狗子。很纯的毛，很亮的眼，很敏的鼻。尾巴一翘一翘的，好像胸有成竹地去向某一个地方。在它尾巴又一翘的时候，一朵柳絮就附在了它白白的像长棉花条一样的尾巴上。狗子忽然跑起来。狗子跑起来肯定有原因，但原因肯定不是因为尾巴附上了一朵柳絮。柳絮与尾巴一样白，狗子看不出；柳絮轻得像没有，狗子感觉不到。但有一点可以肯定，在狗子跑去的路上，途中或是终点，将来十有八九会有一棵柳树，成长在可以预料的日子里。

2006.5

穿行大王洞

大王洞是池州的一个山洞。

对一些这样那样的山洞，我的兴趣本是不怎么浓的。特别是去年深秋三千里路云和月去桂林探访了漓江边上的银子岩和芦笛岩，目睹了那举世无双神工鬼斧让人无以言表只有惊叹嘘唏的钟乳大溶洞后，我的心中就更少有其他什么山洞的位置了。

不过，池州的大王洞是值得一看的，我现在可以肯定而负责地对你这样说。

开始，我也是无所谓的。心想土里巴叽俗得要死的名字，还能有什么玩意。但既然来到池州，既然一行五六个人对外称起来大小也是一个团队，那就以团队精神的名义，附和着去看看吧，就像小燕子说的，反正闲着也是闲着。

从市区出发，大约一小时，见得一处青山，一条绿水，一座门楼。门楼斗拱飞檐粉墙红瓦紫柱，徽派，暖色，与门楼后参天乔木恣意的阔叶相映如画，谐趣盎然。“九华秋浦胜境风景区”九个很漂亮的正楷写在门额上，下面是四盏大红灯笼高高挂，让人陡添精神。很好，很好，胸腔里一时好像就有这两个字连在一起组成的一个意思随着心跳蹦呀蹦的好像要从喉咙里蹦出来。进门，前行数步，忽觉凉意袭来，再觉寒意裹来，脸上的汗立马没了，两只光光的臂膊不由抱在一起。正不知所以，山洞山洞，熙之说。这才感到冷气是从十来米远的山洞里发来的。山洞掩在绿树丛中，洞口一间门面大小。这就是大王洞了。

大王洞长，大王洞奇，大王洞美——这是我穿行大王洞后很自然地根据自己的经验对大王洞进行的几点认识上的归纳。三千五百米，七华里，有进有出在地下贯穿这么长，怎么样，不容易吧，是不是还够得上等量级？时有陡坡，时有深谷，时有石隙，时有飞瀑，时而静如阒夜，时而轰然如雷，进口在这边山谷，出口在那边山腰，空气清爽无比，似在绿野山林，温度大约二十二度至二十四度，在洞外三十六七度的这个夏日，大王洞里真是爽得让人恨不能再在里面走它一个来回，或干脆就在洞里度过这个夏天剩余的时光。洞内灯光一路点缀，入眼朦胧，细辨清朗。一条地下河在洞里呈出明河的风貌，或深齐腰胸，或仅没脚踝，或回环浅笑，或撒欢放歌。有一处水是从一柱倒悬的石笋里浸下来，浸滴在一块巨石上，千万年，千万年——不是千万年不变的恋意哪来这巨石上深深的，深深的印潭！潭里的水再从巨石上无声地披下，千万年，千万年——不是千万年不变的深情这巨石怎会被披抚得这凝脂般光滑！沿着河岸，溯流缓行，曲折迷离，奇彩迭出。路，有时窄仅通人，有时宽如康庄；河，有时双脚可跨，有时横达数丈。导游的讲解被洞壁回音模糊，眼里只有一路地下山水风光。水滨梯田层层，房舍处处；路边舞台高垒，玄歌暗闻。这边水榭回廊，波映怨月；那头广场空蒙，千人可容。一洞长、奇、秀如此，真乃不亲深入，何以知之。

出得洞口，竟无不适。记得过去探访一些洞窟，进则昏朦，出则目眩，总之反差极大，让人明显感受到地上地下不一样。而大王洞进洞出洞，人却没有什么明显的不适，大概是洞窟总体高大，前后一线贯通，进口出口高差悬对，空气形成自然对流，河水顺势倾泻，负氧充溢洞中的缘故。遥想很久很久以前的农耕社会，灾民避难于此，实不亚于武陵桃花源。在很古很古的冷兵器时代，官逼民反，据得此洞，前布关卡，后设马探，官兵以长矛大刀，奈之如何，只得望洞兴叹。不知大王洞得名与之是否有关？

还要说一下水。这水是从大王洞里流出来，再从进门楼的左侧流过去，形成一条宽约三丈的溪。水清，水洌，水柔，水软，当然是不需说的。熙之说，洗把手吧，于是走近河水，于是才觉出这水的别一番妙意来。一股润润的冷气顺着河水袭过来，又升起来，慢慢，慢慢，看它不见只能意会不可言传地浸向你，裹拥你，让人直觉出一种冷静中的安宁和怡然来。——

这哪是寻常的河，这是旷野的空调，这是大王洞无言的秘密！想起昨天在宾馆开会时那哒哒哒哒搅得我们很有点烦躁的老旧空调，我和熙之说，早知如此，何不把那个会弄到这大王洞外的河边来开，那一定让人身心轻松愉快好多，开会的效率至少也能提高两倍以上啊。

熙之又掬水洗了一把脸，说，哎，真的是这样呢！

2006. 8

春荒的荒

准确时间记不清了。

就暂且认定为 1976 年吧。反正也就在这上下年头的样子。

1976 年，四五月间的春天。

草是照常地绿了。花是照常地开了。燕子是照常地飞回了。柳条也是照常地垂下来，垂下来，垂到河面上，被流水的细波拨弄得一颤一颤的，像往年，以及往年的往年一样。

这是一年中多么生机勃发多么动人心弦的季节啊！

可是，有一个字，似乎暗中已预谋很久，此时正无声无息地黏附在春字的后面。因这黏附而产生的这个偏正结构的词语，是一枚威力无比的土雷，轰的一声，让人的心情郁悒了，让春天的阳光黯然失色了，让春天的歌声哑涩无音了。

这个字是荒。

春荒的荒。

妈。踏上院子的台阶，我喊。

青蓝的炊烟，从屋顶升起，袅娜，蹒跚，看不出什么章法，裂帛样飘舞在夕阳温情而不太确定的余光里。

没有应。

妈。跨进堂屋，书包往桌上一丢，我喊。

没有应。

我寻向灶屋。

我看见了。

母亲坐在灶下。杉木板割制的褐色锅盖上冒出白雾样的蒸气，犹犹豫豫的。灶洞里的火苗忽明忽暗。母亲正撩起衣襟，将一只手指裹在衣襟的布后，蘸擦过左眼角，再蘸擦右眼角。

母亲抬起头，慈祥，默默。我看见母亲红肿的眼睛和隐隐约约的泪痕。

地上，一只布袋，装着一小半的东西。布袋的上半部软软地耷拉着，没精打采跌伏得不成形状。

那里面是粮食。我知道。

布袋是不是也饿了。我想。

子夜一点。母亲起床了。

母亲要到城里去。米缸里已没有了什么粮食。

城在三十里外。母亲决定走去走回。这样可以省下七毛钱的来回车票。七毛钱就可以多买三斤黑市米。

四十岁——比现在正写这篇文章的我还要小三岁的我的母亲，在1976年春天某个子夜一点的辰光，怀揣十五块钱，与隔壁的刘妈，披着早春的寒星，戴着下弦的钩月，抄着通往县城细窄的田间小道，依次走过接官亭，走过河滩漕，走过大林桥，走过九甲，走过八甲，走过红旗茶场，走过蚂蟥涝，走过藕塘埂，最后走到了县城的西门。

城里西门车站边有一个鬼鬼祟祟的暗地交易市场，粮食贩子就惊惊慌慌地混在里面。

（是不是中国计划经济的墙脚，就是被这样的暗地交易市场和惊惊慌慌的贩子们拱毁的；中国市场经济的大门，就是被这样的暗地交易市场和惊惊慌慌的贩子们冲开的？——多年后我越来越肯定地这样想。）

母亲开始寻找粮贩子。母亲不时按一按缝在衣袋里的十五块钱。

十五块钱，母亲昨晚是这样计划的，买五十斤米，为父亲买一双回力鞋。父亲做上门手艺，每天都要根据雇主的不同早出晚归奔行长度不一定的乡路。

五十斤米，母亲是这样盘算的，早晨用一斤米煮山芋稀饭，水和山

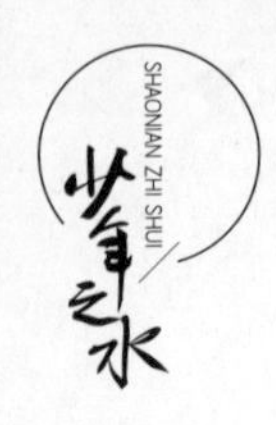

芋的比例尽量多一点；晚上用三斤米煮干饭，饭锅里加蒸一圈山芋。中午采取什么方式过渡一下，就能应付一个星期或十来天了。那么有三五个这样的五十斤米，对付着过去三五个星期，地里的小麦在一天比一天热起来的阳光下由绿到青由青到黄颜色一天比一天加深终于在人们盼得心里发焦发毛发恨的时候一夜变得金黄金黄，青黄不接这个词就不存在了，春荒也就胜利地被一家老小挺过来了。

母亲是一路这样计划这样盘算着走向县城西门。这样计划这样盘算母亲心里就有阳光漏进来就有希望在歌唱。其实母亲在被春荒这个词语恶魔般笼罩的四五月间的每一个日子，都这样计划着盘算着不舍昼夜。现在母亲仍在这样计划这样盘算着，踯躅在县城西门这鬼鬼祟祟的市场，寻找着躲闪其间惊惊慌慌的粮食贩子。

五点来钟，天已经可以称作麻亮了。一些已完成交易的买卖双方已速速收场撤退了。春荒是普天下的事，粮食贩子在这春荒的日子里，是神，是救星！他们箩筐或麻袋里的粮食是金子，是皇帝的女儿，多少母亲和父亲们的眼球被它们吸引得凸了出来掉了下来！它们让多少父亲和母亲们的眼睛盯寻得发红发绿发酸发痛然后还沥沥滴血啊！

母亲的眼睛就这样发红发绿发酸发痛沥沥滴血地寻找粮食贩子。终于看到一个蹲缩在旮旯里的粮食贩子了。母亲急急走过去。多少钱一斤？不多了。多少钱一斤？就剩下这点了。多少钱一斤？三毛。不是二毛三么？三毛！少一点不行？三毛！母亲稍一犹豫，三毛，五十斤米，整整十五块，那父亲的回力鞋就买不成了。母亲再稍一思索，粮食，等于一家老小能不能度过春荒；回力鞋，等于父亲脚感的程度和体面。母亲的头脑像速度最快的“奔腾”电脑，一秒不到就得出了结论：两个都重要，但一家老小特别是孩子们的嘴巴更重要！母亲毅然扯断缝住贴身小褂口袋的棉线，掏出捂得滚烫的十五块钱递给贩子。十五块，买五十斤米，不能少秤哦！少秤？鬼话，少一两罚十斤！粮食贩子开始往母亲的布袋里灌米，一瓢一瓢地灌米，不情愿卖似的灌米……东边人群忽然炸炸地翻开了，嗬，嗬，逮人来喽！母亲稍一愣神，粮食贩子已不见了。几个臂戴红袖章“打投办”（打击投机倒把办公室）的公家人势如破竹地冲过来，满脸凶光地冲过来。母亲毫无意识地抓起地上的布袋，毫无意识地随着人流落荒而逃，落荒而

逃，毫无意识……

十五块钱，换得的是不足二十斤米，这与母亲几天的盘算太不相称了。母亲胸口发紧，紧得像迎面倒来一堵墙；母亲眼前发黑，黑得像跌落无底的渊。母亲往回走，一路走走停停，脚底比灌铅沉，肩头比扛山重。母亲走到红旗茶场，在茶垄上坐了半小时；走到八甲口，在界碑边坐了半小时；走到大林桥，在桥头对着桥下的汩汩流水出神了一小时……母亲排释不了一家老小饥荒的眼睛，母亲直到下午四时才终于踏进自家的门槛。

1976年，四五月间。

春荒的荒，因为母亲，我们终于度过来了；

春荒的荒，有了母亲，我们

不慌。

2006.8

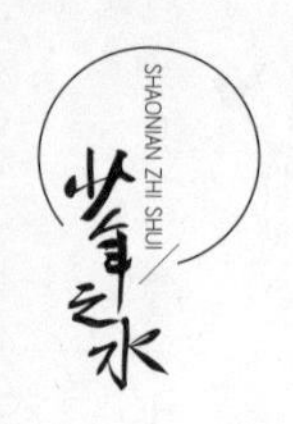

乡村凤凰

九月的第一个周末，2006年。来子约我们几个去乡间休闲。来子业余也喜欢吟一两首诗，画一两幅书法，算得上有品位的朋友。去凤凰，我大舅老爷家，叫我老婆跟着一道去烧菜，鸡是吃稻的，不是吃饲料的；猪是吃糠的，不是吃“四月肥”的；鱼在塘里现钓，是吃草的，不是吃避孕药的；板栗当面从树上敲下来，不是罐头里泡的……来子说。

太好了！于是一早出发。

凤凰是个小山村。这样一个地名，照说应该是有一些来历的，只是现在大家几乎都在忙着挣钱忙着发展，什么来历不来历已不再为一般人关注，不再为一般人乐道，也就不再被一般人追问和传承了。我问来子的妻子小董，小董摇摇头；我问来子很能干很和善的大舅子，舅子摇摇头；我问遇见的村里其他几个人，他们也都讲不出个子丑寅卯来。

凤凰的山不高，但绿意葱茏。修竹茂林，杂花生树。凤凰的山三面连环，像张开的怀抱。背西朝东，满面春风。二三十户人家，就着地势，或粉墙墨瓦，或水泥层楼，树后花间，散落隐现。燕子在树梢上一定的高度，在我头顶的上空，在我追随的目光里，很迅捷很流利很动人地歌舞，翅膀和剪刀似的尾巴努力地伸张，没有任何拘束，看不出丝毫保守。随着它们的倩影，我寻见了它们筑在一户一户农家屋檐下的泥巢；面对我关切的目光，它们一遍遍不知倦地从巢里飞出，飞到树梢上一定的高度，飞到我头顶的上空，唱着歌子给我听，演着舞蹈给我看。这凤凰的燕子，这半点也不作秀的凤凰的燕子，是怎样引领我的心一点一点由繁到简由杂而纯由乱而清地归璞返真！

我在村里走着，放松地走着，像燕子在天空一样舒展。没有来往的车辆要避让，没有穿梭的人流要应付。只有一两个荷锄担筐的老农，走在窄窄的边沿镶着青草和野花的村道上，他们是要到离房舍不远的坡地里挖山芋。山芋是当挖的时候了，坡地滤水，宜生山芋，山芋的表皮一定是涨红涨红的，淀粉一不小心就会从被锄角碰破的地方沁出来的，凝成奶油一样的珠滴。除老农外，村道上还不时有一小队蚂蚁或一两只甲虫爬过来，顺着路或横过路去。它们通常是不作声地，任务很紧的样子，但是都很有教养，很有秩序，很懂礼节，估计它们也从它们那个社会的角度认识到了必须构建“蚁与自然的和谐”或“甲虫与自然的和谐”，否则整个世界谁也不会有什么好处了。此时它们正主动让到一边，注目并礼让我的双脚，大步从它们面前跨向前去。

有几口水塘，形状不是很规则，点缀在山脚的田畈。长长的木板跳伸向水中，几个妇女和小姑娘蹲在水跳上洗着一些衣物，棒槌举起捣下，叭叭叭叭，震得水里的小鱼一愣一愣的。有一口塘水质好像有些黝黑。这是田改成的鱼塘，里面养了草混，来子的大舅子说，今天中午我们就吃这塘里的大草鱼！来子找来几根钓竿，舅子用米在塘的四周不同的地方打了几个饵窝子，又猫着腰在塘边已开始泛黄的稻叶上捉了几个青青的小蚂蚱，穿在钓钩上。一会儿，白白的一排六节鹅毛浮子就动起来了，颤颤抖抖，抖抖颤颤，忽地一下沉下了三四节，一提，线绷直了，竿梢被线拉弯了，大草混像鲸的缩影在水面浮现了。有趣的是一条大草混竟不是被钩住了嘴而是被钩住了尾巴，挣扎了三五分钟，旋浑了半个水塘，还是被钓上来了，这让持竿的人好一阵海吹，直到中午吃着这烧熟的大草混时，大家还笑评他比姜子牙厉害，竟能将六斤重的草混从尾巴钓上来。

一条林间坡道，直感中有些眼熟。细一想，应该就是这条小路！是1988年，我在南陵西乡一个叫童村的学校当校长，二十几岁的人，思想是很活跃的，一天带领学校班子成员到凤凰小学开展校际交流，凤凰的黄校长十分盛情，席间十碗八碟，尤其那盆红烧兔肉发出醉人的辣香。我方的教导主任老吴比我长七八岁的样子，好热闹，爱饮酒，善结交，一气喝得天昏地暗。回来的时候，经过这个坡道，我们叫他下来，他不，昂头骑在自行车上，说要让我们见识见识什么叫作手艺，于是从坡顶直冲下去。就在我们心里捏一把汗时，忽听呼哧哇啊一声，已是车仰人翻，车轮在松树上撞瓢了，半边脸被坡道上的细沙擦得一片血糊。那是我第一次直观酒的威力和厉害，也使凤凰这所山村小学和这位爽气好客的黄校长让我至今不忘。

回来的时候，车行路上，我看见几个似曾相识的农人，正挑着刚挖的山芋往家去。山芋确如我想象，涨红涨红。农人的脸上，因为劳动，也显得涨红涨红。这是血气方刚的颜色，也是九月的山村凤凰的颜色。

2006.9

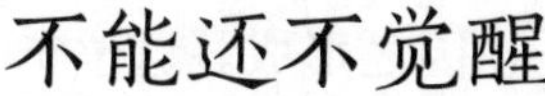

不能还不觉醒

今天是冬至。

冬至与新年，也就一箭之遥了。

只有一箭之遥，我就将处于不惑与知天命这人生旅程两大界牌的交点了。

仿佛没有过程，只是倏然一瞬。

只一瞬，太阳就从年轻的地平线，滑向了中年的天庭。

电视里正在讲述着一个台湾成功人士的励志故事。

一位叫作什么名字的四十岁不到的台湾年轻人，从一个只有初中文化的农民，凭着胆略，三十岁不到就成了台湾的亿万富翁。但他一点也不满足。又花了一百万新台币到国外上了一个月的潜能开发培训班，接受了世界级大师对他的潜能开发，受到了“做就做世界第一”的点化。这之后，他直奔大陆，直奔北京，在工人体育馆边盖起了拥有一百条球道的世界第一的保龄球馆。由于北京冬天的气候不利施工，工期一拖再拖，保龄球馆盖好后实际投资达二点五亿元，超出了原计划的三倍。人们以各种心态和眼光测评着这座建筑。而这位年轻人却始终坚信自己的决策。他说，做“世界第一”有许多意想不到的收获，一是免除了巨额的广告宣传费，说到世界第一保龄球馆在哪里，人们都会知道在北京；二是在选购设备时，世界一流的厂商也愿意以最优惠的价格将设备出售给你，因为他出售给了世界第一的球馆，无形中他也就得到了广告效应；三是做成世界第一，能得到地方实际而有力的支持。总之，现在，不仅这座世界第一的保龄球馆生意火爆，喜欢休闲热闹的外国人也常常专程来此一试身手，而且这“世界第一”又带动了七家高级酒吧、七家购物中心、一家大型量贩式KTV应运而生，仅球馆一楼的门面一年对外租金就超过一千万元。以这“世界第一”保龄球馆为中心的北京三大时尚精品购物圈之一也因之形成。这位年轻人经过学习进修，已从原先初中文化的农民，变为北京某高校的博士，并成为三所名牌高校的客座教授。

感动，不，是感怀，更是震动！

其实，我并不为这位年轻人的成功感到多么惊讶，尽管他的成功是巨大的。在我看来，商机如星的今天，这样的成功没有什么不可以。

我也并不为这位年轻人的经营思想感到多么折服，尽管他的成功是靠这种思想支配着的。在我所见识的人中，有这样的头脑或思想的人并不鲜见，或说我也算得是具备这种思想或思考内在潜能的人之一。

但，这正是让我感到震动的地方！

在商机如星俯拾即是的今天，在机遇处处伸手可及的今天，同样具备思想和思考条件的我及我们中的绝大多数，为什么与这些成功人士具有如此天壤之距！为什么现实中他们成了我们的仰望，而我及我们中的绝大多数却要在他们俯瞰的不确定的目光下主动出局？

一个是少说多做，甚至不说只做；

一个是少做多说，甚至不做只说。

大自然对我们是公平的。

社会对我们也是公平的。

没有谁硬把我们排挤出成功的圈子，

是我们自己将自己与成功一分一寸地剥离。

没能实现自己的理想或梦想，是我们自己没有认真研究实现理想或梦想的法则，没有遵守成功定律，更没有按照成功规则办事。

没能成为大实业家，是我们没有大实业家那种对事实的洞察，没有他们那种看准就立即动手的胆气和务实精神。

从不惑走向知天命，是人生成就一番事业最后一次不可多得的路程；处在人生的中点，应该有更充分的理由看透玄机，实现心中的梦想。让多说少做从此见鬼去吧！果敢、坚毅、激情、打拼，中年的天空，春光万里，在等待我们，等待我们去把人生最壮美的篇章，自由书写！

2007.12

富人是怎样富起来的

富人是怎样富起来的，或说富人是怎么变富的，这个问题一直是个问题。几个月前我也还是喜欢夹在一帮衣食无忧吃的请的人之间一面喝着上好的酒一面吃着上好的菜一面让人感觉很有才情地发表几句对富颇有些不以为然的点评。但是，现在开始，我不了，我不会再点评这些了。既然发展是硬道理，发展的结果或表现就是富，那富也就是硬道理了。再无道理，富了就是道理，富了你就要承认，富了你就不能小视。再说，这样富不对，那样富不对，怎样富才对？其实，富是政策允许的，让一部分人先富起来，说得再清楚不过了，并且对富的程度没有限制，没有封顶。这样换个角度看，富就是对的，不富才是与政策有距离，是不提倡不鼓励的。

“我不了”，也是有原因的，这原因就是读了一则报道，就这么简单。据《南方日报》2007年12月31日报道：“2007‘中国500富豪榜中榜’28日在香港发布，500名上榜富豪身家总数高达43426亿元（人均86.85亿元——笔者注）。广东富豪上榜87人（上海第一财经报称：一个广州市GDP是相当于十个青海省——笔者注），数量最多。据统计，中国已经成为亿万富豪人数排名第二的国家，仅次于美国。资产超过10亿美元的中国富豪已达到146名（一年前为85名——笔者注）。据统计，中国的千万富翁有44万人，亿万富豪超过1.8万。”而特别让我不能平静的是中国“百万富翁人数约占人群总数的3.3%。”同样值得研读的是“房地产行业就为富豪榜贡献了128人，成为名副其实的‘富豪高产田’。”

也许你会说，你既然都“我不了”，还花这多力气摘引这些干吗，是不是你又不“不了”。不是，我说“我不了”，是从今再也不对富这个东西妄评一气了，至于对它进行一些正确或说科学地认识，才是我真正的意思和要达到的目的。那么，我现在又真正认识到了什么呢？其一，富是有理的，富没有错，富更没有罪。落后就要挨打，这是中华民族总结五千年的经验得出的铁的教训。而落后本质上就是贫穷，就是没有经济实力，就是让人瞧不起，就是别人可以对你很随便或是随心所欲而你却只有俯首唯诺的份儿。国与国之间是这样，人与人之间则更加明显。因此，富对人类对社会对国家都是一件大好事。富是春天的阳光，让所有的人都渴望，都追寻；富能很高效地激勤治懒，让整个社会像一部亢奋的机器，充满成功的梦想和创造的活力。其二，富有规律，富不复杂，理论上谁都可以富。富说到底，就是赚钱，就是拥有比别人更多的钱。我们生活的世界，生活的空间，总体来说是一样的。但为什么处于同一起跑线，有人富了，有人穷了。原因当然很多，包括通常所说的腐败因素。但更多的更重要的，则是有没有把握富的规律，有没有按富起来的规律去办事。同样是房地产开发，近十年前几十万就可能拿下几十上百亩地，一张画饼充饥的图纸就能赚得大把大把的预付款，接着就能形成几千万数亿的利润。当时同样拥有这样资金实力的很多人，几年过去，为什么很大的一部分都几乎停留在原来的资金水平，都没能达到把资金投向房地产开发的丰厚利润？原因就是没能把握房地产赚钱的最佳机遇，错过了一个赚钱的黄金时段。而现今，若再想以百来万打出一片房地产天地，则简直有些痴人说梦了。第三，富是趋势，不可逆转。国家的政策，正促使富的态势从过去的“让一部分人先富起来”，向着整个社会更加普遍地富起来的深刻转变。中国的千万富翁有44万人，已占人口总数的3.4‱；而百万富翁则已约占人口总数的3.3%。面对这样一个富的比例，任何有发展之心有进取之心的人，都会在心里问一下自己处于一个百分之多少的位置，都有一种顺势者昌、逆势者亡，逆水行舟、不进则退的逼迫感和危机感。

让我们都不要对富再持有异样的目光，发表一些不着边际的空洞的评论了吧。中国需要发展，中国需要富强，只有以理性的精神，吃透政策，寻找机遇，走出散懒，奋力打拼，为中国富人的百分比增加比重，才是我们这个社会所需要的，也是我们这个民族所应该追求的。

2007.12

二〇〇八这场雪

二〇〇八这场雪，是我从不曾经历过的。她的坚韧绵长，她的气吞万里，她的冷观静处，她的笑傲江湖，真是让人大开了眼界，让我对雪再也不敢随意评述。

我甚至有些陌生而梦幻地自问，这是我经历的第一场雪吗？

按理，我不是生在海南，也不是生活在南中国雪无法抵达或很少抵达的地方。我是出生和生活在紧依长江的皖南。皖南的季节，层次是人所共知的分明，春就是春，夏就是夏，秋就是秋，冬就是冬，互相之间虽有些牵扯过渡，但那是不能免俗的客气。客气过后，各自的个性依然是十分鲜明的。这样的皖南，冬天的雪是少不了的题目，雪给我的感受从少儿时代就开始不断地积淀。而生活在这样的皖南的我，怎么会突然对雪有些陌生和梦幻起来？

这一场雪，真的不是一般的雪。我的梦幻，不是来自我的心智对客观的迷茫，而是客观在我心中找不到对应的无助。据新华社电，1 月 12 日以来，受强冷空气影响，我国部分地区出现入冬以来最大幅度的降温和雨雪天气过程。民政部 23 日发布灾情信息，此次雪灾已造成湖南、湖北、贵州、安徽等 10 省区 3287 万人受灾，倒塌房屋 3.1 万间；因灾直接经济损失 62.3 亿元。据悉，此次雪灾是 50 年以来最严重的。……安徽省已有 16 个市发生雪灾灾情，受灾人口 340 多万人，倒塌房屋 5144 间……部分乡镇（积雪）最深达 50 厘米。……中央气象台 25 日上午预报，从 25 日至 28 日我国自西向东又将出现一次大范围持续性雨雪天气过程。

我翻检人生的记忆。几乎没有搜索到什么让我如此惊心和动魄的雪。要说有，也只有一场，是1983年的，在我的记忆中同样刻下了深深的印痕。那时我在当涂师范读书，放假的当天，天空飘舞起如席的雪花。当时我们谁也没有在意，可第二天早晨醒来，地上已是积雪盈尺。我们几位同学结伴坐着误点的火车晚上九点到达繁昌县城，就再也没有一辆汽车可以跑在路上了。我们背上行李，以年少的心劲和急切的心情，踩探着逾尺的积雪，奔向八十里远处的南陵的家。深夜三时，我们走过了一半路程，同行的学明把我们带到他出嫁在麻桥的姐姐家，我们就着一碗咸菜，吃下了至今依然回味无穷的最好吃最难忘的美餐。第二天，我们天黑跨进家门，就一下子精疲力竭瘫倒在床上。

可是，让我刻下深深印记的1983年的雪，无论从哪个角度，又怎么可以与二〇〇八的雪相提并论呢？1983年的雪，下在我的二十岁，二十岁对事物的评价，激情和夸饰应该是占有很大的成分，事物稍稍超出自己的经验，往往就大惊小怪得不成样子。而二〇〇八的雪下在我已逾不惑的年岁，这个年龄的我，与这个年龄的多数人一样，都基本成熟了，对事物的反映也是大大地平实而客观了，人生的阅历也把我们培养具备了一副见怪不怪的定力。可是，在二〇〇八的雪面前，我的记忆显得多么苍白而空洞，我的经验显得多么稚嫩而缺损，我的定力显得多么浅薄而无奈。她一天接着一天，就是不断；她一天跟着一天，就是不停。中午看着天就要放晴了，甚至太阳已在浓浓的雪云后面露出了几乎令人顶礼膜拜的笑脸，可一会儿，这灿烂的花一样的笑脸因为谁的得罪怎么说不见就不见了呢！于是，雪花，雪片，或雪粒，或冻雨，就又继续起来。

此时，对二〇〇八的这场雪，我又得到了一些新的注释和印证。上午九时，我随县长韩万青在县电信局收听收看省政府抗雪防冻救灾电视电话会议。会上说，今年的雪，是1954年以来降雪时间最长的，是1984年以来降雪量最大的。散会后我与县气象局长吕才华走在路上，才华说，截至昨天，积雪厚度已超过1983年三个厘米了。下午，我的手机又收到气象信息，说明天后天都是阴，2月1日和2日又有小雪……

二〇〇八这场雪，是不同寻常的雪。她对国计民生的负面影响，已赫然显现在人们面前。高速关闭，航班停开，铁路客运站动辄滞客数十万之多，大白菜由五毛涨至四元一斤……我不知这不同寻常，也就是术语中的极端天气，是否也与人类对自然的掠夺性利用有关。我希望最好是无关的，这样我们心里多少要安稳踏实一些。如果有关，那我们急功近利的短视行为所获得的，与大自然以极端天气等形式教训我们的，借用古人的经典词语来表述，是多么得不偿失啊！

当然，不管怎么说，二〇〇八这场雪总有最后结束的一天，二〇〇八这场雪最后终会化为乌有。这以后的日子，桃花依然会燃烧春天，蝉鸣依然会激情夏天，枫叶依然会渲染秋天，一切都不会因为这场雪而改变季节的程序和我们生活的程式，至少在一定的时期内是这样的。但我们不应该忘记这场雪，这场五十年一遇的二〇〇八年的雪。这不仅因为这场江南的雪下出了北方的水平，让我们真正领略了雪的壮阔与雄浑，并多少让我们从心灵的深处提升了一些诸如冷静诸如坚韧等雪的品质，还因为她让我们再一次领略了大自然的威力，再一次知道了人是大自然的产物而并非大自然是人的产物，要想实现真正意义上人与自然的和谐，人类就应首先放低自己的姿态，并对自然永远怀有一颗敬畏的心。

2008. 1

二十九日我的心

我在《二〇〇八这场雪》里说得再清楚不过了：下午手机里又收到信息，明天后天阴，2月1日和2日有雪。虽然对1日和2日有雪我比较不喜欢，因为这场雪真的是太绵长了，绵长得让人心生恨意。——世事有不同，但凡事皆同理，一件事物稍出点格，是突出，是创新，是个性，是与众不同，也容易让人在惊奇或惊诧中记得更清。但出格太多，就会走向反面，就会让人心生疑惑了。你想，美丽的少女偶尔撒个娇，当然会让不少人眩目迷离，但如果整天有事没事都一副扶不起的娇样，你还能说有什么美意可言吗？避之还唯恐不及呢！——这场雪昨天之前就早已定性为五十年一遇，如若再下一下，六十、七十年一遇也是有可能的。这远远超出我们年岁经验的雪，一开始当然逗得人觉得很好玩，但在给国计民生造成几无可估的损失和不便后，依然不谙世事地这样下下下，就一步一步走过了好玩的极限，而滑到了令人生疑生恨的背面了。

但是，对自然不像对人，你躲不开她，你无法回避她，你不能指挥她。人能做到的，只能是面对她，适应她，在与她周旋角力的过程中，最大限度地降低她给人类带来的不利影响。我正是以这样的观念和心态，虽略有恨意但仍平和地接受了“2月1日和2日有雪”的预测事实，并同时对“明天后天阴”而无雪的测报感到一丝冬天里春风般的暖意。

但是，昨日从手机信息中感知了一夜的一丝暖意，今晨，二十九日晨，便被现实的寒风吹得无影无踪了。

正准备上班。光成，雪又下了！小宋在楼上惊呼。知道！我说。——

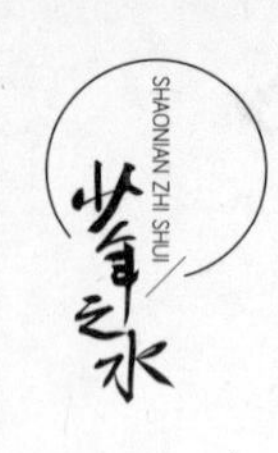

是的，我是知道的，只不过如一首歌唱的那样，我不想说。一早起来，第一件事就是掀起窗帘向外一瞟，向外一瞟我就看到了舞得正十分自我起劲的雪。我的心里就很有些不爽，昨天说得好好的阴，怎么又下了起来，这样不讲信用还配叫作天？！

我心里很有些不爽，不爽的引子是天都这样不讲信用！但这引子的背后，是一些人事让我牵挂和揪心着，而这些人事又都是多么现实和重要啊。

首先，请允许我以自私的心，牵挂我的母亲。我是国家公务员，照说此时最牵挂的应该是更广大的人民和群众，而不应该是自己的母亲。但我真正就是这样的，我不想说谎——不说谎，也应是公务员最最重要最最基本的素养。母亲今年七十有二，母亲不愿住在县城的鸟笼里，母亲依然住在乡下的老屋。老屋的桁条和瓦椽已多少年没有检修了，这样接二连三的雪，屋顶能够承受得了吗？我给母亲打电话，母亲一副没事让我放心的语调；我要接母亲到我这来，母亲说我哪儿也不去，你们那里我住不习惯；我劝母亲到邻近的堂弟或姐夫家住一下，母亲依然不允。母亲只是说，放心的，不会有问题，你们好好上班，好好忙你们的，不要不放心我。可是，我怎能真正放得下心呢？小时候，母亲无条件地管着我们，呵护着我们。现在我们长大了，母亲年老了，我们完全应该像母亲曾经无条件管护我们一样地，以一颗感恩的心去管护母亲。可是事实上我们却没有做到——不管是母亲的不让还是我们实际上的缺位。我打电话给我的堂兄弟，打电话给我的姐夫，他们都是依然留守在小镇上的，与老家的房子也不过三五百米之遥的。他们在电话里也说让我一百个放心，并说母亲过年就在他们家过，放心的。可我是母亲的儿子，这样的雪，这样的酷寒，我怎能就彻底放心故乡老屋里的母亲？

其次的牵挂是与亲情不一样的，但在我来说依然是饱含真情的。我牵挂与我同根的农民，他们一部分外出在各地各样的城市里，在各地各样城市各种各样的工厂或工地上。雪，封住了他们回家的路；雪，让他们租住栖居的简易民房或工棚冰如寒霜。战胜雪灾，他们需要发挥怎样的生命极限！他们的另一部分，多是老人和孩子，正在这茫茫无涯的雪中盼着这些乡村与城市之间候鸟的归来。蔬菜被深深地埋在雪里，通往集市的路同样雪封，一年中最后一份收入最后一个简单的念头简单的欢喜也就这样被封杀。我牵挂那些阳光一样勃发的子弟兵，他们在铲除国道和城市的积雪，抢险被暴雪压垮的建筑，清除高压电线上粗大的冰溜，他们累成了站着也能睡觉的人，他们最后会累得站着就永远睡去吗？我还牵挂交通线的中断会不会致使生命线的中断，现在人们家中早已不习惯预存粮食，预存气煤，加上说不定的水电，荒乱会在这无尽无了的雪中恶魔般地降临吗？我还牵挂家住象山的曹老一家，七十六岁的老人三十年前响应号召带头参加开挖漳河，数九寒冬，吃在工地，睡在河床，落下关节炎症，又因工地挖方炸石，被飞来石块击伤腰腿。如今老夫妻带一个读小学的孙女生活在乡下，儿子与媳妇在城里做着艰苦的劳力，一家人生活得十分窘迫，除了儿子寄回一点，全靠老人每月六十元的定补维持生活。我在这样的时候这样个案地牵挂起老人一家，是因为他曾是我在镇里工作时联系的贫困户。老人对我十分信任。有一个季度，他到邮政储蓄去领定补，却不知怎么这个季度突然不见了定补，他托人将领取定补的存折转给我看，希望我给他问一问镇里和村里。现在这本存折还摆在我的办公桌上，现在雪还是这样无边无涯地下，我自然要牵挂起老人以及许许多多像曹老一样生活艰难的贫民，他们能战胜这场五六十年一遇的铺天大雪吗？

二〇〇八年一月二十九日，我的心是无法平静，无法收拢在我的心里。不讲信用的天，不顾情面的雪，让我的一颗心，高高无依地悬在空中，把我的亲人，以及我的亲人以外的一些人事真切而揪心地牵挂。

2008.1

这个冬天，我开始喜欢雪了

这个冬天，我开始喜欢雪了。

孩提时也喜欢雪。一下雪，小小的心思就如春草一样疯狂。呼朋引伴，或被呼朋引伴，在雪花飘舞的混沌天幕下，在雪被覆盖的庭院原野间，像兔一样颠奔，像鸟一样欢跃。滚雪球，打雪仗，堆雪人，玩冰溜，忘记了脸上被朔风皴裂的一道道细口的痛，忘记了被严寒冻得麻木几无知觉的红萝卜一样的小手，忘记了母亲玩一会儿就回来别把衣服鞋子弄湿了的叮咛，在雪花飘舞的混沌天幕下，在雪被覆盖的庭院原野间，像兔一样颠奔，像鸟一样欢跃。

但现在想来，那只是孩提时代对雪的一种新奇，是一种孩子们没有明确意义和目的的游戏。如果硬要说是喜欢，那也只是浅层的、非理性的、与思想无关的孩提天性的流露。而这，与我今天所说的对雪的喜欢，与我今天所说的对雪的喜欢的内涵，有着多么的天壤之别啊。

这个冬天，我开始喜欢雪了。

我是一个对秋天情有独钟的人。而对春天和夏天，分别只有漫野的桃花满坡的映山红和幻变的巧云多情的鸣蝉让我兴趣陡增。至于冬天，我是谈不上什么喜欢不喜欢的。因为这个季节的寒冷，往往会使我的思路和才情变得像在零下10摄氏度左右运行的电脑——即使是最好的电脑，也缓慢得不成样子。而秋天，你看那高远的天空，艳而不骄的太阳，优雅壮观的雁阵，层次了然的枫叶，能给人多么辽远的想象和身心的愉悦啊。

可是，我要说，这个冬天，2008年的冬天，我开始喜欢雪了。

1月6日至10日，我在宁波参与开展县政府招商引资推介会。下午返程即下起了小雨。这小雨与往日的小雨没有丝毫区别。不同的人有不同的感觉，在我们这些为筹备推介会而几天很少睡觉的人看来，这小雨肯定是专门为我们进行的一场洗尘或洗礼。面对这样的小雨，我们十分振奋，自然的事物与我们心灵的期许不约而同，人心的本能便生出不可遏止的愉悦情怀。其时我们谁也没有想到，这为我们洗尘的小雨，原来就像我们本身。——我们是前往宁波打前站的，这小雨也是来打前站的。她为我们洗尘只是一份顺带的人情，她真正的目的，是为了一场铺天盖地旷日持久的雪。她是为一场铺天盖地旷日持久的雪打前站的，她是为这一场铺天盖地旷日持久的雪的到来提前给人们一些含蓄的预告和心理准备的。因为在10日后的11日，雪花就开始在我们这个小城的上空飘舞起来。这些让我们仰头看上去无声而坚定得义无反顾的灰姑娘一样的粉屑，在被大地一次次拒绝之后一次次化作清泪，又以一塌糊涂的真情一次次轻轻地亲吻大地。并最终在谁也不在意的什么时候，让大地及其上的所有事物都接受了她纯洁博大得无与伦比的真情。

此时，这粉粒一样的雪还在飘洒着。国道芜南段公交已经停开。小城的街上也很少见到汽车的影子。即使有，也低调得仿佛在寻找着什么，再也没有了平时的张狂。行人也很少，腰弓弯着，羽绒服的帽子一律戴在头上，手臂前后左右毫无章法夸张地划拉着，脚步很小几乎是摸索着踏行。这些在平时注定要被认定为另类的作态，此时因了这样的雪而被认定为最为和谐的姿势。我在头脑中做了一个简单的搜索，结果是，这样的雪，断断续续，也可以说是连续——因为没有一次能等前面的雪化去后面的雪就又来了——已整整飘洒了十八天！

这个冬天，我开始喜欢雪了，是在这场绵长得有些离奇的雪进行的第十七天。我不知道，但我想很多人一定与我一样，对一些事物正面或负面的情绪，大多数时候只是隐匿于心中不知道的深处，通过意识很明确地表现出来，往往只是在某一突然的顿悟。我开始喜欢雪了，就是这样的一个突然的顿悟。

我在小城的十字街为儿子买了一台CECT中国电子的手机。我从十字街由惠民路向南心里很愉悦地走向回家的路。惠民路与籍山大道相交路口是我向右折转的地方，这对我来讲早已是轻车熟路。我转到籍山路上，脚底与雪讨论着与在惠民路上毫无二致的吱喳吱喳的问题。可没走几步，一种称作灵感的东西倏然漫漶我的全身。我停住脚步，我情不能禁地四顾，我看到了十七天来一直存在而我却视而不见的另一存在的雪！雪的风仪，雪的雅致，雪的脉搏，雪的冷艳，雪的大将风度，雪的宁静致远。是悠然的灵感让我参悟了这风花雪月中的雪，参悟了的这雪的品性，雪的态度，让我的理性不能不宣言：这个冬天，我开始喜欢雪了！

籍山大道是小城最宽敞也是最时髦的大道。但我从来没有感到它是这样宽敞——在白雪覆盖之下的宽敞；也从来没有感觉到它是如此清纯——在白雪覆盖下的清纯。平日不尽人意的一些细节，都以雪的理由而消逝。不见车辆的大道，宽阔得让人心生惊叹。一切都在雪的覆盖之下，办公楼，民房，或住宅，大自然最为原始的韵味终于在我们这个平日也同样喧腾浮躁不已的小城有了这样一次生动的演绎。如果时间可以定格的话，我情愿这样的雪，这2008年1月26日这样的雪，以她现在的这个形态，在我们这个小城，在小城的籍山大道永存下去。她让人的心回归了从来不曾有过的宁静，她让人对大自然的敬畏上升到从不曾有过的理性，她让人对生命的意义有了更为从容的思考，她让人知道人在宇宙的眼里其实是多么不值一提。我以开始喜欢雪的心情，在籍山大道上自由地走着，自由地想着。我忽然有些好笑，好笑自己，好笑自己对雪的认识曾经是那样的浅薄而不自知。记得十五年前在东门机械厂晚宴，曾自我十分投入地朗诵毛泽东诗词《沁园春·雪》，还以赢得一片掌声而自得。在我因灵感和顿悟而开始喜欢雪的现在，我要说，那时，我根本就没有读懂雪，更没有读懂一代伟人雪的抱负和雪的情怀。毛泽东的内涵不是常人所能真正领略的，《沁园春·雪》的气概同样不是常人所能模仿的。

这个冬天，我开始喜欢雪了。

我把这样对雪的喜欢的心境带过春天、夏天和秋天，那么，明年冬天，我就能读懂《沁园春·雪》了吗？

2008.1

四十五岁我自问

四十五岁，我自问。

其实，自问何尝始自四十五岁的今天。此前，已不知有多少次自问，也已不知得到过多少种不同的答案。但随着年龄的增长，能够沿着自问的答案，或说目标一直朝前走的，似乎是一次比一次难得坚持。当年的意气，是一点一点地少了；当年的虎劲，是一点一点地少了；当年对目标追寻的坚持，更是一点一点地少了。曾经的那时，只要认准了一个目标，只要觉得是必须做的事情，只要自己一定想要在某一方面有所超越，就有一种巨大的动力仿佛从天而降无由而来，就会被这巨大的动力推动着，着魔般义无反顾奔往既定的方向……而现在呢？四十五岁的现在，我“而现在呢”这样自问。

现在，是这样的。情况，无论从哪个方面来说，外部的，自身的，都比过去不知要好到哪里去了；可以做一番事情的条件，不说全部，至少也是大大地具备了。就说写作吧。曾经的青春年少，为了文学的交流，可以顶着寒风，骑着重磅梅花牌自行车，奔行三四十里黄土公路，应邀赶往县城一个名叫“野草”的文学社，不知天高地厚地举办诗歌讲座；为了确保文稿的安全投递，可以免除邮递员的差劳，冒着暴雨，穿行十多里泥泞的山路，亲自将写有某某刊物某某编辑部收字样的信件塞进小镇邮局张着嘴对我微笑的绿茵茵的邮筒；为了写作，没有稿纸，就用作文簿上用剩的纸，用剩的纸太少了不够用，就自己用钢板铁笔在蜡纸上刻画，将两毛钱一张的大白纸折裁成十六开大小，然后在油印机上印成一张张油印稿纸。

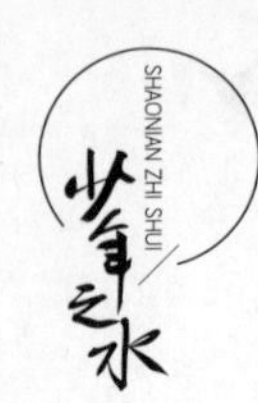

记得有一年，一本舍不得用的县广播站的稿纸，与零钱等一些玩意放在单身宿舍靠窗的书桌边，在一个不经意的时候不知怎么被人从窗外弄走了。当发现有人从窗外拿走了我的东西时，我想都没想还有什么别的，想到的只是那本稿纸，想到的只是谁只要把那本稿纸还给我，拿走的其他东西我不但可以不要，还可以给他五块钱酬劳——这是相当于我当时工资八分之一的资费，换算成现在的工资比例大约是四五百块钱的样子……可也就是在那样的日子，我写出了《草莓熟了的时候》，写出了《故乡的土场》，写出了《那年我们在象山》，写出了《跛老爷》，获得了有贾平凹等参赛的全国青年散文大奖赛优秀奖。现在呢，现在是一切都好了。稿纸是早已不愁的了，报刊是到处都是的了，电话是随时畅通的了。岂止如此，为了让我更好地写作，早日成为真正的作家，千禧之年妻子就花了七千多元为我买了一台实达牌电脑，还有一台喷墨打印机。——那是连机关单位也很少拥有电脑的时候。可这样的好条件又为我的写作带来了什么呢？除了开始一段时间有点新奇，晚上用一些时间在键盘上兴之所至地敲出一些肤浅的文字外，又哪里再见少时的文学激情了呢？及至后来调任县委办副主任，再到镇里当镇长，更是有了数不尽的疏离文学的理由。电脑往往是三五天或十天半月也难得开一次机，虽然嘴边也时常附庸风雅地说些要写要写，并且还好为人师地劝着一些朋友要写要写，但究竟写出了多少有分量的东西，是连自己也不好意思说出来的了。

这都是为什么呢？是自己的散懒成性了，还是岁月本身的玄机造化？也许都有吧。散懒成性，一点不假。做事总是要吃苦的，总是要付出的，哪有随波逐流优哉游哉之乐。写作是一项高强度的精神劳动，是一种如春蚕吐茧般缜密的理性思维，讲求的是不断地自我超越，然而人要不断地自我超越又是谈何容易呢！我们只要想一想我们喊了这多年超常规，喊了这多年跨越式，但真正超了常规跨越式了而又不留太多负面效应或后遗症的，又有哪一次呢？这样一比，你就知道真正意义上的写作是多么艰难，做一个真正的作家是多么不易，那么在这样的艰难和不易面前有所退缩，融入一种现实的大众的快乐，又有什么错了的呢？然而正是这种退缩和融入，让我们不可避免滑向了散懒成性的沼泽。玄机造化，不可否认。岁月增长，世故渐增，人也开始走向成熟。而所谓成熟，也就是激情不再；而一旦激情不再，也就是做事总喜欢先要三问为什么了；而等三问有了明确答案，事情本身鲜活的意义也就模糊三分了，这模糊了意义的事情对人的诱惑或说对人的打动也就大打折扣了。还说文学，你挚爱它，应是无由的，应是发自你内心的一种执着与喜欢，当然也可以适当想象一点它的功利。但如果你不是这样，而是开始就以你世俗的经验首先做出这样的三问——如何靠写作升官？如何靠写作暴富？如何靠写作吸人眼球？你还能有什么心气写什么作啊！因为面对这最世俗的三问，文学瞬间便成了灰头土脸最没意思的事情。你说，面对这样最没意思的事情，你还会有什么激情去进行无谓的追逐吗？

而现在，2008 年像流星一样就要从我们头顶滑逝的 12 月 6 日 23 时 32 分的现在，我还是要再一次自问一下，兄弟，你的人生目标究竟何在？你究竟打算以怎样的努力，迈近你的人生目标？

2008.12

怎么没有了怀才不遇的感觉

昨晚坐倚床头，随手翻看一本陈年的笔记，才知自己早年也曾有过一些怀才不遇的感觉，才知自己现今乃至很久以来都没有怀才不遇的感觉了。

笔记是这样说的，今日全县两会，会下三五闲议，黄局说现在用人唯亲唯近，干的不如看的，做的不如说的……想想也是，如我等这般尽心尽责、无私奉献者，又有谁来……

这笔记是十五年前我三十岁不到很随意地写在这本塑料小本子上的。看着这几句当时随意写下的话，我立即就有了当时的心境：工作任劳任怨，事业心特强，但却也有着一颗功利的心。正是这种功利之心，使我在付出与回报十分不对称的时候，产生了丝丝淡淡的怨懑，也就是怀才不遇的感觉。尽管这种感觉遇上我这种开阔爽朗的天生个性，终究不过是昙花一现，过眼烟云，不会带来什么负面的情绪，产生不了什么消极作用，但这种感觉的本身在当时却是实实在在真真切切的。

想想，当年当时，凭能力，凭业绩，凭才学，凭贡献，我是完全有资格有理由产生这样怀才不遇的感觉的。如果没有，才是怪的！

可现今，怀才不遇的感觉都跑到哪去了呢？

是没有什么让我感到怀才不遇了吗？

仔细想想，大约有这样几层因素。

一是够得上怀才不遇的人太多了，并非我一个，我并非第一冤，心里释然。纵观古今中外，如我一样人品、能力、努力、付出的人真是多若繁星。虽有一些得遇机会，平步青云，但更多则与我一样，所得回报甚少。

更有甚者，还受到更加不公正的嫉妒或排斥。这样一比，在怀才不遇一族，我是比上不足，比下有余，没受大的关怀重用，也还没受到特别不公的待遇。二是怀才不遇是没有用的，除了打消自己的斗志还是打消自己的斗志，于事无补于己无益。因怀才不遇而成就大业的，古今虽有，但十分鲜见。而大多自感怀才不遇的人，总是一生皆生活在自我欣赏的幻觉中，顾影自怜，怨天尤人，腹中牢骚鼓胀，脑中思想茫然。偶被所用，则天不知多高，地不知多厚，忘乎所以，不能自已，最终仍是原路返回，继续怀才不遇。三是我这人天生就是胸襟开阔，器局昂扬，所有的困难和打击对我来说都没有持久的力量。我可以很快将怀才不遇的负面情绪排解出局。这样的心胸，对我已是一种习惯——没有无桥的河，没有绝路的山，没有塌天的事，没有过不去的坎。木秀于林，风必摧之。木怎么办？是继续保持秀质，让风去吹吧，还是去其秀质，避其风吹。这两者都是处世哲学，都是立世办法。前者以品性赢，后者以世故胜，取前取后，轻重无定。在开阔的心胸面前，怀才不遇的情绪至多是一片想遮挡太阳的浮云。四是人生有太多的风景，朝这个方向看不到这种风景，何不换个角度去看另一种风景。我们这一代人，算来是很幸运很幸福的一代。我们没有过父辈们的饥饿，我们也没有今天孩子们就业的激烈竞争。我们考上学校就有了必定会分配的工作；我们一分到单位，就会被安排不管好歹的住房；我们还有了骑马找马选择新的工作和环境的自由。在这样一个张扬个性、天下包容的时代，只要是才，就会有遇；只要有胆识，有思想，有气魄，就会被遇！

但怀才不遇并不是坏事，特别是年轻的时候，还是应该有那么一点适当的怀才不遇的感觉才好。因为怀才不遇说明多少还是有一些这样那样的才。一个一点才也没有的人，是不会有什么怀才不遇的感慨。有才而不遇，错首先不在自己。适当怀才不遇，证明自己还有所追求，这是积极的进取精神和人生态度。没有不遇之感，就没有内在压力；没有内在压力，就没有发展的动力。怀才不遇可以推动潜能的开发，激发自己寻求和开辟新的天地，充分施展才华和抱负，为社会为天下承载起更多的责任与担当！

很想再拥有一些怀才不遇的感觉，但也许很难了——因为这样的年龄和这样的年龄所经历的岁月。

2008.1

这次数据一定要真实

这次全国污染源普查，是做好新时期环保工作、编制环保规划的重要基础，是优化经济结构、制定环境政策的重要依据，是加强环境监管、实施污染源动态管理的重要手段，是建设环境友好型社会、维护群众环境权益的重要举措。这一次普查，我们一定要保证数据的真实性和准确性。

领导在F县第一次污染源普查动员会上这样强调。

领导的强调一点没错，我们一定要保证数据的真实性和准确性！

关键是，领导为什么要这样特别地强调呢？这样的强调最终是否就能达到这样的要求呢？

社会的变革，部门的增设，还有很多其他各种各样的因素，这些年，普查的名目是越来越多，频率也是越来越快了。大的方面有人口普查、农业普查、工业经济普查，小的方面如地方农民人均纯收入、户均拥有大宗电器、低收入人群、非煤矿山等普查或调查，不胜枚举。这次污染源普查，是一次重大的国情调查，也是因污染已到了无法回避，直接对经济社会可持续发展产生或即将产生巨大阻碍的形势下，在全国范围内开展的第一次污染源大普查。根据过去开展普查工作的惯例，国家（含各级政府）在普查中的投入是相当规模的。增设办公室，配备专职办公人员；抽调普查员，进行业务培训；购置桌椅、电脑、一体机、笔墨纸砚乃至汽车等办公和交通工具；召开各级各层动员大会、现场大会，等等。但根据过去开展普查工作的结果，有多少普查因客观的主观的说得清说不清的原因而导致数据欠真实欠准确，最后使普查变成了对正确决策产生不了应有的正确作用的虎头工程呢？

一位网址为http://tssddlwd.blog.163.com/blog/static/430797200712183649923/的网民，在《我不想做千古罪人——一个农业普查员的呐喊》这篇文中记道：

“上午普查办打来电话，让去修改一些数据。原来是上星期各普查员真实的农业摸底表数据与统计局的年报资料数据相差太大，让我们来重新调整修改。怎么改？每个普查员下发一定指标：一普查小区分配猪100头，鸡900只；二普查小区分配猪若干头，鸡若干只……各个普查员再合理分配到各普查户。我当时就质疑：数据不准确，普查有什么意义？更何况上面核实怎么办？领导说：这就不用你们操心，上面让改一切由上面负责，你们只管听从就是。我很伤心与悲愤，本来对这次全国农业普查充满信心，此时却让我一膛激情被泼上一盆冰水从头凉透心。

即将开展的第二次全国农业普查的标准时点为2006年12月31日24时。现场调查工作将于2007年1月1日开始，4月底前结束。这次农业普查，涉及全国3万多个乡镇、60多万个村委会、2亿多农户，直接参与的一线普查人员将有700多万，是全球最大规模的一次农业普查。党中央和国务院对这次农业普查非常重视，明确写入了今年的中共中央一号文件。试想，中央动了这么浩大的人力物力，结果反映的仍是一纸夸大的数据，作为最基层的一线普查员，我们要普查做什么，我们对得起开支近大山似的财力么，对得起国人么！谁对这次普查不负责任，我想不应只是失职的问题，而是千古罪人！

以我们这个普查区计算，每个普查小区增加猪70头，鸡700只，产值最低近10万元。普查区共17个小区，计增加产值170万。全国60多万个普查区将增加10200亿农业产值。这数据夸大得多么惊人啊！而这不过是这次普查项目的几百分之二项！中央将以这次普查数据为依据制定农业政策，糊弄人的虚夸风会害了全国农村，害了整个国家！

中央领导（原文为具体人名——引者注）说：开展这次农业普查，全面真实掌握‘三农’基本情况，是党中央、国务院科学制定农业、农村政策的重要基础，是推进社会主义新农村建设、构建社会主义和谐社会的一项重要工作，也是一项重大的国情国力调查。出现的弄虚作假行为，要依法依纪严肃查处并追究责任。然而普查还没正式开始，虚假却已露出苗头。

离正式普查还有近一个星期，我期望中央普查办一定要做好这次普查前责任的落实工作，否则，事后的再监督核实到位，对弄虚作假的人就是都毙了也不能挽回中央这次普查的重大损失，再说，毙得完吗，毙得了吗？！”

照说不应该引用这么多的文字，尤其是较为完整的文字，因为这在创作上是犯忌的，是可以归属于抄袭一类的。但不这样引用，就不能给出一个因人为原因造成统计数据失真的亮相过程。而客观上造成的数据的失真，这里就不再列举了。

我虽然不是普查员，但我对这次污染源的普查实在是有些也许是多余的担忧。一是那些一边倒追求发展指标，特别是急于赶超发达地区的相对落后省区，在迎接所谓项目梯度转移的过程中，很有可能自觉或不自觉地引进或接纳了一些或轻或重的污染企业。为了地方经济发展，为了自己的政绩前程，地方领导是否真的会和盘托出自己的污染隐私？如果不，我们关于污染源的统计会不会就此大打折扣？二是具体到某些污染企业，从本质上说企业总是逐利而行的，在这次大普查中，他们是不是就有那么高的大局意识，能从全社会和谐发展可持续发展的高度原原本本地申报自己企业污染的程度？如果不，我们有什么更好的办法获得该企业污染环境的真实数据？三是普查员能否达到应有的素质。在人生观、价值观、使命感、责任感、诚信度普遍缺损的今天，他们中的每一个人是否都能不受任何外在的诱惑和影响，以自己的良心和对工作的忠诚，去填写最真实的数据？如果不，我们又怎样去对他们进行实时监察和及时纠偏？

据说，正直的朱镕基总理任上唯一题词就是“不做假账”，可见在总理的眼里，假账已流行到了什么程度，总理对假账是多么痛恨。历次各类普查动员大会上，层层级级也都少不了要强调“这次数据一定要真实准确”。但是不是就此真的没有了假账，是不是就此数据真的准确真实了呢？这里还是暂且不做过多的讨论了。只是当前这第一次全国污染源普查，真的是为政府提供决策依据、造福子孙万代的惠国惠民工程，千万不能因普查数据的虚假而造成政府决策的失误，而留下坑人害己的千古之恨。

但愿这次数据是真实的，是准确的。

2008.2

有一些事情

有一些事情的难易，怎么说呢，就在你怎么看它，也就是你的态度，你的思想。因为态度与思想的不同，简单的事情可以变得十分复杂，复杂得令你不敢或无处下手；复杂的事情可以变得十分简单，简单得甚至连自己也不相信。

也因为态度与思想的不同，从同一起跑线出发的人，渐次拉开了不同的距离，使芸芸众生渐次处于不同的人生层面上来。

我从很多事情上有过这样的感悟。这次又有了更深的感悟。

太阳能热水器的一根水管这几天一直细线一样滴着水。这水管应该叫信号管，因为水上满后就有水流出来，有水流出来就是告诉你水上满了，应该关闭上水阀了。可这几天没上水，这根信号管怎么也会有细线一样的水滴？起先以为是温差所致。因为这几日夜间温度都在零下三到四度，肯定是水管里的水夜里结了冰，白天温度升高，水管里的冰渐渐融了，就有了这样细线一般滴答的水。但后来爱人小宋说这水是一天滴到晚的，这就不大像是水管里冰融后的溢水了。借来梯子爬上平顶一看，热水器出水管口正有源源不断的细水浸流出来。这下问题清楚了，是上水阀坏了，关不严实了，关上了还是有细少的冷水挤进热水器，这样热水器中的水就一直是超满的状态，超满的水就只有沿着信号管细小地流出。十分感谢信号管，是你为我透露了上水阀渎职的秘密。

问题清楚了，但问题又来了。当时装潢时我对热水器上下水阀比较重视，听水工的话买了最好的日丰牌大球阀，稳稳地嵌装在了墙上。这大

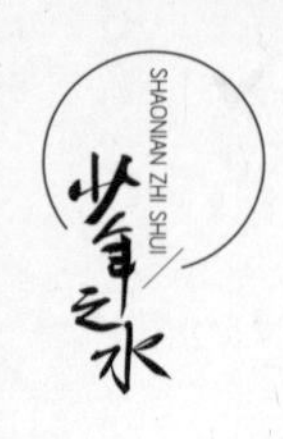

球阀里面的构造我是不知道的，而这又不像洗脸洗衣池上的龙头，坏了我自己就会换的。我就打电话给一个卖五金水暖的朋友小任，小任其实是够忙的，而估计他本人也不是太会维修，打电话给他一是看他是不是知道一些水阀关不严的原因，二是问他是修还是要换。小任十分重视，一口答应下午从合肥进货回来立马亲自来看，能修则修，需换则换。

中午在外吃请回家，看到的细流，做事等不得的脾气又上来了。心想不就是个大球阀吗，反正已经关不严了，也就是说等于是坏的了，不如自己来修修看，修不好也不失去什么，反正是准备换个新的了，另外自己也增了见识，增加了对这个不了解的球阀的认识。这样想着，就去小区口卖菜的那里借了个扳手，螺丝刀自家是备着的，手握这两样工具，咚咚咚就很有底气地直奔二层平台墙上的大球阀。先是将耳朵紧贴在大球阀边的墙上，凝神静气地听。听到嗞嗞的声音，这说明有水正经过球阀，经过已经关闭的球阀。我的目的就是要让这嗞嗞的水声彻底没有。小心地打开大球阀的盖帽，拧下里面的梅花螺丝，看到里面的大螺母上有两道平行的凹槽，估计是用来拧紧或拧松这个大螺母用的，也可能就是控制这大球阀关得严实不严实的。将扳手调到适当的张度，卡在这两道凹槽上，用暗力轻轻一拧，再将耳朵紧贴墙上倾听，没有了，嗞嗞声真的没有了！为了确认自己的判断，我盯着信号管十多分钟，只见里面流出的水线越来越细，水滴的频率越来越慢，最后终于几乎没有水滴了。

我就这样赶在朋友帮忙之前修好了我起先一点也不了解，不打算自己处理，也不相信自己能处理好的太阳能上水管的大球阀。一件本来在我想来很复杂的事情，就在我的随意处置下化为十分的简单。

是的，有些事情，只要去做，其实就是这么简单！

2008.2

顺应还是改造

同事或朋友们在一起，闲谈或酒谈，总是会生发出一些所谓思想的。经历得多了，阅的人多了，听说的多了，也就有了少少的一些属于自己的感慨，也可以叫提炼总结。与做企业的在一起，他们的语言大多是积极的，直爽的，富有建设性的，除了对政府部门为企业服务尚有些许不满之外，对身边其他的一些不尽如人意总是好像不大多考虑。比如对官场腐败，从他们口中几乎很少提及；比如对人不能尽其才的用人机制，他们也似乎不闻不睹。他们关心和谈及的，大多是哪里又有什么更优惠的政策，哪里又有什么更新鲜的市场讯息，哪里又有什么人什么关系可以加以联络利用，为他们最顺畅地提供上游原料和下游产品出路。与机关工作人员在一起，要看什么关系。关系一般的，大多比较持重，谈天谈地，谈孩子上学，不咸不淡，少有机锋。也谈些时事，但一般谈的都是远处的隔层的，涉及身边顶头，则三缄其口，或以讲讲笑话搞搞段子蒙混而过。关系不一般的，也就是相对比较铁的，就会有一些听着很个性的东西了。顺畅如意的，少年得志的，在你面前也不掩其得意之态，话语如珠，高兴处，还会先责备然后再告诉你一些官场升迁小秘密，最后再鼓励一下你：你主要是对当官不感兴趣，凭你的敬业和才气，你只要稍微有些主动的姿态，我们早就会仰着头也难以看到你了。你说这听着快不快活！官运不通的，仕途多蹇的，而官瘾又一直消不掉的，在你面前也不掩其牢骚与愤懑，话语也是如珠，只是声音亢奋，脸红脖粗，敢于指名，勇于道姓，某某如何，不过我一小指，竟能弄到那个位子，还不是全靠他的老子，还不是全靠他甩出去的票子。

你说这偏激不偏激！也曾雄心勃勃、终是竹篮打水、左看右看也看不出还会有什么发热迹象的，则是一副大道无言大音稀声三界之外的模样。嗤，你这还看不透？！这是他们在所有的声音之后不紧不慢，却往往最具震慑的一句话。

你看，在早锻炼的广场，几位离退休的老机关，一面咕嗞咕嗞搓捏着健身球，一面又在激动地发表着广场演说。胡老说，什么拆违不拆违，大街上的张三家四层临街楼面，一二层出租给环泰连锁店的那家，去年做的，谁同意的，谁给发的证？老百姓住了十几年的房子都是违法建筑，他家这个为什么不是？规划沿河公园是公益用地，现在国大集团在这里搞起了商业开发，而且是在大拆违的同时进行的，要说违建，这就是最大的违建！是谁同意他建的，为什么不拆？！李老说，嘿，下大雪，发动大家清扫路面积雪，是没错的，可现在，雪都化得差不多了，又要把堆在路边正化的雪再往路中间铲，原来是上面什么领导后天要来调研，要赶在这之前把路边的雪铲到路上化掉，让领导看到一个没有积雪的县城。你说出动这么百十号人，日夜地这样干，花钱不说，反正钱在政府手里，但做这种花架子有什么必要，这种不算成本一味迎合上面的官场生态什么时候才能改变？！

这些话，听听，还是比较过瘾的。但是，静下心来一想，觉得又没有什么意思。社会，就是赤橙黄绿青蓝紫，五彩而缤纷；所有的人都像海里的鱼，生活在不同的深浅层次。日子，不可能只有白天而没有黑夜，不可能只有太阳而没有星星。人生活着，生活在自己无法不进入的社会；而社会的存在，任何时候都不会完全照顾到生活在其中的每一个人。既如此，我们有责任改造社会，但我们更有必要融入社会。因为改造社会只是极少数人才能做到的，可能是你，但更可能不是你，但融入社会则是一道强制性定律。从这个角度，我更崇尚做企业的或经商的，他们的人生态度比较明朗，目标比较稳定，思想相对单纯，生活可以自得其乐。而正是他们，以他们的实力或实用，自觉或不自觉地影响和改造着社会。而某些老机关，或保守，或偏激，喜好坐而论道，缺乏实践精神。对现实对将来思之过多，虑之过多；对工作对事业顾左顾右，患得患失。看上去满腹经纶，忧国忧民，其实根本影响或改造不了社会的前行。

什么时候，我们的机关有了像企业一样的管理模式，我们的职员有了像企业一样的压力和责任，我们的社会，才会真正减少毫无意义的满腹牢骚与坐而论道，才会真正朝着进步的方向迈进和改造。

2008.2

黄祖兴，你好！

下午，正出门上班，手机响了，外地的口音。“罗老师，我是福建三明的黄祖兴”，在手机说出“黄祖兴”的同时，我的脑海里已迅速闪出了这个名字。我高兴地几乎喊出来：“你好，我知道了，你是黄祖兴！”长达九分半钟的通话中，黄祖兴告诉我，他从未经历过的这场大雪，使他的家乡电力中断，今天电通了，他第一个给我打了电话，祝我全家新年快乐，心想事成。“我种植的竹子被雪全部压断了，我们这里还倒了好些房屋，压死了好几个人。”黄祖兴说，“要不是政府的关心帮助，我们真不知日子怎么过了。人民政府真的是为人民啊！”通话的最后，黄祖兴一直不肯先挂机，一定要我先挂，我也不肯先挂机，坚持要他先挂。我们之间逊让了近半分钟，最后才三呼再见。

祖兴是我1999年认识的朋友。之后我们陆续有过电话联络。没有特意，每年联络一两次的样子。大多是他打我的电话，我很少主动打他的电话。但我要说，不主动打他电话不等于忘记。我现在说“不主动打他电话不等于忘记”这句话，绝不是像有些手机短信说这句话时那样令人心生疑窦不敢肯定，我是从1999年认识黄祖兴开始就记下了这个名字，并且可能会一直记下去的。因为在我心目中，黄祖兴，他不仅是我结识的朋友，他更是一个值得我敬佩的平民英雄。对一个自己敬佩的英雄，怎么会随便忘记呢？

1999年，特大的洪水袭击了安徽。我们南陵几乎所有的圩口都一时告急。福建三明一些群众自发组织起来，决定到安徽参加抗洪抢险。一天，一支十来人农民模样的队伍来到了芜湖防汛指挥部，说明他们是福建来的，没有什么要求，只要求分派他们任务，让他们参加当地抗洪抢险工作。也不能怪市里，洪水正以不可测料的险恶与人们进行着对峙，哪里有闲工夫与这些来路不清目的不明的人多说。一位工作人员对这支队伍说，你们的精神十分可嘉，但我们这里暂时还不需要你们帮助，芜湖县水大，你们要支持，就到那里去吧。于是，这支队伍急急赶到芜湖县。芜湖县对他们也是一样的肯定与推辞。这支十来人的队伍就又顺着水情来到南陵。汛情紧急的南陵防汛指挥部同样没有心思去安排他们的支援抗洪工作。地方不安排，这支队伍也不想再多跑了，他们看到205国道旁九连乡的蘑菇大棚已被大水全部吞没，就再也不去搞什么费神的联系对接，立即投入到九连乡的抗洪斗争之中。他们晚上自己花钱住在县城的陵阳旅社，清早带上购买的食品和矿泉水，赶到九连抗洪一线，从早到晚，比一些当地干部群众还卖力。十几天过去了，洪水终于在时间的消磨中退却了，这支十几人的队伍来到了乡政府。看着他们远远地走来，乡里的同志在心里打起了小鼓：肯定是来要劳务费的了！他们来了，领头的一位青年从口袋里掏出八百元："我们是来义务帮助抗洪的，现在洪水已退，我们也放心回家去了。我们除了购买火车票和路上吃饭，还多出这八百元，捐给乡里救灾，算是我们的一点心意，请不要笑话我们钱少了。"这下大家明白是真的来了活雷锋了！乡里秘书连忙向书记报告，书记连忙向县里防汛指挥部报告，县防汛指挥部连忙向市里报告，当时九连乡党委书记徐荣保立即赶往芜湖，与市里部门一起，在芜湖火车站将正准备登车回家的这支队伍挽留下来，隆重宴请答谢。这支十来人的队伍都是亲戚组成，领头的青年就是黄祖兴。后来，媒体接踵而至，报道连篇累牍，黄祖兴和他的跨省抗洪救灾亲友团也因此而受到层层关注，并被评为市省抗洪先进典型。我好像是在黄祖兴已回到家乡后才与他电话联系的，记得当时我们在电话里谈了很久。我问的几个比较感兴趣的问题是，你们那里很富裕吗？你们为什么要自己花钱主动跑这么远到安徽义务参加抗洪抢险？记得黄祖兴是这样回答的，我们这里是山区，群众不是十分富裕，今年安徽遭受洪水，我们这里自发到安徽参加抗洪的有许多人，有的去了安庆，有的去了池州，这在我们是很平常的，我们就是觉得应该这么做。与黄祖兴这一次的电话问答，使我对福建三明这个地方的人民肃然起敬。

之后，我与黄祖兴几年未通音讯，我以为他早已把我忘记。2003年10月，我正在市委党校参加首届乡镇长培训班。一天晚上，我与几位乡镇长正在街头散步，黄祖兴给我打来了电话，他刚说道“我是福建三明的黄”，我就立即答出了“你是黄祖兴”，他听了十分高兴。他说他这几年发展种植业赚了不少钱，比1999年时的生活不知要好多少了，盖了新房，买了小车，非常想到南陵，非常想见见我，还有徐书记。“我非常欢迎你到三明做客，吃住都是我的。”他说，“我文化浅，你送给我的那本书我经常看，都看多少遍了，就放在床头，看着看着就想起了你。”……这次通话，祖兴说的占了百分之九十，我几乎成了一个非常忠诚的听众。我就这样让手机贴着耳朵，从吉和市场一直到党校直到上楼到达宿舍，二十多分钟，让我的心与我的手机、我的耳朵一样温暖。接下来的几年，黄祖兴每年都会给我一两个电话，每次我都能听到他新的发展。2007年，我带队在浙江杭州、宁波、绍兴、温州一带招商，黄祖兴也曾打电话给我，邀我去他那里看看，我也曾动过顺便去他那里走走的心思，但终因我是一个很在意工作责任的人，同时招商任务和压力也确实很大，他那里估计也不大可能有什么来南陵投资的商机，这样就一直没有去看他，未能看一看十来年前就让我心生敬意的三明市的模样。

下午上班路上黄祖兴还在电话里说，这次从没见过的大雪，三明得到了许多地方的支持，他心里十分感动。他以后也要向更多的好人学习，在别人遇到困难的时候，给别人更多的帮助。——这句很多时候都是从电视上典型模范人物口中讲出来的略显生硬机械的话，从黄祖兴那头通过电波传到我的耳里，却是那样地自然，那样地熨帖，那样地平常，那样地令人信服！

我要告诉更多的人，福建有个三明，三明有个黄祖兴。我要从内心对他说一声：黄祖兴，你好！

2008．2

我曾多想见到您

2008年2月20日20时30分，我打开电脑，新浪网新闻中心要闻《作家浩然今晨在北京辞世，享年76岁》，让我的心中久久空茫。浩然，少年时代我就沉浸于他的作品，早已深深植根我心中的作家。我少年时代就梦想有朝能够对面一见的作家，真的就这样静静地走了，永远地走了吗？

我是一个有思想、有主见、有理性的人。我是从来也没有追过捧过什么星的。已逾不惑的我，这些年，也很见闻过一些名要的去世，但能像浩然的远去对我产生如此说不清而又真切的痛的，实在不能谎言还有第二人。

7月，骄阳似火，社员们一片繁忙。抢收抢种，让这个滚烫的季节充满着滚烫的喜悦——一种收获的、饱满的喜悦。镰刀喜悦地与稻子亲密而深入地接触；父兄们喜悦地抱着稻把，嗵嗵嗵嗵掼向黝黑稳实的禾桶。鸡是最不省事的了，猪要好些，麻雀也比较烦人。其实真的不能怪它们，谁让稻子那么金黄金黄的，在炫目的阳光和热热的风中，一舞一舞的，层次质感那么到位，姿态表情那么诱人呢。稀稀矮矮的篱笆，鸡甚至连身子都不需要缩一下就进出自如，猪一拱一撑更是所向披靡，麻雀的眼里当然就更不可能还有什么篱笆的位置了。我拿着细长的竹竿，竹竿的顶端应该还有一节红绳或布片什么的吧，轰赶着进犯稻田的一两只猪、七八只鸡和成群的雀。我的另只手里还有一本书，看了一半卷握在手心，有些汗渍。这是在猛轰一阵鸡猪雀后蹲在稻田边那棵大梓树下看的。正是这本书，让鸡猪雀对金黄金黄的稻子偷袭成功的概率有了几倍的增长。我太喜欢这本书了，我少年的心已被书中那位少年大公无私的高尚品格深深吸引和震服了，我自己也仿佛走进书中，与书中的少年一起游走在书中才有的境界中了。这本书的名字叫《小管家任少正》。——三十多年过去，我经历和遗忘的太多太多，我不知我怎么竟还可以不假思索地一口报出它的名字。今天，这本书的具体内容对我来说已不是问题的主要，重要的是，书中那正面积极高尚的情绪，当年曾像血液一样流进我年少的心房，并影响着我从此以后精神的成长。这本书的作者，是浩然。

还有《艳阳天》《金光大道》，都曾让我在阅读中享受到沉醉的愉悦。相对而言，以我当时年少的心智，我更喜欢《金光大道》。我是在课桌的抽屉里、在放学回家的路途中、在帮母亲烧饭的锅洞口、在黄昏门前的场院中读完了这部砖一样的巨著。那正反人物的矛盾对立，真与假、善与恶、美与丑、高大与卑贱的激烈冲突，直让我感到热血激荡，直让我感到豪气冲天！一个南方少年的我，因为《金光大道》，从此对北方大地有了似曾相识的想象，有了梦中回味的亲切。《金光大道》把一个永久的词汇——金光大道——洒满暖色调子的、充满希望色彩的金光大道，永远地刻在了一个少年的心中，并让这个少年从此在任何是非面前都能够明辨，在任何美丑面前都能够鉴别，在任何真假面前都能够区分，在任何十字路口都能够准确而从容地迈向正确的征程。

崇拜的种子播在少年的心田，悄然抽出细嫩的芽。及至后来长大成熟，越发想见到浩然。在我想见到浩然的时候，浩然早已走出了他那个时代的主流；我所读过的他的作品，已不再被又一个时代的价值观所认同。但这依然不影响我想见到他，依然丝毫不影响他在我心底文学的排名榜上占据的无双位置。因为在那个年代，他是以他在那个年代代表主流意识的作品，影响成长在那个主流意识场中的我（应该也包括与我同龄的一代人）的社会意识和价值情感最深最广最为持久的中国当代作家！谁能真正影响和改变着我们的心灵，谁在我们心中当然就会有着不同寻常的地位！

应该说，无论从哪个方面，这多年，我是完全有机会——顺带的机会或创造的机会——面见我从少年时代开始就知晓并崇拜的浩然的。但是我却没有利用，更没有创造，并将永远也没有利用、创造面见浩然的机会了。他去了，永远地去了，带着曾经的无人企及的一个时代的文学丰碑和与又一时代对接后平和的安宁，永远地离我们远去了。学者评论他的作品“是很形象的中国农村近半个世纪的图画”“写出了个人和社会的双向的真实”“是朴实无华的自传体，给人绚烂至极，归于平淡的艺术感受”“具有史料性和艺术性两方面的价值”。网上评说“浩然的作品，就是拿到今天来看，仍然是文学精品，当下作家无一人超过浩然。新时期文艺三十年了，有哪一位作家作品的影响力有浩然影响这么深远？”我不想这样说，我不想给我们今天的功利文学太大的刺激。如果真的一定要我说，我会以我的阅历和感受回答：没有，真的没有，除了路遥《平凡的世界》，更多的只是缺乏生活的故弄玄虚，甚至只是无中生有的猎奇变态。

我曾很想面见浩然，而浩然已去。我沉痛，我怀念，沉痛怀念之余，我要大声疾呼，中国作家，还有那些满脸得意的写手们，你们在做着什么！你们深入生活了吗？你们贴近民众了吗？你们读懂和把握了我们这个时代积极向上健康蓬勃的主流形态了吗？你们还将良知、爱心、道义、责任作为文学的第一要义贯穿于写作的过程吗？你们难道就真的不想写出我们这个空前伟大的时代空前伟大的主流巨著，并以此影响像我当年一样今天正年少着成长着的一代？你们那些闭门造车，无端呻吟的笔，什么时候才能像浩然切准他的时代那样，切准我们这个时代的脉搏，写出我们这个时代的风华，引领新一代中国少年健康成长，引导我们中华民族形成更加坚强的聚合力量？

难道未来的文学星空，再也不会有浩然？

2008. 2

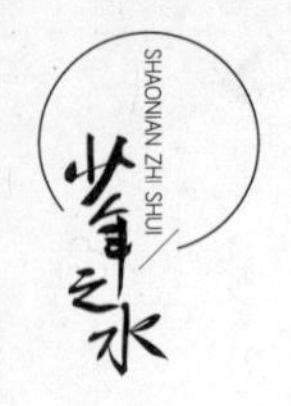

乐观的阿超

我见过许多自谓乐观的人。不过，我敢肯定，与阿超同志比起来，我所见到的包括我在内的这些乐观平均都要缩水百分之九十。

阿超的乐观是真乐观。

阿超今年五十岁，县新华书店外库管理员。说他乐观，首先是这张我已熟识二十多年的永远清瘦的脸上，我没有一回看出有什么深奥问题的纠缠。阿超总是笑笑的，劲头足足的，走起路来步子快快的，对什么事都是兴趣大大的。在外在单位受人讹赖了，在家受夫人责备了，或者干脆就是天掉下来了，阿超的脸上也没什么阴云，笑笑的没事一般的模样。

“草木有本心，何求美人折？”张九龄一语道破了阿超乐观的天机。用今天的话说，阿超做人的品位，决定了阿超的真乐观。阿超的老婆是一家园艺厂的下岗职工，而且残疾，加上读自费的女儿，一家三口就靠阿超一个人的工资，生活的“不小康”是显而易见的。若不是内在的认识论上的东西在指引，这现实的不容乐观的状况大概是没有什么理由让人乐观起来的——反正我是这样以为的。

还是让我说上几件事情给你听听吧。市里举办什么旅博会了，小县城里一般人物对此真没有多少兴趣。但阿超不，自从在市报上看到消息后，他对这个会就如同自家办大事一样，一副激情满腔喜上眉梢的样子了。会展第一天，他便乘车奔行近百里赶到市里，像宝贝一样购回五百多元的蒙古羊毛毯、二百八十多元的西藏神龟酒，那神龟蹲在足有五十厘米高的玻璃瓶里，摆放在客厅的桌上，让来者真的感到有一种寒气。阿超每天饭前用一只小瓷杯筛上一杯，慢慢地品，悠悠地喝。但不几天酒就变了味，发出腐臭，在老婆的斥责下，阿超连瓶带龟扔进了楼下的垃圾箱。但阿超并未因此而骂一句经销商黑心，而是一点都没有吃亏后悔的样子。别人笑他不识货买回个假劣神龟酒，他只是摇摇手，说就算交个学费，到底还喝了几口吧。2000年到了，所有的商家都在“千禧”上动脑子想方设法掏别人的口袋。邮政部门将镀金的十二生肖粘在一块暗红的被称作红木的板上，就是十二生肖喜迎新千年纪念邮品了。小县城买这种东西的人很少，要么是带着目的送人，要么是观赏收藏，而阿超却义无反顾加入购买队伍，并且一次性购买了三个版本五百多元的这种商业性的小玩意，这就有点让人想不通了。事实上，阿超买这种东西也真的没有显出任何实在意义，为防止老婆知道了又要唠叨烦人，这五百多元的迎千年纪念品从一开始购回就用报纸包着扔在朋友家的阁楼上，与一些无用的杂物胡乱地堆放在一起。阿超忽然想学摄影，就瞒着老婆用平时节省下来的零花钱买回一台两千多元的进口傻瓜胶片相机，还正儿八经地配齐了测光表和三脚架，但这个东西总得要在家里拿出来，阿超便告诉老婆是向照相馆租借的。老婆对这玩意是外行，也就信了阿超的嘴。这下阿超下班回家就有事做了，首先是从各个角度把家里能拍能照的东西都拍了照了个够。再后来，里里外外都拍得差不多了，阿超又把相机用三脚架支稳在客厅，打开镜头盖，对着大门，手里捏着遥控器，倚在沙发上悠悠地喝着浓茶看着报纸。有朋友在外面按响门铃，他一面起身，一面急急地理理自己头发，嘴里喊着来了来了，打开门，一手拉着朋友的手，一手赶紧按下遥控器，朋友还没有反应过来，那边照相机的闪光灯已经银白地一闪，一张相当于偷拍的十分自然生动的迎宾照就这样定格了。五十岁的阿超和孩子一样热爱过年。过年就要与平常不同，阿超说。阿超这样说，还真的要这样做。三五百元一瓶的茅台酒，一般来说是买的人不喝，喝的人是不买的，再说像阿超这样的“不小康”之家，有些是连茅台想都不会去多想的。而阿超每年大年三十都要到超市买上几瓶正宗的好茅台，女儿不喝，老婆不沾，他就一个人细细地抿，有滋有味地品。阿超说，一年到头，都是人，当官的经商的有钱天天喝，我就过年喝它几口还不行？人生该尝的就是要尝尝。下岗的老婆开了一个小电话报刊亭，业余时间阿超也来帮忙照应照应，但一天半会下来款物往往就有些不相符了。不过放心，阿超不是背着老婆做那种小男人事的男人，短少的款子大多是这样消失的——有人来打电话了，若是个看上去比较可怜的老人，人家还没问多少钱，那电话费十有八九阿超是坚决地免收了；有穿戴比较土气寒酸的乡村青年来买农业杂志，那本《农村致富信息》或《农村青年》也就基本上成为免费的赠品了。还想说一下阿超的老婆，下岗开了一个小电话报刊亭的阿超老婆近年接二连三地招灾，五年动了六次手术，从阑尾炎到胰腺炎，从癫痫突发到脑颅肿瘤。但阿超没抱过一声怨，忧过一次愁。阿超说，我已经为老婆签过六次字，这六次字医院是不许任何人替代的，就连老婆的老妈子、亲兄弟，医生都不让签字，哈哈，我觉得我还是蛮有价值的，签字那一刻，我觉得还真特别伟大。阿超还说，这次做脑瘤手术前，老婆说要是手术不成功，变成哑巴，不会说话了，就把她送还给她老妈子去。阿超说他对老婆说了怎么也不会把她送还给她老妈子的。六次手术阿超欠下了不少债务，但阿超眉头依然没有皱过。阿超说，老婆生病，看你怎么去想，从好的方面来讲，可以说是进一步增加了夫妻感情，让老婆看到了人生关键时刻还是老夫老妻靠得住！哈哈。

阿超不富有，阿超不小康，这是事实。但阿超不蝇营狗苟，阿超不小肚鸡肠，阿超不怨天尤人，这更是不同一般。阿超的这种并不具备多少乐观硬件的乐观，实际上是一种生活意义的展示，是对生命真正领悟的流露，是一种热爱人生的反映。真正淡泊了名利，积极享用着人生，这种健康的不带任何情绪不受任何外物影响的乐观，比之那些动辄教人如何如何“心底无私天地宽”而实质上得之则喜甚至忘形失之则忧甚至跳楼的各色人等，是不是从人的内在品位上要高一至好多好多倍呢？！

2006．8

过去是美丽的

十二月的一个周末，因为房产公司催着交房款，便叫小宋找出一些证簿，户口本、身份证、教师资格证，还有结婚证。这都是去银行办按揭必须提供的。我一边清点着这些证簿，一边在纸上列着每样需要复印份数的清单。

拿起结婚证。瞟一眼大红塑料的封面，正准备放到一边，潜意识推着我翻开了扉页。这一翻开，便定格了我的目光，便有一阵和煦的风，从遥遥的生命过往，拂过我已很久不再敏感的心。

这是一张两寸横式的黑白半身照片。由于没加护理，有的地方已呈出些许斑纹。很长一段时间，我对这张照片都不怎么满意，甚至有些不好意思。你看，照片上的我，穿着淡蓝色玻璃丝的衬衫，黑白照片上显出的是雾一样的灰白，脸有些清瘦；小宋则更日常，白底蓝花的褂子，在黑白的照片上同样是一片灰蒙，土头土脑的学生头，嘴唇抿得十分幼稚。我的左手有些生涩地搭搂在小宋的左肩头，小宋的头则有些倾向右边我的左肩。这应该是 1984 年 9 月拍摄的照片，距我们结婚的 1988 年 10 月，尚有整整四年。

1984 年，我在当涂师范读二年级，小宋在宣城师范读二年级。九月，又一新的学期开始的时候，我们提着行李，在县城车站相遇（记不清是相约还是偶遇了）。也记不清什么缘由，也记不清怎样就有了这样的主意：我们趁等车的空隙，来到县城十字街国营东风照相馆。不会忘记的是，在照相馆二楼摄影室里，紧张的心像战鼓咚咚，季节的燠热加上年轻的惊慌，满脑满脸汗如雨淋。先是笔挺而机械地坐在凳上，摄影师几次掀开搭在相机上的黑帘，从相机后走出，将小宋的头按向我这边，将我的手搭放在小宋的肩上……一个星期后，当照片被挂号寄到学校，我一个人躲在寝室里看了很久，然后夹在了日记本里。——我是学生会宣传部长，当时学校禁止学生恋爱，我不知我们拍合影照算不算恋爱，我当然不能以此示人。我也不想马上寄给小宋，怕影响她的学业。直到我们都毕业了，我才给了小宋一张。

而事隔二十年，今天，再看这张照片，难言的亲切如山间清泉汩汩涌流。那光洁的额，是如此青春，青春得看不见一丝岁月的风尘；那纯朗的目光，是如此清澈，流露出中流击水的豪情。怎么看怎么活力四射，怎么看怎么纯洁如梦。遥想那时心胸是多么远大，不像现在似乎洞穿了前程的所有里程碑而随波逐流；遥想那时心气是多么高傲，不像现在似乎透析了现实的纷乱而自我糊涂。这张二十年前的照片，闪耀着过去的美丽——青春、志向、气度、岁月的美丽。在这过去的美丽面前，我麻痹的思想被逐渐激活，我沉寂的心灵开始苏醒，我远逝的志向开始重新发芽，我逃遁的意志开始拔节……人，应该按社会需要扮好自己的角色顺应社会；人，更应找准自我位置，以特立独行的人格去影响他人——而这，才是更具人生意义和生命价值的！

感谢你，开发商，是你催交房款使我翻开了几乎不动的结婚证；感谢你，这张二十年前的照片，使我看到了过去的韶华，并开始警醒——青春可以不再，但志向不可消殒！一个人，只要胸怀志向，只要坚持目标，只要奋发进取，只要永不言败，就可以永远拥有青春——事业的青春；拥有美丽——成功的美丽！

2004.9

挥鞭向南

直指浙江

2007 年 1 月 5 日，全县组团驻点招商工作大会。县直及驻地单位，划分成八个组，组成八个团，赴沿海等发达地区进行驻点招商。

1 月 22 日上午 10 时，我们第五团部分组成单位的几位同志，驱车向东，直指浙江，拉开了五团驻点招商的大幕。

此前，我已做了一些尽可能的准备——与开发区同志联系，搜集一些浙商信息，记录在招商手册里；梳理在浙江的熟人朋友，回忆与自己有过联系或交往的各类浙江人脉，翻检出一切与浙江有关的名片，分门别类装进新买的名片簿；电话联系曾同在一所中学当过老师，现在温州做企业的汪芳，以及曾教过的学生，现在玉环一家外贸企业做高管的徐官顺。再把自己的名片印了两百张。这次出行的路线，是这样计划的：先到温州，再玉环、温岭、台州、宁波。这次出行的目标是这样设定的：了解情况，学习招商，联络业界人物，寻找适合驻点。

长兴炸管

车到宣城，上宣（城）广（德）高速。到长兴，已是中午。

停车长兴服务区，吃饭。

饭后准备继续赶路。正向车边走，服务区一位工作人员指着车子下面说，你们车子水箱通了。又说，刚才一声炸响，很吓人的。

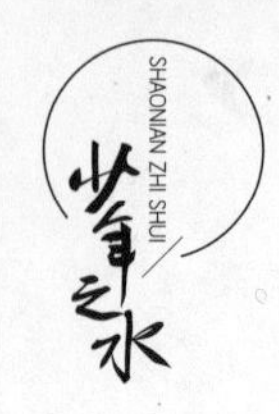

果然，车下一摊水，从车头顺地流向车后。

司机嘴里嘟哝着，上前掀起车盖，望望，自言自语，水管通了，这怎么回事呢？早上加油时还检查了啊，这怎么回事呢？

对面有修理厂，一直站在一边的工作人员说。

驴子黑蛋

跨过高速，到达对面，问一工作人员，哪里有修车的，车子水箱水管炸了，哪里能买得到。

工作人员态度不错，一边问些情况，一边带路到服务区房子的后侧，对着一间黑黑的修理屋喊，驴子，你过来，有没桑塔纳水管配件，这位师傅的车子水箱炸了。

喊了几声，一个矮瘦的小伙子从修理屋里慢腾腾走出，嗓子像被谁捏住了，尖声尖气地说，什么什么，这里没有。停停，又划着手说，管子？哪会专门准备什么管子？

哪里能买得到？司机急切地问这个划着手的“驴子”。

长兴，“驴子”答得很快。

泗安呢，泗安不是近些么？

泗安？你说泗安？“驴子”得意地摇晃着小脑袋，眼光在树梢上找来找去，一只脚在地上沙沙地写着什么，泗安屁大的场子，什么东西也没有，它是个古镇，就一条破街，修摩托车的都没有，还有什么汽车配件？！说着，眼光从头到脚把我们扫描了一遍。

那你能不能帮我们买一根管子？

我？我帮你们买？“驴子”一脸的吊儿郎当，我没这个义务。

我们给钱的。

钱？你说钱？钱再多我又得不到，我们这是公家开的，有没有车来修，修多少，我都是那么几个工资。

帮个忙吧，我们还要赶路呢。

赶路，那与我有什么相干？

引我们过来的工作人员说话了，驴子，不要再啰唆了，喊个车子，

到长兴买一根水管来，多少钱他们付就是了。

被叫作驴子的这才不情愿地拿起电话，叫道，黑蛋，车子在哪，快过来，到长兴去买一根桑塔纳水管子。

车来了，一辆破得不能再破的白色长安。一个戴眼镜的黑面青年。

到长兴多少钱？我们司机问。

两百块。黑蛋心不在焉地答。

就二十来里路，怎么要这么多？一百元怎么样？

不行，最少一百五，我们这是公司的车，我还真不想跑呢。黑蛋说，你要是从外面叫车，光上下高速就要收一百块。

在这上不巴天下不巴地的高速路上，在这些吊儿郎当的驴子黑蛋面前，也只有用钱说话了。

拆换水箱

坐上眼镜的破长安，到长兴买回一根水管。

司机动手拆下炸裂的水管。由于心躁不慎，或者原本就被炸损，水箱与水管相接的塑料嘴子被弄坏了，管子套上去已吃不住大劲了。

一路小心地开，路上管子套不住，滑落两次。

终于开到湖州，找到了桑塔纳专业维修中心，花六百一十八元，彻底换了一个水箱了事。

修车前后耽搁了三个多小时。原计划直达温州，现在没到杭州天就黑了。只得改变计划，去往杭州留宿一晚。

杭州是另一个团的招商驻点地。他们早我们出来一个星期。

留宿杭州，也正好了解一下他们驻点的情况，看看有没有能够借鉴的经验和做法。

结识新朋

1 月 23 日，八点半，我们去萧山一家对口单位走访。

我们这样想，刚到一个地方，人生地不熟，通过对口单位，了解一

些地方情况，并请他们联系几家企业，陪我们走一走。

说明来意，一位五十来岁的清癯汉子热情让座，另位三十来岁的工作人员立即倒水端茶。

清癯汉子叫建功，科长。三十来岁的工作人员叫茂锋，科员。

建功显得有些抱歉地说，今天领导们都出去开会去了。

没关系，有你们在就行了。我们说。

建功是位较有文化底蕴的科长。听我们说想到几家企业看看，建功想了想，说他对企业不熟。又想了一想，说有一个东方文化园建设得不错，他熟悉，是浙江中强集团投建的，可以去看看。

忽然，一阵音频很高语频很快的声音传来，乍一听只是一片哇哇声，像是一阵突然打在窗户上的雨。与声音同时进来一个中等个子理着平头的结实青年。建功介绍，说这是产业办的王科长，对，他与企业交道多，对企业熟悉。

你们那里有什么好项目？招商是要带项目的。王科长音频语频一如刚才。

我们开发区是省级开发区，主要发展四大支柱产业，.其他只要符合产业政策，国家没有明令禁止的项目，我们都可以引进，都可以商谈。

像你们这样招商，是没有什么效果的。商人喜欢与商人交道，他们之间一谈就能相通，像你们对企业又不怎么熟悉，与企业沟通不起来的。王科长快人快语，一针见血。

不是我说你们安徽，就是不太实际。宣城是你们安徽的吧？前面那条街上，宣城挂了个招商办事处，挂两年了，也没见什么动静，完全是拿公家的钱开玩笑。

你们安徽过去只会搞政治，只知道围绕合肥转圈子，那是不行的，合肥有什么东西，太闭塞了。不过现有好一些了，知道向江浙靠近了，要是早些年就这样，安徽比现在肯定好多了。

我们萧山就不喜欢跟杭州搞，杭州没有我们好，杭州经济发展比不过我们萧山的。

王科长自顾哇哇哇哇地说着，建功对我笑笑，他就是这个样子的，你听不懂吧？

中午建功安排午宴。王科长与我邻座，一直哇哇哇哇谈着自己的观点。有些语句听得不甚明了，但总体意思是清楚的。

王科长毕业于杭州学院，当过教师，做过律师。他与企业联络很多，有很多企业界朋友。自己大概也有职业外的兼职。自己开一部车，很有些逍遥的样子。

主任局长又怎么样？王科长说，单位开会，我经常给他们洗脑子。主任局长有专车，我也有车，我车还是自己的，想怎么开就怎么开。人活着，就是要有质量。午宴结束了，喝了些干红满脸通红的王科长说，好了，下午不陪你们，我还有个约，下次我们再联系。

烦扰建功

午宴后，建功陪我们去企业。

一路上，建功打着电话，又打着电话。

建功与企业真的不熟，但对人却是传统的古道热肠。

到了东方文化园，一处依山而建的人造景观。建功说这是浙江中强集团投资三亿兴建的。建功又打了几个电话，从一旁屋子里走出一个管理模样的人，建功跟那人又进了旁边的屋子，一会儿，手拿五张磁卡出来，一人一张，是东方文化园电子门票，六十八元一张。建功说，这里他也没来过。进得景区大门，建功又忙于到侧屋找园区负责人，叫我们先围着回廊绕一圈。我们无心看景，完成任务似的快步绕了一圈。建功这时没找到人，也正折回到门口。我说，走吧。建功说，景点还都在里面呢，不看了？我说，不看了，最好能找到集团董事长。

建功又开始打电话。听说这个集团董事长是省政协副主席，很忙的。车子开到太虚湖假日酒店，问到董事长的办公室，门掩着，敲，无人应。建功又不知董事长的手机，只得又打起别的电话。

又来到义桥集团总部，董事长不在。建功找到中强集团房地产公司张经理。张经理一眼看上去面相酷似电视上的省委张书记，只是没戴眼镜。建功告诉我说张经理是他的学生，在学校培训时教过他。坐了一会儿，张经理打了个电话，又给建功一个号码，建功就又带我们回车太虚湖假

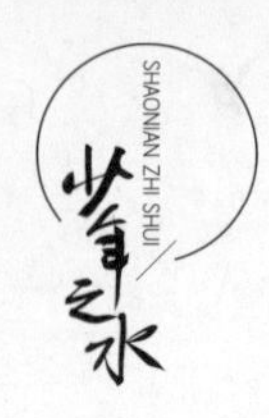

日酒店。

这次见到了王荣荣，东方文化园、太虚湖假日酒店的办公室主任，一位四十上下的知识女性。她安排我们在大厅的茶吧里坐下，很有礼节地问用咖啡还是绿茶。我说就用绿茶。很快一壶铁观音上来，几只精致的小茶盏上来，怡人的清芬。不等我们说话，王荣荣就叫拿来有关文化园资料，问我们进没进文化园，我们说进了。又问看没看观音显圣，看没看地下宝库，我们说没有。王荣荣就说应该看看，很好看的。又说这大酒店和文化园都是他们董事长自己设计的，也没有图纸，董事长过去是个木工，只有小学文化，但他这个设计，连设计院的顶级设计师都佩服不已。

交谈中，我们觉得已差不多了。一是王荣荣不能决定投资方向，二是王荣荣也许还没有向外投资这个概念，她热心的介绍也许只是为了推介中强集团，推介他们的文化园和大酒店，这与我们的来意就很不在一条线上了。我们将带来的开发区册页和旅游招商项目指南送给她，并请她代向董事长转达，希望我们能在安徽见面，希望中强集团能到我们那里寻找项目，扩大发展。

再来温州

1月23日，下午四时。回车杭甬温高速，向温州进发。

这是第二次到温州。2006年春节过后上班不久，好像也是二月份，两位县领导我们一行四人外出招商。先到温州，然后宁波，再到湖州，在外兜了五六天。

车在高速上急驰。一路都有巨大的广告牌，或横空高速，或高悬路侧，或依山独立，或顺坡铺延。印象之中安徽境内高速路上广告牌要少得多，小得多，合芜、宣广等高速上，好些跨路天桥过道，都依然是灰白的水泥，更别说路边的山上坡上田里地里了。这大概就是经济发达与欠发达一个外在直观的呈现吧。当然，所见也不是什么都比我们好，以我所居的县城来比这一段城镇，看上去也还有不如我们的。

晚上八点左右，高速一侧的灯光完全是星罗棋布的了，一大片，感觉是非常辽阔的一大片，完全可以说是灯火的海洋了，灯火把天空渲染得一片温暖。这样的灯火通明，芜湖是没有的，马鞍山是没有的，合肥也是没有的，我的印象里只有上海才有，实际上我确实有些感觉这是到了上海了。其实，这就是温州，我们进入温州了。

温州灯火如此炫目！是我第一次随县领导温州之行所没有感觉到的。我想这里原因大致有三，一是两次进入温州的时辰不一样，角度不一样，当然外在的观感也就不一样了；二是第一次是随行，吃粮不当差，这次是率队，什么都要自己拿主意，对事物的内在感受当然也就有所不同了；三是温州正在发展，并且是月新年异地发展。

车进城，行进在宽敞的温州大道上。人到一个地方，大约首先都会想到有什么相对熟悉的人事。想起上次来温州，住在鹿城区一家宾馆，便叫司机问了一下方向，把车朝向鹿城区这家宾馆开去……

拜朋结友

早晨八点半，估计机关已经上班，便给周小乐打电话。小乐是鹿城区委宣传部副部长，上次与县领导来温州见过一次面，感觉人挺不错。电话通了，小乐很热情，约定在宣传部等我，中午请我们吃饭。车上，又电话汪芳。汪芳第一句话是问我们什么时候到温州的，既然昨晚就到了，为什么昨晚不打电话给他；第二句话便是说中午请我们吃饭。我说中午已安排了。汪芳说，不管中午是谁安排，我到了温州他就一定要赶到陪我的。又电话县政府保安刘群，22 日从县城出发时，刘群正在大楼门厅，听我说到温州，跟我后面告诉我，他有个同学在温州做电子企业。当时匆匆出发，也没多问刘群，只说到温州再联系。现在给刘群打个电话，请他代与他的企业家同学先招呼一声，我们到时好与他的企业家同学见个面，多一条温州招商的路子。

我们来到区宣传部。小乐部长已在等候。寒暄客套了一番，小乐说原来的常委部长张立东已调区政协当主席了，新来的常委部长也是女的，叫赵智展，原来在下面一个县里做统战部长。这时，电话来了，是刘群的温州同学，叫江立新。立新说，他今天计划到深圳去，已上了高速了，听刘群说老家领导来了，已从高速返回，中午请我们吃饭。小乐听说，忙

说中午部里已经安排了。我说，小乐部长，既然这样，还是让江总安排吧，我们大家在一起，都不必客气。

小乐引我来到智展办公室。智展部长也刚到任没几天。因为前任办公室还没腾出来，她就暂时趴在一张小桌子上办公。在与智展的闲谈中得知，智展部长是六六年的。准确的模样，现在已记不清了，但总体感觉很亲和、精干、低调、温情。我们东南西北聊得很投机。正聊着，江立新赶过来了。在我的邀请下，智展、小乐一道参加了立新安排的海鲜午宴。午宴快开始，汪芳也自己驾着宝马赶到了。

晚上，汪芳在一家大酒店宴请我们。上次与县领导来温州见过的王小东也来了，她是汪芳的业务搭档，温州纺织协会副会长。小东还是那种职场上层女性的典雅，散发着一种让人信任的自然和美。

汪芳放开酒量，一遍遍劝，一杯杯喝，喝得干红酒瓶顺墙边摞起了一大排。小董经不住劝，有些激动，一不小心，就喝了个现场直播。

席间，汪芳、小东向我们介绍了温州企业情况，说我们来温州招商，肯定会有收获的。

轮渡心情

1 月 25 日，早餐后，按预定计划，去玉环。

玉环是一个县，也是东海一个岛屿，行政区划隶属台州。车出温州约一小时，就到了轮渡。

轮渡四十分钟一班。排好队，渡轮还早，大家下来随地走走。

阳光也还不错，晒在身上很温暖。轮渡边上有一建筑工地，一群衣裳不整面容灰蒙的农民工席地而坐，大笑着高叫着在玩一种看上去相当于“牌九”的赌博游戏，听不出他们是本地土著还是外省民工。一个人输了五块钱，就退到一边只看不干了；还有一个一圈下来赢了三块钱，眼光里很有些得意和兴奋。

轮渡到了。准备上车。突然“砰”的一声，车前盖猛地向上翘起，一团白色的浓雾，从车头里喷射而出，瞬间就把整个车头掩裹，接着地下出现了一摊积水。车子水箱的水管又炸了。大家见状，有些不知所措。性子温憨的厚忠，也急得直搓手，嘴里喃着哎呀呀这怎么搞的这怎么搞的！我也有些烦躁，但一想到自己是带队的，就仿佛有了一种责任。我做出满不在乎的样子说，不要急，事情总是有因果的，车子一路顺当，当然是我们所希望的；但车子坏一坏，也没什么应该不应该。再说现在没上轮渡前坏，总比上了轮渡坏要好多了。既然坏了，那就修呗，我们就多看一眼这轮渡风景吧。

这一说，大家就笑起来，附和着说是的是的，要是上了轮渡突然坏了，就麻烦得多了。

小董陪司机去买水管修车。我与厚忠走上长长的伸向近海的轮渡码头，感受着随风而至的腥涩味。我到过几次海，但我一直无法表达海，这次也一样。我只是觉得世界上最开阔的还是水，是海，是洋。我觉得征服海洋比征服陆地要困难得多，陆地上有山脉有森林有矗立的建筑可以承载可以依托，而海洋没有这些，海洋就是海洋，清一色的海洋，一望无际，一片茫然。

司机修好了车，神情又活跃起来。

又一班轮渡也来了。

车稳稳开上了渡轮。前方是玉环。

会晤明钟

玉环是一个小岛。工业经济相当发达。按照事先约定，我们来到一家高端办公用品公司，与明钟董事长会晤。

明钟六十来岁，但看上去要年轻一些。红黑的脸膛，壮实的身材，很平和的样子。明钟是政协委员，昨天政协会刚刚闭幕，交谈中还很有些会上的余兴，这样整个交谈就基本上听他讲为主了。这很好，企业家有兴致和你谈，不管谈什么，只要他有兴致，肯坐下来舍得花时间跟你交谈，至少说明他对你的到来是不觉得多余的，对你的到来是接纳和欢迎的。

在沿海，企业到处都是，企业家弄个政协委员或人大代表，是有些不容易的，也是十分荣耀的。明钟聊了一些政协会，又发表了一些自己的观点。我们很是注意地听，不时也插入几句自己的看法。聊着聊着明

钟聊到了人才与发展这个问题。明钟说，你们出来招商，发展的心情是可以理解的，但你们要发展，根本还是要培育本地企业。不培育本地企业，发展就没有根。你们在外面招商的企业，大多数都是在当地发展受到限制，或为了获取更多的政策优惠而去的，你的优惠政策用完了，或者有更优惠的地方，他就会毫不犹豫地离你而去。明钟说，实话说吧，我们做企业的，并不像你们认为的那样把感情看得太重，我们要的是利润，是效益，是利益的最大化。因为感情对我们做企业来讲变数太大，你们县委书记县长今天与我是朋友，但说不定他明天就不在这个位置上。而自己培育的本地企业就不一样，一般情况下都是能够留得住的。即使它向外发展，它的本部，或重要项目也往往都会留在本地。明钟说，我就经常鼓励那些到我这里打工的你们安徽人，学到一定的本事，有了一定的积累，要回家乡创办自己的企业，回报自己的家乡。明钟又聊到能人经济，说你们认为中国现在最优秀的人才在哪里，不要以为在你们机关，而是在企业！因为你们机关最优秀的人才往往得不到重用，机关讲究论资排辈，讲究背景关系。而企业则是唯才是举，企业才是最适合人才生存和成长的地方。明钟对我们说，像你们这样有文化有才气又有敬业精神的人，为什么还不到企业来呢？待在机关最终能混个什么位置，实现什么价值呢？明钟喝一口茶，笑着对我们说，像你们这样待在机关的，最后顶多混个副处，那又怎么样？还不如在我这里，拿个三十万年薪，送你一部车子活得滋润，活得有价值。

明钟说到这里，我觉得应该引入我们的正题了，我客气地插话说，董事长你讲的现象是存在的，但人各有志，人生的价值也没有一个统一的标准，但每一个社会的人都应该具备应有的良知和责任，比如我们这些公务员，按照职位要求，做好本职工作，就是我们基本的义务和责任……明钟说，对对对。我们又谈到招商，明钟站起走到办公桌前，拿起一个文件夹，里面一份文件，是上海市闵行区发改委的文件。明钟说，和你们交谈，也是暗中对你们进行了解，你们精神是十分可贵的。上个月我已在上海买了五十亩地，准备再上一家新厂，因为我们企业从原料到销售都是两头在外企业，上海那边外贸运输要方便得多。听你们说了你们那里的情况，芜湖也是外贸深水码头，但我这边刚刚立了项，一时没有精力顾及去你们那里投资了。但你们已是我的朋友，我会抽时间过去看看的，如果确实条件适合，我会向一些企业推荐介绍的，当然也不排除在适当的将来我去你们那里投资。

在奔向另一家企业的路上，小董说，这个老头真能侃，我们出来招商，他倒反过来招起我们来了。我们一起哈哈哈。

上海衡雄

走沪杭高速，进入上海，从A5并入A9，到达嘉定。智衡经理开车引导我们来到一家海鲜馆。

已是晚上九点。

智衡经营的企业，在上海交通图上是标注了的。说是经理，其实很年轻，三十来岁的样子，修长的身材，白皙的面容，真诚的笑意，一副文质彬彬的书生模样。

智衡是我们老乡，二十来岁闯荡上海，十几年时间，创办起两家企业。同行的国斌是智衡的姑父，也是我的朋友，这次招商线索就是国斌为我们提供的。为了接待我们，智衡还邀请了上海当地的一位处级领导。智衡与这位领导关系不一般，两人以兄弟相称，企业生存发展中遇到的一些棘手问题，都是这位哥们领导给帮忙摆平的。虽说等到九点，这位领导一点也没有表现出焦躁，热情地站起来迎接我们，让我们感觉到这真是一位很好的哥们！这样的氛围和场景，喝酒的兴致当然也就水涨船高了。智衡与领导哥们一次次举杯相邀，我们也尽力以酒表达我们的感谢之情。喝着喝着，豪爽善饮的国斌一不小心当场就喝高了。

第二天一早，我们随智衡看企业。企业叫衡雄包装，生产各种包装产品，市场需求很旺。在智衡的办公室，工作人员正将一摞订单分门别类。智衡摊摊手，高兴里含着无奈：你看你看，都在催着要货，再不扩大生产规模，是没办法满足他们了。

向智衡客观介绍了开发区情况，表达了我们招商的诚意。因为是老乡，又因为有国斌，双方就少了许多不必要的客套，也没有了沟通的障碍。在十分融和的交谈中，智衡答应择日回家乡，实地考察投资环境，力争在家

乡做成一个项目。

这个项目后来是终于做成了。经过几番考察，几番商谈，2008 年 4 月 28 日，智衡与南陵县人民政府常务副县长向继辉，在一份关于投资 3000 万元，在南陵开发区兴建包装企业项目的协议书上，正式签字。

建材市场

我们获得了一条信息，江苏扬州的周总准备在安徽皖南和皖北，投资各建一个大型建材连锁市场，投资规模约一亿元人民币。

我立即找到周总电话，与周总在电话里进行了联系和约定。

周总关心的几个问题是，可以提供什么样的地块，可不可以意向性挂牌，大约是一个什么样的价；地方政府对发展建材市场持一个什么样的态度，有什么优惠政策，周边的交通状况如何；南陵的社会治安好不好，政府的服务环境怎么样？

我们赶到扬州，与周总见面，并参观了他在扬州的一座建材城。这是一家很有实力的投资建设公司，有港资介入。在云南投资四个亿建设的步行街已经投入运营使用。他们已去皖北做了多次考察，并签订了投资协议。看着厚厚的皖北建材城规划图，我们觉得南陵完全可以引进这样的项目，将大街上到处都是的凌乱的建材门店集中到建材城里，既方便了消费者，又形成了规模经营，真是一举多得。

我们将这个项目向常务副县长向继辉做了报告。向县长说好，南陵建一个建材市场很有必要。并向我们建议，可邀请周总过来看看，育青房产那边已建成一座市场，可不可以整体出售或出租给周总作为建材城，这样，既避免了市场的重复建设，也可以加快投资运作。

我将这个建议转告了周总。不几天，周总就带人来到南陵。经过实地考察，认为这个已建成的市场不适合做专业建材市场，一是总体面积不够，二是结构不专业，三是市场上面是商品住宅，不符合消防标准。周总希望，最好能有一地块，他们按照连锁市场的结构和外观自己来建。后来，建委提出了县城规划中准备做市场的几个概念性地块，让周总参考。但由于这些地块上都面临着不少住户拆迁工作要做，而周总最怕的就是与拆迁户发生利益上的直接牵连。这样来往几个回合，前后小半年过去，眼看在用地上迟迟没有进展，我们也就渐渐放弃了这个项目，淡化了与周总的招商热线联系。

但对周总，我还是有着很深刻的印象与好感的。他很有实力，但为人低调；他很有底气，但处事谦虚。在我们的接触交谈中，他总是一副忠恳，文质彬彬，不提过高的要求，也不怨我们的效率，一副不温不火很朋友的姿态，让人感到十分可交。

后来周总告诉我，他曾在芜湖工作过多年。芜湖有他一班很好的朋友。芜湖的新百大厦就是他承建的。周总还说，他对南陵的投资环境还是比较看好的。不过，他在对外投资项目中，最怕的就是与地块上的拆迁户打交道。有些工作难做的拆迁户，往往咬住一个理，致使项目迟迟不能推进，实是让他伤透了脑筋。

炎夏绍兴

七月的绍兴，骄阳似火。我们头顶烈日，以脚步丈量着一家家企业的距离。十二天时间，我们走访了八十六家企业。从名震浙江的展望集团、光宇集团，到市县镇工业区的一般企业。我们想的是，多吃些苦没什么，多跑些冤枉路也没什么。我们的目标就是不放过任何一个有一线希望的招商项目。

杨汛桥镇的面积不足38平方公里，常住人口只有3万多人。我们后来才知道，就是这个不大的镇面上，竟有七家上市公司。

在绍兴，我们晒黑了，累疲了，但我们心里还是很感安慰的。我们与这些企业对等而朋友般地交流；这些企业对我们前来招商表现出十分友好的态度。我们没有带给他们一样土特产，但一些大集团大企业却执意要留我们用餐。这说明，我们的态度和诚意是打动了这些企业的，我们的工作是卓有成效的。对于组团招商的意义，我一直认为应从两个方面评价，一是切实地引进了具体项目，引进了现实资本；二是外出招商本身，就是一种争取主动的理念，一种对南陵形象的自我推介。这两方面中的任何一个方面做实了，做成了，做好了，就是组团招商的重大成功。

在杨汛桥，我们的诚意和敬业感动了祺纳纺织品有限公司的总经理高焕祥。这位戴着近视眼镜，儒雅俊逸，面相厚道的企业家，让我至今不能忘怀。他在与我们进行诚恳的交谈后，推开手头工作，一个一个地打电话，一家一家地陪我们跑了边近的七八家企业。大丰植绒有限公司好像是一家正准备上市的集团企业，在与企业总裁高春祥的交谈中得知，他去年在湖南投资四亿元人民币，并购了几家国有纺织企业，但做得不太理想。听了我们的介绍，他很感兴趣，表示明年三四月份，一定抽时间到南陵去看看。不但自己去，可能还会带上一批企业家。我们从大丰植绒出来，走不多远，后面一辆奔驰在我们身边停了下来，车窗摇下了，一个声音与我们打招呼，一看，正是高春祥。他问我们现在去哪里，并一定要我们上车，亲自把我们送到要去的另一家企业。他的这种对我们的尊重，让我陡然联想到古时的政治游说家，不同的是，我们不是在游谈政治主张，而是在向企业家们游谈一个假设——为他们假设投资南陵，会有怎样怎么的回报，并让他们对这样的假设有了从无到有的动心和认同。这样想着，我们心底竟忽然涌起一份豪迈的情怀。

展望集团名气很大。我们顶着烈日，来到集团值班室。向值班人员递上一支香烟，请他到时帮我们引荐一下集团负责人。这个要求刚说出口就被他拒绝了，“不行不行，我们老总下午还有会”。我一听口音，好像是青阳一带。就问，你是安徽人？是的。安徽哪里？黄山。听说黄山，我拍了一下他的肩膀，说，老乡，我们是芜湖南陵的，与黄山是近邻啊！他乡遇老乡，情谊格外长。这一来，事情就好办了。这位名叫周兵的老乡，带着我们通过几层关卡（现在想来这位老乡在展望集团也还是上通下达有几招的，这也让作为安徽人的我感到很爽心），最终让我们见到了这家控股集团公司的总裁洪国定先生。洪国定先生身材高挑，面容俊朗，举手投足，颇具修养。在总裁办公室，国定先生与我们相谈两个多小时，彼此都留下了很好的印象。我们向国定介绍了南陵的历史和经济发展状况。国定则向我们介绍了展望集团的情况。我们知道了，这是在一个贫穷的村庄上迅速发展崛起的一家上市公司。我们心里不由得对国定先生产生了应有的钦佩。在我们见面的开始，国定先生客气地表示下午有个会，可以跟我们聊半个小时。后来，我们从招商聊到企业思维，从企业成长聊到企业

文化，当我们起身准备告辞的时候，国定说会已经叫人代开去了，硬是把我们留下来，在一家大酒店宴请了我们。晚宴上，国定再一次与我们相约，等他忙过这段时间后，一定抽时间到南陵进行实地考察，如果条件适合，他会考虑在南陵投资项目的。

郑雨夜，浙江金昌房地产集团有限公司副总裁。在他的办公室，我们谈得十分投机，相互称兄道弟。雨夜的集团主要是投资房地产开发的。因为不是工业项目，入不了开发区，我也因之并不十分用心。但雨夜与我，除了谈招商，还有另一层面的话题。他酷爱文学，从小就有文学梦。听小董介绍说我是省作家协会会员，出过书，更是与我一见如故。他拿出自己在报刊上发表的作品，又从抽屉里取出自己的手稿，十分谦虚地说要请我指教。在雨夜请我们的晚宴中，我才知道，作为企业家，雨夜不仅对文学挚爱，对《易经》更有研究。特别是利用《易经》，观风水，测人生，在企业家圈子很有影响。

……

现在，当我写下这些文字的现在，关于绍兴的一家家企业，一位位企业家，他们的名字和音貌，再次从我的脑海里一一闪出，一一亮相，在渐去渐远的记忆深处回放，在我的眼前和电脑屏幕上走过。胡明水，浙江华欣家纺有限公司董事长；朱祥，晨光公司副厂长；冯善武，浙江光宇集团董事局办公室主任；金雪泉，浙江中国轻纺城集团股份有限公司人力资源部经理……2007年炎炎盛夏，我走进过这些企业；2007年炎炎盛夏，我与他们都有过或深或浅的会晤；2007年炎炎盛夏，我们从彼此陌生建立起人生交融的缘分……种子撂进土里，只要条件适合，就会破土发芽；我会晤的绍兴企业界朋友，如果我们有适合的投资环境，他们之中是否会有来南陵投资的呢？

有，一定会有的！我相信！

临安董总

董总是我以商招商得到的线索。

有了线索，再经分析，确认是比较可靠的线索，我们便出发到董总

那里去。

其实一开始的线索不是董总，而是黄总。黄总自己驾车把我们从临安一家商务宾馆接到他的企业后，引我们与一位爽朗的汉子见面。汉子紧紧握了我的手，递过一张名片：桃源纸业有限公司总经理董耀宗。董总说，黄总是我侄子，外面业务上事都是他的。

线索真的很确切，董总是有向外投资的打算。但资金投向哪里，项目放在何处，董总虽也外出考察过几个地方，但一直没有下最后的决心。对我们的到来，董总显得非常高兴，细细地听我介绍南陵的投资环境和引资政策，认真地翻看着我带来的招商引资宣传资料。

但是对造纸，我们心里有一种模糊的疑虑：污染怎么样？是否能达标排放？董总对我们的疑问爽朗一笑：我投资几千万，如果环保不过关，不是拿我自己开玩笑？我们杭州对水质的要求是特严的，环保部门都是突击性的，有时甚至是深更半夜来查排放。董总说，我其实也不是很想对外发展，我老婆就一直劝我不要出去，我是被逼的，被客户逼的。我生产的是特种印花纸，年产一万吨，相当于普通纸十万吨，是国家产业标准政策许可的。省内外客户都相信我，就要用我的纸，货款都是先打来，可我的生产能力却不能满足他们。别的企业是上门找客户搞关系拉业务，我是买礼品上门找客户讲好话退业务。你看我这地方，办公室与厂房之间本来是有绿化带的，就是为了扩大生产加盖了这座厂房，实在是太拥挤了，再盖厂房也没有地方了。董总引我们来到生产车间。一捆捆报纸正被工人剪断扎绳，送到传输带上，再在搅拌炉里化成纸浆。董总说，这些原料纸大部分都是从南京、马鞍山过来的。在生产线的终端，数控机床正将长长铺递过来的成品纸，卷成规格多样的纸卷。我们又随董总来到污水处理排放口，董总说，我这污水都经过物化、生化，是完全达标的。说着，蹲下来，从排放口掬一捧水洗在脸上。见我们惊讶的样子，董总又掬了一捧水，送到嘴边，咕咚一口喝了下去，一边用手抹抹嘴，一边说，怎么样，相信我的污水处理了吧！

爽朗的董总，让我们两相投机。看完企业，董总邀请我们到他家里用餐。坐上车，董总说我一般是不请人在家里吃饭的，你们来我这儿招商，我今天特别高兴，我叫我老婆亲自烧几个小菜，我们喝酒。车在一座倚山临水的别墅前停下。董总夫人热情迎我们入座。董总搬出封坛十年的老酒，与黄总我们对饮起来。董总不胜酒力，两盏下肚脸颈通红，但坚持陪饮。餐后，董总拉着我在客厅大沙发上斜倚闲聊。董总说，为了扩大发展，他也去过好几个地方考察，宣城一个县的政协副主席也带队来过，并许诺了优惠条件。临安的领导希望他不要外出，就在本市发展。但他现在主意拿定，他一定要去南陵实地看看。不管投不投资，我俩都是兄弟，董总又一握我的手说。

回到南陵，与发改委、招商局、环保局联系，又得到继辉县长的鼓励支持。为了对这一项目更科学、更技术地认定，时隔不久，我邀请发改委主要负责同志、环保局专家陆勤等再次赴临安，不打招呼，来到董总的企业。在悄悄对排放口的水进行取样后，我们电话董总，董总正在去杭州的路上，听说我们来了，立即调转车头，回到厂里，接待我们一行。我与发改委、环保局的同志，与董总就有关企业投资问题进行了技术性商谈。

回来后，陆勤立即安排对取回的样品化验分析。结果认定，排放是完全达标的。

不久，在我们的邀请下，董总来到南陵，带来了用地五十亩、投资八千万元的特种纸生产项目。继辉县长亲自与董总进行了深入交谈，发改、招商、环保等负责同志参与接待。但由于用地等方面的客观原因，项目迟迟没能落户。三个月后，董总打来电话，说在临安地方领导的干预下，他已兼并了邻镇的一家造纸企业，并将着手进行投资改造，扩大生产。董总说，非常感谢南陵的领导和朋友。上次到南陵投资虽然没有实现，但也许将来还有机会，更重要的是，罗部长你的敬业和人品感动了我，我不会忘记南陵，我俩永远是兄弟！

巢湖方兄

在得到巢湖四维食品将扩大对外投资信息的第三天，我们便按照电话的约定，驱车赶往巢湖。

说句题外话，巢湖的城市建设真的不敢恭维。无论从体量，还是城

市现代元素，基本处于江浙一些县的水平。

来到四维，董事长方总亲自下楼迎候。我想，这不是因为我们多重要，我们只是招商推介联络人员，对一些暂时没有扩张计划的企业，我们对他们甚至是一种打扰。现在仅凭电话联络，方总这样亲自迎接，是因为方总是南陵的女婿，方总的夫人是南陵人。

四维公司是食品加工出口企业，车间门楣上挂着通过 IS09000、IS2000 及日本生产标准检测标识。从头到脚换上消毒工作服进入车间，一道一道工序地参观考察。方总原为巢湖年轻的外贸局长。后来响应号召，吃透政策，解放思想，转变观念，毅然下海经商办企业，曾是巢湖开发区最早的企业之一。主要生产各种速冻食品及速冻果蔬，产品全部外贸出口。现在正在生产的是速冻熟食山芋丁，方总说这是出口日本的，日本的中小学生课间加强营养，每人三块山芋丁外加一杯牛奶。

方总又驱车带我们来到一片新的开发区。他在这里买了七十亩地，已新建起两栋约四千平方米的厂房。方总说，家乡人，不相瞒，自巢湖红藻事件发生后，国家环保部门对巢湖挂牌督办，所有与排放有关的企业项目，都只好暂时停下来了。我说现在生态是真的很脆弱了。方总说，确实，环境再也架不住污染了。

忙碌的方总执意要留午餐。谁知一留下来，这顿在四星级大酒店安排的，方总与夫人共同陪餐的午宴，一吃就是四个小时。期间市里领导还有方总的朋友几个电话请方总晚宴，都被方总以家乡领导来了为由一一谢拒了。席间，方总说准备投资五千万元，创办外贸服装企业和食品加工企业，服装不搞贴牌加工，而是创立自主品牌；食品加工将完全解决排污问题，企业家要对社会尽到自己的良心与责任。方总说，感谢你们前来对南陵开发区的推介，我这边投资计划一旦决定，南陵一定是我首选之地，因为南陵是我的第二故乡！将近五点，我们告辞。方总双手紧紧握住我的手：罗部长，你一定要常来看看我噢，你这个兄弟我认了！看着方总宽阔智慧的前额，真诚明亮的目光，我说，好，我们一言为定！

回到南陵，与环保、发改委、招商局沟通，就食品行业的污水处理进行探讨。在我对四维的考察中，我觉得污水主要有两个方面，一是清洗山芋的水，一是山芋切成三角丁后进行漂洗的水。我估计，清洗山芋，主要是清洗山芋外面的土灰，不会对环境有什么大的污染；漂洗山芋丁，会有淀粉溶入水中，造成水质富营养化，这才是问题的根本。但总体来说，对于四维这样的企业，污染治理并不是太复杂的事情，完全可以实现达标排放。基星局长对这个项目也很感兴趣，听我一说，立即表态，好，抽个时间，我陪你一道去看看，争取把方总这个项目招过来。

协议三星

三星级酒店签约时，天正沥沥下着雨。但这初冬的冷雨，却并不影响我们兴奋的情绪和热火的心。

昨天，我们再次赶赴马鞍山，与崔总做好签约的进一步商谈。双方再次就投资地块、投资额、建设周期等签约内容进行了最后的商定。早上七点，我们从马鞍山出发，赶往南陵许镇。小雨密密地敲打着挡风玻璃，仿佛是为又一项目的成功签约击节鼓掌。

路上，巫军打来电话。这位一直对我们团招商工作支持配合的县招商局长，已从县城驱车，先我赶到许镇，亲自参加签约仪式。

两个月前的一个上午，朋友陈宏请我吃饭，而我已事先答应了别人的约请。陈宏问我在哪家酒店，我说定在聚枫林。陈宏说，那好，我也安排到聚枫林，到时你串一下台面。中午，我起身去陈宏的包厢，这一去，就遇到了与陈宏在一起的崔总。一杯干红下去，崔总说想投资一个三星级酒店，正在周边县区考察。招商的敏感让我省去了所有的铺垫，我说，崔总你这算是找对人了，我就是直接负责招商引资的，三星级酒店项目，你就放在南陵，绝对是你正确的投资选择，至于项目涉及的有关后续服务问题，我们会尽心尽责为你去协调的。陈宏说，对对对，对对对，是听说部长你在负责招商，你不说我倒没想起来。这一来，崔总一下与我近了，桌上的话题也一下全被招商和三星级酒店项目所垄断。

第二天，我立即赶到马鞍山。就关于三星级酒店项目产业政策、用地区位与崔总做了进一步深谈。我帮崔总分析了县城与许镇的服务业现状，建议崔总对南陵投资环境再做一次全面考察。

在与崔总交谈中，我对他多了一层敬佩之情。崔总出身贫寒，属于

草根企业家。十六岁怀揣一百五十元，只身来到马鞍山，租一间民房，买一只煤炉，购一架三轮车，车上是所剩零钱批发的水果。流动的创业史就在马鞍山的大街小巷拉开了序幕。近二十年过去，如今的崔总已在马鞍山拥有了两家企业，业务遍及大半个中国。而且没有功成名就后的虚荣与骄气，与人言谈，直来直去；与人饮酒，一饮而尽。

在后来的多次考察商谈中，崔总最终决定把项目放在许镇。我陪崔总将这一项目向县长韩万青、常务副县长向继辉分别进行了报告，得到了鼓励和支持，崔总投资的劲头和信心也就更足了。我又向发改委、招商局、许镇进行了咨询与对接，他们也都很感兴趣，很支持，说这是一个好项目，而且放在许镇是很好的选择。发改委主任在项目协议签订后，以最快的速度和效率，安排下发了这一项目的立项批文。

艰难耐科

耐科是我们花了很多精力、很多气力的项目。这是一个很好的项目，也是县领导、部门领导、行家都给予了支持和关注的项目。但双方至今还没有达成一致的协议。

这也许就叫好事多磨吧。

第一次，我请招商、开发区、科技局负责同志一道来到耐科。耐科生产的是塑料型材模具，也直接生产型材，是一家集研发、生产、销售为一体的，具有外向竞争力的企业，已初步形成较强实力的企业团队。

耐科已在安庆等地考察过。他们的项目是年产十万平方米宽幅型材及模具制造。用地约一百亩，计划分两期投资 1.5 亿元人民币。

第二次，常务副县长向继辉亲自到耐科调研考察。开发区、发改委、招商局等主要负责同志随行。这次考察不仅是领导出面，更带有技术层面。毕业于西安电子科大的继辉县长，对企业的技术含量具有独到的鉴别能力。大家看过耐科生产现场，听了他们的项目计划，一致认为这是一个很好的项目。

发改委主任与招商局长，后来几次跟我提起这个项目，说耐科型材模具这个项目如果引进来，在县开发区现有企业中，将是科技含量最高的

企业之一。

第三次，县长韩万青，常委副县长华克思，带领相关部门主要负责同志来到耐科，这也是代表南陵对这一项目招商诚意的更高表达。双方就一些大的框架及重要细节，进行了具有建设性的商谈。

除此之外，作为项目的首问联系人，我与耐科黄总进行了数次接触，以及多次电话与网上交流。

双方的焦点在三个方面：一是土地出让价格；二是高新技术享受的鼓励政策；三是企业高管人员住房原则以市场方式解决，也可根据用地规定自建一定的职工住宅，但没有房屋产权。

……

焦点没有统一，无法最终达成协议。虽然我们付出了很多，但这是应尽的责任，我们不悔不怨。作为企业，投资前的诉求和谨慎是应该的，也是应当被尊重和理解的。只是招商引资是一件双赢的事，地方也不能为了项目的一时引进而撤除基本的招商底线。

耐科已有一些时候没有联系了。他们也许在对其他地方进行更多的考察和比较。但我预想，我们南陵的区位，我们招商和服务的政策与诚意，对耐科是有比较强的吸引力的。耐科项目，也许最终还会落户南陵。

实干周总

美特模结构，这个项目听起来比较拗口，其实就是钢结构加新型模材的建筑体，如体育看台，高速公路收费站，大型广场景点装饰。现在又有了新的景标——北京水立方，就是模结构工程。

美特模结构董事长周总三十四岁，精神、精干而沉稳。他的助手王总、张总、刘总，也都充满朝气。这是我在招商过程中见到的最具活力的团队之一，也是十分务实和高效的团队之一。整个项目从接触、洽谈到签约、取得用地红线，只用了三个月不到的时间。如果不是因为地块不能及时交付，项目工程在 2008 年 5 月就应建成投产了。

美特模结构项目的成功引进，发改、招商、开发区等相关部门都给予了大力支持。常务副县长向继辉更是对这个项目给予了特别关注。继辉

县长说这是一个很不错的项目，并建议美特模结构的厂房就建成模结构的，打造开发区厂房形象一个新的亮点。

目前，周总已做好了建厂准备，一边等着地块出来就开工建设，一边在开发区租赁了厂房进行生产。他在中国建材网站开通了公司网页，网页维护费用每年十多万元，另外客户点击一次芜湖美特模结构公司，他就要为客户支付网站十七元费用。受租赁厂房狭小的影响，好些业务订单他都推掉了，韩国冲浪风帆的订单，也只能完成一小部分。他现在最急的是地块什么时候出来，尽快建好自己的厂房扩大生产。作为项目引进人，我也一样为他着急，因为县里实行的是招商首问制，谁引进，谁服务；谁服务，谁负责。但现在已是 2008 年 5 月，已是当初我们进行项目洽谈时预计的项目建成投产的时间了，因为客观原因，地块还是没有出来。今年年初全县经济工作会议，将美特模结构项目作为全县工业项目重点工程，要求十二月底前建成投产。我的名字作为项目联系人印在重点工程项目表上。现在周总急，周总急的是发展，是效益；我也急，我急的是任务，是责任，还有当初洽谈时对项目推进承诺不能完全兑现的信用包袱。

但周总没有埋怨任何人。他是一个十分尊重现实的实干家。他总是脚踏实地地做着自己的事，尽着自己的社会责任。2008 年初特大雪灾，南陵县城最大的农贸市场——半个县城的菜篮子集散地被大雪压垮了。周总提出在比照传统建材造价的基础上，赞助二十至三十万元，建一座不怕风吹雪压的模结构菜市场，并且在工厂里设计加工，现场只要一周就可以完成安装，确保施工环境的安静和居民生活不受影响。我也陪他与县建投公司、工商局、设计室进行了对接，县政府有关领导也很赞赏。但后来不知为何，也许大家对模结构这一新型建材认知不够，农贸市场最终还是让人用传统的建材在建造。由于一切在现场施工，买卖无处着落，只得将农贸市场外面县城一条主干道的一段作为交易场所。现在是 2008 年 5 月了，原来从这里进出县城的大小车辆，都还只得因之绕道而行……

前几天，周总遇到我，说钢材又涨价了，砖和水泥也涨价了。我知道，其实周总是不好意思催问地块能不能快点出来。现在看，物价是不会停下来等周总的。如果地块早一天出来，厂房早一天建成，钢材水泥涨价给周总带来的效益损失，也就能够减少一些。

宁波推介

本来是不准备开推介会的了。但招商考核办法写得很清楚，召开推介会是有具体得分量化着的。团里一商量，还是开。放在宁波开。

八个镇分别是八个团，烟墩镇也没开，与其一联系，愿和我们联合开。

政府办牵头的团也没开。看我们准备开，也就入伙进来了。

接着，发改委牵头的团队、交通局牵头的团队也都加入进来。

我们的推介会因之而成了最后开，而且最具团队人气的推介会。

一队人马提前二十天赶往宁波，联络参会客商。

一队人马提前三天赶到宁波，具体安排会议。

2008 年 1 月 9 日，推介会前一天。五个团近六十名负责同志和工作人员以及县领导，分头赶往宁波。可天不作美，大雾突降，高速变低速，分段封行，人员零散到达。等最后一批人员安全到达宁波，已是十日凌晨三点多钟，离上午十时开会只有不到七个小时了。

推介会本身没什么新鲜。这只是一种宣传推介，效用应从长远看，不必希求有什么立竿见影的效果。如果有，也大多是事先的约定或事实的再演。常务副县长向继辉所做的大会致辞、南陵开发区引进的浙商企业中新沙船沙泵有限公司总经理谢苏婷的发言，一个是政府招商政策招商态度的宣言，一个是现身说法以商招商，成为整个推介会的亮点所在。

私下里听到不少议论：这种召开推介会的招商方式多少有些劳民伤财收效少。现今通信这样发达，我们有这样的人力、物力、财力去开这么个无法深入的推介会，完全可以集中人力、物力、财力，多管齐下去推介南陵、推介项目。如创建南陵招商信息网，寄发南陵招商宣传品，在招商引资重点地区的主流媒体刊播宣传图文，利用各类商会举办的年会发布招商信息，加强有效互动。或者，培育精干人员，组成项目推介小分队，有目标地精准出击。这样效果也许更好一些，更实一些。而不必像那些兴师动众做出来给人看的推介会，火爆的形式背后，更多是内容的虚缈空洞。

回望这一年

一年的招商，风风火火，跌跌撞撞，有惊有喜，有涩有甜。我带着小董等一班人，找线索，追项目，访客商，察企业，共签订正式投资项目合同五个，交纳土地出让金项目三个，立项项目两个，拿到用地红线图项目一个，协议引进项目资金 1.8 亿元人民币。

带团招商压力很大，越是责任心强，压力就越大。这压力来自招商目标任务，来自需要协调好各个方面的关系。但时过境迁，曾经的吃苦和烦郁都已随风而去，留下的是经历的丰富和思想上的收获。与客商打交道的经历，是坐在办公室里想象不到的，是在书本里学不来的。要说组团招商的作用，我看除了推介南陵、引进具体项目外，使干部直接参与体验，受到锻炼，从而熟悉企业家这一当今时代的主流群体，体会市场经济的强大力量和深广内涵，推动干部在各自的职能岗位上更有效地为经济建设服务、为社会发展服务，才是最具长远价值和意义的。而思想上的收获，则是客商某些良好的品质激活了我们内心的沉睡，引起了我们思想的共鸣。起先，这些共鸣与收获是零碎的，局部的，模糊的，不成条文的。随着与客商的更多接触，随着对企业的更多了解与深入，这些零碎的、局部的、不成条文的共鸣与收获自然而然地汰劣、选优、整合、清晰，成了一种对自身思想具有触动和引导的训示。

一、人是应该有目标的。我所接触的企业家，他们成功的后背，都是有一个明确的目标。大多数企业家曾经的起点都很低，特别是浙江老一代企业家，大都是从田间地头走向市场，是真正的“草根”。但他们有目标，有方向，不受路旁景致的诱惑和影响，义无反顾心无旁骛向着心中的目标迈进，终于把成功之果摘到自己手中。相比一些（只是一些）机关干部，好些都曾是百里挑一的人才精英，可在机关待久了，就成了今天不想明天事、鼠目寸光顾眼前、脑袋削尖争蝇利、浑噩一天又一年的庸碌之辈。目标和理想被鸡毛琐事销蚀，人生潜能让职级虚光掩抑，实在与企业家不可同日而语。当然，这里有玉环企业家明钟所指出的机关弊端，我们用另一语词表述应叫机关规则。生在机关，就得遵循机关规则。从这个角度，在机关里患机关病是正常的，可谅的，不感染机关

病才是异类，才是让组织担心的。因为企业与机关是两个不同的社会结构群落，两个不同的机制评价体系。但我并不试图混淆这两个不同的群落和评价体系，我只想借问，难道机关像企业人力资源开发那样，打破资历条框，实现唯才是举，激发人生愿景，发掘人力潜能，形成昂扬向上的整体机关风貌，为社会发展提供更多的机关服务和效能也不可以吗？

二、人是应该讲诚信的。成功的企业家把诚信看得是很重的。很多时候，是诚信解救了他们，促成了他们的成功。但诚信，在我们社会的各个层面，都是比较缺损的。这与中国人的文化观念有关，与传统文化中对诚信友善怀疑动摇有关。“山中有直树，世上无直人”“画龙画虎难画骨，知人知面不知心”，古书里就这么写的，这么教的，这还叫人怎么办，还叫人怎么去讲诚信？但是，中华文化也有更多将诚信视为重于生命的例子，“季布无二诺，侯嬴重一言”，一诺千金，比比皆是。机关，尤其是政府机关，更应成为诚信的表率，切不可自毁信誉，造成诚信危机。那种上有政策、下有对策的做法；那种地方一把手一朝君子一朝臣的土皇帝做法；那种朝令夕改翻云覆雨的蜥蚁政策；那种村糊弄乡、乡糊弄县、一级糊弄一级的思想态度，应从每一个机关公职人员的思想上彻底根除。只有政府的诚信，才有社会的诚信；只有国家公职人员的诚信，才有全社会民众的诚信。

三、人是应该追求效率的。效率优先原则是企业家一切行为的准则，效率最优化始终是企业家倦倦不舍的目标。我所接触的企业家，为了做成一件事，有的可以夜以继日，彻夜不眠，而且始终展示给人以不倦的状态；有的想方设法，见缝插针，不达目的绝不罢休。对比机关效率，实在让人感叹。什么时候机关都以效率优先为原则了，什么时候自上而下一整套科学的机关效率优先的工作体系和评价机制真正形成了，我们的机关效能也就一定会实现突破性的提高，整个社会发展也一定会呈现出更加务实、又好又快的崭新局面。

（《挥鞭向南》招商手记，是在常务副县长向继辉等多次过问下写就的。继辉县长毕业于西安电子科大，是一位有文化情怀的县长。他多次跟我说，应该把外出招商的经历感受写下来，这是一段历史，现在不写，

将来就会忘记了。由于招商当时顾不上笔记，也没有写这些的打算，现在写来全凭记忆，难免有不确或错漏之处，敬请各方朋友不要对号入座。如一定要对号，我只能这样说：本招商手记纯属虚构。如有雷同，纯属巧合。）

2008.5

乘 车

那时，我在离小镇十多华里离县城四十华里的乡村中学任教。有天中午，乡邮员送来一封信，是县教委寄来的。邀我参加在县城召开的全县中语教研会。匆匆吃过午饭，安排好教学事宜，骑上自行车沿着坎坷的山道直奔小镇车站。十多年前，汽运是国营的，县乡公路是石子的，班车是很少的，乘车是艰难的。一点半钟，听到隐隐的车声，我们刷地从椅子上站起，冲向公路旁。车来了，远远地喘着粗气卷着尘灰来了。看得见里面是密密的针插不进的黑压压的乘客。我举起手臂，试图请司机同志通融一下——因为我有“紧急会议”要参加。然而，司机同志或许没注意到我的招呼，或许根本就不屑看我的手势和路旁等车的人群，破旧的客车“嘀爹——”一声长叫，加速从我们面前驶过，劈头裹拥的黄尘里，闪现着司机和被挤得发扁的乘客满脸的傲然与得意。三点来钟，第二班车来了。车厢里依然是黑压压的一片。在我们的一再阻拦下，车慢慢地停下，可车门就是不开。司机伸出头对小站唯一的站长兼售票员说：下两个，最多只能上两个！小站站长兼售票员一面点头，一面对大家吆喝：不要挤不要挤，按号头，只上两个！我再次看看手里的票，不错，是二号。听了这话，心里踏实了。可就在车门打开的一刹那，拥挤的人群呼地一下，在车门前挤成一个凝固的人团。人团在内外压力的作用下，坚定而缓缓地收缩着。等到在司机和小站售票员一声声呵斥下人团散开时，车上已挤进了三个人，有一个人的半个后背还在门外。我急得把票递向售票员和司机，但售票员和司机这下都没了办法；我又拍拍那个后背露在车外的人，“让一下我行

不行，我有急事。”可他在挤压中艰难回过来的那张憋得通红的脸，让我很不忍心再请他让我。就这样，我无奈地望着又一班客车在尘土飞扬中向着我急需赶往的县城方向颠簸而去。

等待着。焦虑着。一会儿坐在椅子上，一会儿跑向路边张望。四点多钟，隐隐地，车声响了。这是最后一班车了，如果再乘不上，今天就赶不到县城了。所有的旅客都跑到了路边，有的干脆站在马路中间，迎着车来的方向，引颈瞭望。

这一次，实在是运气不错。车里的乘客不多，小站上所有欲往县城的旅客，塞塞挤挤，全都挤上了车子。

车子在石子公路上颠簸着，车厢里满是沙尘，但我的心却轻松起来，我甚至哼起了《酒干倘卖无》。因为虽然没有赶上前几班车，但却终于坐上了末班车；尽管迟了些，但还不至于耽误事情。在这种平和甚至略带愉悦的心境下，车子行驶了十七八华里。我突然看到一点半钟从小站驶过喊也喊不停的客车，竟抛锚在了路旁。车上的乘客大多下车站在路边，搓手顿脚，焦虑得像没头的苍蝇；司机则手握工具，一会儿钻进车底鼓捣，一会儿掀起车盖敲打。客车就好像一头倔脾气的牛，趴窝在那里，就是一声不吭。见我们的车开过来，站在路边的乘客纷纷招手，但我们的司机与那位满脸无奈的司机咕哝了一句什么，就开着车继续赶路了。透过被尘土蒙蔽的车后玻璃，我瞥见坏车的乘客脸上的愤怒与焦躁。我们的车快乐前行，行到离县城不到十来华里，下午三点多钟驶过小站的第二班车竟也趴窝在路旁。与第一辆车不同的是，除了司机，车里车外已不见一人。司机上了我们的车。行不出五里，就见到一群人急急地沿着公路走向县城。原来，车修不好也发动不了，乘客们只好离车咬牙步行了。

结果，我们乘坐的最后一班车，却最先顺利到达了县城。当时，我只是对自己坐的是这最后一班车而感到庆幸。但是后来我常常想，这乘车的过程，是不是也向我们透露出人生的一些玄机呢？

2008.8

今日才识西子湖

在杭州的来来往往，也是有几次的了。但杭州，但西子湖，直到昨夜今晨，才让我如此动心动情，才让我决定将她叠印于心，与从今而始的未来情怀一路同行。

这是一次无约之会。天下所有的不期都会有如此美妙的知遇吗？连日在宁波参与组织招商推介会。从宁波回芜，一路细雨迷离，雾天雾地，车辆接踵连首，高速变成低速。幕合四野，蠕至杭州出口。果断扭转方向，直驱灯火杭城。陆晓利，一位名字很女生的男性老乡朋友，已在西子湖畔被我们电话联系。我给你最简单的路线，收费出口笔直至天目山路，看清路标右转至体育场路，一直到黄龙体育中心，向前至杨公堤花港观鱼。——陆晓利这样在信息里说。我们就在这样的信息导航下，揽阅夜的杭城，让一个叫作流光溢彩的古老词汇在脑海里久违地复苏，并带着春水般的情绪向着晓利的花港观鱼而去。

知味观坐落在西子湖上，也就是西子湖胜景花港观鱼之所在。服务营销部经理晓利很职业地迎着我们，但职业的模式下依然掩不住他乡遇故知的情愫。流彩的灯饰演发着脉脉的流韵，我们身披这样的流韵，随着晓利的引领穿行于西子湖上梦一般的九曲回廊。这里是整个杭州甚至整个浙江餐饮业最具档次和品位的地方，晓利这样对我们说的时候，我们已来到一座两层水榭别墅式餐厅一张临窗的桌子边。几味特色佳肴很快就被服务生很优雅地摆到了我们面前。知味三吃，油浇四碟，西湖龙袍，东坡扣肉，每一道都是别样精致，别样有情，精致有情得简直令人不忍动箸，生怕破坏了它们的形体和情韵。

花港海航大酒店，我想我是会久久记住的。我记住不是因为她的四星级，尽管她的建筑风格和内在设施确是无可挑剔；更不是因为有洋人门童，在我们这样还算得上有些文化底蕴的人眼里，有没有洋人做门童根本就不重要。我久久记住的，是她的环境，酒店所在的自然环境：参差错落的树，笑迎朔风的花，大小天成的石，婀娜摇曳的竹，布局在大片大片依势铺就的草坪上，在这一月江南的冬季，把这叫作花港海航的大酒店映衬得说不出的温馨，温馨得让人差点直把杭州作汴州。

我是被清越的鸟鸣唤醒的。我以外出经历中少有的兴致拉开窗帘，以心去应和花港海航的鸟语。不远处西子湖飘来的风，掠过窗外的花木，伴着小鸟的歌唱，送给我一个灿烂无比的心情。这是我旅居所有酒店经历中不曾有过——不曾有过的对其外在环境从内心深处生发的贴近与感动。这种贴近与感动，是一种什么样神奇的力量或诱惑呢？她凭什么会使一个已逾不惑的旅者，在餐厅用早餐一定要选择靠窗而坐，又为什么如此草草结束用餐，好像不用思维一样急急步出餐厅，漫步在若有若无的霏霏雾雨之中，一定要与花港海航铺陈的树花石竹，还有大片大片绿绒一样的草地，进行如此直面与醉心的交流呢？

看来，一些美好，一些会使我们喜欢和感动的事物，其属于我们与否，其向我们靠近的速度，并不一定在于我们是不是刻意的追求和追寻，也不一定在于我们追求和追寻的力度。注定与我们相会的，一定会在某一个时辰与我们相会；属于我们的，总会在我们甚至最不经意的日子来到我们面前。不期而至杭城，得遇知味观，得遇花港海航，在身心愉悦的同时，我这样想。

2008．1

车过大林桥

车过大林桥，我照例将目光探向窗外。

一座座造型各异的乡村房舍，以及与房舍相关的乡村人物——主要是一些老人与孩童，从我的眼前，一一闪过。

而我没有见到我想见的那座村舍，也没有看到我想看到的一个人。

我想见的那座房舍肯定就在这些一一闪过的房舍之中，旧，或者新；土木，或砖混。我想看到的一个人肯定也就在这些一一闪过的房舍之中的某一间，或某一处恰巧与我的目光形成的视角的盲区里，进行着某一件与生活有关或无关的事情；或已被我的目光捕捉，只是珍藏在我心灵里的那张岁月的底片已无法与她实现瞬间的叠印。

早晨，我不想起床。我的喉咙火辣辣地痛。我的额头摸上去烫手。鼻子的左或右孔，仿佛塞了橡皮塞。是蛾子，生了蛾子！母亲看了看我张开的嘴，惊惊地说，快，快，快到干妈家去！

伏在母亲的背上。母亲跨出门槛。初秋的阳光灿灿地升起在我家朝东的大门前小河对面的树梢上，被我迷蒙的眼睛幻化出七彩的光盘。走过弯曲狭长的老街，国营的老茶馆，一张八仙桌跨放在下了槽门后的青石门槛上，跛老爷正呼啦一下，将一篓刚炸好的麻花倒进这张黑旧的八仙桌上的大竹匾里；楂子岭的瞎子大爷钱半仙已肩搭一串草鞋，摇着黄铜手铃，敲着紫竹拐杖，顺着早晨阳光的走向，在我的对面，像一幅剪影，被太阳之光推着，从下街，笃笃地向上街移来。可这都不能引起我的兴趣——这些

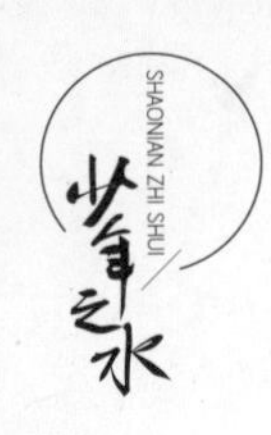

平日让我最感兴趣的人和事：多么喷香的麻花！多么神秘的瞎子！——麻花为什么要卖四分钱一个，而不能只卖一分钱一个？！瞎子眼睛什么也看不见怎么能编出这么精致的草鞋，怎么能算出那么多母亲们的前世今生心中的秘密？！——因为，我的喉咙火辣辣地痛，我的额头摸上去烫手，鼻子的左或右孔，仿佛塞了橡皮塞。是蛾子，我生了蛾子了！这些平日让我最感兴趣的人事此刻都不能引起我的兴趣了。

干妈就住在大林桥头，距我家五六里路的地方。门前一条小水沟，两三尺宽的样子，水清得可以看见水底的沙石、青苔，还有成群结队的腹部闪烁着浅红与淡绿光泽的拃来长的小小的鲳条子。母亲叫一声他姐，我睁眼，从母亲的肩头看过去，一位与母亲差不多年龄差不多美丽的女人将捣衣的棒槌停在半空，向我们迎来一张充满和善而惊喜的笑脸——这就是干妈了。干妈放下棒槌，甩甩手上的水，又在衣裤上擦了擦，就在母亲"小家伙得了蛾子了！"急急的呢喃中，将我从母亲背上撸到了她的臂弯。干妈摸摸我的脑门，风一样快地走向离小水沟不远的几棵大桦树后面的一座房舍。干妈把我放在堂屋的一张小凳上，从灶间取来一只竹筷，让我张开嘴，用竹筷按住我的舌头，细细诊看我的喉咙。不要紧，我去搞点药来。干妈这样说，用粗瓷碗倒了碗水递给母亲，就从门后的地上拿起一把小铁铲，风一样快地出去了。

也许是到了一个新鲜的环境，也许是干妈那句不要紧的话，坐在小凳上的我脑门发烫喉咙辣痛的感觉似乎淡了许多。我的眼睛开始在屋子里做上下前后左右六面体扫描，还让目光从大门向屋外跑出，顺着叽叽喳喳的鸟鸣，探寻大桦树上鸟的来路。干妈的家是二十世纪六七十年代中国乡村普遍的形态。土坯还是土墙，因为不是我关注的热点，现在已记不清楚了。梦一般的印象是，人字形的墙垛，看上去显得黑而高，影子样的黝黑里，似乎隐藏或游走着一些不易确定的秘密。人字形墙垛下面的地方，挂着一张大大的簸子，大大的簸子散射出竹篾金黄的光泽，仿佛贴在墙上的一轮金色的太阳，使光线黝黑的房子有了明亮的幻想和希望，也因之而多了一份春天般的温暖。与簸子相对的墙上，也就是在我背后的墙上，一根粗长的木楔钉进墙里。这根木楔上挂了三样东西，一张深褐的木犁贴墙挂在最里面，再是一件田间劳作时遮风挡雨的蓑衣，最外是一顶箬叶和竹篾编就的箬帽。三样农家法宝一样比一样面积稍小，挂在一起层次分明而又有些相互掩饰的意义。门外是黑黑的泥地，泥地上有一两个小小的水凼，水凼小得只能容下一两只鸭子。其中一个水凼正被一只鸭子搅弄得地覆天翻浑不堪言。忽然，一个影子幻灯一样从我看不见的地方风一样快地切入我的目光。水凼和鸭子被风一样的影子遮蔽了——干妈回来了。

干妈在青石门槛上蹭了蹭鞋底的黑泥，从灶间拿来一只豁口的黑碗和锅铲，将手中绿绿的藤叶倏地揪碎，一把摁进豁口的黑碗，左手扶稳黑碗，右手握住木柄朝下的锅铲，一下一下捣着黑碗里绿绿的藤叶。在锅铲木柄的鼓捣下，绿绿的藤叶渐渐失去平日公众藤叶的形象，一步一步演变成一摊散发出青葱气味的绿泥。干妈将绿泥用手捻一捻，捻成两个黄豆大小的绿团，一个塞进我左或右边仿佛塞了橡皮塞子的鼻孔，一个用一片树叶包好递给母亲。好了，二姐，你回去过一个时辰给小家伙换一个鼻孔塞，这个药力性大，一个鼻孔塞长了鼻子冲得难过，这个包着的药你带回去，一般到晚上就会好的，要是到晚上还不见好，你就把这个换给小家伙塞，明天肯定就会好的，要是还不见好，你就再来找我。母亲推却了干妈盛情的留饭，将药小心地揣在怀里，背着我走向回家的路。走过三分之二大约到了马店的地方，猛然感到鼻孔有一丝异样，用力嗅一嗅，哦，我的鼻孔没有橡皮塞子了，我的鼻孔豁然通畅了！再摸摸额头，也不烫手了。再咽一下唾液，喉咙也不再生辣辣地痛了。我从母亲背上溜下来，牵着母亲的衣袂，唱起母亲教的《小桃树》：妈妈放宽心妈妈别担忧门前种棵小桃树转眼过墙头……捡起一棵石子，砸向路边水沟里的游鱼，我好了，我的蛾子好了！

从六七岁一直到初中的前期，记忆中我好像生过不少次的蛾子。蛾子是我少儿时期的一段标志，也是我走近干妈的主要原因和理由。从伏在母亲背上，到跟在母亲后面，再到小小少年一个人到干妈家求治，蛾子让我对干妈产生了一种崇拜。那几茎几片从野地里随手采得的藤叶，怎么就能治得了让人非常恐惧的蛾子呢？这不用打针不用吃药就能治好可怕的蛾子的办法，是谁教会干妈的呢？小小的我还自私地想，要是干妈出远门了，还有就是干妈将来不在了，我突然得了蛾子，找谁给我治呢？如果没有人及时给我治我会怎么样呢？带着这些胡思乱想，我在小小少年的

时候，曾问母亲为什么不向干妈学学如何采得这些藤叶治疗蛾子的办法。母亲摇摇头，不行的，那是干妈祖传的秘方，是不能教给外人的，你看干妈每次都极快地将藤叶揪碎，就是不让人认出是什么藤叶。母亲又说，其实也就是田埂地头一些普通的藤叶，好像有一样叫作犁头尖，就是田埂上长的那三角形的草叶，但你干妈不说，我也不好问。

母亲终究没有向干妈学会用藤叶治疗蛾子。初中二年级以后我也好像再没生过蛾子了。其实蛾子大概还是生过的。说蛾子大概还是生过的，是因为至今我还没有彻底弄清，孩童时代的生了蛾子，是不是现在的扁桃体发炎？如果是，那就不能说初中二年级以后我也好像再没生过蛾子了。但有一点是肯定的，就是我童年曾经自私的担忧，事实证明实在是多余的了。随着时间的过去，医疗也一步一步发展了，先是大队有了赤脚医生，再后来是公社有了卫生院，喉咙一痛就去看赤脚医生，就去卫生院，吃几丸几片从酱红色的小瓶里倒出的药粒，大多也就没事了。

但初二以后好像再没生过蛾子，也就是说几乎不再去找干妈，却并没有淡隐我在童年就已形成的对干妈的崇拜情结。尽管我必须说明干妈其实不是我的干妈，而是我大哥的干妈，但这一点也不影响我对干妈的认同和亲热。我是把我大哥的干妈当作我的干妈一样的，因为她与我的母亲互称姐妹，就是我的母亲所有儿女共同的干妈；因为她每一次都是立即放下手中的活计，立即采撷草药治好让我很烦很烦很怕很怕的蛾子。因为这样的亲热和认同，干妈那个和我年龄相仿的儿子与我同读小学的时候，我是把他当成了一家的兄弟，他也同样把我看作不同一般的同学与伙伴。他会在课间把他用小布袋装着的中餐——夹杂在锅巴里的几块炒米糖拿出一块递给我，引得其他小伙伴眼红得快要滴血。后来干妈这个与我年龄相仿的名叫根水的儿子读完小学就辍学了。我读初中时，还有时与根水偶尔一遇。后来考到外地读书，分配工作，改行，调动，与根水一晃就是二三十年没有见面了。根水现在在哪里，在做着什么，生活得怎样，我都不知道。但我知道他的母亲是我大哥的干妈，也是为我治好多少回蛾子的我的干妈。我相信我见到根水是一定会即刻认出来的，因为他是我的兄弟，兄弟之间总是有一把时间磨蚀不了的人生密钥的。

哪一次，我要专门去一趟大林桥，我要看一看我的干妈。艾青那样深爱着他的保姆大堰河，干妈不是我的保姆，我也没有吮过干妈的乳汁，但干妈为我治好过多少回让少时的我又怕又烦的蛾子，她就是我少时另一种意义上的大堰河。在我专门去大林桥见到干妈后，我还要问问我少年伙伴加兄弟的根水，他现在在哪里，做着些什么，有没有什么让我可以尽些兄弟情谊的事情。

2010.3

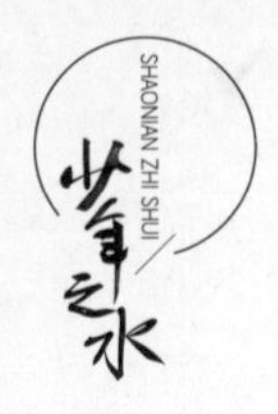

生活是可以从容雅致一些的

从书架上抽出《金圣叹评点才子古文》。这是一本已搁在架上三两年的书。同架上许多的书一样，已几乎被我遗忘。而春天，这个刚刚立春的新鲜得无与伦比的春天，却让我对久违的文字有一种需要亲近的感觉。是的，在这小小县城，不少领导和朋友，总喜欢称我才子，捧我为文豪……其实，只有我自己知道，这是多么名不副实！正像我的小宋说的，就你那点本事，别人不知道，我还不清楚。想当年，小宋这样说我是暗自有些不服气的。而现在，这话听着却很受用很熨帖了，因为这是真话，这样的真话，也只有自己的女人才会才敢才愿说出来的。

四十八岁的人，难道就一定要这样啰唆了吗？抽出一本书就抽出一本书，接下来就看就读呗，怎么一下又扯到服气不服气上了？是这样的，因为圣叹先生的这本《才子古文》，所列《左传》《国语》等古文，我还真的无法像翻公文那样一目十行地看明白。不是无法像翻公文那样一目十行地看明白，有时就是几秒几分甚至更长些的时间，眼光还是停留在某一页的某一句话甚至某一个字上。这时，这一句话或这个字就是一道土丘或一座小山，我的眼光不付出应付的气力是翻越不过去的。也不仅是不付出应付的气力是翻越不过去的，而是多数时候不得不放下自尊瞟一眼这页的页脚，或后页或后后一页的注释。即使这样，有时也不是很明白注释的意思。当然到了这个地步，眼光也就没有多少耐心再在这一句话或这个字上磨蹭了，这时就是这一句话或这个字好意思我都有些不好意思了，也就只好顺坡下驴半推半就着被这个半懂不懂的注释连拖带拽地拉过这道土丘或小山。君子之为君子，乃知事明理而不为人惑，如此读个尚有注释的《才子古文》也如此费力，还能叫什么文豪和才子呢？这不是天下何处不文豪不才子了吗？！

但是，不是文豪，就不能读《左传》《国语》吗？不是才子，就不能读圣叹先生推荐的《才子古文》吗？是曾有过这样类似的念想，但现在不了，在这个刚刚立春的新鲜得无与伦比的春天的早晨我不了。不是文豪，才要读《左传》！不是才子，才要读《才子古文》！

事实就是这样。对经营投机赚钱打牌没有兴趣，不读书又能去做什么呢？尽管五千年古中国政治和文化精英们信奉的“万般皆下品，唯有读书高”，已时过境迁地为现代社会深不可测趋利忘义的物欲所颠覆，但最高洁最优雅的人生，是不能不读书，不能不读古人才子书的。心想那些欲壑难填奸诈无信之人，心总是悬浮空中不定地飘摇，身也总是不得落地让自己踏实，贪婪之态如蝇之逐臭。而读书，读古人，没有功利，没有欲望，上下几千载，奥妙尽其中。人生代代无穷已，得失贫富化笑谈。人生之从容，之淡定，之雅致，之愉悦，就在这种与书、与古人的心之交流中，如云，如泉，如花，多么自然而恰到好处地舒卷、涌动和开放！

当读书，读才子古文，读到一颗心如云，如泉，如花，多么自然而恰到好处地舒卷、涌动和开放的时候，阻挡眼光的小丘或小山就渐次减少了，眼前渐至呈现的是春光朗照春风拂面的一马平川。这是一种阅读的胜利！是一种把阅读作为一个阵地去坚守，作为一场战役去突破的胜利！在这种阅读的坚守与突破中，圣叹先生《才子古文》，越发散射出古代才子深邃的思想和艺术的光芒！《左传》里《庄公戒饬守臣》《晋使吕相绝秦》，《国语》里《敬姜教子逸劳》《叔向贺贫》，直让人心中涌起千年的慨叹。是的，一本千年好书，在我的书架上摆了一年一年又一年，终于按定数的契约，在这个刚刚立春的新鲜得无与伦比的春天再度与我相握，走进我敞开的心房，让我的心花注定地开放。

从容与雅致，让我重新认知了藏之高阁的金圣叹。闲览《才子古文》，让我从精神到身体变得更加从容与雅致。这真是读书的好处与快乐！为了这样的好处与快乐，为了人生永远的从容与雅致，生活的未来，也是应该有一番系列的构想和设计的时候了。

蓦然回首，那如诗如歌的日子，那如风如画的韶华，都百分之百地交付与所经历的工作的流水了。这是无悔的交付，也是必定的交付。只是，因为缺省了对自身的关怀，因为过多地考虑到外界的感受，我们人生最重要的个性发展与追求，已快要淡化为远天的一线蛛丝。人活着，是要有个性追求的，政治家的追求是得到更多的口碑，商人的追求是获取更多的利润。而非政治家非商人的我们呢？

摆脱眼前的纷扰，冲破习惯的羁绊，以社会人为责任，以自然人为根本，从这个刚刚立春的新鲜得无与伦比的春天开始，以从容雅致的姿态，提升生活的品质与内涵吧！文章千古事，烛照万代人。将我们的所见，所闻，所历，所思，所喜，所恶，所亲，所疏，所爱，所恨，舒然地描写在一张张由古中国人发明的纸上，吐露胸臆，抒发真情，分拣归类，择优结集，为中华文化之树培土浇水增枝添叶吧。想我浩瀚中华，江山代有英才。从垂钓渭水的吕尚到说秦联横的苏秦，从舌战群儒的孔明到纵横捭阖的曾公，谁不胸藏机锋，满腹经纶，舌巧如簧，雄辩滔滔。写作，可治除人生之庸碌，激发人生之潜能，让生命充满完全不一般的崭新意义。

生活是可以从容雅致一些的。在这个刚刚立春的新鲜的早春，我开始在一些问题上放慢一些节奏，而在另一些方面加紧拓展的步伐。这是从容雅致生活的觉醒，也是实现从容雅致生活的方向。这是一个多么正确而及时的华丽转身啊！

2010. 3

发　现

金珠买回一台豆浆机，九阳牌，四百元。

早上起来，我开始制作豆浆。程序是自动的，将原料倒进去，摁下相应的功能键，接下来就是喝豆浆的事了。

问题是按照要求，每次制作豆浆都有一个量的限制，即用多少黄豆，加多少水，其中加水必须限制在豆浆机透明塑料外壁上标示的上下两道水位线之间。对于这台豆浆机，这种要求当然是十分科学而且必要的，因为说明书里说了，如果你擅自不按说明，不按规则，加水量达不到最低水位线，或超过最高水位线，制出的豆浆就有可能达不到既定的品质，或导致机器出了什么问题，等等，这样九阳是不负任何责任的。这当然很好，任何事都要有一个规矩，没有规矩就不成方圆，就容易乱套。可问题是，九阳设计者这样的限量界定，大概是为现代一家三口定制的。孩子在外上大学，按照这样的限量制出的豆浆，金珠和我一气猛喝也还是有一些剩余，这就必须将这剩余的一些暂时储起来，留着中午或晚上喝。这就需要找一个相对适合的容器。我选择的是家用饭菜保温盒里套着的小保温盒。这乳白的小保温盒美观精致，大小正好装下金珠与我一气猛喝后剩余的豆浆，而且装进豆浆放入饭菜保温盒里，盖上外面的隔热盖，还能保四到六小时的温，很好！

早起，洗漱完毕，用力拉拉装了四根簧的拉力器，坚持拉开三次，再拉就感到比较吃力了。凡事都应顺其自然，硬上是没有什么好处的，既然感到比较吃力，就无心再拉了，就把拉力器挂回到椅背上。抬眼看一看

墙上的时间，七点，好，可以了。按九阳的要求，装料，加水，摁下“干豆豆浆”键。二十分钟后，嘀、嘀、嘀、嘀，九阳轻声报警，告知全部任务完成了。用随机配制的滤网为金珠倒了一碗，又将小保温盒里倒满，再放下滤网，连浆带渣倒进我的碗里。说明书上这样说了，豆渣也是很好的，含有大量粗纤维，有助于消化和利尿。当然我喝连浆带渣的豆浆，让金珠喝过滤后的纯豆浆，并不是我利用司浆之便谋取私利，而是这样亦浆亦渣满口粗砾的混浆金珠是不喝的，而这样的混浆却正是我的至爱。——试想，在一起混一辈子的两个亲密男女，口味尚有不同之偏好，又有什么理由希求社会芸芸众生，一种思想，一种追求，一种步调呢？！——这样分配好了，我就先将小保温盒端起来，准备放入饭菜保温盒里。就在这时，问题出现了，小保温盒乳白的盖子，怎么也找不见了。

怎么会呢？明明刚才从饭菜保温盒里取出小保温盒时是有盖子的，也记得揭开小保温盒的盖子就放在这里的，怎么一转眼就不见了呢？！找，重点找！重点就在一块长不过一米，宽不过零点五米的操作台上。眼光从左到右，再从右到左，从上到下，再从下到上，从四角扫向中心，再从中心射向四角。没有，盖子的一点影子也不见，一点线索也没有；找，扩大找！扩大到厨房的整个操作台，水池里，气灶旁，铁锅边，面盆后，没有，根本就没有；找，病急乱投医地找！墙上的食品橱里，操作台下的米柜里，厨房的地上，厨房外间的餐桌上，不见，还是不见。这就怪了！难道是我记错了？难道在我取出小保温盒时就没见盖子，而记得有盖子只是思维定式反馈给大脑的一个虚假信息？难道还真有什么四维空间的神秘力量，盖子刚好处于了第四空间，让处于三维空间的我的眼睛视而不见？不会！我根本就没有记错，小保温盒的盖子我是真实地揭开过，也一定是放在这长不过一米的操作台上的，尽管在九阳自动运行的二十分钟时间内，我确实思想开过小差神游过一些别的事情，但这个记忆是不会出现任何差错的。我试着用手横扫这不大的操作台上的空间，想看看到底有没有四维，发现一切都是十分正常的感觉，四维空间与这里应该没有一点关系。那么，小保温盒的盖子呢？

中午下班路上，被上午接二连三的几个其实可有可无的会挤压到思维暗处的小保温盒盖子问题又顽强地跳了出来。就那么一段时间，就那么一个空间，明明白白的事情，怎么说不见就不见了呢？不相信四维空间的介入，不相信物质的自我位移，不相信遭遇《世界之谜》中当代科学也无法解释的种种奇观，但这明明摆在那里的物质的盖子突然不见了总该有个让人觉得说得过去的道理吧。找，一定要找到！打开院门，我的念头同时在心里浪一样地涌动。进得厨房，金珠正在烧菜。我将眼光迅速扫向长不过一米宽不过零点五米的操作台面。咦，那不是小保温盒的盖子吗！这长不过一米的操作台上，一只电饭锅，两块叠放的塑胶茶垫，还有一只装有洗净的小西红柿的瓷碟，瓷碟上覆盖着一只同样的乳白的瓷碟，是为下面瓷碟中洗净的小西红柿遮挡灰尘的，小保温盒的盖子正好扣在这只覆着的与盖子几乎没有色差的瓷碟上，恰似这覆着的瓷碟与生俱来的天然碟底。

所有的疑问都随风而去，一切曾经玄乎的臆想也都烟消云散。但拂之不去的，是心头一丝淡淡的自责，以及对人之本性新的认知。其实，瓷碟本身的碟底与小保温盒的盖子，无论是质料色彩还是大小形状，终究还是有些不同的，为什么早晨那样细致而费力地找，却一直近在手边而不见呢？其实它一定曾一遍遍被我的目光捕捉，并且清清楚楚地呈现在我的视网膜上，也就是说我是看见了它的。而我明明看见了却又没能发现，只能说明我的心灵当初还没有与眼睛的窗户同步开启，眼睛看见了而不被心灵所承认，这样看见的事物又怎能投入我心为心灵所发现。而我的心灵当初为什么没有与眼睛的窗户同步开启呢？大约是墙上的时间已接近上班，我的眼睛在急急地寻找盖子，而我的心是急急地想到上班开会，眼睛与心灵不在一个共同的思维层面上，眼睛所见的东西当然也就十分自然地被心灵疏忽了。这个时候，整个的寻找也就是一种机械的为寻找而寻找，按图索骥的寻找，心神分裂不一的寻找，缺乏类比、分析、想象、思考、创造、灵活的找寻，思维只将形状、大小、质地分明的盖子交给了眼睛，眼睛希望发现的是思维交给的独立的盖子，不与任何事物沾边联系的盖子。这样，当眼睛其实一遍遍看见盖子，心灵却让扣在这只覆着的瓷碟上的盖子一遍遍幻成了瓷碟碟底的形态。而中午，我的眼睛与心灵不再各怀其事，一定要找到盖子的思想在眼睛与心灵之间达成了统一，当眼睛同样扫过覆着的瓷碟，因为心灵的关注，扣在瓷碟底部的盖子与瓷碟细微的色差，以及盖子与瓷碟不同材质在光线下的自我表达，就再也逃不出心灵的捕捉，就再也无法继续隐藏了。

看来，眼睛有时也不是完全可以信赖的。既然眼睛看见的可以不被心灵发现，那眼睛没有看见的也就不一定是不存在的。关键是不是用心去看，全身心去发现。看物如此，看人如此，看社会都如此！想到一些干部腐败了，人们都把责任归咎在一些组织部门，归咎在一言九鼎的一把手身上，归咎在他们看错了人，用错了人。其实，有时真的不是这么简单。哪个组织部门，哪个一把手不想用好人，用对人，做好事，做对事，但有时因为受不得不受的外物所左右，眼睛一时脱离了心智，心智一时忽略了眼睛，于是对优秀的视而不见，让庸碌的窜进圈子，这实际也是千古不变的政治生态啊！想想明明就在眼前的形状大小质地是这样清晰定义着的盖子尚且不能被发现，面对人这种善于伪饰善于变脸善于心计善于谋私的事物，又怎能轻易就去责怪对他们发现和认识的失误呢？

2010. 4

生活原来如此芬芳

我是用了近一个月的时间读完了徐慧莉《把春天接回家》这部书稿的。这“近一个月时间”，主要是指晚上，早晨，兼及一些中午。我很惊讶我的耐心：在这近一个月磨碎的分散的时间片断，能够兴味盎然将一部十八万字的书稿无缝缀读。

其实，并非我有多么好的耐心，这完全是《把春天接回家》饱含着岁月的原汁，散发着生活的芬芳，奔涌着生命的激情，跳荡着事业的强音。我是被引领着，感动着，推动着，跨越时间的分割，完成了对这部书稿“悦读”的美好过程。

说心里话，那天学德县长将书稿转给我时，我并没太在意书稿的本身，因为我印象中好些女作家的文字，多是充斥着家长里短情移恋变猫狗是非怅怅惘惘。我在意的是，这是学德县长交办的任务，更是学德县长对我的信任，而这任务是必须完成的，而这信任是不能辜负的。

可事实证明，我以定式的思维，对这部书稿先入为主的臆评，是多么自以为是。因为，在学德县长的问询下，我将书稿从无暇阅读的办公室带回自家的书房，随手翻看了几页，我就感到，这部书稿我是注定要一句一字地读完它了。

徐慧莉的《把春天接回家》，记录的是行进中的生活，抒发的是特定时间的感想，无论是“生活点滴”“亲情故事”，还是“下派情怀”，都凸现出一个大大的“真”字，都搏动着一个大大的“情”字。这“真”这“情”，相互交织，映照出作家率真的天性和赤诚的爱心，也构成了《把春天接回家》表达的切入方式和整体的价值风貌。

读徐慧莉的文章，仿佛在看一部动画片。文中的山水云朵，风雨星月，人来人往，情绪流泻，都在文字的前后左右演绎给你看。这就是徐慧莉文字的表现力！《油菜花开》写孩提的游戏，面对“那不知情的小蜜蜂”让人“大气不敢出，紧闭双眼，听天由命”的贴耳嗡旋，只能让自己“梦里变成了一张密实的大网，把所有的蜜蜂都死死兜住，不让嗡嗡叫，痛快极了”。《冬日的感动》写“有生以来第一次在公共场合讲话，而且面对的是全系统的头头们”，快轮到自己时，“刚才还美轮美奂的吊灯，突然生出无数只眼睛来，肆无忌惮地刺向我”，令我“恨不能化蝶而去”，而“晕沉沉地从后门飘出”。《泊不住的自行车》在第一次丢车后，“每每上街看见相似的车，我都会忍不住上前查看一番”。——这是多么真切的体验！《难忘的时光》写考试，“八月初，终于拿到预定的书本。厚厚的两大本，抱在怀里，沉甸甸的，心却喜颤颤的，脚下生风，腾云驾雾般地回家”。“每天凌晨三点，星星便按时点亮了夏夜里最炫的一盏灯。柔和的灯光溢满书房，抚在我身上，亮着我的眼睛，滋润着深藏于心底的那份自尊。”——这是一个与书有着前世约定的女子吗？在《修鞋的女人》中，她祝“修鞋的女人，祝你好运”，在《陌生的祝愿》里，她希望她的话“能在受听者的心中生根发芽，开出绚丽的花，结出幸福的果”，“最起码也能温暖他们的梦。”——这是多么清纯的善心！在《我成股民了》里，当股票开始下跌，数字一点点下滑，“急得我恨不能跑上去推那数字一把，或拿根铁棍在底下顶着，只准前进不准后退”。《活着是一种责任》中，“人的一生都活在责任之中”“想想那些需要自己关爱的人，想想肩上那份责任，还有什么过不去的坎，闯不了的关？”《玩伴》写孩子们的乐趣，“孩子们能让许多虫子步入竞技场，如西瓜虫、瓢虫、蚂蚁等，甚至连蜗牛也不能幸免”。“几只蜗牛被放在同一起跑线上”，起先“谁都按兵不动地蜷缩在壳里，中国传统的礼让谦逊作风在它们身上表现得淋漓尽致”。——多么富有才情的描写！《儿子学琴》，满眼生活的真趣；《成长快乐》，无忌的童心童言；《不辱子命》，为了完成儿子一句“妈妈，一定要把蚕养好”的交代，四处寻访桑树，终于找到一棵，却因高不可及，“我在树下转了好几圈，就是想不出办法来”。《出门在外》，“在得知我要出远门的那天，他把我已经收拾好的衣服拉得乱七八糟，藏在桌子底下的角落里，好长时间也找不到。经过一番威逼利诱，他才眼泪汪汪、悻悻地讲出藏衣服的地方来”。——母与子，就是这样息息相通。

特别要说的，是书稿的第三部分“选派情怀”。这是作家个性的经历，也是作家与社会、与最底层的直接相融。《选派的日子》，“我遍尝酸甜苦辣”，但“我找回了自信，找到了快乐，得到了肯定”“我为自己能为别人做一些力所能及的事而泣”。《选派之初》，条件是简陋的，环境是艰苦的，“自己坐在一张塑料凳上，刚一用力，凳子就倾向一旁，我忙用脚小心支住才没闹出笑话”。《直面贫困》，“全村只有900多人，贫困人口却多达200多人”。《发展困难》，“绝大多数办企业的选派村都以增加债务而告终，也许选派干部在时还比较红火，可等选派干部一走，企业很快倒闭”。这是“以钱养企业，而这些钱都是选派干部争取来投入进去的，群众对此怨言最多。”《好雨知时节》，“稻田干裂得张大嘴巴，可怜巴巴地望着趾高气扬的天空”，“禾苗们更是病歪歪斜靠着，你拉着我，我顶着你，连抬头看天的力气也没了”。《喜泪》写修路的摊铺机终于开进村里，我“静思，想笑”，不知被我争取项目打扰过的领导，“看到我或看到显示屏上我的号码时，会不会顿生‘狼来了’的感觉”。《坐摩托车》，山路遇险，“到平坦处，赶紧翻身落地，两腿抖索半天，除了恐惧还是恐惧，再看妇女主任，也是一脸惨白”。《飞雪寄情》，虽然选派工作结束，但在这样的寒冬，作家所想的依然是“那些孤寡老人的日子不知怎么样了？过去的三年，虽然我为他们做了些工作，一定程度上改善了他们的生活，但毕竟是杯水车薪”。

写作，需要经验；作家，需要才情。徐慧莉是具有写作的经验和才情的。有些作品集，读上一篇两篇，再读就清水煮豆腐了，但徐慧莉的作品，却越读越顺气，越读越有味。因为这里的每一篇作品，都是以真性情写出来的，都是内心世界真实的流露。这就像一棵树，虽然万千片叶子区别是不大的，但因为每一片都是生命的真实，你不会说这棵树怎么长了这么多叶子，你不会感到有哪一片叶子是多余的。你只会感到，每一片叶子都长在应长的地方，都是那样自然，那样好看！徐慧莉的作品集，就是这样一棵自然之树，其中的每一篇作品，就是这棵自然之树上自然长出的叶子。

而正是这些自然的叶子，诱使我将近一个月零碎的闲暇，从书桌、床头、客厅，以及洗手间捡拾起来，穿缀起来，完成了一次愉快的审美“悦读”，并让我在愉快的“悦读”中，再次打开尘封已久的心窗，尽情呼吸着从书稿中源源散发的生活的芬芳。

（《把春天接回家》徐慧莉著 广西教育出版社 2011 年出版。此文为序。）

2010.7

转 身

周六中午，在一家酒店用餐。谈到一位朋友。

当时这位朋友的哥哥坐在我对面。把盏之间，就谈到了这位朋友。

这位朋友已多年不见，今年春节也没有联系。但这毫不影响我对他的记忆、印象和友情。因为我们在青春年少就是朋友，在青春年少的二十多年前就是有着共同文学爱好的“文友”——很遗憾，我在敲打“文友”这两个字时，试图把它作为一个词来输入，可是在我用的“极品五笔”输入法中却没有“文友”这个词；再到“拼音”输入法中去找，一样没有“文友”这个词。而我发现“网友”这个词却存储在任一种输入法的词库。——“文友”真的很老派，很过时了。——不过稍一想也不错，电脑就是为网友而生，在电脑上写字，不把“网友”当成词还行？再者，“文友”仅特指有着相同文学爱好的人，圈子是何其的小；“网友”是所有上网的人，队伍是何其的大！有“网友”而不见“文友”，实在也是理所当然。

但我还是对“文友”更有感情。我还是说说我的这位文友。1990 年，朋友大约二十一二岁。中等偏下的个头，两只大而亮的眼睛，长长的睫毛，透露着机灵与智慧。在我们大家对头发的形象功能还几乎没有什么认知的年代，朋友的头发已不知用了什么方式，被整得丝丝油光，根根壁立。这样，无论他出现在哪里，总能让那里散发出阳光的色彩青春的味道。他的口齿特别伶俐，“吃葡萄不吐葡萄皮儿”被他念得闪电一样快。就是 1990 年，十月份的样子，我们第一次相遇在三里。三里当时叫乡还是叫镇，印象不是太深。那次相遇是因为市里在三里举办一个文学改稿采风

笔会。朋友与我作为小县城的重点作者应邀参加，食宿都是会务组安排。这样的改稿笔会，实际上最利于结识新朋友，最利于写作交流的。一个星期的改稿培训快结束了，文友，包括年龄较长的市文艺界领导及改稿老师，也都相互有了一定的接触，一定的了解，一定的感情。散会的前夜，大家在简陋的会议室，将桌椅移到四周，换上一个用广告颜料涂抹的彩色灯泡，就开始了“采风晚会”。晚会由朋友主持。朋友天生的主持才能迅速调动了几乎所有与会文友的参与热情。一时间，唱歌、讲故事、说笑话、诗朗诵，整个会议室充盈着文化的激情，流溢着离别的感伤。朋友即兴创作并表演的单口相声《再见笔会》，更是让所有领导和文友刮目相看，以至念念难忘。

此后，在2000年以前，朋友与我，每年大约都有一至两次的见面或电话联系；2000年以后，直接的联系感觉少了，但电话间或还是打上一两个。自从改用手机以来，我的手机已换了好几部，但朋友的号码一直相随在我的每一部新手机。朋友前卫时尚，手机一定换得更多，但我不管隔多长时间与他通话，他都立即知道是我，可见我的号码也是一直被他植入所换的每一部手机的。2000年之前的某个春节，朋友回乡下老家过年，邀几个朋友到他家小聚，送我一张塑封的毛阿敏演出照，据说是毛阿敏亲自送他的。照片上毛阿敏清纯朦胧，很是让人怜爱。我所知道的是，朋友住在南京，是小有名气的相声演员，不仅能说相声，还能写相声，他创作的相声《缤纷人生》还获得过什么大赛一等奖。朋友曾师从某国家级相声大师，与冯巩同台演出过，2000年前，冯巩还曾约请他写过相声。有段时间，朋友的父亲成了朋友的专职经纪人，为朋友写信封，寄稿件，收稿费，将朋友发表在各种报刊上或长或短的一篇篇文章收集起来，剪贴成一本本已发表作品集……

说到兴头，朋友的哥哥拨通了朋友的电话，我与朋友在电话里互致问候，约他常回家乡走一走，我到南京也一定给他电话。

晚上，应邀参加老领导早上的电话约请。老领导曾位居正处，为人正派，颇有文化情怀，在小县城上上下下很是德高望重。退休后，仍然当着一个尽义务的部门的“主官”，把这个别人不爱干也干不好的部门，经营得红红火火沸沸扬扬遐迩闻名。晚上宴请是因为单位又添置了一台钢琴，下午送货，晚上答谢送货师傅并庆贺一下。

谁知这一参加，又不由谈到了朋友。席间，有一位在演艺圈颇有些名气的邢先生。大家吃着喝着就谈到了文艺和演出。也不知是谁说到了朋友，说到朋友曾与冯巩同台演出的事。邢先生听了，说可惜了，但也不能怪他，他写的很多贴近生活的东西，最后都因演出机制的官僚与呆板，不能走上舞台。邢先生说，朋友十七岁就跟他后面学相声，他也很欣赏朋友的机灵。他说朋友既能说，又能写，他曾劝朋友不要放弃写，再会说的人，没有好的相声本子，也说不出什么与众不同的东西来。他说当时朋友在县民政部门工作，想调到市文化单位，他也帮助朋友找了能找到的关系，但市里头头最不重视文化，更不重视什么文艺人才，调了好半年，也没法调上来。后来青州歌舞团知道了，报告市委市政府，要用朋友这个人。市委书记听了汇报，看了朋友的情况介绍，立即批了“人才难得，同意调用”八个大字。一个月不到，朋友就从江南小县调到了青州歌舞团。那现在呢？有人问。现在，哎，现在，现在在搞传销了，搞传销已好多年了，今年春节在四川过的，还给我发了一个短信。搞传销？不会吧。怎么不会，这还有错？！我们现在还经常保持联系。那传销做得怎么样呢？怎么样，以前赚过一些钱，这两年不行了。那相声不演了？早就不演了，去年又重讨了一个小老婆，八五年的，比他小二十岁，人家父母不同意，他硬是用嘴功把女方父母说服了，把女儿嫁给了他，不过不同意也不行，小女生就爱着他，就佩服他，也真没办法。

在一天中的两个小公共场合，朋友都成为餐桌上的主要话题，可见朋友的知名度还是很大的。但若按邢先生所说，朋友现在的工作就是流动的，到南京给他打电话，他在南京也只能是碰巧，不在南京才是正常。朋友抽身演艺圈，走经商生财之路，也是时代所提倡和鼓励的。只是选择了这传销，就有些让人看不懂了。我不知道如果朋友坚持在演艺界闯荡下去，像邢先生劝说的那样坚持写下去，会不会有冯巩那样的成就，或者与冯巩会相差多远，或者会不会成为演艺圈著名的写手。我不知道，朋友现在是否还常与人谈起曾经与冯巩同台演出的往事，冯巩是否也还记得这位曾与之同台演出的艺友，以及向朋友征求相声本子的事情。还有毛阿敏，是否还记得曾送过朋友清纯朦胧的演出照这件事情……

2011. 2

潜山的两个村庄

潜山的两个村庄，一个是痘姆乡的山包新村，一个是水吼镇的燕窝村。这是两个在全省都有名的农村危房改造和村庄整治的示范点。

山包新村是一个拥有 173 家农户 650 人口的村庄。沿着一条宽约六米的整洁村道，跨过揽村入怀的五丰河上玲珑的拱桥，就走进山包新村了。放眼拱桥两侧的五丰河，河水清澈，波光粼粼。两岸绿草护坡，卵石点缀。村口一棵百年香樟，正撑开岁月的华盖把我们笑迎。树下是一圈小卵石铺就的地面，高矮参差的石凳木椅，围着老树摆成一圈，仿佛正在倾听老树讲述村庄历史的嬗变。顺着依势而建的水泥村道，缓坡而上，行不多远，向左一拐，一个村民广场兼球场的公共设施让我们的眼睛为之一亮。广场上，几个山村少年正抱着篮球奔跑投篮。广场的一侧，摆放着一溜放大的图片。这些被阳光晒得已有些褪色的图片，强烈地对比了村庄整治前后天地两重的景象，让人感到十分震撼。我们在洁净的村道上继续随意地走，随意地看。我们看到了散落在村庄不同地方风格各异的三座水冲公厕；看到了外表光洁设计精巧形态不同的五座垃圾收集屋；看到了一座座利用原来住房改造而成的高低不一、朝向不同，有的位于山包顶上，有的位于山包半腰，但整体却呈现出一派真真切切的美丽新农村画面，让人心中产生愉悦和谐之感的村庄景象；看到了三位老人，正围在村中的一张乒乓球桌前，等待着正在挥拍对垒的两位老人比个你输我赢；看到了路旁一家兄弟俩联在一起建造的楼房，堂屋里挂着一张放大得比婚纱照还要大许多的房子的主人与前来视察的副省长握手照片，照片上的村民没有一丝拘谨，向着副省长纯朴地讲述着什么高兴的事情……迂回通幽长达 5000 余米的水泥村道上，我们没有看到一张纸屑、一片果壳；村庄的房前屋后和公共场地上，没有看到有一头散放的猪或一只散养的鸡；别处农村常见的围聚一起打牌搓麻将，我们也没有看到……

燕窝村有56户村民。这是一个依山坡而建，路路通幽的村庄。这个曾经地处偏远、观念落后的小村，历史的巨变从2010年开始了。当地一位德高望重的老村民，组织56户村民联户签名，按下手印，制定了村庄整治公约，把省市政府想方设法要开展的村庄整治，变成了村民自己的迫切要求和自觉行动。村民们提出了“小拆迁，大整治”的口号，各家各户严格按照村庄规划，拆除危旧猪圈，填埋露天厕所，主动腾出自留地修建村道和公共设施，人人动手清除村庄杂物垃圾……仅仅一年不到的时间，村里就修整沟渠5条270米，埋设安全饮用水管及排污管道7500米。沿着清爽的柏油柔性路面，车子从村口开到山坡中腰的一处开阔地上停下来。一棵据说500年的大香樟从路那边的山坡一直披伸到路这边我们的头顶上。我们在村里游走，看到了在休闲广场上快乐玩耍的孩童；看到了村里的老太太在健身器材上比赛压腿；看到了小姑娘在农家书屋里凝神静读；看到了五棵挂着古树名木牌子被保护着的老树；看到了村庄边上插着牌子的樱花基地、竹荪基地；看到挂在几户农家屋前屋侧由水吼镇和县旅游局统一制作的精致的“燕窝农家乐”；看到了在村庄改造中被原貌保存下来的燕窝祠堂，祠堂里焚着令人神清气爽的一圈圈盘香，祠堂的两侧醒目地挂着各级领导亲临燕窝指导村庄整治、看望村民的和谐融乐的巨幅照片……

这几年，各处都在搞村庄整治。但有的整治点，要么是大拆大迁，已没有了村庄的模样；要么是短期效应，整治的效果基本不具备可持续性。而眼前的山包新村和燕窝村，经过整治，却乡味依旧风景如画，村味不改而耳目一新，实在让人感到愉悦和震撼。当我们得知这两个村庄如此美丽的整治所投资金总共不过三四百万，其中村民自发自觉为建设自己美好家园投入的劳资竟超过总投入的三分之一时，我们更是感到，党的惠农政策只有与群众的内在需要相结合，只有最大限度地调动群众的积极性和参与热情，才是改变农村面貌，建设社会主义新农村的根本与关键！

2012.3

新年贺卡与短信

贺卡，早在一个星期前就开始陆续来了。短信，从昨天开始，嘀嘀嘀嘀，就几乎没有停过。以致这段时间晚上睡觉，不得不关闭手机。昨晚十一点半上床，今早七点钟开机，嘀嘀嘀嘀，二十多个未接短信，在手机里被关了一个晚上，机一开，就你拥我挤争抢着跑出来。新的一年到来了！大家都不容易啊——2012，有多少世界性的谣言，让许多人心生惶惶，也让许多人占尽商机；有多少国际摩擦，让多少人怒己不争，怒火中烧，又让多少人巧以遮羞，借泄私愤。地沟油依然堂而皇之笑迎食客；房产商精心设局与政策博弈；高富帅白富美们轶事不断；元芳，你怎么看，揭出遍地蹊跷。……但时间之水把这一切都括入岁月的波涛，化为了我们习惯把它叫作昨天的历史尘埃。新年了，昨天都是过去了。虽然，明天，很多的很多，依然会是昨天的重复，但在这一刻，大家心里高兴，毕竟，阳光看上去就是新的，日子感觉上也是又一次重新开始啊。

于是，贺卡，短信，QQ，飞信，都来了，都来了！

都来了好啊！我们彼此都还在记挂，我们彼此都还在怀念。

虽然，贺卡已不再是自制的，不是那种从很早很早就开始构思，然后把一份念想一点一点揉进每一个纸分子，为远方的他或她量身定做的心血作品，而是单位在邮政局统一定制，新年快乐吉祥如意鹏程万里心想事成印得工工整整清清楚楚只需一前一后写上两个人的姓名就可以了的那种。虽然与自制的贺卡相比，这种贺卡已没有了个性标识，已没有了感情温度，但总还是贺卡啊，总还是有人在祝福着你啊。至少，远方的他或她在托腮凝视桌上的一堆单位在邮局定制的贺卡盘算着寄给谁谁的时候，记忆的积淀中肯定是泛起了你的名字的啊。

虽然，短信已不再是自写的，不是那种写之前想一想写给谁，字句怎样才能把意思表达清楚，能让他或她知道你在说些什么想些什么的那种，而是呼啦一下，逮住一条，或下载一条，再呼啦一下，选中所有储存在手机中的他或她，拇指一按，成百上千的同一短信就飞到了成百上千的不同的他或她的面前。这样的短信，虽然没有了温馨的思想，没有了真诚的唯一，但总还叫短信啊。至少，远方的他或她在低头手机手指一摁的瞬间，你的名字也曾在他或她的手机屏幕上倏地一闪，倏地在他或她的视网膜上映射过了一次啊。

但是，我还是不能十分喜欢这样的贺卡这样的短信的。当二十个他或她寄来的贺卡都是来自同样的某某县或某某区并且印着同样的旧话套话的时候；当三十个他或她发来的短信都是没头没脑让人疑是集体商量你都不知到底是不是发给你的时候，我实在感到有些厌倦，感到有些不可思议。我在想，人是多么容易贪图安逸、贪图便捷、怠于思想、吝于付出啊；又是多么喜欢推销自己、表白自己、敷衍虚意、巧取真情啊。他或她寄来的这样的贺卡，发来的这样的短信，都在告诉你，他或她都是心里记得你的，都是对你有感情的；也就是在间接地提示你，你对他或她，也一定要心里记住，一定要有真情实意啊！

其实，贺卡，是不应该单位集体印制发给个人的。集体印制的，就应该由单位以集体的名义对外发送，这是单位展示形象的事。真要发给个人，就把印在上面的字统统去掉，给每个人一块自我表白的天空。否则，就是对个人情感表达的一种限制、垄断或绑架。只有自己掏腰包，贺卡的情感度数才会升起来。短信也同样，但却没有什么好办法去改变短信这样没头没脑的群发。当然也不是真的没有办法，只要我们整个社会少一些急功近利，少一些浮躁不安，放慢一些逐利的脚步，多一些人生本真的思考，这样千张一面的贺卡，这样万条一词的短信，肯定就会日渐地少起来。——但，这会要到什么时候呢？我不敢妄估，但我敢说，这趋势，一定是必然！——当我们的经济真的足够发展时，当我们的文化真的足够丰富时，当我们的思想真的足够深刻时，当我们的精神真的足够高贵时……

因此，在对待这样的贺卡和短信的态度上，我也是既着眼现实，又放眼未来；既尊重当前，更面向长远。首先，所有寄给我的贺卡，我都坚持有来必往，张张回贺。虽然他或她的这些贺卡只有单位符号而没有情感温度，但这并不能过分责备于他或她，你看贺卡上能供他或她书写的地方，也就仅仅是只能写下两个人的名字的。其次，所有发给我的祝贺短信，没头没脑的，基本不回；有头有脑但牛头不对马嘴的，基本不回。之所以说是基本，是因为对一些十分明显的或特殊的，比如，经常联系的老同学，老同事，老朋友，要好的兄弟姐妹们，那就不管他或她有没有头脑，对不对马嘴了，只要贺卡来了，只要短信到了，只有一个字，回！否则，不说得罪人，也是不够做人准则，不够朋友情谊的。这就是一个克隆天下的时代，就是一个无厘头流行的时代，很多时候人们并不真的需要什么实际内容，但人们很需要一种表面光鲜的形式。如果连这一点也不明晓，只一味地凭着自己的性子去理性做事，社会也一定是不会依饶的。

但我依然盼望贺卡和祝福短信更加温情起来。

但我依然盼望人与人之间的联系更加温暖起来。

2013.1

多元是社会的常态

中午，与云会同去酒店，参加一位朋友孩子的婚礼。

现在的婚礼，已不同于过去。过去，宾客到齐了，酒菜上桌了，就由男家或女家某位最有头脸的人站出来，高声朗道：各位长亲，各位邻友，今天是犬子某某与某某小姐完婚之喜，有劳各位破费，聊备薄酒，礼节不周之处，还请各位海涵。这样高声朗着的时候，所有亲朋好友都会自动站起，满面笑容地望向那个高声朗着的人，做出一副专注的神情。等到高声朗着的人说完“请大家开怀畅饮”，伴着一挂噼啪作响的爆竹，大家一面口中叨念着好好，一面相互礼让着坐下来。然后是一挂噼啪作响的爆竹，一道热气腾腾的汤菜；又一挂噼啪作响爆竹，一道热气腾腾的汤菜。等到新郎新娘挨着桌子敬过酒了，又是一挂噼啪作响的爆竹，一碗圆子就上桌了。这是最后一道菜，表示团团圆圆，也意为吃了圆子，就可以散席了。宾客们一面用筷子点向圆子，一面又相互谦让着：吃，吃，圆子圆子；你先吃，你先吃，圆子，圆子。吃了圆子，宾客们就站起身，向主人家拱手道好，躬身揖别，然后一路心情愉快，把一脸的喜气带回家去。

现在呢，现在不同了。你看一个个来宾，似乎没有了多少相聚的欣喜，也没有了多少分享别人喜悦的快意，有的甚至显得懒散庸倦，大约是昨夜娱乐得深了，或刚从牌桌上不情愿地下来，来此似乎聊为完成一个应酬任务。这让我想起一篇文章，叫《众声喧哗中，谁还愿意做听众》，是陈方写在《中国青年报》上，《雨花》2012年第7期转载的，说：“这个社会，大家都在讲效率、讲信息的价值。我们已经习惯了从信息的汪洋

大海里快速挖掘所谓有价值的内容，连听人说话、和人交流时都不可避免。如果对方的谈吐中没有你需要的信息，你的耐心便会被一点点地吞噬。”所有的人都在试图表达自己的观点，都在“我要说”或“我认为”。陈方说出这些的目的，是想发问，人人都在强调“我要说”“我认为”，必然的问题是，还有谁会乐意主动地充当听众呢？那么，我也要说，如果没有了听众，我们所有的“我要说”“我认为”，最后也只会从墙壁反馈回来，成为自说自话，与梦呓无异了。——说话是这样，其他也莫不同理，如果都不愿意去主动分享别人的喜乐，那还指望有谁会为你的喜乐而真心去乐呢？——还是回到现在的婚礼吧。现在的婚礼，男家或女家所谓头脸人物一般都不见了。良莠不齐的婚庆公司，把持了婚礼的一切程序。从头到尾，就是婚庆公司手握话筒，在那里尖叫，在那里煽情，导演一对新人男女，还有新人的父母，在那里摆拍，在那里作秀，把所有本应归于私密、归于纯真的爱情与亲情，在大庭广众之下，生硬地暴晒，拙劣地张扬，毫无道理和意义地渲染。云会看得直摇头，说我家女儿以后结婚我就不这样搞，这样搞得身上都起鸡皮疙瘩。云会说的“起鸡皮疙瘩”，是说婚庆公司在那里不停地要男主角亲女主角，而且还要亲出啪啪的响声，亲得频率越快，亲得响动越大，婚庆公司才感到越过瘾；是说要男主角女主角对着对方父母声嘶力竭地大喊“爸爸，我爱你”“妈妈，我爱你”，而对方父母也必须声音大到振聋发聩地应答“哎，我的好儿子！我爱你”或“哎，我的好女儿！我爱你”。我有些赞同云会的看法，我也感到这样的表达很不在场合，确实让人有些肉麻。这样至真的纯情，是该放到这样的场合来表白的吗？如果说，婚礼在婚庆公司手里就是一种没厘头的搞笑，那实在是对神圣婚礼的亵渎和玩弄；如果说，婚礼的本身就是要让所有的人来洞悉新人们的爱情之真亲情之纯，那实在是对影视和文艺作品，以及西方文化的照搬照套，是对中华文化内涵的曲解和误读。影视和文艺作品，是高于生活的，也是不同于生活的，是只可供人远观的，只可供人欣赏和联想的。轰轰烈烈是它的要求，突出强调是它的卖点。平淡的生活照搬到影视里，就显得清汤寡味；而热烈的影视，照移到生活，就显得没有烟火，隔膜滑稽。而西方的文化理念，本来就与中土文化异根异源的。一定要把本应内敛、含蓄的东西，放大、外化为欲为天下知的东西，除了无聊搞笑的形式，又

能为大家带来什么呢？

但说归说，有些东西也不是你认为如此就应该如此，你“起鸡皮疙瘩”大家都“起鸡皮疙瘩”的。文化这个东西，表面是看不见摸不着，但它不但有根有派，有来有踪，而且还与社会发展、与时间延伸紧密相依，真正可以是自然而然地与时俱进呢。云会五十多岁，我也老大不小的，我们感到“起鸡皮疙瘩”“有些肉麻”，至多也只能代表我们这样年龄的一些人，与八〇九〇又有什么关系。这样的婚庆公司，本身也就是为八〇九〇们应运而生的，是为八〇九〇们服务的，而只要有人率先认同了，接受了这样的服务，其他的后来者就无法推卸了。再俗气的东西，大家都认了，它就高雅了；再粗砾的东西，大家都要了，它就金贵了。试想，如果今天还有哪个八〇九〇结婚而不请个婚庆，不搞个公开单腿求婚亲嘴亮相竭力叫妈高声喊儿的，那肯定是会被视为另类，归于不入流之列的了。

这就是文化的差异，也是文化的多元。真正想想，文化的差异和多元，是社会进步的需要，也是社会进步的表现。它能让所有的文化构思和创造都不会白费气力，都会找到一群适合自己和需要自己的。同时，任何一个层次的群体，也都不用着急和担心没有适合自己的文化产品和空间。网吧、棋牌、3D影院、道观、寺庙、球馆，钓鱼协会、风筝协会、山地车协会、自驾游协会、麻将协会，所有的地方和组织，只要出现和成立了，立马就有八方来者；而只要社会有什么新的需求，立马也就会有新的一个什么形式的东西闪亮登场，向你亲密地走过来……这样的直接结果，也就是经济的繁荣。因为在这些的背后，都有一只看见或看不见的金钱之心和利益之手。

常态是社会最好的形态。看到这一点，多元也就是无可厚非，也是不可阻挡的了。因为多元也正是社会的常态。

2013.1

四月三日在丫山

四月三日，离丫山牡丹节还有四五天的时光。叫上科峰、振华，应约到丫山进行工作对接。古人早已从哲学的高度，科学地总结出“当地生姜不辣”的定律。丫山之于我们，正是“当地生姜”，跑得多了，看得勤了，原本好极了的味道自然也就有些寡淡了。但我们是去开展工作的，是去尽一份自己责任的，这样的出发点和目的，与当地生姜的辣与不辣，当然已没有任何因果上的关联。

景区同志拿出拟好的方案。跨时一个月的牡丹节，这个这个节目，那个那个活动，随着国栋、李凯、海博、俊杰的讲解，一样一样地从纸上跳下来，鲜活生动在我们眼前。今年的时令，基本是合着季节的拍子的，遍山满野的牡丹，还有其他的一些山花，都已开始从睡梦中醒来，睁开眼，与春天惊喜而深情地相望。我们心中思考着方案，行走在丫山的花海石林之间。

石海迷宫，还有迷宫上空横飞的栈桥，已被重新注入了温情的气场。迷宫叫作了海枯石烂，栈桥叫作了七夕有约。故事的推演，把石海迷宫变成了执子之手在丫山、与之偕老到地荒的高雅清纯的爱情舞台。桥横天际随云渡，石烂苍崖任海沉，克夏随口吟出一联。

滑索，高高架在两座山台之间，三百米左右的样子。这是新添的景致。滑索下面的山坡沟谷，绿叶纷披，牡丹吐芬；滑索侧面的山峦，起伏迤逦，生风含云。他处见过不少这样的滑索，大多给人感觉无中生有、硬拽突兀，犹如特为掏人腰包而建。现在看这丫山滑索，心中竟感到些许不一样的柔和。扪心暗忖，这肯定不是因为对丫山的偏心，而是这样的滑索，与自然生态仿佛融在了一起，贴心贴意贴情的样子。就像两棵古树之间，牵扯起一根长长又长长原生的藤蔓，还会让人感到不自然，还会让人感到有什么不应该吗？

牡丹文博馆，斗拱飞檐，楼阁并兼。馆前一片阔大的园子，齐膝的竹篱笆，不经意地包抄。各色牡丹，集于一园，你推我让，娇媚粲然。跨步入阁，影壁当前，万千牡丹，摄为图影，横竖井然，列排成阵。世界万物，从来经看者众，但堪比者少。尤其同类之间，最怕一个比字。且不说这山看着那山高，多少还带有一些心理的定式，就是我们人与人本身，古人也同样总结出了“人比人气死人”的著名论断。可是这牡丹园，各色牡丹，株株耐看，朵朵动人；这牡丹图影，幅幅含笑，张张相衬。这大约就好像一些有着很好品德修养、知识素养、精神涵养的人，他们聚在一起，是一滴水与一条河流、一颗星与一个星系的关系，俗人已很难把他们一个个区别出个高下优劣来。

石头，四亿年前从海底升上来的石头，一大片一大片的。国栋干脆把他叫作了石林。事实以时间证明：海枯了，石没有烂。据此我们是否也可以用简单枚举法逻辑推理，将来世上的海，甚或洋，终将也会枯去的，但石，同样是不会烂掉的。其实，任何一种推理，哪怕所谓的真理，一旦脱离既定的时空，就像光线也会弯曲一样，一下也就找不到北了。就说这石头，不错，海干了，石没有烂，但这是把海与石放在同一个丫山这样的时空来考量的结论。如果站在宇宙的角度，海，是没有枯的，海只是从丫山跑到别的地方为海去了；石，也已烂了，当然也可以不叫作烂，是想念大海想得身心憔悴，想得肝胆俱裂，想得百孔千疮，最终把自己想成了眼前的石马、石虎、石熊、石龙、石鹰。现在，侧身丫山的这些石头，耳边竟荡起几亿年前激涌的潮音，这是早已到别处为海的海，对这些因想念海而把自己想成了石马、石虎、石熊、石龙、石鹰的丫山之石的抚慰和恋叙吗？丫山之美，还是美在花海与石林啊！一头象，边上必有一只羊；一匹马，边上必伴一只兔。大与小，刚与柔，让石林充溢着美妙的温情。一朵一朵的牡丹，在石林的间隙，在龙虎马熊的嘴边，颤动着春风，叽嘁着私语，释放出海水一样的脉脉妙意。

古老的定律在四月三日的丫山失准了。这块“当地生姜”，我现在是觉出了她新的味道。也许是这一天的天气特别宜人——太阳藏在不厚不薄的云里，微微春风把快乐一阵一阵送来；也许是这一天我看到丫山新的发展心里高兴——这毕竟是我们南陵土地上自己的4A级自然景区；也许是我又发现了花海与石林之间新的秘密——大与小，刚与柔，石与花，如此地相得益彰……反正，一切的一切，我就是想对你说，丫山，真的是一个不是一句话就能向你表述清楚的地方。如果你想知道一个真实的丫山，想与丫山一起共同感悟一些什么，那就请你亲自来一趟丫山，当然也可以多多地来丫山——可以像我这样在四月的某一天，也可以在一年十二个月份的任何一个时段。

2013．4

开在桌面上的花

天阴雨了好些天，阴雨得大家对阴雨都有些不喜欢了。手机里每月花五块钱订制的天气预报昨晚终于说，天是小雨转阴了。根据我的经验，说小雨转阴，一般来说肯定不只是到阴为止，多云或是见到一点太阳应该是没什么问题的。但手机里不说肯定能见到太阳也是机智的。因为现在为了求稳，好多事情都不会一步说到位的。如果说多云到晴，那到时不见太阳，你怎么交代？而说小雨转阴，如果天上却有了太阳，在这久阴盼晴的情境下，人们一般是不会有什么太大的意见的。在这样万物勃发的仲春，天连续阴雨了好些天，乍有了太阳的影子，人的心情像花一样打苞开放还来不及，怎么还有心思去想什么预报准不准灵不灵的呢？

事实印证了我的经验。九点多钟，天上的浓云开始撤散。十点来钟，太阳就拨开云幕直接与观众对话了。再往后，天空已一片水洗后的海蓝，太阳十分健康十分炫耀，一些洁白的云丝娴静地展示着魔法身材，在广漠的天宇上演绎着春风的舞蹈。

感谢这久违的春光！是你，让花开到了我的电脑桌面上。

周末懒觉，起床后，看到天气变得这样好，心境也自然是跟着格外好了起来。心境好了以后做些什么呢？自我斗争很久，终于想到要学会自我管理自我掌控，不能再整天没有名堂地到处应酬鬼混，决定在家稍稍修修心养养性。那么在家怎么个修心怎么个养性呢？这样闲思着的时候，就走到院子里，东张张，西望望。这才发现，院子里的桂树、红枫、山茶、映山红、铁树，还有妻子种下的大蒜，以及与大蒜一起共生共荣的春草野花，在江南三月的阳光下，生机得让人怦然心动。桂树的叶子长得是最快的，长得快也就因之格外地嫩，阳光斜斜地射过来，逆光看向桂树，新生的茎是绿得透明，新生的叶片挨挨挤挤欢天喜地，被阳光照彻的叶脉传递着生命内在的不可阻挡的律动和澎湃。我要说这样的春天这个样子的桂树新生的枝叶，真是太暗合我的血型我的心理特质了——我就是一个从小小少年开始，就热爱朝阳积极向上藐视挫折从不言愁的人。在我生命的来路上，所有积极的新生的向上的正面的事物，都是我生命的密码和代言；而那些消极的被动的沉郁的负面的情绪，总是远远地被排斥在我生活的千里之外。我突然知道自己要做些什么了。做些什么呢？把这春天，这昂然向上生机勃发的春天，用镜头收藏起来。

当一个人的心境与面前的物事产生交融叠印的时候，他所做的一切也就都是自然而天成的了。现在的我就是这样，因为我的心境，与这生长的春天，此时已融汇成一个共同的意象。我拍了桂树，拍了春草。回到客厅，拍了红运当头，拍了君子兰，又摆拍了窗台上从云南带回的兰花。这兰花被我从万米高空带回，栽在一个陶盆里，现在是开了七八朵淡红微紫的香花。这样忙活一阵，似乎还不尽兴，我又来到院子里，对着花池里的一株映山红进行了微拍。微拍就是微距离拍摄，因为这株映山红还很小，镜头稍远就把边上其他东西拍进去了。映山红是去年冬天从盆子里移栽到池里的，别看它小，现在却一下打出了八九个花蕾，而且这八九个花蕾，都是那个很古的成语所说的含苞欲放的样子，仿佛正有一股强大的生命的精气，从那欲放的花蕾的每一个方位喷薄而出！这哪是映山红，这分明是小小少年热烈的青春不可阻挡的喷发！

我打开电脑，让春天的花草在我的电脑屏幕上再现。请原谅我不再一一向你细述所有的观感。我只对你说，我最后拍下的有着八九个含苞欲放花蕾的映山红，踩着我盯向屏幕的目光，倏地一下就跑进我的眼睛，再倏地一下就又钻进了我的心瓣，并让我的心瞬然蹦跳出了叫作“喜欢”和“震颤”的两个词语。还有什么要犹豫的呢？立即将她设置成电脑桌面！尽管此前的桌面也是我从网络上精心选择的——在地球的同一地点，每天同一时间，坚持一年时间拍下的太阳的轨迹——一个在深邃的天宇上悬垂的、玄秘得令人不可言说的“8”字。

妻子就在这时看到了我的桌面，并惊呼太好看了！不停追问这是在什么地方拍下的。我如实相告就在门前的院子里，妻子一连说了几个你骗人，任我怎么解释就是不信。我家院子里有这么漂亮的映山红吗？妻子坚持这样地追问。我心里很高兴妻子的这种坚持，因为这恰恰证明了，我对事物是有独到的审美取向的。不是吗，开在院子里的这株映山红，这株并没引起妻子多少关注的映山红，却能被我的视线我的心灵天然地捕捉，并让妻子如此地惊喜，一点也不相信是自家院里的花朵，这难道还不足以证明我还是有一点东西，一点至少可以叫作艺术修养的东西的吗？我就在高兴自己还有一点艺术修养的惬意中，领着妻子来到院子里，在一盆非洲扶兰的后面，指认被我开放在电脑桌面上的映山红。一眼看上去，在周围花草的媲映下，这株映山红确是不怎么起眼。但凑近细看，剔去周围的花草背景去看，看到的就不再是她的小，她的不起眼，而是她含苞欲放的青春，以及掩于其中呼之欲出的不可遏止的未来。妻子左看右看，也不从正面否定自己，而是换了一种方式说，难怪都说搞艺术就是骗人，这么平常的花，怎么拍下来就变得那么美妙生动起来了呢？

妻子说得不错，她说出了一个关于艺术的理论课题，只不过是不自觉的，是用生活的语言直白地表述出来的。艺术是骗了人，但艺术不是骗人，艺术是来于生活而高于生活，高于生活就是比生活更有了整合、取舍、经典的意义。因为角度的选择，剔除了周围的干扰，突出了花蕾的生机，开放在电脑桌面上的映山红就成了让人养眼养心又怡情的花事图了。其实，何尝是艺术，就是生活的本身，也是深含着艺术的观点和视角啊。政府操办的民生工程，费尽心血，将执政为民的理念深深地融注其中，但人们因为所处的不同角度，同样会有褒贬不一的声音。领导看属下，属下看领导，很多时候同样毫无意识地运用了艺术的思维，再勤政再英明的领导，也会有人从另一个角度读出他的自私和愚鲁；在一起工作多年，大家根本看不出在德才上有什么高人之处的同仁，忽然有天就被阳光莫名照到，腾地成为一颗新星，挂在了许多人够不着的高处。真正说来，这些都是不必多费口舌去点评，或一定要纠缠出来个子丑寅卯什么真理来的。既然允许艺术高于生活，那也可以不反对生活借用一下艺术，只是生活在活化艺术的时候，不要太过火，不要对社会对他人造成说不过去的伤害也就行了。

如果忘记这一点，一味地在生活中玩艺术，在用人用权上玩艺术，以所谓艺高人胆大来玩一些别人看不懂，或自以为别人看不懂，最后弄得连自己也看不懂了的艺术，艺术就可能幻化成一枚定时炸弹，守候在你必经的未来之路上。

2013. 5

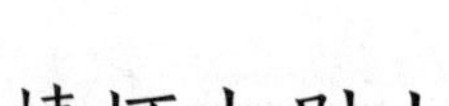

情怀大别山

迎驾度假山庄是一处让人感觉很舒适的地方

七点半，车从南陵出发，近五个小时，到达会议目的地——迎驾度假山庄。

一路上，过了铜陵，进入池州地界，山水就更加清绿氤润起来。过去每次到池州，到安庆，都有这样的感觉。突然想到温总理在池州视察后的讲话——有次在池州一处出入路口的大广告牌上见到的。温总理说：池州很美，有山有水，有河有湖，人很热情。我当时觉得温总理的讲话好家常，好润贴。也有不少人笑说温总理讲话太直白太老百姓水平。可我不这样看，温总理本身就把自己当作平民总理，不管怎么样，他的眼光是平和的，内心是平和的，我想当他说这句话时，他一定是有感而发，随口讲出心里想表达的话。我跑过的一些高速公路，我觉得从铜陵进入池州安庆后，路两边的景致也是最养眼的。有屏障，有距离，绿树村边合，满目皆生机。这次到六安，到霍山，更是感到大别山的雄奇连绵。有几处，从车窗向外看过去，竟有桂林山水的意境，从车窗外一闪而过，让人心生留恋和遐思。

迎驾度假山庄，我感觉是一个很有特色的山庄。我曾经写过杭州西湖之畔一个叫花港海航的酒店，感觉到它外部的让人心情愉悦的环境。迎驾度假山庄，同样给了我这样的感受。山庄的大门厅，隔河面对着连绵起伏横向伸延不断的青山。而大门厅正对的山峦，最为圆润，最为高朗，仿佛是那一横队排列开去的山峦的领军。数百米宽的河上，一座水泥桥从山庄的这头架向河的对岸，隐约在对岸的小镇上。有了这样的感觉，在乘

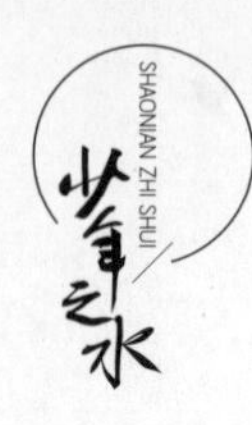

观光电梯上六楼房间的时候，我就特意面向青山绿水，随着高度的上升，观察起河桥山镇。这还不够，我还特意摁下最高的七楼按钮，让电梯载着我到山庄的最高点俯眺对面的河桥山镇。感觉在每一个高度，看到的河桥山镇都很令人喜爱，都很谐调怡人。

山庄房子的内外造型，也给人难忘的印象。用过午餐，稍事小憩，会议主办者说去看一下迎驾酒厂。对酒厂，我兴趣是不大的，包括大家现在都在做的所谓酒文化，对我也没有什么吸引，不过都是些醉翁之意不在酒的意思。但现在让我知道了，山庄隔河对面的小镇，就是迎驾酒厂，这个迎驾山庄，就是迎驾酒厂兴建的。我们住的是A楼，在A楼的一侧山坡上，还兴建了不少一栋一栋别墅式的度假山庄。这也让我想清楚了，为什么我们住的A楼，像一对反过来的小括号，镶嵌在后有山峰如靠背，两侧有山坡如扶手的山坳里。这正是迎驾酒的外包装形状。迎驾酒的包装盒形状好比发电厂的烟囱，上下大，中间小，只不过发电厂的烟囱是圆形的，而迎驾酒的包装盒是方形的。迎驾山庄正是一只大大的迎驾酒的盒子，横着插放在像一张靠背椅的山坳里。我不知道这个山坳是天然的还是有着或多或少的人工痕迹。但我感觉这样一只大大的“酒瓶盒子”横着插放在这里，还是十分适宜的。以前也喝过迎驾酒，觉得这个酒名字也还是不错的，迎驾，很尊重人，很抬举人的，但迎驾的来历，就从没去想过了。现在，因为对这里的地理，这里的山水环境，这样放倒的大酒瓶盒子感了兴趣，于是也就无师自通了——我只看了一眼山庄大厅里电子指南上的介绍说，汉武帝曾在这里猎守，我就想，这迎驾的名字一定与汉武帝到达这里的足迹有关。

别山湖是一条青山夹拥的水上走廊

六安是大别山的腹地。此前我对泾县的山川也很有感觉，每次看到，眼和心都与她们贴得很近。这次出发去大别山主峰白马尖景区，把一路的大别山与泾川在心里做一些表面化的比较，发现大别山的大，大别山的深，大别山的开阔，都还是在泾川之上的。前两日的大到暴雨，将一道道溪流从山脊上披挂下来，远远的，隐现在绿色之中。山路一侧深深的下面，一条山洪滚涌的河，翻腾着浑涌的浊浪，把轰鸣的声音从车窗灌进来。一棵因塌方而斜倒在前方的树，逼停了我们的大巴。下来几个腰圆膀粗的，用手掌撑着树干向路边推，不行。驾驶员下来，跑到车后十几步远的路边人家借来一把锋快的砍刀，嚓嚓几下，砍去斜伸的树枝，把大巴开了过去。不远，又一座桥，桥边上正在修一座新桥，桥头竖着一块大大的牌子，是什么新农村危桥改造工程。桥面浇筑了一半，还剩一半隔着一根桥墩与对岸临水相望。因为修新桥，老桥边上满是泥泞，车子有些打滑。大家体谅地说把空调关掉把空调关掉。据说关掉空调发动机动力会大些。但驾驶员也关心大家，没有关掉空调，而是凭着自己的过硬功夫，把车子慢慢而安全地开过了老桥。

别山湖在金寨境内。金寨是革命老区，是出将军的地方。一路的崇山峻岭，谷涧叠浪，让人感到这确实是一个能够养育将军的地方，也让人体会到什么叫连绵不断，什么叫不可阻挡。一些大妈大嫂，坐在路边面对马路的房舍门口，一面手里做着什么活计，一面抬眼望向我们的车子，安静的，淡然的。

别山湖游船码头在高高的台阶下面。台阶有多少阶，我没数，有人在数，结果我也没问，反正是不少的。两只游船都被我们同来的两大中巴车的人坐满了。我们船上的女导游，在座位的过道间前后走了四五个来回，数一次人数，好像没数清，又来回数一次，还不放心，再配合手指的一一点对和嘴巴的气声读数，才算把人数点清了。导游清点人数虽有反复，但导游起来还是很让人明白很让人暖心的，只要你一面对着外面看风景，一面侧着一边的耳朵把她直接从嘴里发出的没经过扩音器的话有一句没一句地装进来，对这块天地的来龙去脉你也就知道得大差不差了。这别山湖实际上是一个大水库的尾梢。水库叫作磨子潭水库。实际上整个水库也可以叫作别山湖。从别山湖到水库大坝有四公里。整个水库面积一万五千亩，十个平方公里。为什么叫磨子潭呢？磨子潭原来是一个村庄的名字，没修水库之前，磨子潭村里有一口深潭，潭里有一盘不知什么年代的大石磨，修了水库后，这个村庄就沉到水库底下了，这个水库就叫磨子潭水库了，导游说。水库有多深呢？看着船外清得发蓝的水，又有人问。一般四五十米深，最深的地方有八九十米深，现在还不是最深的时候，你看那边山上

树木根部到水面之间露出的黄土，水最深时那些黄土都是看不见的，水会直接淹到树木。鑫富主任说，你们别看，那截黄土最少有五米，这么远，你没感觉，到跟前一站，你就晓得了。这位领导是个行家，导游不择时机地表扬了鑫富主任一句。

坐在船上，船在水中走，人在画中游。不说水中的象形小岛，也不说导游所说的晚上别山湖面守着网箱护鱼的小木划上灯火而营造的繁星点点，只说湖的四周的青山，特别四公里多的狭长水面两侧的青山，就让人感到好比走在了青山夹拥的水上走廊。大雨过后，山是格外地青，一股一股的云雾，从山谷升起，在山腰弥漫，到山顶消散为天的背景。有的云雾在你毫无准备的心理下突然从一处山的褶皱里探出头来，看看没什么情况，就一长串地呼拥着出来，这时前面的云雾有了后面的队伍，就变幻着形状，变成长着两只犄角的虬龙；后面的云雾看到前面变成的龙头，马上也随势赋形，伸出了一只只龙爪，一条看上去很有些玄意的云龙就这样游弋在青山之山，又渐渐隐入天上去了。一只鹰从山的背后展翅飞到湖中的天空，大幅度地扇动伸展着翅膀，向我们展示着它的矫健英雄之美。

高速公路与白墙红瓦的村舍是大别山的时代心跳

大别山的高速公路就是一座串山连岭的纽带。从一个隧道到另一个隧道，再从一个隧道到另一个隧道，就把一座座高低厚薄的山峰串联起来了。真的有些惊叹人的胆量，人的本事。凭什么就敢想，也真的就把这些山山岭岭串联起来了？！

山是青色的山，云雾缭绕在山的胸间。铅灰色的纽带，从一座隧道的圆拱门里伸出来，一点没有犹豫，就直伸前方，寻找另一处需要穿越的山峰。从这座隧道口向后望去，一座青山的另一侧，铅灰色的飘带从远远的地方遥迢而来，一下钻进山峰的肚里。飘带的下面，因着山势、地形，是或高或矮的水泥支墩。这些竖着的水泥支墩与横着的飘带构成一张依架在青山之上的竖琴。高速叫济广高速，是从山东到广州的，导游说。从这里到六安，高速只要一小时，到合肥，只要两小时，导游又说。我想一想我们大巴来这里没有走高速，用了两个多小时，而且我们不是从六安，而是从比六安离这里要近许多的霍山。这样一比较，高速的速度之高就显现出来了。当然我们不走高速是有原因的，不是放着快捷不用，而是在别山湖，在磨子潭，没有高速下线出口。想一想我们紧临长江的很得江浙风气的皖南小县到合肥还需要三个小时，再放眼这纵横逶迤的大别山深处，也就不觉得她的僻远了。

山村也是很有特色的。随着大巴在山路上的蜿蜒，一处处山村从不同的方位切入我们的视角。先是看到那山褶里一点红瓦，接着看到一片红瓦下的隐约粉墙。等车向前又开出一段距离，再拐过一道弧弯，一处红瓦粉墙的村寨就出落在远远的青山脚下了。这里的村庄或村寨与我在别处看到的村庄或村寨，不同的地方是很多的。一是多，这里一个，那里一个，山脚，涧边，路旁，或远，或近，一会儿一个，一会儿一个，偷偷闪入你的眼，始终让你感到很新奇很有发现；二是小，所有的村寨，都不过三五家，十来户，围成一团，抱成一圈，看上去紧致，紧凑，一副僻居深山不嫌僻，笑看天地心自闲的样子；三是齐，整齐的齐。除少数村舍，进入眼帘的村寨，房舍都是清一色的红瓦粉墙，有的两层，有的三层，与山间的树木相映相融，仿佛一种新的植物，长在了青山脚下。这些，都是大别山深处这些村寨的动人之处。或巧竖琴一样的高速公路从村子侧边不远的地方横空而过，这村子看上去就更加显得属于《昔时贤文》里“富居深山”一类的了。大巴又拐了一个弯，我看到路弯旁小灌木丛边竖着一块方方的木牌，木牌上用红漆写着“租售欧式屋面模板”。这让我一下知道了这些大山深处好看的村寨的由来。

别山湖码头背后的青山之上，高速公路一头从霍家隧道出来，一头扎进另一个没有题写名字的隧道。两个隧道之间，两百米的样子，水泥路墩从深深的谷底溪涧下长出，高高地托举着搭在两个隧道之间的路面。仰头看了看，又往谷底看了看，谷底的流水看着有些目眩，山腰的路面看着让人心跳。专家学者，知识精英，工程指挥，人民工人，他们的目光真的是穿山透岭，他们的胆略真的是顶天立地，他们的杰作真的是气贯长虹！

我没有走进一个村庄。但我思想的触角已探达了那些村庄，那些大别山深处的村庄。我知道那些村庄的主人早已走出过村庄，他们的眼光已很现代，他们的想法已很现代，他们的目标已很现代。或许，他们此时正

在离这些美丽的村寨很远很远的现代与时尚身旁，在与现代握手，在与现代谈判，在与现代的正面交锋下寻找自身的价值，最后，把现代装进行囊，沿着挂在村寨山腰上的高速公路，一路弹奏现代的和弦，把行囊里新的现代带回自家大别山深处的村庄。

龙井峡瀑布表述夸张点就是雷霆万钧

现在到哪里？去看瀑布。看彩虹瀑布吧？又有人问。曾看到外面路旁有一个广告宣传牌，上面写着彩虹瀑布。不，是看龙井峡瀑布。说着话，车子到了一个山门前，山门一侧题着“龙井峡瀑布”字样。

下车，听到有人叫，哎，云海，黄山一样！抬头看去，果然，白色的云雾把眼前的山全部遮蔽了。慢慢，像一层绒羽，被谁拨拉了一下，露出了一个绒绒的洞，把后面的山模糊地显现出一小块，又像被谁拨拉了一下，绒绒的羽洞就又合上了，刚刚显现出来的一小块山又躲在了绒羽的背后。又像有谁用一把大扫帚，一下一下地扫着卷涌的绒羽，终于扫出了一大块青山，并且把高高的山峰也清扫出来了。可忽然像一阵风吹过，被扫帚扫到一边去的绒羽，又借着风势，欢呼着升腾卷涌过来，被扫破的绒羽又被补缀起来，峻峭的青山就又被遮蔽不见了。

在林间小路上穿行。小路一半是土路，一半是石阶。土路含有比例很高的细沙，透水性好，走在上面也不觉得有多少泥泞。石阶都是铺在上坡或下坡的地方，方柱形的石条，很实惠的，一阶一阶地砌码着。我一路走，一路观察着眼前在云雾里捉着迷藏的青山。我在想，别处的云雾可都是有一些行动规律可循的啊。比如雾从山脚向山上升，就是向山上升；雾从山的一侧飘向另一侧，就飘向另一侧。升到顶了，飘到另一侧了，山也就清朗了。可这里的云雾怎么就没有了规律呢？一会儿向上，一会儿向下，一会儿向左，一会儿向右，一会儿被拨拉开，一会儿又被缝合。轰嗡——轰嗡——，前面传来巨大的轰鸣。攀上台阶，转过一个山嘴，轰嗡——轰嗡——，像从跟前隆隆滚过的蒸汽火车头。一道十数米宽的巨大流水，泛出银质的光泽，从山顶后面的天空，纷披而下，一头扎进脚下的深谷。借着山风，飞泻的瀑布激起的山风，细细凉凉的水沫喷吹到头上，脸上，身上。

一道护栏，竖在与瀑布隔谷相对的这边山腰的一处平台，平台与瀑布之间相距百多米，谷底是瀑布制造的湍急洪流。护栏是供人近距离观瀑听瀑的，可靠近护栏，也是要有勇气和精神的。距护栏还有十来米，眼睛就会被水沫飞溅得有些睁不开，身体也会被随水沫而来的山风有力地推阻。瀑布砸向谷底腾起的水沫，向上，爆炸性地扩散，升腾，飘移，让我找到了一路看到的与别处不一样的云雾的由来。大家纷纷冲破阻碍，站到护栏前，照相留影。然后一头雾水一身雾水从护栏边逃离开来。

晓波喊着我要帮我留影。我摇摇手。我敢断定这样的留影是不会有什么好效果的，至多也只是个模糊的影子，因为当水沫吹打向我们的头脸时，相机的镜头也同样会被模糊的。还有，让这样的瀑布从身后的头顶直泻而下，也不是一个很好的画面。但我依然走到护栏，近距离对瀑布进行了凝望和慨叹。我在想，瀑布的起源肯定还在我们看不见的高处。在我们看不见的那些高处，千万条涓涓的细流，从四面八方没有预约地汇到一起，然后相识相融相约，一路寻找自由与快乐。一路上，他们的朋友越来越多，他们的队伍越来越大，他们的雄心已越来越被自己所鼓舞，他们决定要进行一次生命价值的测试，看看还有什么他们冲不过去的坎。一路上，他们卷起枯枝败叶，他们踢开挡道的顽石，他们的信心像一面被风鼓起的饱满的帆。突然，他们猛然一惊，脚下已是悬崖绝壁，万丈深渊，他们果真把路走到了尽头！停下，已来不及了；退回，更是不可能了！那就舍身成仁，做一回英雄吧！于是，眼一闭，心一横，我不入地狱，谁入地狱，纵身一跃，跳下悬崖，生命的激情顿然焕发出银亮的光彩。谁承想，英雄自有怜爱在，这舍身成仁的一跃，感动了自然之灵，当水在谷底激起千丈豪情的时候，一条新鲜的道路已在这里呼唤了他们难以数计的岁月……

轰嗡——轰嗡——，咆哮如狮，吼啸如雷。龙井峡的瀑布，是一场以生命为注的搏击！我退离护栏，抹一把头脸。被激情的飞沫洗过的脸，感觉格外清爽；被奋斗的飞沫擦过的眼，感觉更加明亮。

我走在了收进课本里的佛子岭水库大坝上

我们食宿的迎驾度假山庄，就位于佛子岭水库大坝不远的地方。虽

然不远，但因为隔着一个山嘴，站在山庄门前还是不能一眼看到。从龙井瀑布归来，大巴从山庄前面的水泥桥上开到河的对面，又沿迎驾集团办公楼侧边的公路斜斜地开上去，不多远再一个拐弯，就到了收进课本里的佛子岭水库大坝前。

下车抬头，一座方方正正的门楼，上面“佛子岭水库”几个镏金大字，是郭沫若的手书。透过门楼看过去，不远处的大坝上，是毛主席的手书“一定要把淮河治好”。伟人和大家的手书，一下子就把佛子岭水库的底蕴和文化凸显出来了。少年时代，佛子岭水库，呈现在课本里，也挂在我们的嘴边，种在我们心上。佛子岭，那是让我们感到多么神秘又神往的地方。那时，我们不知道佛子岭在哪里，不知道我们长大了还能来看佛子岭，只知道佛子岭钢笔。那时的钢笔有英雄牌、新农村牌，还有佛子岭牌。这都是听起来就让人心生想念的名字啊。有一支佛子岭钢笔，写作业的时候，把手伸起书包，捏一捏薄薄的几本书，哪一本书脊的地方硬硬鼓鼓的，就把这本书拿出来，放到课桌上一摊开，夹在这本书里的佛子岭钢笔就灿烂地出现在眼前。那时我们还没有文具盒，铅笔钢笔橡皮都是夹在书里的。拧开笔帽，将笔帽套在笔尾，红缨枪尖形状的笔尖按在簿本上，《地道战》观后感，《小英雄雨来》读后感，《记一件有意义的事》，就写在白白的纸上了。老师也有一支佛子岭钢笔，老师那支比我的粗长一些，老师的佛子岭不是夹在书里，老师把佛子岭插在他那件蓝中山装左侧胸前的口袋里，露在口袋外面的笔夹，像一个闪着银光的感叹号，随着老师在黑板前的转身走动，感叹号不时把一个光点弹射到我们眼睛里。现在，当我站在这座六十年前的工程前，依然被他的雄伟壮观所震撼。我仰头，久久地仰视着大坝，我想象不出在那样的年代，建设者究竟是靠着一双怎样的手，让这座大坝横空出世。沿着大坝边上的台阶，一步一步走向坝顶。到这里八十八阶，尚平用脚跺跺一处平台说。我们一面问着没错吧，一面沿着平台上的台阶，继续攀登上去。佛子岭水库大坝是曲拱坝，迎向水的那面，是一个连着一个的拱弧，就像一道接着一道竖起来的波浪。大坝长 510 米，高 75.9 米。站在坝顶的护栏边，伸头对着下面张望，隐隐有些晕眩。我叫中州的国斌来看，国斌说不敢看不敢看，看了小腿肚子发软。我也感到脚下有点发虚，但来到这座从小就在课本里看到的大坝，我又有些恋恋。我打开手机上的秒表，找到一颗小石子，从护栏的高度松开手撂下去，落到坝底的时间是四秒多。我想起物理中有一个加速度的算式，好像是九点八乘 t 什么的，问金堂，说是二分之一 gt 平方，g 是重力加速度常数，数值为九点八，t 是时间秒，我一算，坝高近八十米。

沿着一拱一拱的弧形通道，行走在佛子岭大坝的顶端。这时尚平从对面走过来，从我身边擦过。我问，到大坝那头了吗？尚平说，没有，造型都是一样的，没什么新东西了。我说，好不容易跑这么远路来了，五百来米的大坝都不走到头，不是有些划不来吗。尚平说，走到头还是要往回走。我说，那边也是可以下去的，然后从大坝底下折转回来，不到长城非好汉，这眼前的五百米都怕走，还是什么好汉。尚平听我这一说，嘿嘿笑两声，一面说你说的还真有道理，一面折转身，沿着坝顶上一拱一拱的廊道，我们一起向着坝的另一端走去。中途见到金堂又往回走，他的理由也和尚平差不多。我又把我的想法一说，金堂也就重新折转身，与我们一道走向大坝的那头。五百一十米的大坝，我们从一头完整地走到了另一头，我的心里有种了结一个心愿的感觉，十分轻松和舒坦。坝的这头果然也有台阶下去，沿着坝底有一条水泥大道，笔直通向大坝那头的停车场。忽然看到大坝边的山坡上有一个亭子，题名观景亭，金堂说，吔，还有个亭子。尚平说，往回喽，往回喽，就从大坝边的台阶往下走。我也准备往回走，想想到亭子上看看也不会耽搁多少时间，就与金堂一道，蹬蹬蹬地爬向山坡，登上亭子。啊，请允许我在心里啊一声吧，我看到了完全一模一样的收进课本里的佛子岭了！刚才在大坝上走过，一个一个的拱隔挡着视线，大坝的整体雄风主要还是靠久存在心的情结去搅动。现在，立于亭上，俯视大坝，大坝的壮美就完全呈现在眼前了。这种壮美，虽然几十年前就相识在课本里，但现在，依然让我震撼得无法言表。我只有取出相机，按下快门，并看一眼已下到大坝中间的尚平，为他没能欣赏壮景感到一丝的遗憾。

下得观景亭，我有一种完满的感觉。一路加快脚步，在停车场赶上了先下大坝的尚平。车上，我打开相机，欣赏着拍摄的大坝壮景，更是感到此行不虚。车上二十多人，大多是中途而返的，还有一些是像尚平一样走过大坝直接下来的，能像我们登上观景亭的，屈指不过几人。这样一来，

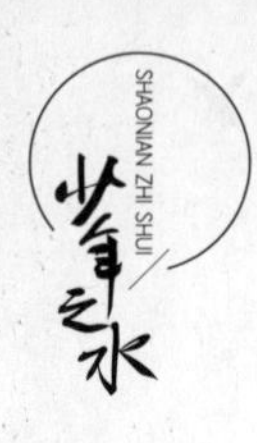

又有了比别人多一些收获的快乐感觉，同时也恨不得他们都能再去观景亭，把佛子岭的壮美也摄进他们的相机，摄进他们的心里。

2013.6

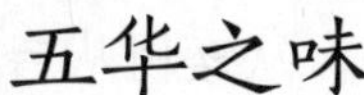

繁昌有个平铺镇。镇域有座五华山。五华山上有座寺，说是杜牧“多少楼台烟雨中”的南朝四百八十寺之一。侧耳听一听，抿嘴笑一笑，拾步走一走，举头望一望，是耶非耶，无关痛痒。

两山一个凹，中间打道坝，水库。一座清澈银亮的水库，像天上掉下来的一块大画毯，铺落在五华脚下。白云在里面游弋，小鱼在里面聚会，山雀在里面穿梭，树木在里面生长。水库的尾梢，辟出了很大一块平川，一些徽式楼舍，耸立在这里那里。大家很是担心这些楼舍里流出来的各种各类的水会不会注向水库的尾梢，会不会把下面不远处的水库这张大画毯给弄脏了。一打听，说是请放心，所有的污水都会进行环保处理的。于是一颗有些多虑的心，也就渐渐踏实，渐渐放了下来。

五华山确实不错，打眼一看，就有些形胜之地的风采。山上绿很多，天上蓝很多。灌木丛丛，翠竹喧喧，闲云散淡，群鸟翩舞，与某些城郊灰头灰脑的浮华相比，这里无疑十分适合人居。

金明大概来过五华，这是我从他向大家的提问里猜想的。走在通向山上的一条卵石垒码的步道，金明忽然指着石道边缘问，你们说这个沟是怎么来的，做什么用的？大家原来只顾一步一步一阶一阶哼哧哼哧地爬坡，听他一说，就把眼光向着卵石步道边上看，果然一道宽不盈尺、深不过指的土沟，紧傍卵石步道的边缘，一头伸向看不见的山脚，一头伸向看不见的山顶。这个问题太简单了，大部分人都没有回答的兴趣，只有不知谁抢着说出来：肯定是挖出来的淌水沟，不然下雨时山上的水就把路冲

坏了。金明这时已瞄准了一个角度在照相，哦，应该叫摄影，或叫创作。在搞创作就顾不上对这个谁的回答进行对错评判了。不过也不需要评什么判的，这紧傍石道而在的土沟，不是人挖的，难道还会是猪拱的；不是用来淌水的，难道还能是用来走人的？

坐在山顶的石头上，议着山外的一些趣话。一头黑驴，从矮树丛后冒出头，两只藤筐，满装土豆大的石子，搁搭在两边的肚腹上，一步一拱，上得山顶。甩甩脖子，顿顿肩胛，继续前行。屁股后面，又一头黑驴，从矮树丛后冒出头，也是两只藤筐，满装土豆大的石子，搁搭在两边的肚腹上，一步一拱，上得山顶。甩甩脖子，顿顿肩胛，继续前行。矮树丛后，先后冒出四头黑驴。稍一间隔，又冒出一位黑发短辫的村妇，四十来岁，有些显旧的裤褂，手里什么都没用，好像与黑驴毫不相干。山顶一片开阔地，四头黑驴，按刚才上来的顺序，一头紧跟一头，从这边走向开阔地对边，走向对边一道有着七八阶水泥台阶的坡坎。第一头黑驴走到台阶前，没什么犹豫，稍侧着身，嘚嘚嘚嘚，登上去了。第二头黑驴，用眼侧瞟了一下台阶，大约在心里做了片刻估算，就侧着身，嘚嘚嘚嘚，显然比第一头黑驴要快一些地登上去了……在前一头驴向台阶上登攀的过程中，后面的驴是就地站定了的，不急，不躁，不吵，不挤，更不去抢先，比我们在很多需要排队或遵守规则的场合——比如买火车票，比如登公共汽车，比如过红绿灯，比如特殊情况下买盐——都要有秩序得多！台阶上面，也是一片不大的开阔地。四头黑驴，又一头紧跟一头，走到地角的一个碎石堆前，站定。第一头黑驴，从碎石堆边缘斜斜地走上堆顶，停下来，原先跟在黑驴后面显得毫不相干的村妇，上前，把手伸进黑驴背一侧的一只藤筐里，一拉一拽，哗啦啦，藤筐的底就拖耷下来，碎石子就漏落到下面的碎石堆上，腾起一阵灰雾。村妇又到黑驴背的另一侧，用同样的方法和动作，把另一侧藤筐里的石子，哗啦啦，也漏落到下面的碎石堆上，腾起一阵灰雾。两只藤筐里的石子都漏落完了，黑驴再甩甩脖子，顿顿肩胛，两边的藤筐里就又有一二三四颗夹藏的石子，好像不大情愿地漏落下来。第一头黑驴这才从碎石堆的那边走下去。这边的第二头黑驴，看到第一头黑驴从那边开始下去，才不急不慢，从碎石堆边缘斜斜地走上堆顶。训练得真好！劲松说，这是让我今天感受最深的事情。比我们一些人的素质都好！又有人说。大家七嘴八舌，虽是触物生思，借驴调侃，但也说明大家心胸都很开阔了，看到我们人的不足了，敢于解剖自己了，都希望和急于更提高素质了。这样看来，也就没有什么大不妥了。人与自然本身就是一个和谐共生、相得益彰的大家庭。大自然中的万事万物，其神奇的本能，有多少被我们借鉴之为科学；其特有的表现，有多少被我们喻之为人格，激励着我们的人生啊！

快到山脚，金明忽然又指着石道边缘问，现在你们晓得这个沟是怎么来的，做什么用的了吧？也不等大家回答，金明说，就是刚才上山的驴子踩出来的。大家细细一看，果然看出了土沟里隐约的蹄印。有人说，哦，是的呢，那应该叫驴沟了。又有人说，应该叫驴道，驴子踩出的道嘛。这到底叫驴沟还是驴道好，大概不会影响什么根本，关键是我们当时为什么对这个问题没有兴趣，仅凭头脑中固有的经验，想也不想，就认定这就是一条淌水沟呢？想一想，过往的岁月，又有多少面对新事物的认知，就这样被我们所谓的经验，以习惯的手指轻轻一弹，被遮蔽覆盖在了旧有观念的背面。

镇里年轻的黄书记张镇长与我们说起辖地，史之兵家必争，今之生机无限。大家又聊起淌水沟与驴道，说起负重前行的驴子们对秩序与纪律的守护。我注意到，这些看似务虚不着边际形而上的奢谈，却很让大家感兴趣。五华的驴子们自觉的表现，让大家感到，对自己在今后生活中，进一步学会认知、加强组织、遵守秩序、提高效率，都会有着一定的借鉴和帮助。

2013．10

买得青山种好茶

茶叶，一种名叫茶的叶子，一种让人宁静，给人温情的叶子。

有时也想。在那遥远得一派混沌漫漶的往古，这种名字叫茶，既不能果腹、又无法蔽寒的叶子，是通过怎样的路数，进入人的视野，触动人的心灵，积淀为一个民族生生不变的味蕾基因？！一茶二饭，粗茶淡饭，茶饭不思，饭后茶余——除了这名字叫茶的叶子，世上还有哪一种叶子，能够与“饭”——一个古老民族集体意识中至高无上的“天”，连接成一个个如此大俗大雅、难拆难分的语词，在人类的信息库里，流传千年，熠熠生辉？！

始祖神农，从五千年时光的幕后，踌躇而出。嘴唇翕动，传导给我们人类最初的秘密往事。

那时，人类还很幼小，还是大自然一个十分脆弱的孩子。洪水猛兽、山崩地陷，还有无尽的病痛瘟疫，都对人类露出狰狞的脸。始祖独自越岭翻山，遍尝百草，只为找到救人病痛的世间良药。一次，始祖被毒蝎咬伤。就在始祖昏迷奄奄的时候，一枚幽香的叶子，从树梢飘落始祖嘴边。始祖把这片叶子舔进嘴里咀嚼起来——这是始祖辨明药理的习惯动作。叶子嚼烂了，始祖的眼又睁开了。醒来的始祖，突然悟到自己“身处草木中”，就把这枚让自己起死回生的叶子，叫作了“茶”……

一月的江南，是可以下雪的日子了。

只是不明白，一路无雪，但平地的雪怎么都跑到了仙寓山上。

怎么都跑到了这仙寓山上，裹拥着一垄垄、一排排、一簇簇、一层层名叫雾里青的茶树，把这冬天里的仙寓山，装扮成了一个穿着海魂衫青春勃发的春风少年。

是因为这座海拔千米的山，谷深泉幽，卓荦世外；

是因为这座满植茶树的山，流翠滴绿，遍地含硒？

垒瓦砾为灶，拾松枝为柴，化积雪为水，横原木为坐。

一场最为原生的茶道，在遍植茶树的仙寓山顶，缓缓而庄严地演绎。

时间，也为此放慢了脚步，让我偷出一些闲暇，坐看风起云生。

松烟袅袅，氲向时间的深处，把散落的过往一一追问。

母亲挎着竹篮，我牵着母亲的衣袂，到茅山头的郑妈家去摘茶。郑妈家住在波浪一样圆缓起伏的山坡上，山坡上长着黑黑的松树，青青的藤蔓，还有五颜六色数不尽也叫不出名的野花。门前的一块空地上，亮绿的茶树，逐花的蜂蝶，把郑妈家的草房土院，幻映成梦中的童话。母亲与郑妈，隔着一棵茶树，面对面蹲下，手指在嫩绿欲滴的叶尖上翻飞。阳光斜斜，从一片高高盛开的云朵背后，裹拥春风，凭空倾泻，洒向母亲和郑妈，还有一棵一棵的茶树上。母亲和郑妈，也不知为什么有趣的事，咯咯咯咯笑个不停，笑得春风都在茶树边驻足侧耳，徘徊不前。我与郑妈家的小楠子，骑着竹竿，在土院里嬉闹追逐，打虎上山……太阳落到西边的山后休息了，月亮从东边的树林里钻出来了，星星移开白天害怕太阳刺射而蒙在脸上的双手，一个，一个，对着我们张开了晶亮的眼。我牵着母亲的衣袂，母亲挎着的竹篮一路飘散清幽的茶香。郑妈，小楠子，还有郑妈家喜欢翘绕着尾巴的小花狗，跟着我们相送。相送到很远很远，相送到母亲一遍遍劝他们早点往回，相送到望得见山下我们小镇的灯火，郑妈，小楠子，还有郑妈家喜欢翘绕着尾巴的小花狗，才在母亲又一遍“你们回吧”的劝说中，恋恋不舍地回转身，走向银盘一样斜斜悬在天庭的月亮……

七八个十六七岁的上海下放女知青，阿拉侬哇，像一群金色的凤凰，从天而降，栖落到我们大队的茶场。世界是你们的，也是我们的，但归根结底是你们的。——领袖的话语醒目在墙上，太阳一样鲜红，温暖。白天，

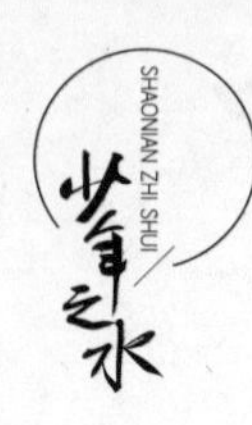

姑娘们哼着撩人心魄的歌谣，在茶园无尽的碧波里，松土，除草，施肥，采撷；夜晚，老场长在场房门前挂一盏如昼的汽灯，姑娘们与邻队赶来的男女知青，说起自创的快板，跳起自编的舞蹈，唱起公社是朵向阳花，社员就是那藤上的瓜，让远近赶来的乡民，听得忘乎所以，看得如醉如痴。这时的茶园，就像不见边际的大海；这时的场院，就像一艘热闹在夜的大海上的航船。那如昼的汽灯，就高高挂在航船的桅杆上。节目演完了，乡民们像一群陶醉的仙人，啧啧称赞着姑娘们的歌舞，咂摸着空气里的茶香，在夜空下墨绿的茶海里，踏浪而行，凌波而去……

雪水，在铁锅里沸滚；松枝，在灶洞里涅槃。拈一撮茶叶，放入青花瓷盏；舀一瓢煮沸的雪水，沿着盏边慢慢注入。一盏雪水雾里青茶，就这样氤氲在了眼前。叶子在盏中静静舒展，在水中悠然浮沉，就像在慢慢打开我们心中不能免俗的尘世纠结，就像在演绎我们人生无法避免的过往未来。尘世纠结打开了，过往未来破译了，淤塞的心胸，慢慢就被这样的茶，又一次洗涤得天空一样清明澄碧；流浪的心灵，慢慢就被这样的茶，又一次召唤回失落的家园。心重新放下了，心重新安顿了，重新放下重新安顿的心，在这一刻，就又把我们重新变回到那个纯粹的、远离世俗功利的、在草木之间怡然无挂的大自然的一个孩子。

茶叶，一种名叫茶的叶子，一种让人宁静，给人温情的叶子。如果我拥有一亩青山，我一定要亲手把你遍植。不为别的，只为你对人类的恩情；只为做个与草木相依的纯粹的人。

2014. 2

厦门三日

鼓浪屿

对鼓浪屿，我是有些熟识的。1983 年，在师范读书，那个年代流行的歌曲有一首就叫作《鼓浪屿之波》。旋律舒缓，娓娓如诉，海天愁绪，引人遐思。2003 年，全市首届乡镇长培训班，组织学员外出学习，坐了三十六小时的火车，来到了厦门，让 1983 年歌中的鼓浪屿，终于从怀想叠入印象。

鼓浪屿不大。2003 年的印象，是琴岛，是日光岩，是往昔的炮台，是琴键上漫下来的《鼓浪屿之波》。琴声先是飘进我的耳，再是裹住我的身，后来又毫无痕迹地浸入我的心，及至走在岛上的任何角落，及至乘渡回到厦门，再及至返回千里之外的长江之滨，“鼓浪屿四周海茫茫，海水涌起波浪，鼓浪屿遥对着台湾岛，台湾是我家乡……”这首歌的旋律，依然在胸腔回荡，在脑际萦绕。鼓浪屿，就这么以一首歌的方式，复制出千万个数不尽的鼓浪屿，交付给千万个数不尽的游人，被千万个数不尽的游人一路捎带回家。

2015 年 1 月 1 日的鼓浪屿，新鲜地展现在我的眼前，展现在我们一家三口的眼前。一家三口，这是多么重要的定语！一切最美好的感受，一切心灵的温暖，都与这个重要的定语紧密关联。亲情、爱情、友情，人类三大情感之首的亲情，就是通过这个定语，明确而恒久地释放。我们谢绝了导游的自荐，我们在晴空下的鼓浪屿，随心所欲地漫步，仿佛就在自家的庭院或花园。喜欢海滩，那就在海滩多走走，多逗留一会儿吧。大海是

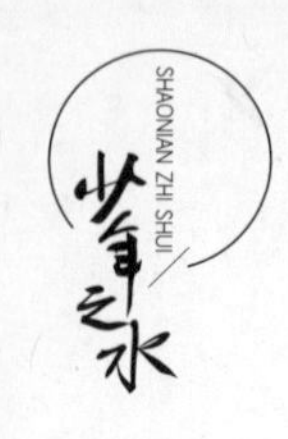

我喜欢的，喜欢他的宽广、深邃和捉摸不透的坦荡。金黄的沙滩，面朝大海，海浪你推我搡，叠峰飞涛，哗啦，哗啦，一次次，永不倦，哗啦，哗啦，伸出长长的舌，为沙滩讲述大海深处的神话。一些孩童在沙滩上筑起水坝，兜接海浪，第一次，兜住了一星海浪。第二次，又兜住了一星海浪，孩子们兴奋极了，拍着小手，欢呼着自己的成功。第三次，海浪只稍微多用了点力气，就哈哈大笑着抹平了孩子们的堤防，把堤坝里的星星海水接回了大海。孩子们看着脚下瞬间消逝的堤坝，眺望接地连天的大海，似乎有些明白了什么，童稚的脸上，开始写上对大海的敬畏与崇拜。

爱人更喜欢的是一些不起眼的事物。一种花，好看的花，没见过的，也一路念叨，直到找人问出花名；一棵树，与众不同的，就像一根水泥电杆，只是顶部多出些四周披拂的羽状叶子。问了一路，外地游人当然不知道，人家是来看海水，看日光岩的，是不太关心一棵树的。直到随人走入小吃街，问了当地人，才似是似非地得到“假槟榔树”这个答案；一种果子，像一串串干透的大扁豆，挂在叶子像凤尾竹一样的大树上，我们的经验，认为是皂角树，小时候缺少肥皂，母亲们就常用这种皂角搓洗我们弄脏的衣裳。爱人听我说是皂角，就说，哦，对，是皂角，一边向边上站岗值勤的解放军叔叔求证，可解放军叔叔是外地当兵的，他很不好意思地回答不知道。

鸟的天堂，再次让爱人恋恋忘返。鹦鹉、天鹅、丹顶鹤；中国的，外国的；善飞的，爱跳的；声音婉转的，高亢的，直让爱人看得心动不已，乐不可支。特别是那只大孔雀，头戴金冠，凤钗颤舞，长裙曳地，披翠流绿，款款漫步，华贵雍容，一下就赢得了爱人的心。自语这只孔雀太好看了，不知要多少钱，要是几百块钱就把它买回去，天天能看到。儿子说，妈，你真是太会想了，怎么会卖呢，就是卖，没十万块钱也不会卖的。爱人这才停止呢喃。可以看出，她是太喜欢这只孔雀了，人一旦太喜欢什么，就会激发大胆的想象，就像遥远的往昔，人有多大胆，地有多大产一样。爱人因为太喜爱孔雀，也就把孔雀当作市场上的鸡一样的价格了。

在鼓浪屿，儿子是领队，一路照护着我们。我的心里，洒满阳光般的温暖。

永定土楼

永定土楼距离厦门市区三个小时车程，约两百公里。

车出市区，丘陵坡地渐渐多了起来。路边一片一片芭蕉一样的植物，茎干上系着一只只蓝色的塑料袋。导游问大家，知道那是什么吗？车上五十人，竟然没有人知道。导游说，是香蕉，现在入冬了，气温降低了，香蕉最怕冻，不用塑料袋兜裹起来，慢慢就会发黑的。大家都把眼睛朝向窗外，嘴里哦啊着。这种香蕉树都是一年生的，等香蕉都摘下了，树就砍去了，明年再种上香蕉苗，长出新的香蕉，导游说。这倒是个新鲜的知识，本来我还以为，香蕉树就像我们江南的桃树枣树一样，摘下桃子，敲下枣子，桃树枣树依然还是桃树枣树，过了冬天，再遇春风，接着又开出桃花枣花，再接着结出桃子枣子。导游又说，但有一种香蕉，需要三年才能长成，成熟的香蕉是红色的，营养也比这平常的香蕉高出几倍。——后来，在途中的停车休憩点，在途中用餐的农家乐，在永定土楼的旅游街，所有人都以高出平常香蕉几倍的价格——五元三根，十元六根，亲尝了导游说的这种高出平常香蕉几倍营养的短小的红香蕉。爱人还特意多买了几根，带回了家，又带去了学校，送给年级组的同事，还有班上的小学生，让他们也亲眼见识了香蕉还有红的，让他们写了一篇红香蕉的作文。

我们游览的是永定高北的土楼。其实进入永定后，车外的山野，就不时有土屋土楼在树林后闪现。它们一律土黄的泥墙，深黑的小瓦，虽有少数墙塌顶陷呈出颓败，但并不让人感到寒酸，依然隐隐透露出遥远的高贵与奢华。此时窗外的它们，隐现在树林后面的山野，与自然融为一体，繁华已去，浮躁已去，一派静谧和安详。

高北的土楼，集中的有三座，两座圆柱体，一座长方体。长方体的那座，据说因为已是危楼，只能站在外面观看，而不让游人进去了。两座圆柱体的，如果上面再多盖一层封闭的屋顶，感觉与天坛的样子也就比较接近了。三座土楼，高高大大矗立在小丘前面开阔的缓坡上，细细品味，直让人感到人的渺小，又感到人的伟大。游人太多，导游的介绍也就听不大清。最有名声的，要数中间的那座，叫承启楼。一路我们用餐的农家乐、景区服务中心，都挂着胡锦涛微侧着身子，走出中间那座承启楼大门，向观众挥手致意的照片。好像听说承启楼建于明代，四代人陆续建了八十年，楼主人是从陕西躲避战乱而流落于此的，叫客家人。六百多年，用泥土垒起的墙体，是如何经历住岁月风雨和刀霜的呢？我与儿子绕土楼一周，粗略估计，有两百多米，高十七八米。贴近墙体朝上看，有些地方也已受到严重侵蚀，剥落的墙体蚀进深度达一二十厘米，墙体里起着牵拉作用的竹片和木条，都已暴露无遗。承启楼与长方体的土楼挨得很近，长方体的土楼比承启楼要矮一些，但两座土楼的屋檐基本等高，原因是长方体土楼坐落在卵石驳起的高台上。站在两座土楼之间仰望，圆弧形的屋檐与直线形的屋檐相切而对，给人一种独特的感受和视觉的震撼。导游说，许多地方都有一线天，但都是直的，这里也叫一线天，叫方圆一线天，福建一个摄影家拍了这个方圆一线天，在全国都得了大奖。

喧哗与躁动，是如今所有旅游景点的通病，或说共同的特征。永定土楼，同样逃不出这种模式。人一拨一拨地来，前面的导游还吼着嗓门站在那里对着一拨人导，后面一拨已被又一导游带来等在边上。游人天南地北，七样八腔，修养不齐，目的不一。这也是没办法的事，可能全世界也没谁定下什么样层次和内涵的景点，合该什么样层次和文化品位的人看。有钱了，就来看，你看你的文化历史，我看我的世俗热闹；你讲你的增长知识，我讲我的到此一游。政策层面恨不能所有人都把钱从口袋里掏出来，交给汽车火车飞机轮船，交给酒店宾馆，交给旅游景点，把内需大大地拉动；景区更是恨不能把所有人都招摇过来，再堵再挤，只要丢下钞票，就是大大地好！土楼的门洞，进出的人流挤挤挨挨；土楼的里面，一圈都是喝茶卖药的吆喝。遥想六百年前的大明王朝，从陕西一路逃难迁徙的客家人，忍过了多少代的屈辱，流过了多少代的泪水，经过了多少代的打拼，终于积累起财富，终于站直了身子，终于有资格向当地土著叫板了！这时的他们，面对曾经巴结不上或惹不起的土著，可能脸上的笑容更加谦卑，礼数的腰身更加下躬，但他们的内心世界，已完成冰封的解冻，正浩荡着无尽的春风！微微眯缝的眼睑，无论怎样故作掩饰，从那里流露出来的目光，已让那些曾经高高在上的土著，突然感到一种无形的凛然与威压。是的，正如今天北上广最富有的人，已经不是原来北上广的人。——历史，让苦难战胜庸常、让创业战胜守成、让磨砺战胜安逸、让贫穷战胜富有，再一次在六百年前这块偏远僻地演绎。这时的客家人，已不再需要土著这个依靠，也就不再多想与土著保持没有距离的接触。他们需要的是客家人群体的团结，是自己这个家庭家族的凝聚。这种团结与凝聚，现在已是理直气壮，已是没有任何外在的土著力量可以阻挡。他们需要建立以自己为标识的精神中心，建立让土著膜拜和服膺的实力图腾。他们仍然以土著无法承受的辛勤，以足以把人的精神拖垮的八十年四代人坚持不懈的接力，终于完成了这座世界第一的巨大土楼，实现了一群逃难客家扎根异乡、崛起异乡、完成自身文化与精神指向重建的伟大梦想！

十七八米高的土墙，围成一个巨大的土围子。仿佛是谁从地下挖出的一个巨大的井筒。一个与高大的土围相比显得略不足道的门洞，是构成土围内外联系的唯一通道。土围的里面，是一圈木制回廊，回廊与土围之间，是一座座左右相邻、隔空对望的木楼。仰望，是一圈日月星辰风雨雷电春风秋雨飞鸟流云随季节时辰变化的天空。一楼是厨房，没有窗。没有窗，是防止被外人窥探；二楼是粮仓，没有窗。没有窗，是为了防止风雨湿气，也为了防止强人和盗贼；三楼是寝房，开着窗，开窗是为了采光与通风；四楼没有窗，只顺着圆弧的土墙，相隔远远，才开一个小小的不规则的洞孔。这些散落在四楼土墙上的洞孔，不是为了采光，而是为了瞭望，为了察看可能伤及土楼的远方敌情。这样的土楼，整个家族，百户千人，对内，以一人为中心；对外，听一人之号令。是一个铁桶王国，也是一个自由王国。达官富人，遐迩造访，门洞大开，主人撩襟跨槛，躬身揖手相迎，温酒热茶，笑谈风生；强人骚扰，铁门紧闭，四楼洞孔俯瞰，弓矢援而待之。墙厚数米，窗高数丈，强人纵有绝技，终也叹莫能进，相持未几，无获而退之……

一位土著妇女，手持数张照片，近前哇啦哇啦，是劝我们照相，照一张她手里那样以土楼内正对门洞的木回廊为背景的照片，十元钱。这不是我感兴趣的。但是爱人有些兴趣，儿子便依着妈妈，说照就照一张。随土著妇女，返回土围。走进土楼，里面正吵声一片，三两个土著妇女，哇里哇啦，竭力而吼，一句也听不明白。半晌，才约略得知是为照相，谁拉来的顾客，被谁照掉了。一个妇女干脆一屁股坐在了内门前的石墩上，一副谁也照不成的样子。劝我们来照相的妇女急得团团转，一面上前劝说坐在石墩上的妇女，一面殷勤地叫我们快站过来。但这样的乱阵，叫人怎么站过去呢？赶紧跟随原本也是准备照相的或不准备照相的，跨过石门槛，走出土楼去。

六百多年的土楼，成为现在的旅游产品，不说大概，肯定是当年的客家穷极心思也想不出来的结局。当然，想不出来的还包括，土楼里最后竟各怀心思，竟不再号令畅通；土楼的主人最后竟被赶出土楼，土楼竟成了一群赤贫如洗的土著人的新居……挥别这座客家人遗留下来的资产，这座客家人创造出来的文化，直让人心生敬仰，又唏嘘不已。我第一希望的，是当地的旅游部门，把土楼内的商业迁出来，迁到土楼外面与土楼有些遥遥相望的地方，让所有走进土楼的远近来客，能感受一个沉静的土楼，能心生一些六百年前的怀想。要知道，一座历史的遗存，总是以自己的方式悄悄地在叙说着什么；一群真正的游客，也是最想以自己的心灵，去与这些历史的遗存进行一些不受干扰的对话。

2015.1

大 地

大地，是的，大地。母亲就是这么叫的。母亲挑起两只木桶，把水缸盖上的一只葫芦瓢递到我手里，说，到大地里去，再不浇，辣椒茄子都快干死了。于是我就跟在母亲身后，走向大地去。

大地在粮站的东头。粮站的房子又高又大，墙上相距不远就鼓出一道厚厚的墙棱。墙棱从墙根贴着墙，笔直向上，抵到瓦檐。每个墙棱与墙棱之间的石灰墙面上，都有一个红漆写的大大的字，一横一竖都比我的腰还要粗。这些棱与棱之间墙面上的红漆大字，连起来，是“备战备荒为人民”“深挖洞广积粮不称霸”。我最喜欢身子贴着墙，走在向外斜倾的檐阶上。檐阶上抹着水泥，平整光洁，比边上坑洼嶙峋杂草丛生还有牛粪猪粪鸡粪鸭粪随处点缀的土石马路要好上一千倍。母亲说，下来，到路上来，不要跌倒了。我不听，反而手按贴在墙上，在斜斜向外的阶檐上飞跑起来。一道一道墙棱，一个一个大字，在我的手掌下滑过。等到滑过最后一个“霸”字，等到滑过最后一道墙棱，就是粮站的最东头。隔着母亲走着的这条坑洼嶙峋杂草丛生还有牛粪猪粪鸡粪鸭粪随处点缀的土石马路，就是大地了。

大地，实在是大！从这边到那头，我一口气是跑不到的。大地的北边，是成片的稻田。稻田过去，是一条从上游谢家圩水库流下来的清溪。清溪两岸的卵石河滩上，生长着水桦、刺槐、垂柳。它们没有谁栽种，也不需要谁管护，只是按照自己的需要和集体的逻辑，自然而愉快地生长。清溪过去，又是成片且略显梯状的稻田。五月的油菜花，是它们最为绚丽的衣裳。从这里再往北，隔着一条县乡沙石公路，就到了迤逦的小山脚下。小山一层一层向后叠加，叠到最后，就是像一面旗帜在猎猎招展的令人叹为观止的戴公山。

大地的南边，同样是成片的稻田。稻田过去，是一条溪水贯穿的几口大大小小的山塘。山塘背靠一线土山，土山叫茅山头。一条石板路像山塘的尾巴，从山塘后面不声不响地翘起，贴着山坡，搭向茅山头的顶端。大地的东边，是名叫东风生产队的晒场。晒场的北边是生产队的牛屋。牛屋土墙草顶，墙上还有几个不规则的大洞，看样子是屋顶漏雨淋塌的，大牯牛从屋子里面把头从墙洞里伸出来，嘴巴咀嚼出满口的白沫，忽而对着大地里的我们，嘹亮地叫一声，昂——晒场过去，是散落的村居与零星的稻田，或散落的村居与成片的稻田。村居与稻田，由一条细细的机耕路串联起来，感觉就是机耕路串起的琥珀与珍珠。

这样对大地周边的描述，一是表明大地所处空间的辽阔；二是表明大地与周边风物品质的异同。辽阔，在我们丘陵地带，站在一个地方，能够如此左右极目，视线自由伸延，这样的地方是不多的；异同，在以粮为钢的年代，在山林河湖野滩也都在人定胜天的鼓舞下一点一点改造成革命的稻田的年代，成片的稻田之间，竟存有这样一块大地，一块极目辽远、令人梦想的大地，一块周边用卵石码起一两尺高、上面插着从山脚砍来的竹丝、防护阻挡着妄想冲进大地或飞进大地的饿猪与馋鸡的大地！这样的大地，竟没有谁在上面动些改天换地的心思，实在是一件令人费解令人兴奋令人感动的事情。

在我们江南，田地的指代是有区分的。田，就是水田，是用来一年种两季或按照上面指示精神种三季水稻的；地，就是旱地，用钉耙锄头收拾成一垄一垄，是用来种些小麦、玉米、棉花、山芋、蚕豆杂粮什么的。大地，就是这样的一块大大的旱地。实际上，现在也没有什么需要隐讳的了，我手拿葫芦瓢跟随母亲走向的这块大地，正是东风生产队社员的自留地。自留地，对，就是自留地。长寿家三垄，在大地的西北角；五一家两垄，在大地的东北边，紧临一个小水洼；老虎家人口多，四垄半，与长寿家垄靠垄；许妈家一垄，在大地靠近粮站这边的篱笆栅门横头。如果用一支毛笔，蘸上墨水，沿着各家的地垄勾画出分界线，或者用彩色颜料，把各家的地垄分别涂上不同的颜色，这样，从空中看下来，大地，就是一张再清楚不过的东风生产队社员自留地美妙的航拍图了。

母亲抓住篱笆栅门焦黄的竹丝梢头，用力一提，就把竹篱门拎到一边。我先跨进去，母亲侧着身子，让两只水桶成前后一线，走进大地。再扭转身，拎起竹篱门，重新挡住篱笆上的洞口。后面一只大公鸡几只母鸡，在大公鸡鬼鬼祟祟的带领下，想趁机从篱洞里钻进来，被母亲拦下的篱门一下闸在了篱外，母亲一边用脚做出驱赶的姿势，一边嘴里发出一声短促而严厉的“嘘——”。母鸡们吓得一愣，跳起向后退去，一边对着公鸡发出不满的咯咯；大公鸡也一跳，但随即镇定下来，扬起头，愤愤对着我们长长地“咯——哦”，好像是说，为什么不让我进去，我又不吃你家的菜，吃别人家的菜也不行呀？我看着羽毛锦绣一样的大公鸡，也抬起脚嘴里嘘一声，心里说，吃别人家也不行，人家知道了，说是我们放你进来的，不是要怪我们了吗，哼！

我家的畦垄，在大地的中间。三垄，每垄三四根扁担长，半根扁担宽。垄与垄之间，用锄头分出清爽的垄沟，就像从大地上凸起的“三”字。一垄辣椒，一垄黄豆，半垄茄子，半垄豆角，还有两棵大南瓜。豆角细细的藤蔓松软而无力地攀缠在纤架上，好像在喊渴死啦渴死啦再不给水我喝就要渴死啦！两棵大南瓜，不需占用多少地垄，只从地垄的边头牵出一根粗粗的长长的绿藤，把几个大南瓜长在了垄沟里。现在，从垄头牵出的绿藤，已变得草绳一样褐黄，大南瓜把脑袋尽量往垄沟深处躲，好让藤蔓上的叶片护住身上水分的蒸发。可本来舒展的大叶片，现在也干得顾不了别人，只管卷握起大大的叶片，好保住自己仅有的水分。一株株黄豆，早已是蔫头耷脑。刚刚鼓浆正准备猛长一下的豆荚，瘪瘪地吊在豆秸上，像一群没有奶水的饥饿的孩子。白色的茄子，干出了一道道细细的褶皱，像奶奶手掌里纵横的皱纹。倒是那些茄子辣椒地里的草，贴着地垄，显得毫不在乎，似乎在说，怎么样，别看你们高高在上，把我们不放眼里，现在可没我们舒服了吧。

这个鬼草，两天不到，又疯长成这样！母亲说着，从我手中拿过葫芦瓢，说你就在这里把这些草拔拔，我到那边挑水来浇。母亲挑着两只水桶向着大地东北角五一家地垄边的小水洼走去。我最怕拔草，拔草必须

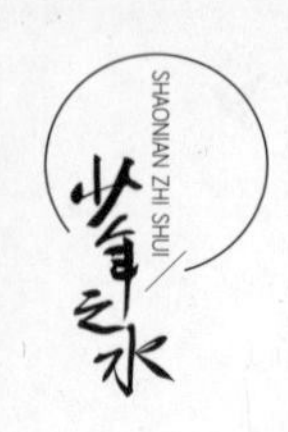

蹲在那里，半天也挪不开一步。草不像茄子辣椒，一棵一棵，清清爽爽。草总是一丛一丛，挤缠在一起，根也纠缠在一起，捏着一根草，一拔，叭，草就在齐根的地方断掉了，根还留在土里，这就必须再想办法把土里的根也拔出来，不然，一晚过去，根上的芽尖就又长出了。但我也不能不听母亲的话，就一声不吭地蹲下来，有一搭没一搭地拔起来。忽然一只绿头蚂蚱躲在一棵辣椒秸后，鼓凸的眼睛，警惕地盯着我，嘴里津津有味急急地咀嚼着什么。我心里一阵惊喜，却装着不动声色。我故意把眼光从绿蚂蚱眼睛上移开，只用眼角的余光瞥着蚂蚱。绿蚂蚱见我不注意它，好像也就渐渐放心了，掉过身子，侧过头又去咀嚼什么好吃的东西了。我屏住气，手一点一点地抬起，一点一点仿佛根本就没有移动地逼近绿蚂蚱。等到绿蚂蚱似乎有些感觉不妙的时候，我的手早已伸盖在它的上空，迅捷得仿佛没有过程地捂向绿蚂蚱。绿蚂蚱粗壮有力的后腿还没来得及弹起，就被我的手掌捂在了草丛里。叫你拔草你不拔，一天到晚就晓得玩。母亲把满满两桶水歇在地边，一边责备，一边张开双手，大把大把地扯起杂草来。我耳朵里已听不到母亲的斥责，我把大绿蚂蚱的翅膀撕去半截，让它只能跳不能飞，然后退到一边，把绿蚂蚱放在地上，用一根茅草逗玩起来。

长寿许妈小梅子阿姨都来大地浇水了。大地更加热闹起来。母亲一边手里不停地拔草浇水，一边跟他们说些骂地怪天的话。骂过怪过以后，又咯咯咯咯哈哈哈哈笑起来。老虎跟在他妈妈后面，看到我，就从他家的地垄那边跑过来，和我一起逗起了蚂蚱。许妈家的小霞子在她家豆角架上逮着了一只血红的蜻蜓，举在头顶上大声嬉叫。我抓起地上的蚂蚱，与老虎一起跑到小霞子边上，叫小霞子把红蜻蜓的翅膀也撕去大半截，然后把绿蚂蚱和红蜻蜓放在地上，挑唆它们互相打斗。但不管怎么挑逗，红蜻蜓和绿蚂蚱就是不往一起凑。硬把它们的头凑到一起，它们也是一副视而不见的样子，我们手一松，它们就各自退开了，弄得我们很没有兴致。

大地，这成片稻田围拱下美妙的大地，注定会有受到伤害的一天。这时我已上了初中，已是十二三岁的时光了。秋收过后了，粮食归仓了，上面又来了新的指示，要求各个生产大队和小队，必须立即掀起砍树造地、围滩改田的热潮。先是茅山头的松树灌木被一片一片砍去，改成了可以栽种大麦小麦油菜山芋的旱地；戴公山顶也被开发出来，种下了一株株玉米。

再是从上游谢家圩水库流下来的大河两岸卵石河滩上自然生长着的水桦、刺槐、垂柳，也一棵一棵被砍去，从山边挑来红黄的泥土，新造出了一块一块的稻田。最后，从大地的西南角开始，一垄垄菜畦被扒平，挖去高处的土，填到低洼的地方，再四周筑起土埂，改成了一亩亩水田。学校为了贯彻“学生以学为主，兼学别样，不但要学工、学农、学军，也要批判资产阶级”，老师带着学生，到生产队接受贫下中农再教育。社员们懒洋洋的，似乎对把大地改成稻田没有兴趣，甚至心怀抵触，有气无力地挥舞着锄头，不紧不慢地挑着土筐。我们这些学生，则主要负责把平整好的田块土里的石子拣出来。一开始，我们都是兴奋满怀，生龙活虎，但不到一个时辰，就渐渐有些厌倦了。一会儿躬着腰，一会儿蹲下身，再也没有刚开始的兴奋和劲头了。一个有视觉障碍的社员，挑着土筐，脸扭向肩膀，利用眼角一点点感光，慢慢腾腾地走在高低不平的大地上。歇晌的时候，他把扁担横在地头坐下来，再用眼角的一点点感光，捕捉到放在地角一块石头上的小闹钟，拿起小闹钟，放在手上翻来覆去地把玩。人家说，瞎子，你玩什么玩，你哪看得见？他耳朵竖竖，嘴角诡秘地扯扯，放下了手中的小闹钟。其他社员有的坐在一起闲聊，有的点着一锅黄烟吞吐。歇晌过后，改田劳作又开始了。大家依旧不紧不慢，有气无力，等待歇工时间的到来。就在大家根本没有想到的时候，小闹钟歇工的闹铃已丁零零丁零零地响起来。抬头一看，太阳还高高悬浮在粮站大房子的屋顶上空。队长跑过去拿起闹钟一看，一点不错，时间已到六点了。大家愣怔了一下，望一眼瞎子，接着满脸欢喜，嗬的一声，扛锄担筐，一散而去。

多年以后，我再去探望大地。早年改成的水田，连同没有改的地，都已面目全非，都已杂草横生。杂草已不再是当年趴伏在大地里茄子辣椒黄豆下面的杂草，而是高高蓬起，招招摇摇，一望唯草，舍草其谁的草。由此可见，大地，还有那曾被改成的水田，已很久很久，没有谁想起，没有谁光顾，没有谁侍弄，当然也可以说是没有谁放在心上了。

2015. 1

两位董事长

安南中国的董事长邵文宏，正在做汽车商贸，继芜湖亚夏后，成功拿到了芜湖第二块二手车交易市场的牌子。为了拓展汽车文化，文宏设想与丫山合作，建一个汽车露营基地。

国游丫山的董事长汪国栋，正在加快旅游基础建设，拓展旅游项目，其中也打算建一个汽车露营基地。

两人希望找到一种可行的文化产业合作模式。

做企业的与做别的人有什么不同，隐隐让人感到的也就是两个字，务实。

十五日，两人见面。双方一介绍，两人也就是哼哼哈哈两下，算是认识了。不像一些做别的什么工作的人，一方相约赶来造访，一方肯定要表露热情，哪怕是做出来的也好。握手，寒暄，甚至拥抱、久仰久仰、如雷贯耳之类。

接着用餐。开酒，挨着倒，倒多少，随客人。两人都没有推辞，都倒了一个满杯。不像一些做别的什么工作的人，在一起用餐，一个要把一桌人都倒一样多的酒，一个则连叫不能喝不能喝。弄得席间风雨乍起，鸡飞狗跳。

席间，文宏说明来意。国栋则直接问怎么合作，准备投资多少。文宏主要谈的是怎么做，项目做成后是个什么样子。国栋说，他想做的是房车露营，已在商谈订购房车。文宏说，房车成本比较大，维护管理也要投入，他想做的是汽车自驾露营，只要一块空地，有些缓坡也不要紧，铺上进口的草皮，配上帐篷，就行了。文宏又说，如果要买房车，他上次到上海，看了一个房车露营基地，与房车经销商熟，大约十来万一辆。国栋说，好，你把那经销商的联系方式给我，到时我与他联系，比较一下价格。说着这些，国栋又对桌上其他人说，昨晚把集团人马全部（从芜湖）拉到丫山，开会开到夜里十一点。早上五点就起来了，到芜湖把何老局长接来了。说着对侧边一指。何老是规划局退休的副局长，六十八岁了，席间只是喝酒，偶尔说一两句话，看上去精力还很旺盛，喝酒很厉害，也很豪爽，据说对旅游策划很是在行。听国栋在说他，何老局长停下喝酒，把头很重地对着大家点了两下。

餐后，国栋问文宏要不要实地看看，说到现在也还不太清楚文宏具体的意思。文宏想了想说，那就看看。国栋把丰田越野开上一条斜斜的坡道，说规划正在做，等下周规划做下来，马上就动手，这条坡道，再拓宽，然后把房车拖回来，摆在这里，再放一个移动厕所，就可以露营了。文宏说，汽车露营必须是在大自然中，你这里抬眼就能看到你的宾馆酒店，跟住在酒店里也没有多大差别，也就不容易形成露营特色了。国栋说，我前面还要整治，栽一些树木花草，你看这个位置，肯定是不错的。看过这个斜坡，又去看别的几个地方。受山地限制，地势都不甚开敞。我说，可以多选几个地点，做成汽车露营基地一，汽车露营基地二，每个基地，进行帐篷安放地点编号，就像酒店客房编号一样。游客到了山下，或通过网络，即可知道基地露营的实况，已订出了多少露营位置，还剩多少露营位置，都是一目了然。自己想订哪个露营位置，就像在网上订火车票飞机票一样，手指一摁就行了。好好好，好好好，你这个年轻领导有思想，有思想！何老侧过脸，舞着臂，对我的提议连加赞赏。文宏问何老，中午休不休息，有什么养生秘诀。何老说，如果在家里，中午稍微休息一会儿；在外面，就不休息了。至于养生，没有什么秘诀，一切都是顺其自然。我说，老局长精力真是好，喝个八两酒肯定没问题吧？何老点点头，笑笑，那当然，八两，不在话下。

又开车下山。出景区，再上山，到国栋正在新开发的龙山景区，看有没有适合汽车露营的地方。国栋边开车，边说着哪块地哪块地已征下来了；哪块地哪块地准备全部栽上牡丹花或什么什么树。流露出对这些地块的满怀情感。又说，丫山里面蛇多，还有人在丫山河边看见过眼镜蛇，汽车露营，直接在地上放帐篷，不安全。文宏问，那你有没有治蛇伤的药呢？国栋说，那肯定有的，不然员工被蛇咬了怎么办，不过到目前，景区还没有人被蛇咬过。国栋说，被一般的蛇咬了，可以用一种三棱针，药店里有卖，在伤口上戳，把毒挤出来。据说丫山还有银环蛇，被它咬了，要不了几个小时就没治了，不过也有办法，就是用火烧，国栋说。文宏龇龇牙，咦，那用火烧不痛死了啊？国栋说，那要怕痛，就不行了，怕痛就没有命了。有次到黄山去，几个治蛇伤的高手比本事，先把一只羊子让毒蛇咬一口，再看哪个有本事能把羊子救活，哈哈，哪个能把羊子救活，哪个就是真正的高手，一下子就出名了。国栋说着，又哈哈哈哈自己大笑起来。

说着说着，一路也就看完了。车子又开到景区大门。国栋说，看的都看了，就是这么个样子，要是有什么能合作的，到时再谈。文宏说，好。

一次务实的项目对接，就这样没有套话没有做作地完成了。

2015. 1

三个小水堆

教授正在讲授青铜文化与春谷的关系。工作人员给听讲的老少机关们送茶倒水。从暖瓶口滴下一些水。因为桌面油漆的缘故，水并不扩散氤氲，而是缩聚成三处相互掎角隆起的水堆。因为六十八岁的教授，讲座的节奏很慢，知识点也不是很新很有趣，只需用半个精力，就可以听得很到位了，这三个隆起的小水堆的出现，就成了一个聊供视线休闲的触点。

用签字笔的尾端，插蘸近前一处的水堆，沿着桌面，牵画着水堆，向左，再向前，再向左，再向后，再向左，再向前，再向右，牵出曲折回环的水线。牵得速度快了，水堆的水来不及跟上，就让笔端再回到水堆，然后沿着已牵成的水线，再左、右、前、后任性地牵下去。终于，水线被任性牵到了出发的水堆面前。这个水堆，因为曲折漫长的水线的消耗，已瘪降了许多，不再像水堆刚形成时那样丰满圆润了。本想让水线回归原来出发的水堆就为止了，转念一想，何不把这三个小水堆用水线串起来？于是笔势一拐，将水线引入了另一个水堆。在水线与另一个水堆触及的一刹，本已显得十分干巴、仿佛高原缺氧的水线，呼地一下，就被新的水堆拯救，又变得生动丰润起来。

这也让一开始几乎无意识的画水线游戏，变得好像对人生有了那么一点隐秘的启示。于是继续画，从另一个小水堆，向左，向前，向右，向后，再向右，再向前，水线更加曲折回环，看上去也更加有了一些历史和人生况味。原来桌上三座互成掎角、隔空相望的小水堆，因为签字笔尾端的牵引，通过曲折回环水线的媒介，终于成了互通互联、互支互撑、裙带相依、

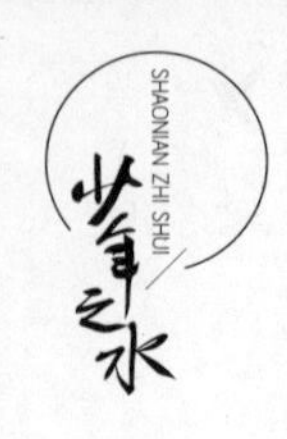

荣辱与共的联合体。

教授正在讲古代江南的特产，是通过怎样的路径，运往权力的中原。是水路，教授肯定地说，古代不像现在，有汽车，有火车，有飞机，古代陆路运输太难，运输的途径，主要是水路，教授进一步解释。耳听教授的唠叨，看一眼桌上的水线。三座小水堆，就是三座布排在大地上的湖海；联通它们的曲折回环的水线，就是大地上的江河。在每一道曲折回环的地方，都有一座看不见的码头与市镇，都有一片隐藏着的富庶与繁华。这是江南，那是长安，江南的特产，正沿着这些曲折回环的水线构成的水道，一路迤逦回环，一路北上，经过大湖，掠过海岸，抵达那个最大的港湾，然后，通过驰道，直达长安。

且让我们把这三个小水堆看成大地上的三个大湖吧，且让我们把这些曲折回环的水线看成深入大地的大江大河吧。三个小水堆，原来是孤独的，悠闲的，闭塞的，静寂的。如果没有水线的牵连，它们永远就是一个无人打扰，无人关注，无人牵挂，无人铭记的小水堆。直到有一天，被看不见的时空假借看不见的那只空气之手，不痛不痒了无痕迹地抹去。是水线的牵连，使三个小水堆既定的形象，既定的荣誉，既定的宿命，既定的意义，一下变得令人慌乱和不可思议起来。因为水线的牵连，它们是我而不再只是我；因为水线的牵连，它们彼此深入，再也回不到曾经的静寂和安逸；因为水线的牵连，它们原地不动，却已走过了千山万壑，阅尽了人间风情；因为水线的牵连，它们已成为人们心头绕不过的地理符号、财富编码、精神寄托。

山凭借路而探触辽远，海因为河而达知小溪。山是路的向往，海是溪的梦想。路，总是要经过山的。世界上没有哪一条路，一直延伸延伸，而一直不与山产生丝毫的关联。溪，总是向往海的。世界上还没有哪一条溪，对大海的召唤充耳不闻。汇入细流，汇入大河，汇入大江，汇入大海，即使阻隔重重，命运多蹇；哪怕机遇尽失，力竭心衰，也要渗入地下，以仅存的余脉，邀朋呼伴，探知通江达海的幽径。而山与海，也不过是另一种形式的桌上小水堆。——甚至，从无垠的宇宙中最与我们贴近的太阳系来观照，大地上的山，大地上的海，甚至连桌上的小水堆也不是。——它们需要路的贴近，需要河的汇入。路与河，正是山与海身上的藤蔓与触角。

一座山，从它脚下散出去的路越多，这座山必定是人们心中向往的圣山与灵山；一个海，汇向它的江河越多，这个海必定是春潮涌动气象万千生生不息的海。

空气这只看不见的手，正以一丝一毫让人几无觉察的手段，改变着桌上的水线和三个小水堆，当然肯定还包括我们人以及这世上所有的一切。起先，一两处水线出现的断裂，用签字笔的尾端，插蘸着某一处最近的小水堆，沿着水线的来路，引来细水，断裂的水线便被接续了。过了会儿，又一两处水线出现断裂，赶紧用签字笔重复着既定的程序，把断裂接续。再后来，我们称之为时间的这个东西，把从西边窗口帘缝里投射进来的一线阳光，从东边的墙角向着墙上移动了一个小时，曲折回环的水线，开始断裂得越来越多，越来越快，直到一小时前曾经润泽、流畅又多么活力美妙丰盈的曲折水线，断裂得七零八乱，接不胜接。而这时，曾多么丰满青春的小水堆，已被这曲折回环的水线吸耗殆尽，只剩下一张疲惫的影子，贴伏在桌面，等候时间这个东西最后的裁决。

讲座结束了，主持人一二三四狗尾续貂地激情评价，又动员大家再次热烈鼓掌。

时间又把太阳的影子向墙上悄悄移动了一拃。桌上什么也没有了，仿佛根本就没有过什么小水堆，也从来没有过什么签字笔插蘸着小水堆画出的那些生动美妙的水线。

2010. 1

向老而无良者说不

三岁男童幼儿园咬伤同学，竟被对方奶奶剪掉4颗门牙！这起听之令人发指难以置信的事件，就发生在湖南长沙。据《人民网》陕西频道1月17日载，长沙常先生上幼儿园的外甥，和同学打架咬伤了对方，对方同学的奶奶竟残忍地剪掉了常先生3岁小外甥的四颗门牙。

据报道，被害幼儿的“母亲听力不好，父亲人又老实”，孩子门牙被剪后，“因为怕惹事，一直没有声张”。是常先生的妻子从外人口中得知消息，常先生“赶到外甥家里”，才听孩子的父亲江先生说明了情况，“孩子当时回家，嘴里除了流血处，四颗门牙也不见了”，江先生“夫妻赶紧了解情况，一问之下才知道孩子咬了同学被对方奶奶剪掉了牙”。

试问这位向三岁幼儿下毒手的老奶奶，你的这副蛇蝎心肠是如何练就的？你还有最基本的天理良心吗？你还有一丝道义人性吗？

其实，这些年，我们是过分以所谓的传统文化，不加以泥沙糟粕过滤的古代文化，而不是以真正的法治精神，缘木求鱼地治理着早已走出历史的过往、一切都已发生革命性变化的崭新时代。我们过分强调了德的教化作用，我们过分相信典型的力量，其实我们自己也知道，这都是些靠不住的。老吾老以及人之老，幼吾幼以及人之幼，不能说这不是很好的景象，但如果出现“老吾老而恶人之老，幼吾幼而恶人之幼”甚至“恶吾老以及人之老，恶吾幼以及人之幼”——这些人类社会必然存在和出现的景况时，我们怎么去扭转，怎么去改变？

两个字：法治。只有法治，才会铁面无私地表明：什么是对，什么是错；

什么可做，什么不可为；做对了，一路绿灯；做错了，依法严惩！

一段时间以来，精英们提出了人口老年化问题。这是一个现实的绕不过去的社会过程。这本身是需要我们面对和解决的问题。但不知不觉，却使老人倍加受宠起来。关爱老人，是社会的进步与美德。但不可忽视的是，一些老人因此而自以为是，无视公德，不讲道理，甚至为非作歹起来。一些留守儿童受到老人的性侵；一些没有让座或让座稍迟的少儿受到老人的责殴；一些老师因为正常的批评教育学生而受到老人家长的殴打。有的老人对自己的儿孙教育，更是公然教唆儿孙学坏：在学校里你欺负了别人，由我负责；你要是没用被别人欺负了，回来你就给我不要吃饭。在一家服务窗口，服务生动作稍慢了点，就被排在队伍中的老人大声辱骂，服务生稍作解释，老人就奋袖出臂，咄咄上前就要打人。有次市医疗机构下基层在广场搞义诊，我刚坐到凳子上，把手臂伸过去量血压，突然背后一声“让我先量”，接着一只手把我的胳膊搰开。我问他凭什么，他气势汹汹地说，我是老年人！医生看他这个德行，就说，老人家，你稍等，人家比你先来的。这位凶神恶煞的老人一听，立即对着医生大叫，我就是要先量，怎么样，我有心脏病，你要把我气倒了，我家儿子不会饶了你这个×丫头的！

现在这是怎么了？为什么一些老人，变得越来越性格暴戾，蛮横无理了？照说，按照人类成长的规律，幼年时期不懂事，少年时代不更事，青年时期意气用事，这个时候，做错一些事，或做出格一些事，多少还是能够被人接受和理解。那么一位老人，经历过生命岁月磨砺的老人，经历过世事风雨漂滤的老人，应该多一些温情，多一些爱意，多一些平和，多一分超然，多一分做人楷模的义务与责任，多一分对后来人及人类的感恩与大爱。孔子说，四十而不惑，五十知天命。不惑即是明白了社会和人生的道理，知天命即是能够让生命符合天理了。而现在的一些老人却连基本的爱心与道义都没有，丧尽良心与良知。

让我们从关爱老人的单一思维中走出来，提出关爱人类的思想吧。老人需要关怀，孩子也需要关怀，所有的人，都是需要关怀的。只是，在提出关怀理念的同时，不要忘了，除了人文的关怀，我们更需要制度性的关怀。制度性的关怀，应包括人文的关怀、行为的制约、后果的评价。再老的人，哪怕已是耄耋，如果他无视公德，唯我独尊，危害社会，伤及幼小，我们就一定要启动制度机制，对他们进行教育、引导和惩戒，对他们无良甚或歹毒的行为大声说“不”甚至宣战。只有这样，老年化社会才是一个必然而正常的社会，老年化社会才会闪现和谐与希望的光芒。

2015.1

命运不是天赐

小说创作，路数虽不尽相同，手法虽千差万别，但有一点是不变的，就是不管什么路数什么手法写出的小说，总是希望给人看的。而一部（篇）小说的优劣，在绝大多数读者的眼里，早已忽略了作家在创作中运用的是什么路数、谁家手法等纯粹的艺术技巧。读者眼里的评判标准，是小说能不能给人以阅读的畅快，能不能给人以心灵的共鸣，能不能给人以精神的引领，能不能给人以生活的能量。畅快，则能让人读下去；共鸣，则能让人融进去；引领，则能让人跟着走；能量，则能让人昂扬前行。

我以为，王建华的短篇小说《天赐》，正是这样一篇给人畅快、共鸣、引领、能量的作品。

小说的主人公叫“马建民，男，1951 年出生，乳名天赐”。天赐是马建民出生时，也可以说是马建民尚未出生之前父母就为他想好的名字。——天赐，你想，这多好啊，还有什么比天赐的更自然、更美妙、更可爱、更珍贵的呢？天赐这个好名字本来应该可以随着天赐一直堂而皇之地走下去，但是天赐却在出生三个月后得了“百日咳”，“先是咳嗽，后是高烧，再后来转成了急性肺炎”，接着抽搐、昏迷、数日不醒。“头皮里扎着输液的针头，鼻孔里插着氧气管，前后左右都放着冰块”……当天赐最终竟奇迹般地从死神的魔爪下逃回来时，天赐的母亲就不想让天赐再叫天赐了，她要给天赐改叫“捡命”，她不想天赐因为“天赐”这个“太娇贵”的名字而“不好养”了。天赐的父亲想了一夜，与天赐的母亲商量，最后把天赐的名字改成了“建民”，理由是“好听，上口，既能喊得出去，

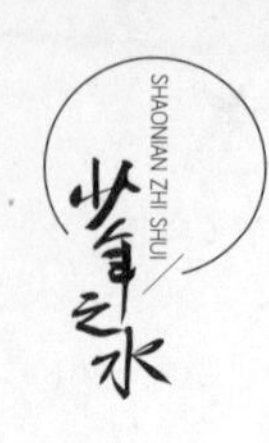

意思（“捡命”）也在里面了”。

“建民的童年是欢乐的”。作家在这里来了不经意的一句。这不经意的一句，让人容易以经验从欢乐的背面去预测建民的成年。没错，建民的成年，确是与童年的欢乐相去甚远的。在小说的后来，作家通过建民对自己人生来路的回望，为我们的预测提供了验证式的呼应：建民“想想自己这五十多年，幼年多病，少年丧父，长身体时赶上了三年自然灾害；长知识时又是文化大革命，又是上山下乡；该立业时病退回城找不到岗位；生儿育女时开始了计划生育；年富力强干得正欢又遇上了改革改制，忙活了大半辈子，最后成了下岗人员；好不容易跟着妹婿搞起了基地，正红火时又得了胃癌。”

但是，作家写《天赐》，如果只是通过对乳名叫天赐大名叫建民的这个人一生经历的铺叙，来印证一下人生的无常、命运的不确定，那就显得博物细故、无所足道了。现实生活中，人生的乍暖还寒、命运的诡奇难测、岁月的冷箭笑脸，已多得让人们渐渐视而不见心生麻木了。如果作家还只是一味“翻版”现实生活，展示苦难或失望，以期引起人们对小说人物的叹惜与同情，这显然多少是一种自作多情的一厢情愿。作家王建华的高明之处就在于，他写生活，但又不照搬生活；他写苦难，但又不让他笔下的人在苦难面前屈服、在苦难面前低头。《天赐》中的建民，在王建华的笔下，正是这样一位值得同情，但不需要同情；身份卑微，但精神却让我们仰止的人。

这就传给了我们大家人生的能量，正能量！

建民能够一路趟过波折，一路穿越苦难，一路打开死结，一路赚着日子，就在于建民有自己的人生哲学。这个人生哲学概括起来就是最简单不过的五个字，“凡事想开些”。这是建民九岁那年，父亲在一张纸上留给建民的遗言。庆幸的是，九岁的建明从此深深记住了这句话，并在成长的岁月、人生的风雨中时时应用了这句话。“凡事想开些”，成为建民走出困厄的法宝；成为建民战胜自我、慰藉亲人的心灵鸡汤。

其实，“凡事想开些”，并不是建明逝去的父亲首创，更不是建民第一个运用。“凡事想开些”是中国文化中源远流长的智慧，它与“中庸”一结合，就有些蚕茧一样的封闭和圆通了。阿Q在生活中，也经常运用“凡事想开些”，但阿Q的“想开”，实质是一种全面的退让，是一种身心完全的溃败，是一种“儿子打老子”的彻底无奈。这样的“凡事想开些”，只能让人感到猥琐，感到烦躁，感到压抑，感到无望。这是百年前中国阿Q们典型的缩影。作家王建华笔下的建民，在运用“凡事想开些”时，与百年前的阿Q有着本质的不同。建民不是在困厄面前退让、溃败，甚或无奈，建民是迎着困厄走上去，看清困厄的本质，探知困厄的缘由，然后退一步，或与困厄对峙，或从另一侧绕过困厄而去，最终战胜困厄，或把困厄远远抛在身后。这就让人受到了启发，感到了引领，吸取了能量，体悟到了胜利。

比如，父亲去世，九岁的建民，有天夜里，“被母亲的哭泣声惊醒了”。“母亲搂住建民，儿啊，妈妈是可怜你，你才九岁就没了爸爸”，“这时建民想起了父亲留下的那封短信”，也就是想起了凡事要想开些这句话，他开始第一次以凡事要想开些的哲学，劝导自己的母亲，“建民说阿妈你别伤心，我没了阿爸是可怜，可我还有阿妈啊，我比那些没妈的孩子是不是强多了”“你没有了我阿爸，但是还有我啊”“比起那些没儿没女的人，你不是强多了”。建民的话，让母亲心里一惊，“她没想到一个九岁的孩子竟能说出这样的话来，她把建民搂到怀里，儿啊，有了你，妈妈就不伤心了”。

比如，三年自然灾害，建民母亲上老下小，家里的积蓄和所有值钱的都拿去换了粮食，还是吃了上顿没下顿，糊了今天糊不过明天，竟生了绝望之念。建明又以凡事要想开些的哲学，劝慰母亲，“阿妈啊，我们没有干饭，不是还有稀饭吗，没有新衣服，不是还有旧衣服吗，家里卖完了，不是还有房子住吗。你看那些讨饭的人家，白天讨一家又一家，讨一口才有一口，到了晚上他们就睡在大街上，能睡到屋檐下不被人家赶走就不错了，和那些讨饭的人比比，我们是不是要强多了”。建民的话，让“母亲再一次吃惊地看着儿子，半日无语”，终于挨过了那段艰难的岁月。

再比如，建民被查出患了胃癌，在对自己人生的来路进行一番回望后，已融入他血脉的“凡事要想开些”的哲学，或说父亲对建民的教导，又一次自然而然地成为引领建民人生小船的航标和灯塔。在母亲和一家人都为建民的病伤心落泪时，建民又对母亲说，“比起那些长寿的人，我的寿命是短了些”，但“比起许多得了百日咳的孩子，我不是个有福的人吗，许多人根本闯不过那一关，我闯过了”，建民说娘啊，“你不是常常说我是捡了一条命吗？从捡回那条命那一天起，我活一天就赚一天，现在我已经五十多岁了，我算了一算，我还赚了两万多天哪”，建民说，“娘啊，你想想这些就不该流泪了，你应该高兴才是，你想想，一个原本只能活百日的人，居然活了两万多天五十多岁，这不是大福大贵是什么？”说过这些，“建民是该吃，吃；该喝，喝；该求医，求医；该吃药，吃药；该干啥干啥”了。

建民就是这样，以“凡事想开些”的哲学，引导着家人和自己，走出了沼泽，走向了曙光。

《天赐》的最后，作家王建华让小说中的建民去医院复查，但却没有给出建民病情的最后结局。但这对读者来说，已显得无关紧要了。建民是在被诊断患上胃癌，并被断定“活不上一年”，而却“进进出出，忙里忙外”活过两年，“像个好人一般，好到大家经常想不起他身上的病来”，“但最后还是架不住大家的劝说”的情况下，才去医院复查的。正如建民想的，“不管病情如何，我是又赚了两个365天了”。有意思或巧合的是，就在建民去复查的那天，某家商报报道了一则消息，说某位县里的副书记，B超发现肾部有个肿块，结果爬上电信大楼跳了下去。是这位副书记智商太低吗？智商太低怎么能当上副书记；是这位副书记不知道“凡事要想开些”这句话吗？说不定副书记就经常在大会小会人前背后拿“凡事要想开些”说事和教育下属及广大人民群众。但为什么只是“B超发现肾部有个肿块”，就这么容易自我垮掉，这么不堪一击，这么让生命轻于鸿毛呢？关键是“‘凡事想开些’对人一生多么重要，而‘凡事想开些’又是多么难以做到”啊。从这里，我们进一步读出了草根建民的智慧高大来。

如果说，《天赐》为我们做出的这些铺叙，已较好地完成了作为一篇小说应有的文本意义和社会关照，那么，作家王建华在小说的开始部分对“建民的童年是欢乐”的描述，更应被看成乳名叫天赐大名叫建民的这个人后来真正具有，或说真正能够做到“凡事想开点”这种大智慧大情怀的源头或发端。父亲让建民骑在颈项上，带着建民去街市为家人购买衣物，却因为建民看见一种玩具降落伞，而最后用买衣物的钱为建民买下了建民一心想要的降落伞。父亲的这种改变，实质也是一种行动上的“凡事想开些”的随缘。半年后，建民在又一次放飞降落伞时，一阵风把最心爱的降落伞吹到不知什么地方去了。建民正在失落伤心哭泣时，父亲走过来，“心疼地把他搂进怀里，父亲说丢了降落伞当然不是一件让人高兴的事，但是你也没有必要哭啊，你想想，有许多孩子连见也没见过这种伞，有的孩子虽说见过了，但是也没玩过，你是见过了，也玩过了，你比那些孩子不是强多了吗？”正是父亲的言传身教，构成了建民最初的“凡事想开些”的哲学情结。

王建华的《天赐》，还给了我们这样的启示：不要责怪命运，不要相信天赐。命运不是天赐。命运，其实都是握在每个人自己的手中，都是寄居在每个人自己的心里。

2015. 1

绿山墙的安妮

这部二十多万字的小说，我是在几天时间看完的。

看这本书的态度，就像热爱看韩剧的中年妇女，有种想追根的感觉。

这就是加拿大作家蒙哥马利的《绿山墙的安妮》。

这是一部书写童年的书。真正讲来，是写了安妮·谢利从 11 岁被终身没娶没嫁的马修和玛瑞拉兄妹俩领养，到 14 岁成人之间的过程。安妮从一个喋喋不休、性情直率、总是幻想、不断犯着些可爱可笑的小错误的女孩子，终成一个懂事成熟的女儿。

这本书的好看在于：一是通俗易懂。写的是安妮的童年成长经历。重点场景只是安维利巴掌大的一块天地。童年，是属于全人类的，是最不带功利色彩的，也最没有什么与成长不相干的政治社会背景的，因此，能让人看得懂，想得清，甚至能与自己有些地方能够挂上一点边；二是线索清晰。作家没有哗宠故作，没有旁枝侧节，只是沿着生命成长的路径，描述安妮一路成长的轨迹。从安妮的被领养，到安妮的受教育，到安妮因内心自尊而进行的竞争，到安妮终于获取“埃布里奖学金”，到安妮生命中最亲的人养父马修的去世，到安妮为了养母玛瑞拉而放弃梦想的大学，回到家乡安维利教书，单线条推进，所有的人物，都像葫芦一样，一个一个地串在这条线上，让人感到清晰明了。林德太太，黛安娜，基尔伯特·布莱斯，马修，玛瑞拉，一个个人物，又像风铃一样，在这条线索之藤上随风摇响；三是叙事独特。粗略估计，这部 20 万字的书，有一大半，或说有 18 万字都是由对话构成的，而其中安妮的讲话，又占了其中的一大半。

这是我看到的所有小说中，最与众不同的地方。一部小说，几乎完全由对话来完成，而且这些对话每一句都是那样生动有趣，津津有味，超凡脱俗，引人入胜，实在令人叹为观止。

本书的作者蒙哥马利，是加拿大女作家。1874年出生于加拿大爱德华王子岛的克利夫顿（现在的新伦敦），距今已整整一百四十年。两岁时，母亲死于肺结核，商人父亲不久便再婚并离开了爱德华王子岛，蒙哥马利由外祖父母抚养。本书具有较大的自传性。现实中的安妮即蒙哥马利，1895至1896年间，在戴尔豪斯大学研习文学。1902年，为了照顾外祖母，再度回到卡文迪许，并在这段时间写下了她的第一部著作，即这部《绿山墙的安妮》。《绿山墙的安妮》在遭到五次退稿后，终于在1908年被美国波士顿的佩奇出版社相中，并一跃成为畅销书。接下来，她又在斯克代尔的牧师家中，创作了十一部著作。1942年四月，蒙哥马利因冠状动脉血栓逝于多伦多。

我以为，这是一部可以改编成影视作品的很好的原著。内容健康，充满真情与温暖，充满积极与向上，最是适合五年级以上的少儿及所有成人阅读。而且最重要的，是所有阅读这部小说的人，大概都会从心里涌起生活的快乐，以及对人生意义的理解与希望。

2015.1

别让马路成为制造噱头的地方

据媒体载，“近日，一组彩色‘立体’斑马线在湖南省长沙市开元西路亮相。这些斑马线不是单一的白色，而是由白、红、黄三色组成，远远看去如同一根柱子，给行人和司机强烈的视觉刺激。”对于这样做的目的，“交警表示，希望通过这种设计提醒司机注意，减速慢行。”

乍一看，这真是一个“好主意”；细一想，不免让人心生感叹与疑惑。

首先，斑马线是否彩色立体，与道路交通实在没什么必然联系。我们的道路交通管理，缺的根本不是标示与规则，缺的是对标示与规则的执行与服从。斑马线，是机动车道上人与车辆的交错，是一个应该行人优先、礼让行人、以人为本的地方。对一个合格的司机来说，即使斑马线再平面，甚至模糊，也会起到应有的交通警示作用；而对于一些无良司机，即使再立体、再清晰，也无法从根本上改变他们不守规则、不讲公德的品性和与行人争路的现状。

其次，人的眼睛构造大体是没区别的。司机开车看到的是立体，行人眼里看到的也会同样是立体。如果说，这样的“立体”对司机构成了“视觉刺激”，让他们害怕撞上“柱子”而“减速慢行”，那么这样的“立体”同样也会给过斑马线的行人造成“视觉刺激”，让他们也只得小心翼翼，生怕被横在路上的一根根“柱子”给绊倒。这样的结果，只能是反而影响了过马路的速度。而现在一些城市，红绿灯时间设置已没有给出行人以更充裕的时间，这样的“彩色立体”，往往会使行车绿灯亮起的时候，行人还高度紧张地走在一根根“柱子”横倒的斑马线上。此时一些早就等得不耐烦的司机，定会理所当然做出与行人毫不相让的斑马线争夺。

再者，总有一些无良司机，在任何路况下都想快速，任何警示线前都敢超车。设想某个急速行驶的司机，一心想赶在红灯前通过斑马线，临近斑马线时才看到一根根木头“柱子”横在跟前，心里一急，慌不迭地猛一刹车，如果这时后面的车距离又近，又没有足够的时间和心理准备，追尾事故也就近在眼前了。

最后，就算这个创意最初能抢人眼球，起到些效果，但眼球能被抢多久，效果能够持续多久，也是一个大大的问号。一旦司机们见识得多了，司空见惯了，知道是假的了，是骗人眼睛的了，这时候，你这斑马线再立体、再彩色，也不过是“狼来了”的故事，也不过像装在路边的塑料假警察，哪个还会把这个“木柱”放在眼里。结果也就事与愿违了。

事实上，交通管理问题不在斑马线的本身是白色还是彩色，是平面还是立体，关键是管理交通的人，是不是真管，是不是敢管，是不是愿管。那种抱着让斑马线彩色立体起来，让斑马线本身承载起更多的管理作用的想法，表面看来是创新，实质是一种懒散，是一种推诿。要说的是，现在很多地方、很多部门存在急功近利、贪大求洋、标新立异的心理，假借名目、浪费资源、谋求私利的心态还是有着不小的市场。立体斑马线，虽不能与一些大城市的“路挖挖”“树砍砍”们相提并论，但这类没有十分积极意义的财力投入和做法，还是应该三思而行。

2015.2

情 谊

1 月 23 日，家宝请吃饭。

家宝是戴汇人，当时在戴汇初中读初三时，我以代课教师的身份，带两个初三平行班的课。带纯来他们班的数学，带家宝他们班的地理。地理不属主课，是副课。虽是副课，中考也要考。政治历史地理，简称政史地，三门课，一百分，地理占二十分。

这是 1981 年的事情。

兄长那时是戴汇初中教导主任，教家宝他们班的语文，还办了一个后来很有名，名气一直大到全省乃至全国中学语文界，直到今天还时常被人提起的第二课堂文学小报《新叶》。我那时也就高中毕业不久，比家宝他们也就大个三两岁。家宝很得兄长的关爱，课后总是黏在兄长身边。兄长给他在《新叶》上发表习作，他跟兄长谈他高远的人生理想。听兄长说，家宝最关心的是政治，国家和社会的大事。对政治和国家大事，有不同于同龄人的看法与思想。他还喜欢军事，理想是当一名军事家。应该说，这都是很了不起的。一位乡村十五六七岁的少年，能跳出书本，能把目光投向如此高远的天地，没有谁的引导，没有谁的启发，完全是从自己心里自然地萌生，这应该能够称之为天赋或灵性了。但那个时代，当然即使放在今天，一个没有任何社会优势的乡村少年，不在读书上下功夫，不在考上重点学校上下力气，却把这不着边际的梦想当作目标去追求，当然是让周边的人既惊讶又摇头感到好笑了。但正因为这与众不同的梦想，让我以既否定又好奇的心态与家宝多了几次接触，并从此记住了这个学生。

转眼中考。家宝毕业了。毕业了，家宝他们也就渐渐淡出了我的视野。

1991年，全县干部选调。经过几轮比拼，我最终以全县笔试面试双第一的成绩，从山乡初中进入了县委机关。大约也就在我走进县城不久，至多是一九九三、一九九四年，家宝又与我相见了。

怎么见的，情景已十分模糊。好像是家宝找到了我的办公室。说听说我调到县里来了，就来看看老师之类。说来了几次我都不在。也难怪，那时没有手机，也没有BP机，电话号码只有五位数，话机也是需要一圈一圈呜啦呜啦一旋一松进行拨号的那种。而且好多县直单位也只有一部电话，由办公室看管。为了节约话费，大多装进一个特制的木匣里，外加一把小锁，钥匙放在单位一把手和办公室主任手里。没有钥匙，想打电话是不可能的，只能接电话。因为用来呜啦呜啦拨号的转盘被木盒盖住，只有微微拱起的听筒位置，开了一道长方形的天窗，听到电话来了，可以从天窗里直接把话筒拿出来，贴着脸放到耳朵和嘴边。

于是我知道，家宝已早我进城。在县城的主干道陵阳街开了一家中介，地点就在我们县委大院出门向西，过了土地局、过了县医院、过了保险公司、过了公安局，再过去一点点的光明居委会边上，实际离县委大院也不过二三百米。之后，家宝又邀我到他的中介去参观。好像是前后两间，前面是中介所，坐着或站着两个女孩子，大约是请的业务员；里间大约是烧饭和睡觉的地方。整个屋子感觉黑黢黢的，总体印象也就不是十分明朗。我问家宝主要业务有哪些。家宝说，有用工咨询，婚姻介绍，租房信息。再之后，家宝又请我在小餐馆吃过饭，我大约也请家宝吃过饭。不过，家宝请我是主请，我请家宝，可能是顺带。

随后，家宝写过数篇对世事社会看法与评论的文章，用钢笔或圆珠笔誊清，送到办公室或家里给我看。那时我已是南陵报的社长兼主编，也很有意刊发他的文章，但由于他的看法与评论毕竟视野太窄，太过于主观，而我也没有时间也懒得去为它做伤筋动骨的大手术，现在回想，估计当时南陵报是没有刊发过他的文稿的。再随后，我所关注的已不是他的认识社会改造社会的文章，也不是他的中介小店，而是他的个人大事。我曾问过他的想法，他好像是说不想谈，没条件。我还好像说过你都开中介了，都雇了工给人发工资了，还说没有条件。他就笑，吱吱呜呜。我又好像说

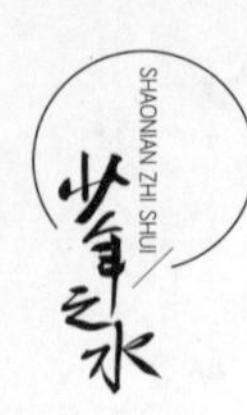

你自己开中介天天为别人介绍婚姻，有那么多信息，为自己找一个还不容易吗。他就又笑，又吱吱呜呜。再后来，由于忙，由于人脉圈子越来越大，由于职业造成的平台差异，由于听人说家宝有些爱钻牛角——总是关注与世俗生活关系不大的天下大事，等等原因，家宝又渐渐淡出了我的视野。但家宝的名字和这个人，都存在我的头脑。对这个学生，我的心里总是带着些护爱的恻隐。

去年的夏秋，在利民路两次遇到家宝，都是晚上的路灯下。说是夏秋，因为一次家宝穿的好像是白衬衫；一次是白衬衫外面一件蓝西服。两次遇到，家宝白衬衫的纽扣都是一直扣到领口的——这是家宝着装的标配。读初中时家宝的着装我已没什么印象，但自从我们在县城相遇，每次面见，家宝几乎都是这样的正装。也正是这样的着装，让我感觉到家宝生活的严谨，对人的真诚，处世的绅士。即使再热的天，他也是长袖白衬衫，且袖口与领口的扣子必定是紧扣着的。当然这在一班现实主义看来，这是自我的束缚，是拘谨，是木讷，是缺乏灵活，是不善应变。但在我看来，从社会心理和人文的角度来说，家宝正是以这样的正统的着装，向世俗进行着脆弱而无声的自我宣示，不自觉地流露出那个自初中少年时代就向往和追求着的治国齐家平天下的理想情怀。

为了这1月23日晚上的请客，家宝真是十分地费了神。他提前半个多月就约我，而我因为别的事务，或别的相约，或正好那天兴趣不大，总是一次又一次推辞了。但家宝总是以绅士的风度无条件理解我，无条件相信我一次次推辞的理由。总是在被我推辞后三两天，又打来电话，真诚地邀请。他在电话里告诉我，他想请哪些哪些人，这些人都是他的什么什么同学，或是什么什么我的学生，说到最后总之都是家乡人；他说有的人怕请不动，要我帮他打个电话。一天下午，我在外有事，家宝又打我电话，说想请哪些哪些人。我说，家宝，是你掏钱请客，你愿意请谁都可以，这不需要问我的啊。——我这是有些世故了，因为家宝说过他请的都是他的同学，从曾经的关系来说，也可以说都是我的学生。既如此，我又怎能说哪个可请哪个不可请的呢？

23日清早，我到合肥出差。但答应了家宝的宴请，我是应该到场的。一般朋友之间的约聚，特殊情况不去参加，也没什么大的关系，别人也许也不会太在意或怪罪。但家宝的宴请，是不能爽约的。一是宴请的日子是在我一而再再而三地推辞后由我答应定下来的；二是家宝为这次宴请所费的心思心血，也不是一般人所能或所愿付出的。而且他的宴请没有目的，不带功利，只是纯粹的友情，是他心中温情的散射。宴请地点家宝一周前就已定下并发信息到我手机。从下午三点开始，家宝又打我电话，再次通知。五点开始，电话频次更是加快。我说家宝不要打了，肯定到；我说知道的，一会儿就到。六点钟走进餐馆，刚向吧台问一声家宝订的厅，就见家宝从楼梯侧角转过来，脸上全是真诚、快乐、开心的笑，喊声罗老师，就带我登上二楼包厢。昂主任也来了，原来昂主任与家宝是读高中时的好同学。家宝跑上跑下，催着开始上菜。菜一个一个地送上桌面，满满一桌！昂主任说，家宏今天要好好敬下老师——原来家宏是家宝读高中时的名字。家宝咧咧嘴笑，嗫嚅着，是大罗老师帮我改叫家宏的——当时在戴汇初中，当我与兄长走在一起时，同事和学生们为了区别，都喊兄长为大罗老师，喊我为小罗老师。平子对我说，家宝为了这次请客，跑他那里多少次，跟他商量，今朝一天，来回跑饭店跑了八趟。家宝听了，仍是咧咧嘴笑，端起饮料——家宝从来不沾酒，站起来说声我来敬老师，就深深喝了一大口，脸上泛起一丝羞怯，写满纯粹与真诚。

面对这个依然纯真朴质情谊为先的学生，我的心里，有丝感动在滋长。

2015.2

他山之石

2月15日，周日，腊月二十七，春节调休工作日。

早七点，新宇书记、绍华县长率队，我，恩东，还有王群、昌敏、士吉，去江苏高淳，考察高淳老街、慢城，以借鉴他山之石，提升我们美好乡村建设品位。

两位领导的激情令人振奋，作风令人叹服。在每一个考察点，领导都细致地看，精到地评，反复地比，广泛地摄。走进一家家乡村商铺，一处处农家客栈，或详细询问生产销售、客流物流、经营情况，或商谈可否到南陵美好乡村，开设这样的商铺与旅店。

从停车场一进高淳老街，就感觉一种大气。街道长而多支，体量很大，一看就不是我们那里一个村能比肩的。仿古花戏台、非遗博物馆，造价加上布展，估计没个近千万也不会差到哪里去；新四军纪念馆、高淳淘宝电商，估计至少也是几百万。老街上店面琳琅，特产满目，连我这样见识也不算少、眼光也不算低、外出游览基本不购物的，也乘兴买了两双手工纳底布鞋。也就是说，高淳老街，确实有它独到的地方，有它吸引人的东西。

走到一处店面，偶扭头一看，街对面一两层小楼，楼下的大门侧，挂着一牌，高淳县委党史办公室。一问，才知道，老街原来是老县政府所在地。难怪这么有人气！走到老街尽头，外面是宽阔的公路，车流穿梭。公路对面即是挤挤挨挨高高低低的楼舍，没有问，估计应是高淳的新区。这么看来，高淳老街的商业及文化的打造，既有历史的地理、文化背景做依托，又有地处高淳县城的区位、人口做支撑，在这两方面的作用下，再形成对外的商业和文化吸引，也就是很自然而然的了。

再去慢城。慢城的山水自然，其实也不过如此。但它打出的概念，一是慢城这个品牌，二是中国第一慢城这一先机。人都是喜欢猎奇的，都是喜新的，在快节奏的今天，慢，就是一种与众不同，与众不同就是新，新就是被人追踪的符号；中国第一慢城，更是让人心生遥想，不得不来，不得不亲身体验一下这中国第一的慢，到底是一种慢到什么程度的慢。如此，慢城被开发出来，慢城吸引着人们的脚步，慢城以慢的概念赚着快的钱，也就一步一步轻轻松松实现了。在慢城，现在正是淡季，一些人家，正利用这个淡季，扩展、修葺着自家的舍院，请来木工，用木料、防水毡、琉璃瓦，从主屋前面，伸搭出一座座木阁。这些扩展、延伸出来的木阁，在旺季到来的时候，就是慢城快速挣钱新的场所和平台。

这一切都是很好的。回来的车上，我在想，我们的美好乡村，如何挖掘出如高淳老街这样得天独厚的历史资源和现实便利？我们的美好乡村，如何建构成如中国第一慢城这样吸人眼球的生态符号？我们的美好乡村，如何打造出如高淳老街、慢城这样完全可以独当一面，让人可以走过来，看过去，再住下来的承载和魅力？如果目前还不能够，我们应该怎么去做？——这，也许正是书记县长带领大家走出家门，实地考察学习的根本目的吧。

2015. 2

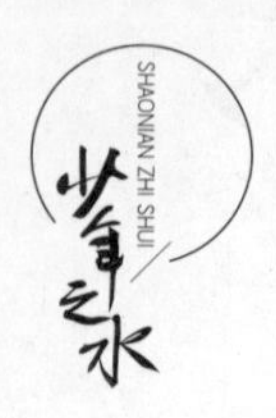

毅 力

宏胜春节回南陵，送我一本他自己写的书，安徽文艺出版社出版的《雪泥鸿爪》。

两天后的初五晚上，斜倚沙发，翻开《雪泥鸿爪》。前面的诗歌暂时一眼带过，目光落到后面的一组怀旧散文上。这是一组写大学生活的散文，有写春运期间乘火车去北京上学的，有写与北京医学院的漂亮女生两次邂逅的，有写大学图书馆、寝室卧谈的，有写毕业到苏南一带求职经历的。宏胜的诗文功力，我是早就知晓的，但读了这组写大学生活的散文，还是让我眼前一亮，心里一动：重点突出，细节到位，表达准确，行云流水。忍不住打开手机，给宏胜发了一条短信：柯兄好，大学时代纪事写得太美了，特别是《两次邂逅》，令人怦然心动。假后请将“纪事”系列发给我，《春谷》第一期拟发。

伴着与宏胜文章的共鸣，我特别注意到文章后面注明的写作时间。我是想知道，宏胜担负着央视安徽供稿部等繁重的本职工作，加上他本又是个认真到底敬业负责的人，他是如何将在一般人看来无法挤出的时间，切下一块，供养出这些属于自己的文字与情感。这样一注意，让我在享受宏胜文字魅力与美妙的同时，又生出了对宏胜勤奋精神的深深敬佩。我发现，大多数诗文，写作时间相隔都在五六天，也就是一个星期左右；有些诗文，是在深夜，甚或凌晨三点多钟草成！面对这样的发现，我心底隐隐产生了丝丝自责：与宏胜相比，那些大好的时间，就被我随意地扔弃了；那个叫作毅力的词语，早就被我抛在岁月的路上，或说我根本就没有曾与它相伴。

宏胜是忙碌的。宏胜的忙，不是像我们这种机关上班的忙。机关的忙，只是一些事务性的忙，大多也只是八小时之内的忙；不是像报纸杂志的忙，报纸杂志的忙，也还是属于有一定时间回旋的忙。宏胜从事的是电视采编，而且以时政为主，以突发为主，这样的忙，自己根本无法预料，无法左右，更多是一种被动的、定量的、满负荷甚或超负荷的忙。如果放在我们，完成这样的忙，已经是很不容易的了。但放在宏胜，他却好像一点负担也没有，因为我注意和体会到，在这种不同一般的忙的后面，宏胜还有很多时间，在做着自己喜欢的事情。我真的想不出他是怎样分配着时间，难道每天的时间，对宏胜是格外地延长了吗？比如，因为他的性情与为人，采访应酬或朋友之间雅聚，他总是频频举杯，坚持到底；比如，因为他的中华文化功底，他耗血劳神，遍访八方，成立了“世界柯氏大会”，对柯氏历史进行了深入不断的研究，与天下柯氏进行着持续不断的联络；比如，因为他的故土情怀，他组织在合肥的南陵人士，成立了合肥南陵老乡会，并担任事务最繁杂的秘书长。不仅如此，他还以老乡会为基础，创建了“合肥春谷情”QQ 群，认认真真地做着群主，把一个许多彼此只闻名姓不识其人的 QQ 群，经营得轰轰烈烈，热闹非凡；比如，他参加各种各样的文化文学赛事，动不动就获个三等奖，二等奖，甚至一等奖；比如，有时兴之所至，别人一鼓动，他还能铺开宣纸，一通挥毫，不动声色地展示一下自己的书法功力。

其实，时间肯定没有格外偏爱宏胜，是宏胜在真正敬爱和敬畏着时间。每次与他相聚，我都注意到，他的包或口袋里，总有一个小本本，是中小学生练习本的那种。许多时候，杯盏交斛之中，宏胜会突然掏出小本本，打开，刷刷刷地记下头脑突然迸发的灵感，心灵突然闪现的火花。这些灵感与火花，日积月累，就在不知不觉中，把宏胜推举到远远的前方，而让曾与宏胜并肩同道的人，猛然惊觉，看着已在远方的宏胜，一时恍惚如梦。与宏胜相比，会让人突然感到时间都被自己浪费了，挥霍了；会让人突然有些茫然，时间都到哪儿去了？

是的，时间是不会格外眷顾一个人，更不会站在那里一动不动地等着一个人，不管你是卑微的草民还是高贵的君主。时间就是时间，它总是按照自己的想法和路数，一刻不停地向前走去。你紧紧盯着它，跟着它，抓住它，你就拥有了所有属于你的时间；你不在意它，你漫不经心它，你有时甚至心中根本就没有它，你时间的线性走势图上，就会呈出一些淡虚，甚至断裂。这些淡虚与断裂，就是本来属于你，而却被你忽视或浪掷的时间，也就是你比别人少去的时间。比如，一场消耗几个小时的宴聚或闲聊，因为我们没有像宏胜那样注意激发生命的灵感与思想的火花，对我们来说，这几个小时，在我们生命的整个线性走势图上，就不再是充实饱满的浓墨，而只会是轻描淡写的一抹；比如，在我们忘记目标，松懈志向，放弃努力，寻求安逸的时候，我们生命的走势图上，可能连淡淡的一抹也隐而不见，呈现的只能是断断续续，甚或大段大段的空无。

尽管在别人眼里，我是一个勤奋的人。但只有我自知，我并不勤奋，更缺乏坚持，缺乏毅力。我之所以也成就了一点事业，但这只是得益于父母遗传给我的智力。我曾给自己下达了些许任务，提出了一些目标，但真正能坚持下去，以不达目的决不罢休的精神毅力坚持下去的，总是少而又少。秋后自己算账，除了自我懊悔一番、检讨一番这种不伤皮毛的反思，真正能让自己以“抓住那似水流年，抓住！抓住！！”的精神改变自己对时间的忽视的，几乎一次也没有过，或说没有奏效过。宏胜的新著《雪泥鸿爪》，让我们看到的已不是一本简单的文著，而是与宏胜的勤奋努力相比，我们到底还有哪些需要培养的个性精神，还有哪些需要提升的人性毅力。从这个意义上说，出身乡村草根，历经波折坎坷，坚持奋斗不止，迎来生命彩虹的宏胜，也许尚不知道，或者没有去想，他的《雪泥鸿爪》，对许多像我们一样容易忽视时间的人来说，既是一个引擎，也是一个坐标，推动和引领着我们，去努力，去奋斗，去开拓，去超越，一路向着人生的精神高地，向着人生的价值峰巅，进发，奔跑！

2015. 2

融 入

融入。融，即化；入，即进去。融入，即像盐与水，水与糖，原来完全不同的两样东西，放到一起，却能你进入我，我进入你，最后融为一种新的东西：盐水，或糖水。大约因为水与盐水、水与糖水在色彩上还有些不够严格区分，还不能给人强烈的视觉反差，于是，就有高人用水与乳来表现或展示融入，并把这种融入取名叫作了水乳交融。

两种不同的东西，为什么能够这样贴近，贴心贴肺地贴近，并且宁可淡化原来的自己，改名易姓为别的东西呢？这里真正的道理，我也不是很能探得明白，但我想，人有性情，万事万物大概也有性情；人讲品质，万事万物大概也讲品质。性情相投、品质相近的人，容易结成朋友；能够相互水乳交融的东西，也一定有其内在的共同。

近读一篇闲文，是讲毛主席毛泽东为什么能够成为领袖。文章的题目好像叫什么《富二代会怎样》。原意大概想表达“富二代也没什么了不起，富二代注定的性格缺陷，使富二代很难带出富三代”。文中没有像一般文章那样，从毛泽东少年的立志与励志，青年的探索与坚韧等一系列领袖人物似乎与生俱来的神圣来说事，而是从毛泽东与他的同学下乡搞调查谈起。与毛泽东一起下乡搞调查的同学，出身于富商与书香家庭。每到一地，遇到需要问路或问别的什么，这位同学总是先要正正衣冠，清清嗓子，正步趋前，温文尔雅，神情专注，目不斜视，而且专挑看上去有权有位有钱的人问。结果呢，往往得不到别人的正视，当然也不大能全得到自己想问的答案。而毛泽东却不同。每当遇到需要问人的事情，不管碰到谁，

权贵者，贫贱者，拾荒者，引车卖浆者，只要是人，毛泽东就会上前去问，而且不讲什么礼数，没有什么套话，问路就是问路，问事情就是问事情，别人站着毛泽东就站着问，别人坐在路边毛泽东就坐在路边问，别人蹲在树下吃饭毛泽东就蹲下来问。不讲形式，不图正襟。结果，所有人都喜欢与毛泽东聊，都喜欢听毛泽东说，都愿意告诉毛泽东所问的事情。——这是为什么呢？原来，毛泽东的同学富二代的家庭背景，让他到哪里都把背景背在背上，放不下来。这样的背景，本身应该是一种荣耀，一种自豪，但同时也是一种包袱，一层厚茧。荣誉与自豪，让他能够在他那个层次那个圈子里自信超群，游刃有余；而一旦走近贫民，走近群众，这种包袱，这层厚茧，则注定要把他与贫民，与民众隔离开来，使其身在贫民而无法心在贫民，身在民众而无法心在民众。毛泽东则相反，他不是富二代，也不是书香子弟，他身上没有背负那个包袱，没有裹拥那层厚茧，与任何人交往，他没有预先的筛选，没有任何放不下的架子，面对面几句话，别人就把毛泽东当成了自己人。——我看过一幅照片，是毛泽东在陕北时期，与农民交谈。那张照片上，已身为中共领袖，即将与国民党决一雌雄的毛泽东，随便地站在那里，一只手随便地叉着腰，一只手随便地挥舞着，讲话讲得牙齿都露在了外面。站在毛泽东边上的农民，好像也没有把毛泽东当作大人物，丝毫没有敬而远之的意思，而是像与老朋友在一起拉家常。这样的毛泽东，不被人喜爱才怪，不受人拥戴才怪，不受人追捧才怪，不成为领袖才怪！

毛泽东是中国人民、中华民族空前绝后最伟大的领袖。毛泽东的伟大，不仅值得所有政治家一辈子的学习，作为社会上的每一人，也都能从毛泽东身上学到对自己有用的东西。别的不说，就说融入。如果能有些许毛泽东融入群众的天赋，能学到些许毛泽东融入群众的方式方法，从我们个人来讲，就会让我们拥有更多的朋友；从我们的事业来说，则会让我们赢得更多百姓和群众真正的拥护与尊重。

2015. 2

乡愁是我们的基因与史记

时下，记住乡愁，已成为一大热词。这是一件让人感到十分欣慰的事情。这表明：一、广大人民群众，乃至全社会，对乡愁的美好态度和热切向往；二、《中央城镇化工作会议公报》，从国家层面提出要“记得住乡愁”，是多么必要，多么及时，多么深得人心！

其实，乡愁本身并不是什么新鲜的物事，乡愁早就躺在人类的怀抱里，伴随在人类的成长中。乡愁这个词也不是今天才从网络一不小心地诞生，汉语大词典里早就有她当然的席位、约定的注释。只是，在经济全球化，世界扁平化，信息掌中化，功利普遍化的今天，一团团浮躁的迷雾，缠堵在人们的内心；一道道欲望的篱笆，隔遮了人们的双眼。让本来与我们遥而相望、呼而相应、触而可及、距而生美的亲切乡愁，渐渐变得模糊、生分、掉线、虚无起来。乡愁在我们心中休眠已久，我们已很久游离于乡愁，淡忘了乡愁，甚至找不着乡愁。

乡愁之“乡”，不是狭义的乡下，而是普遍的故土与家乡；乡愁之“愁”，不是狭义的愁烦，而是内心的一股淡淡的、挂牵的、如歌的、似风的、舍不去的、化不开的美丽而忧伤的情绪。乡愁，是一种地域文化的认同，是一种拉开距离的怀想，是一种与生俱来的亲近与依恋。故乡在哪里，乡愁就飘向哪里；根在哪里，乡愁就系向哪里。“记得住乡愁”，就是要把在我们心中休眠已久的乡愁，重新唤醒；就是要让我们游离乡愁已久的漂泊，重新有一个精神的维系。这是一种世界的眼光，这是一种超越的引领，这是一种人性的护爱，这是一种温暖的情怀。在我们的社会全面进步，我

们的经济全面发展，我们的物质日益丰沛，我们的生活日益富足的当下，“记得住乡愁”，就是要让我们记得，我们到底是从哪里来；就是要让我们记住，我们都是远方那个名叫“故乡”的大树上一片最真实的叶子；就是要让我们懂得，无论我们的脚步已离开故乡有多远——从乡村跨入城市，从城市走进乡村，或者，从国内去向海外——我们都不要忘记村中的那口老井，街尾的那道弄堂；不要忘记树叶对根的道义与感恩。更不要忘记，我们都是一群身体里流淌着五千年东方古老文明的现代中国人！

南陵县城的市桥河畔，曾有一座始建于宋哲宗元祐年间，距今已有九百余年的七层宝塔，名曰文风塔。那曾是南陵土地上文脉深远文风昌盛的佑护与象征。尽管从物质的层面，这座古塔早在 1956 年代就已崩毁，但年龄稍长，特别是那些早年从文风塔下走出的南陵游子，却一直把她揣在怀里，立在心上，让自己远逝的青春年少，一遍遍在心中不倒的文风塔下嬉戏发芽。

家发镇板石岭村有一片桂树林。这些百年以上的桂树，大多两人合抱，所产金桂，落地不黑，积日不腐，色泽金灿，香味清纯，曾是方圆数百里传统手工艺糕点作坊争相采购的上佳配料。如今，这些在美好乡村建设中备受保护的古桂，成了板石岭历史的象征，成为远近游客走进板石岭的重要理由。那些附着在古桂树上的故事传说，历久弥新，融合在板石岭的空气里，鲜活着村民们怡然的生活、如画的梦境。

什么是乡愁？这就是乡愁！乡愁是存在于我们的记忆里、流淌在我们的血脉里、融入于我们的思想里、呼唤在我们的心灵里的生命密码与精神符号。是一种自然附着在我们的生命，与我们的生命一道成长前行的美丽基因。是一种价值的反思与指向，一部供我们回望和温习的精神《史记》。没有了乡愁，我们也就渐渐会变成迷路的孩子，我们也就只有茫然在物质的喧哗里，咀嚼精神失落的无尽苦涩。

让我们都“记得住乡愁”吧。让我们抓住维系乡愁的那根早已磨损不堪的丝线，拽住乡愁，把乡愁拖拽到可供我们回望与怀想的港湾。让我们个体的文化基因、民族的人文情怀，永远维系在中华文明的参天大树上，永远续航在从五千年直达未来的基因长河里。

2015. 4

“村长有约”呈现美丽乡愁

在“望得见山、看得见水、记得住乡愁”上升为国家层面文化战略与精神意义的当下，我们究竟该以怎样的文化自觉与精神行动，让乡愁重新再现固有的纯美，散射迷人的光芒？究竟该以怎样的责任意识和情怀担当，让乡愁再次把我们牢牢维系，重新凝聚成中华民族开拓前行的时代力量？

乡愁，存在于每个人的生命基因，是一种与生俱来的乡恋指向和故土情结；乡愁，流淌成民族的历史长河，是一种与民族的发展相生相伴不弃不离的血脉图腾。曾几何时，物欲成为社会价值的主导，追逐物质利益的最大化，成为衡量人生价值与生活意义的唯一标杆。我们淡忘了乡愁，我们远离了乡愁，我们割裂了乡愁，我们背叛了乡愁。结果，我们都成了天空误判季节的候鸟，都成了海上迷失方向的航船，都成了大地上一群找不到回家的路的可怜的孩子。

记得住乡愁，首先是要唤醒乡愁，呈现乡愁，让乡愁的温暖与美丽，重新深达并扎根在我们内心的深处。这正是南陵县美好办“村长有约过小年”活动开展的初衷。

年，是中华民族文化之林中最为参天的大树，是中华民族所有乡愁必定的指向与归路。随着年的脚步越来越近，年味里的乡愁也越来越浓。南陵县美好乡村——烟墩镇霭里村、万兴村，乡愁的分子在空气里融荡，在村子里弥漫。在霭里村民广场，村民们垒起了一座大大的灶台，这是用来传承村庄历史民俗文化，在腊月二十三这天举行送灶王仪式，并为全体

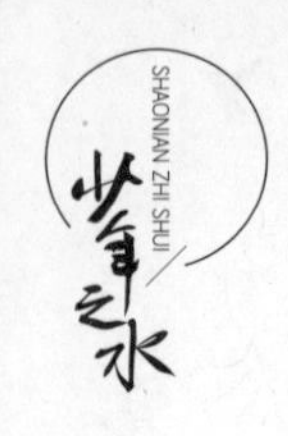

村民及远道游客在公堂屋集体过小年做年夜饭的；在万兴村民广场，支书万海水正领着一班人搭舞台，拉电灯，村民们自编自导自演的《十兽灯》《目连戏》等乡土节目就要在这里向游人亮相；一盏一盏的红灯笼，挂在了一家一户的门头；古老的水车，已重新整修，即将搬到鱼塘边，进行传统的车塘抓鱼表演；打年糕、蒸团子、晒香菜、揉萝卜干、压豆腐、刨粉丝、做炒米糖，家家都在快乐地准备，户户都在幸福地忙碌。村里的老寿星也不愿闲着，有的翻找出剪纸工具，精心地剪出双喜、福禄寿喜、三娘教子、八仙过海；有的正把县文联组织书写的大红春联，一副副卷叠好，以备到时挨户给村民和远道来的游人送上火红的祝福。

这就是即将在南陵县烟墩镇美好乡村举办的“村长有约过小年”活动。这是一次村民自发参与的节庆活动，更是一次唤醒沉睡的乡愁，再现美丽乡愁的积极尝试。它使乡村再次成为乡愁的背景，它使村民纷纷成为乡愁的因子，它使古老的民俗成为乡愁的符号，它使每一种传统手工艺成为乡愁的载体。更重要的，它不仅是村民自身乡愁的觉醒与回望，更因节庆的活动形式，吸引着天南地北，特别是在城市的钢筋混凝土丛林中乡愁迷茫的他乡游客，并使这些远方的来客，感受一方水土的独特乡韵，体验一方水土的纯朴风情，经受一方水土的乡愁洗礼，找到自已内心深处回家的乡愁之路。

南陵县“村长有约过小年”是呈现美丽乡愁的又一样本。愿这样的样本得到更多的复制，得到更多的创新，得到更多的提升，引导我们更多的人以感恩的心态回望我们的人生来路，真正记得住我们一路走来的缕缕乡愁。

（南陵县美好乡村“村长有约过小年”活动，2月1日、2月5日，两次亮相央视一套《新闻联播》。）

2016.1

该不该按心理学行事

1 月 31 日《芜湖日报》二版“纪事”，以《非常有意思的心理学，挺准！》为题，摘编了诸如《关系越好的，往往是最爱损你的》《男人话少，女人话多，是远古的遗传》《你怕麻烦别人吗？》等 26 则“心理学”小知识。这些小知识，闲看确实蛮趣的。但其中一则关于孩子撒谎的“心理学”小知识，却让人有了些左右为难、不知如何是好的感觉。这则“心理学”小知识是《撒谎的孩子有出息》，说是“国外研究发现，50% 三岁孩童会说谎，四岁会骗人的占 90%，12 岁的儿童几乎都会撒谎。”，并说“孩子撒谎，其实是认知发展的标志。认知功能发展越健全的孩子，说谎技巧就越高明，因为他们有办法圆谎。孩子撒谎有可能是早慧的体现，这些人，长大以后更可能成为领袖人物。”

我不愿随便怀疑这些心理学家们或“国外研究”的成果或发现。或说，对于我等这些崇尚科学、尊崇知识的人，即使没有标题里不容置疑的“挺准！”告知，也会从技不压身、学以致用的角度，对这些“心理学”小知识张开双臂欢迎，敞开胸怀接纳的。因为这些“心理学”小常识，确实对我们生活有一定的指导或帮助。比如《男人话少，女人话多，是远古的遗传》这则，说“心理学研究显示：男人一天平均说 2000 个词（远古时男人狩猎养成的习惯），女人一天要说 7000 个词（远古时女人采摘蔬果养成的习惯）。工作一天回家，老公的那 2000 个词在公司就用完了，回到家就想着休息休息；而老婆还有 5000 个词没说呢，回到家总要把一天的词说完才能睡吧！然后，很多‘杯具’就这样产生了！”这就确实“非常有意

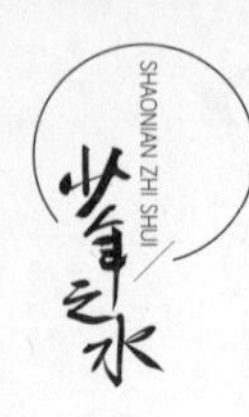

思”，从这个“非常有意思”的心理学小知识里，我们知道了男女说话多少的差异，并知道了这种多少的差异，是由于远古男人与女人分工不同形成的习惯：男人狩猎，是要集中精力、具备定力的，除了必需的语言交流，多一句也不能说，多说一句，说不定就让野兽发觉了，结果不是即将被捕获的狡猾的野兽逃脱了，就是被凶猛的野兽攻击而死伤了；女人采摘果蔬，果蔬不是动物，不伤人，而且色彩艳丽。哪里发现了大片的野果，谁谁这么鲜嫩的果蔬从哪里采来，都是要呼朋引伴，都是要奔走相告，都是要互相比评，都是要急急分享。久而久之，男人的话就变少了，寡言少语，沉默是金；女人的话则变多了，滔滔不绝，知无不言。学习了这则“心理学”小知识，我们就明白了，为什么女人回到家里还喜欢喋喋不休，而男人回到家里除了电视电脑，张口那就是吃饭，而不是说话；我们还将尝试着学会改变自我，对女人回到家里的喳喳不已、言无不尽，不再嫌烦，不再充耳不闻。虽然自己还一时很难找回早在远古就从老祖宗口里丢掉了的每天5000个单词，但我们一面看电视打电脑，一面抽空侧耳，做出认真倾听状，或干脆来两句哪怕牛头不对马嘴的呼应，那“很多‘杯具’就这样产生了”的现象，就几乎没有萌芽产生的可能了。

但对这《撒谎的孩子有出息》该怎么办呢？一方面，“心理学”的道理明显地摆在这里：“孩子撒谎，其实是认知发展的标志。认知功能发展越健全的孩子，说谎技巧就越高明，因为他们有办法圆谎。孩子撒谎有可能是早慧的体现，这些人，长大以后更可能成为领袖人物。”在这个一切为了孩子，为了孩子的一切，少年强则国强，少年智则国智，再穷不能穷教育，再苦不能苦孩子等标语口号漫天飞舞；在这个什么都能输得起，就是绝不能让孩子输在起跑线上的喧嚣浮躁左右国人；在这个只要结果不看过程，急功近利成者为王的当下，既然“撒谎”具有这样美好、这样实用、这样高大上的功效，那谁不愿、谁不想自己的孩子不但学会“撒谎”，而且最好是大大地撒，多多地撒，年年撒，月月撒，天天撒，时时撒，通过这样魔鬼式的“撒谎”训练，使孩子的认知功能愈加健全，说谎的技巧愈加高明，圆谎的办法愈加奏效，最终达到“长大以后更可能成为领袖人物”的最令人神往的结果。另一方面，且不说“诚信”是我们“核心价值观”中最基本的要素（诚，就是真；信，就是不假；诚和信加在一起，就是对人讲真话、做实事、不搞假），是我们应该遵守的人生和社会行为准则，就是国人中但凡做家长的，好像也没几个是喜欢小孩跟自己撒谎的。其实，我们的家长，我们的学校，都是以“不撒谎”作为好孩子标准之一的。但如果真的是“撒谎的孩子有出息”，那是不是我们的家长、我们的学校太缺乏“心理学”知识了，太虚伪了，太不把孩子的大发展大前程当回事了，是不是都在合谋起来有意无意扼杀了孩子们认知的发展，有意无意充当了阻碍孩子们“成为领袖人物”的拦路虎和绊脚石了。

教育、指导孩子学习撒谎；教育、引导孩子学会诚信。——站在撒谎与诚信的分水岭，何去何从？因为这则《撒谎的孩子有出息》“心理学”小知识，而让人顿感进退维谷、不知所以了。

其实，如果认真开动自己的脑筋想一想，还是觉得这则“心理学”小知识最多只是运用了逻辑中的简单枚举法概括出来的，是有些以偏概全、哗众取宠的，是至多只能以几个特例个案来验证的。因为，人类社会的历史经验告诉我们，一个喜欢撒谎的人，肯定是一个不负责任的人；而一个不负责任的人，即使真的依靠撒谎而最后凑巧成了个领袖，从个人来说，他是达到了人生的峰巅，但他已经改不掉的撒谎本性与继续不断的谎言，注定他很快就会被人们抛下壑谷。何况，一个不负责任的撒谎者，最后的结局，不但一般不会朝“可能成为领袖”的方向发展，更可能早早就被自己的谎言所吞噬。《狼来了》中的那个孩子，确实通过说谎，通过玩弄别人，发展了认知，获得了乐趣，但结果怎么样了呢？最终，最终只能是他自己被自己的撒谎所欺骗，撒得丢了自己的性命。

看来，有时，也不能完全按“心理学”行事。

2015. 2

乡愁的恋歌

小青的又一部诗作《受潮的琴弦》付梓在即，嘱我作序。

这是小青对我的抬爱，是一种同学友情的表达。

人生很多东西都可推辞，而独有友情，最是不能推辞的。

于是，尽管自知笔力不逮，想来还是只能从命，以友情的名义，写几句心里想说的话语。

可以说，小青是我们这班人功成名就的一位。

他是从皖南一个叫作何湾的美丽山乡走出去的成功商企人士。在上海，在这中国最具世界经济特质的大都市，他与他的爱人，打开了通向事业的大门，开拓了属于自己的领地，累积了他乡丰厚的人脉，创下了市场营销的品牌。这是多么使人感奋、引人励志、令人钦慕的人生业绩啊！

更重要的，而今，他又重拾少时的梦想，畅游诗歌的王国。潜之以境，恒之以心，力作不断，诗集迭出，在中国的诗坛，雁过闻声，踏雪有痕。这种文化的回归与从容，使作为成功商企人士的小青，生发出更多维的生命价值和人生意义，呈现出更多单纯的、朴素的、亲切的、美好的、宁静的、可爱的人文主义的灿亮元素。

小青对诗歌的不忍割舍，源自于他内心绵缠的乡愁。

或者说，小青内心绵缠的乡愁，只有诗歌，才能承载与化解。

这是我对小青重返诗坛的理解。

这是小青的诗作无意提供的历历佐证。

读小青的诗，有这样一种感觉。

就是，读他一首诗，你很喜欢；读他两首诗，你很喜欢；读他三首诗，你还是很喜欢。

现在，我把他的这本诗集150首诗都读完了，我喜欢了这150首诗歌。

我也曾试图偷点懒，想跳着、挑着读一些，但我没能做到。

他的这首诗与另一首诗之间，都好像有只看不见的手，互相牵拽，搭接起一条完整的诗路，引着你，一步一步，走进乡愁缭绕的甜美而忧伤的意境。

“母亲的电话／一通就是半个小时／我只听清 后面那句／出梅时记得回家／吃个梅鸡 补补身体”《我的江南》，母亲的一句叮嘱，就这样在耳边萦绕，让我们感动到心痛。

“空荡荡的老家／随处可见 锋利无比的物品／犁耙 铁镐 锄头……／再摸一摸 母亲留下的／剪刀 锥子 钢针”父辈们正是以这些《锋利的物品》，穿凿着时光，开拓着岁月，把繁难而单调的日子，一路剪切成生活的琼花。

“母亲种的韭菜还在地里／割了一茬又一茬”这哪里是在《割韭菜》，母亲种的韭菜，分明已成为一种精神符号，成为一组遗传密码，成为我们心头永远不会消逝的亲情记忆。

“那时还没有手机／也没装电话／她老人家走得太匆忙／甚至没留下任何联系方法／现在我们想她／也只能对着对面的小山／扯着嗓子 喊一声妈妈 ”对母亲的思念，无时不有，无处不在，一根《高高的信号塔》，也会轻易勾起对母亲天黑呼儿的回忆。

“想起空落落的老家／大门洞开／我们也如飞走的豆虫／煽动小小的翅膀／在异乡寻找开花的红豆”意象的比照，让人心生感怀。我们其实都是一只只无名的《豆虫》，那一颗颗曾为我们遮风挡雨的红豆，就是我们曾经的老家。一边是老家大门洞开，一边是我们漂流异乡，寻找新的红豆。这是一种人性的劣性，还是注定的宿命？

“妹妹的嫁妆／也漆成了枣红色／我看见妈妈 揉着眼角／悄悄

放进去 / 几粒最大的红枣”《秋风中的枣树》，这样传递出情、爱和痛。如歌的往事，就这样在我们面前复原般地铺展。

“我就像一粒秕谷 / 轻飘飘地 / 被簸出了故乡……而我只能期待 / 归隐于点缀绿化的浮土”《一粒秕谷》，凸现一个时代。一个时代的到来，其实都不是任何一个人所能左右的。有多少人像秕谷一样，被簸出了故乡。一个时代的飘浮，只能等到另一个可能的时代，才会尘埃落定。这一代人，除了“归隐于点缀绿化的浮土”，我们的精神，还能真正回得去吗？

“为了箭头的方向 / 你和我　一软一硬 / 弯成不规则的圆形 / 此时箭在弦上 / 我的天空　一片寂静 / 只期待嗖的一声”小青的诗人气质，已深入他的骨髓。眼前的万事万物，进入他的眼睛，都是那么富有诗意，富有哲理。《弓与弦》，诗意自然而从心。不急不缓，急中有缓，画在眼前，味在心头。

“我们只是奔波在 / 城市　与故乡之间的 / 行者……在一个地方待久了 / 就会想另一个地方的好 / 来去匆匆 / 很多时候　只为寻找 / 回家的感觉”所有的人，其实都是《行者》；所有的人生，其实也都是《行者》。而所有的行者，最终都在寻找回家的感觉。小青的诗，总是这样不经意间道出人性最繁复的命题。

诗歌，曾是我们生活的一部分，密不可分的一部分。遥想那些远去的十八九岁的青春岁月，我们都是一群“仰头族”。我们仰头，仰望太阳，仰望月亮，仰望流云，仰望飞鸟，仰望星空。我们仰头，把植根大地的青春向往，以诗歌的名义，向着晨曦吐露，向着夕阳抒情。

流水一样的时光，淡泊了我们曾经怎样的诗情心绪！大地上的事物，什么时候变得这样粗陋而现实？许多许多的美好，已杳然如风；许多许多的感动，已隐然不再。感谢小青，以诗歌的激情，重新点燃起我们心中的精神火炬，让我们依然以理想的名义，再次仰望星空，再次抒写诗行，再次燃烧激情！

（《受潮的琴弦》 杨小青著 上海文艺出版社 2015 年 9 月出版。此文为序。）

2015. 5

相约在春谷

夏日南陵 摄水而行

夏日的南陵，是一位身着薄纱的美少女，温情如水，热情似火，素颜问天，芳心缱绻。头枕长江南岸，足抵九华余脉，左拥青弋波韵，右揽乌霞古刹。独特的地理风貌，形成独特的夏日征候：有热度而不觉燠燥；有美景而以水为先。

是的，水，是这个季节南陵最动人的歌谣，是南陵夏日里最美丽的诗行。

波光潋滟奎潭湖

从安徽芜湖南下高速，沿205国道南陵方向行驶29公里，一线幽蓝的天际线就渐入你的视野。这就是南陵的奎潭湖——芜湖境内最大的淡水湖。奎潭湖原本是座山，叫浮山。秦始皇一统天下，威加八荒。挥动长鞭，移海赶山。一阵昏天暗地，走石飞沙，浮山拔地而去，留下万亩深潭。潭中七座小岛，恰似七颗星星，排布成神秘的勺形，与夜空中的奎星遥相呼应。奎潭湖的名字，由此而生，远播八方。

夏日的奎潭湖，是拍摄的良时佳处。无论是登高俯瞰，广角取景，纵览湖山，一网打尽；还是泛舟湖上，凭水临风，长焦摄入，直达天际。也无论是晨光初晞，湖水乍醒，村姑浣衣，游鱼喋喋；还是夕照奎潭，满湖流金，扁舟遥现，物我相忘。奎潭湖，呈献你的都是美艳，伴随你

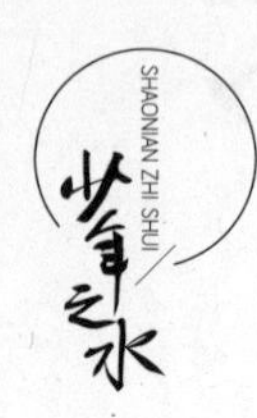

的都是惊喜。而在月牙西斜、星斗密布的夏夜，在湖中小岛上，撑起三脚架，让一半的夜空与一半的湖水，涌入饕餮的镜头。沐着煦暖的晚风，听着阵阵的蛙鼓，你在些许醺醉的梦中，就完成了对奎潭湖星轨大美幻境的诠释。

此刻，万亩奎潭正荡起轻轻的涟漪，把飘过湖空的云朵，一把一把，揉醉在自己的怀里；渔翁正探身岸边的苇丛，把系船的褐色麻绳，一圈一圈，从松树桩上悠悠解开；三两只飞鸟，时而振翅云天，时而贴水临照；渔舟上出道不久、涉世不深、立功心切的小鱼鹰，错把飞鸟的倒影当成猎物，一头扎向湖底，半天从水中钻出，立在舟头，傻傻地斜睨头顶的飞鸟，鼻眼都是不好意思的神情……

激情欢乐海啸馆

从奎潭湖沿205国道，继续南行5公里，就到了大浦乡村世界——中国首个农业自然灾害教育体验主题公园。夏日的大浦，是欢乐的海洋，激情的天堂，在这占地16平方公里的AAAA级景区，你的脚步，将无法挪动；你的镜头，将无法闲暇。现代农博园、科普植物园、避雨葡萄园、华夏农耕园，这些以农耕文化为主题、融入现代科技元素、体现自然生态和人文精神的景点，为每一位摄影家，提供了独具个性的拍摄思考和创新体验。

海啸体验馆，是一个不可忽视的拍点，更是可以出大片的秘点。巨型的穹拱，构筑起天空的辽远与深邃；漾动的水波，营造出大海的广阔与不羁。国内最大的室内弧型LED屏，模拟出真实的海啸场景；运用世界最先进的造浪技术，6米高的巨浪呼啸而来，席卷一切，再现出海啸的“灭顶”之难。此时，无论你处在什么角度，俯瞰、仰角，全景、特写，摄入镜头的，都是海啸带来的恐惧、惊慌、刺激、无助的冲击与震撼；定格镜头的，都是没有重复的艺术镜像。

当然，如果你愿意，还可以乘坐画舫，穿过海啸馆后面结构与三峡大坝同出一理的小三峡，去一览望花台、百花岛、芸薹湾，并在画舫上从容地调整各项拍摄数据，将两岸的黄金花海，细细品赏。

四季丽妆迎高铁

京福高铁，亦称中国最美高铁。她跨河过江，越岭穿山，与大地上那些最美的景致，一路招手致意，一路欢畅相伴。

南陵，正是这些最美景致链上的一个节点。

快乘高铁来南陵，揿动憋着一股劲的快门，开拍吧！

春 花海石林魅天下

春天到南陵，拍值最高的，当然是花海石林啦。

从高铁南陵站，沿高铁快速通道，西行 3 公里，再沿 320 省道铜陵方向行驶约 4 公里，就到了直达丫山花海石林景区的南（陵）丫（山）公路。这也是一条“最美乡村公路”。两旁或田畴平阔，或丘峦绵绵，或农舍隐树，或山歌含情。而最为动人的，这条长达 15 公里的县道，在春天，是花的原野，是花的走廊。田野里的紫云英，高垄上的油菜花，还有山坡上仿佛夹队迎宾的映山红，都是让你一路惊乍的拍点。

花海石林在南丫路的尽头。春天的花海石林，是一场牡丹的盛会，是花之柔、石之刚的两情相悦和相得益彰。山上山下，山里山外，移步换景，拍不胜拍。花海天下的丫山魅影、荡气回肠的盘山险道、千年古镇的回眸俯瞰、九华排云的迤逦靓姿，都是出好片、出大片的必争素材。国色天香、石海迷宫、九龙瀑布、蟾蜍望月、张家古祠、海龙仙洞、下宕民居、珍珠温泉，都是拍摄春天丫山至好的角度。而从时间上说，春天的花海石林，从早到晚，都是宜拍的时间。

夏 水色天光撩客心

夏天的南陵，水是最迷人的风景。

从高铁南陵站，沿站前 318 国道南陵县城方向，行驶四五公里，转上 205 国道芜湖方向，行驶 27 公里，就到了芜湖市最大的湖泊——奎潭湖。夏日的奎潭湖，极目清波，鹭鸟成行，渔歌唱晚，月照银盘。环湖步道、

奎潭古渡、状元桥、浣衣石、七星墩、别情亭，都是拍摄奎潭湖风景风情的上佳视点。如果启用一架小无人机，从湖的南岸以100米的高度、80度倾角进行航拍，把奎潭湖畔丰收的田野、恬静的村庄、繁忙的205国道一并以入镜头，效果当然就有些别具一格的冲击和震撼啦。

与奎潭湖相距5公里的海啸馆，是运用科技手段，制造出来的国内最大的室内自然灾害体验项目。6米高的巨浪，压顶排空，席卷一切，再现出海啸的“灭顶”之难。在海啸馆拍“海啸”，角度同样是多维的，但有一点要注意，一定要选在“海啸”冲击不到的地方哦。不然，说不定“海浪”呼地一下就会涌到你的脚下，连人带机，就把你卷进“海”里去了。

秋 极目万里写江山

秋天的南陵，戴公山是不可或缺的拍摄话题。

从320省道折转南（陵）丫（山）县道，海拔558米，芜湖市最高峰戴公山，就向你敞开了怀抱，展开了雄姿。拍摄戴公山，有多个视角和路径。最佳的拍摄方位有三个，一是南面，这里拍出的戴公山，就像一面迎风招展的战旗；二是北面，这个角度拍出的戴公山，怎么看，都有些神似珠穆朗玛；三是东面，这个视角拍出的戴公山，简直就是巨龙在卧，气贯长虹了。登攀戴公山，可以从谢阡水库、寺冲、老庙等西线，也可以从杨村水库、八亩田、观音石等东线。戴公山顶，有一八角石洞，洞中泉流潺潺，洞壁嵌满了黄豆大的八角金刚石，硬度可以裁玻璃——这样的拍点，大概也只有南陵才有哦。站在戴公山顶，秀美的南陵县城尽收眼底。西顾，是逶迤无尽的起伏群山；北望，可用长焦拉近万里长江；向南，京福高铁巨龙般穿过子阡山特大型隧道，气势万里，直达远方。

冬 美好乡村入画来

冬天的南陵，如果下上一场雪，山山岭岭，村村寨寨，任意一个角度，都有美景，都可出片。

南陵美好乡村，当然是一年四季都可圈可拍的地方。而冬天的美好乡村，则格外多了一份人气，多了一份年味，多了一份喧闹，多了一份亲情。星布在南陵土地上数十个美好乡村，最大的拍点，就是每一个乡村，都有与众不同的文化底蕴，都有自己独特的脉络故事，都能引起你无尽的乡愁。八都何村、板石岭村、万兴村、大木山村、丫木脚村、黄墓村、桃园村、戴家汇村，是所有美好乡村拍点的代表。这里有五百年水桦树、八百年的古桂林、晋代大孝子、周瑜点将台、接官亭、莲花山、竹文化博物馆、桃文化展示园、腊味一条街、微电影工作坊、文艺家创作基地……一句话，南陵美好乡村，真的是摄影家不可不到的地方。

徽王莓岭纪事

北纬30度，一条神秘的纬线。大凡世间奇花异果，几乎沿此结集排布。徽王莓岭与美洲大陆，虽相隔万里，却因这条神秘纬线的牵连，而成为蓝莓共同的故乡与家园。

蓝莓被誉为世界水果皇后，中国水果之王。学界更是推其为抗氧化之王、世界新生代健康水果。

徽王莓岭，位于南陵县与宣城（泾县）接壤的丘陵之间，4000亩蓝莓种植园，随山势起伏，顺沟谷绵延，在红黄底色的丘陵上，形成国内海拔200米独一无二的坡地蓝莓种植景观。巨大的白色丝网，将整座山坡、整个基地一网笼罩，为蓝莓的生长，张开了无所不在的保护伞，令嘴馋的麻雀观而叹止，无以置喙。南方高丛蓝莓、北方高丛蓝莓、兔眼蓝莓三大系列，春秀花、夏秀果、秋秀红叶、冬秀苞蕾，把一生的美丽与故事，在徽王莓岭上尽情演绎。

拍摄蓝莓是一个稀有的课题，也是容易诞生美片的尝试。夏日七八月间，正是蓝莓采摘的佳季。湛蓝的天宇，飘悠朵朵白云；起伏的山峦，勾画出由近而远、递进铺展的天际线。打开镜头，但见城市在极目处模糊着喧闹，莓岭故事在眼前生动演绎：滴绿的蓝莓树、粉紫的蓝莓果、黄红的沙丘土、欢乐的采莓人。更有星罗棋布的水塘，像一面面镜子，镶嵌在丘谷之间，扑闪着眼睛，让夏日的凉意，沿着镜头，直浸人心。当然，早晨肯定也是拍摄蓝莓的最佳时点，太阳睁开惺忪的眼，满世界一片新生的热情。数百位采莓姑娘，色彩辉映莓园，笑声洒满山坡，近景、远景，广角、特写，无不美妙如画，韵动神传。

南陵徽王莓岭，就在205国道侧畔3公里。从芜湖南、铜陵东、宣城西、池州（青阳）下高速，经南陵县城皆可直达。或从宣城（泾县）方向，沿205国道进入与南陵交界处即可。哦，还有一个好消息，凡来拍摄蓝莓的摄影家，凭本人地（市）级以上摄协会员证，均可以免去门票哦。

美好乡村 不一样的乡愁

南陵美好乡村，是一个集群，而不仅是一个点。这些散落在南陵土地上一个个又美又好的村庄，已成为安徽省美好乡村建设的靓丽品牌，成为美丽中国建设的重要组成部分。南陵的美好乡村，表达了乡村故事，传承了乡村之魂，重建了乡村的精神高地，流淌着乡村的自然人文，体现出“生态宜居村庄美、兴业富民生活美、文明和谐乡风美”和“望得见山，看得见水，记得住乡愁”的美好意境。在安徽美好乡村建设评比中，名列第一名。

拍摄南陵美好乡村，许多的感慨与惊叹，会从你的心底油然而生。江南特有的灵山秀水、徽派典雅的斗拱飞檐、绕村而去的汩汩泉流、跨溪而生的座座石桥，都会给你不一样的视觉，不一样的亲切。当然你也许更关注的，还是这些村庄的历史，这些自然美丽背后的人文内涵。这就对了，这也正是南陵美好乡村与众不同的地方，也是南陵美好乡村适合拍好片、出大片的理由。八都何村的孝子何琦，名列晋代二十四史，“反风灭火”的历史典故，出处就在这个村庄；乌霞古洞就在村后不远，宋代大学者陈翥曾隐居其中，一代清官包拯曾七次携旨劝其出仕，均被婉拒。陈翥潜隐乌霞洞，毕其一生心血，成就世界第一部林学著作《桐谱》，名列《宋史·文艺志》。板石岭村近百棵千年桂树，聚布整面山坡，周边翠竹掩映，形成江南无双的竹桂共生景观。所产金桂，落地不黑，积日不腐，色泽金灿，香味清纯，为方圆数百里传统手工艺糕点作坊的上佳配料。桃园村，古老的桃文化被溯根求源，桃文化展示馆、千亩蜜桃园，让桃的历史和视觉元素，流淌在整座村庄，舞蹈在镜头的广角。绿岭村的母子牌坊，一个贞节，一个状元，给人以精神的昭示，其中华文化的深层意韵，最是适合摄影无声的叙述语言。丫木脚村的明清建筑群，十兽古灯，把人带进时光的深处，调节长焦，历史的注脚刹那间就被拉近，而摄影家的心，一不小心也就被丢在了古文明的深处。万兴村的竹文化，极尽了竹子的品性与精神，岁寒三友情景园，随处都是出好片的角度；黄墓村的中国古阵法、腊味一条街，八卦阵的奇谜玄奥，千年古镇的水陆商贸风情，重现了当年三国名将黄盖的战斗和生活场景，单是村口那座汉魏印记雄浑霸气的门楼，就足以让每一位摄影家留恋半天。

金秋时节，南陵的美好乡村，更是增添了几多新的拍点。即将举办的“中国板石岭千年丹桂吟诗节”，诗歌的采风与吟诵、传统民间工艺，还有独具特色的桂花美食，将会为摄影家们提供精神的盛宴、视觉的唯美和舌尖上的回味。“菊花插满头”民俗节，野菊遍地，云横天际，村姑踏花，犬吠炊烟，菊花的故事与内涵，会让你手中的镜头，一刻也无法闲暇。万亩奎潭湖，“蟹舞金秋”，舟影憧憧，蟹大如掌，旅客接踵，水乡风情，堪比画图。

拍摄南陵美好乡村，是一种现实题材的进入，是一种正能量的发现，是一种乡村文化的寻踪，是一种拍摄大片的思维。从芜湖南、铜陵东、宣城西、池州（青阳）下高速进入南陵，或乘（北）京福（州）高铁直达南陵高铁站，南陵一个个美好乡村，就是欢迎您到来的精神家园。

又到小年夜 灶王乘马去

送灶王爷，是仓里村腊月二十三过小年必不可少的民俗活动，也是摄影人眼中江南独具人文魅力的一道风景。

仓里是安徽省南陵县烟墩镇的一个村庄。这里群山环抱，溪水潺潺，远离尘嚣，民风淳朴，植被丰富，生态优良，自成气候，旱涝保收。自古以来，仓里与外界的沟通只有一条十里长冲。仓里的溪水，顺着十里长冲流向山外。一条曲折的山间小道伴溪伸延。十里长冲的尽头，峭壁悬崖之上，裂开一道一人多宽的石缝，恰似守护仓里的天然之门。山外的人，不经指点，谁也不知道这一人多宽的石缝后面，竟还藏着仓里村这样一个风景别致、民风古朴的村庄。仓里也正因如此，才成为自秦汉以来，人们

躲避战乱、远离祸患、男耕女织、衣暖仓满的世外桃源。这也是仓里村庄名字的由来。

年，是中华民族文化之林中最为参天的大树，是中华民族所有乡愁必定的指向与归路。随着年的脚步越来越近，年味里的乡愁也越来越浓。美好乡村仓里村，乡愁的分子在空气里融荡，在村庄上空弥漫。大灶台搭在公堂屋前村民广场隔溪相望的旷野上，长 4.6 米，宽 2.3 米的大灶台，分别以“腊月二十三”中寓含的数字为基数；九级台阶，代表九九归一，突出了“灶”在人类生存生活中的崇高地位，表达了“民以食为天”这一亘古不变的现实真谛。大灶台背后，是仓里村最具禅意的双岗岭。大灶台挺拔的烟囱，从丫字形的双岗岭中间兀然而出，与双岗岭一起，在蔚蓝的天幕上，横空叠印出苍劲无双的“山”字。六名村中长老，鹤发童颜，银须拂飘，携六味贡品，步九级高台；设香宴于灶前，拜灶王于案下；献麻糖于灶王，备神马于灶侧。跪拜礼毕，请动灶王，侍上神马，前后护驾。一边走向原野，一面抛撒草料，以使神马吃饱喝足，背负灶王一气飞奔天庭，面见玉皇。

送灶王爷的高潮是在灶王乘马而去的时刻。旷野的高台上，火光在天色初冥的黄昏神秘地闪烁；灶王爷与神马，在火光中随着缕缕青烟，意恋返顾地贴着双岗岭冉冉而升。灿然的礼花和动地的爆竹声中，三名头盘偏髻、腰扎围兜的村姑，臂挽竹篮，款款而至，向溪流这岸的观众游人，送上仓里百年老手艺——野葛粑粑，送上年的祝福，送上如意吉祥。

这边送走灶王爷，那边公堂屋里的小年夜饭就开始了。村民们从各自的家中搬来八仙桌，扛来长板凳，邀请远方的游人，共同享受山村小年夜百桌千人的盛宴。土鸡端上来了，小河鱼端上来了，野葛粉条土鸭汤端上来了。最后传承百年、久盛不衰的“仓里八大碗”也端上来了。一位长老举起酒杯，喊一声“感恩灶王，过小年喽！”千名村民与游人唰地站起，举杯高呼“上天奏好事，下界保平安，感恩！感恩！！感恩！！！”然后一饮而尽。

拍摄仓里送灶王过小年仪式，是一种艺术的沉浸，更是一种快乐的体验。无论长焦还是广角，无论特写还是全景，都会有意想不到的生活气息与艺术效果。但因整个仪式是在黄昏与室内，所以在光圈速度与感光度上，需有一定的拍摄经验。同时为了画面的稳定，适时运用三脚架、快门线也是不错的选择。总之，如果拍摄角度与技巧运用得当，仓里灶王、六叟拜灶、三姑送福、千人夜宴，定会为你成就又一番摄影传奇与梦想。

“村长有约”拍乡愁

“望得见山、看得见水、记得住乡愁”是中央层面的战略决策，是“美丽中国”的精神追求。放眼乡愁今何在？“村长有约”盼你来！盼你来，盼你来把乡愁拍。

安徽省南陵县烟墩镇万兴村，是一座历史悠远、民风古朴、乡愁遍地的村庄。神龙泉、八卦井、落牛桥，印证着神秘的故事，流传着美丽的传说。明朝中期，村里原有沈诸两姓大户人家。沈姓后来家道中落，请来游方僧人点拨。僧人绕村一周，登高远眺，告诫沈姓族长，说此地已非沈家发展之所，因为诸姓运势太强，“猪”拱“笋”，沈诸不可同村。自此，沈姓渐渐迁居他乡，万兴成为诸姓大户之村庄。

伴着春节的临近，万兴村“村长有约看乡愁”活动也拉开了序幕。万兴拍乡愁，除了自然的遗迹，更有乡愁文化的艺术再现与当下展示。古老的水车，经过重新修整，被搬到了鱼塘边，车塘抓鱼的农耕文化，将在这里火热上演。打年糕、蒸团子、挖葛根、刨粉丝、熬米糖、做炒米糖、杀年猪、吃杀猪汤、晒香菜、揉萝卜干、磨豆腐、腌腊肉、灌香肠、送灶神……每一种传统农耕文化，都极具生活性、展示性、互动性、艺术性，不多多准备几张大容量相机内存卡，定会留下遗憾。还有村里老寿星，亲手剪出“红双喜”“三娘教子”“八仙过海”，送给村里新人、家有学子的母亲、在外打拼的人家，贴在家家户户的门楣窗前，别有一份喜气洋洋的祝福。

拍摄万兴村的乡愁，没有昼夜限制，时间充足自由。各类镜头，各种角度，各个时间段，都会有意想不到的拍摄效果。值得一提的还有两点，一是可用无人机进行空中航拍，这时的万兴村，就像大自然的赤子，梦一般卧躺在绿水青山的怀抱，画面是十分地动人与温暖；二是万兴村本土有位企业家摄影人，名叫郑永宏，凭着乡愁的拍摄，成功加入了中国摄影家协会。如果有缘，他一定会以万兴村民应有的热情，陪同各位影友，

寻找万兴更多更浓的乡愁。

（2015 年 5 月 8 日，中国摄影报社与中共南陵县委、南陵县人民政府共同主办的“相约春谷 铜聚南陵”全国摄影大展正式启动。此次摄影大展，自 2015 年 5 月至 2016 年 5 月，时间跨度为一年。应《中国摄影报》之约，陆续撰写了几篇旨在引导全国摄影家来南陵拍摄的文稿，先后刊发在 2015 年 7 月 7 日、7 月 24 日、8 月 21 日、11 月 10 日、2016 年 2 月 2 日的《中国摄影报》。）

2015. 6—2016. 2

江北汉子

三五个，或五六个，许多许多年过去，确切的人数已经记不清了，但我敢肯定不会记错的，他们是一群江北汉子，不错，一群年轻的江北汉子。

因为其中一位年龄稍长，国字脸，面色黝黑且脸上布满坑坑洼洼小疙瘩，被人喊着“老大”的人，偶与别人闲聊，总会时不时从口中蹦出“我们无为那边，哎……”如此之类的词句。

无为是紧临长江北岸的一个县份，许多许多年以前，这个拥有百万以上人口的大县，远没有现在的繁华。因为地理区位等诸多因素，呈给外界更多的是蛮荒与落后。江南人说到无为，常常不说无为，而是笼统称之为“江北”。那时江北，是江南人语汇里贫乏的代名。

以上的铺叙，对于我真正想表达的，似乎是一种赘疣。但没有这种赘疣，就少了一些关照我下面要说的这些江北汉子的背景。

1980 年，七月。七、八、九三天的高考结束了。十七岁的我，在等待高考分数的日子里，忽然心血来潮，跟母亲吵着要去林场做小工。林场叫戴公山林场，是家国营正科级机构，场部坐落在离我们小镇五六里路的山坳里。母亲说，这么个大热的天，太阳底下一个时辰身上就要脱一层皮。我说，我与强子一起，我不怕热，也不怕晒。强子是我的同学，家就住在我家房子的南侧偏后。

江北汉子，就是这时，与我邂逅，并被永远收藏在了一个江南少年初涉人世的心田。

我们劳动的现场，属于山峰作业区，这是戴公山下的一块坡地。整面的山坡，大腿根或合抱粗细的松树或杉木，已被全部砍伐，支援国家战备去了。现在的任务，就是把这面山坡，用大山锄全部垦翻一遍，把扎根在山坡土石里或大或小或深或浅的树桩，一个一个全部挖出来。再把这些挖出的树桩，就近滚拢到一起，等被烈日晒干之后，再运回山下的作业区，劈碎备作食堂的烧柴。这翻垦山坡和起挖树根的劳动，叫大工；把挖出的树根滚拢到一起的劳动，叫小工。江北汉子，做的自然是大工。

江北汉子用一条已分不出本色的旧毛巾，把缀着补丁用来洗换的短衣裤，系扎成一个包袱，卷进一张破旧的草席，定定地夹在腋下。头戴一顶黑旧的草帽，赤着脚，或穿一双草鞋，从无为的二坝，乘坐轮渡，踏上长江南岸，再一路寻到了戴公山林场的这块作业区。作业区的工房，是一溜六间的土墙瓦房，屋内的地面全是泥地。得到作业区领导的接纳，江北汉子掩不住满脸的兴奋，把草席往地上一撂，扛起屋角的大山锄，就走向烈日下的山坡去。

大工的报酬，计法与小工不同。小工按日计算，早上八点到中午十一点半，再下午一点到五点，算作一天，工资是五毛钱；大工除了像小工一样可以按日计算，劳作一天，工资一块五毛钱外，还可以按劳动量计算。一天劳作下来，计工员与会计带着皮卷尺，把垦翻过的山坡用皮尺横直一拉，算出平方数，再折成相应的工资。按日计算，强调的是劳动过程，劳动强度相对比较轻松；按量计算，工资是由劳动的结果来决定，要想得到高于按日计算的工资报酬，唯一的办法，就是付出更多体力，加大劳动强度。江北汉子，面对这样的选择，自然又毫不犹豫选择了后者的按量计酬。

当我们八点钟来到山坡，这群三五个，或五六个江北汉子的身后和左右，已是一大片新垦过来的坡地和散落坡地上一蔸一蔸大乌贼般的树桩。原来他们鸡叫就已起床，早就借着星光，开始了又一天的计量劳作。我说，哇，你们怎么起得这么早啊！那个年龄稍长的黑脸江北汉子，回一回头，朝我善意地眨眨眼歪歪嘴，而手中的大山锄却丝毫没有停止高举，狠狠地挖向面前的坡地。太阳渐渐升高了，没有一缕云，没有一丝风，烈焰从空洞的天空飘射下来，像无数的麦芒，在我们背上一阵阵猛扎。江北汉子面朝山坡，三五把，或五六把十几斤重的大山锄，此起彼落，把阳光在大山锄上烁耀成一道道银亮的弧光。汗水，从这些江北汉子的额头、脸上，顺着颈脖、胸口、脊背，一直流过腿弯、脚脖，再渗进脚下的泥土里。一个江北汉子停下翻垦，一把脱掉身上浸过水一样的背心，捏成一团，随手丢放在身后的一块卵石上，斜睨一眼高高在上的烈日，骂一声"这狗日的太阳好毒啊"，朝两只手心里吐一口唾沫，搓一搓手掌，握住锄把，高举，挖下，高举，挖下，一步一步，沿着山坡向上推进，扩大着身后左右的垦翻面积。没有了背心遮挡的脊背，呈出酱紫的颜色，任由太阳抛下的熊熊烈焰和万根银针，在上面炙烤，在上面锥扎。午餐是一大锅米饭，菜是分装在两只白铁桶里的豆角辣椒和冬瓜清汤。江北汉子掏出一斤饭票，舍不得一次吃完，只打六两米饭，就着几根豆角几片辣椒，三下五除二就倒进了喉咙，再舀一海碗冬瓜清汤，呼噜呼噜灌进肚里，用手背抹一抹嘴唇，就站起身，走向山坡，继续着脊背与烈日的坚强对抗……又一天的劳作，终于在天黑之前结束，当听到计工员边拉皮卷尺边嘴里发出啧啧的惊叹，听到会计用算盘敲了好几遍终于报出这一天的工资五块五毛钱，江北汉子们疲惫的脸上顿时放出希望的光彩，更加紫酱的脊背上晒脱的油皮，也仿佛是一朵朵开放在脊背上的幸福之花。

夜晚，他们把草席朝地上一铺，把身子往草席上一放，任由欺人的蚊虫在耳边嘤嗡，在身上叮咬。在蚊虫叮咬的梦中，他们回到江北那边的无为老家，盖起了崭新的房舍，娶回了美丽的新娘……他们就在梦中忍不住笑出声来。

2015.7

马仁山的语言代码

可以肯定，每一座山，都是有它的历史，有它的来头的。

但并不是每一座山，都能让人心生恋念，心生怀想。

绝大部分山，虽然一直就存在于我们看见或看不见的地方。可是，它不过来，我们终也懒得向它迈近。

而总有一些山，它站着没动，却让我们的脚步，无法不以欣然的姿势一次次把它抵达。

马仁山，就是这为数不多的一些山中的一座。

山看上去是不说话的。

但这只是看上去山的表象。

山说话不像我们，用的是嘴巴，一张嘴，就是呱哩呱啦。山说话用的是感应，用的是气场。每一棵树木，每一朵野花，每一道溪流，每一块石头，甚至每一缕雾，每一阵风，每一声鸟鸣，都可能是在受山之托，做着山的代言。

听山说话，不是耳朵存在的理由。耳朵在听山说话这件事上，完全就是一个多余的物件。听山说话，必须用心，必须用情，必须以一种叫作怀想的方式，接收山用感应和气场发出的代码信号，然后在山我两忘的沟通中，实现山我精神的谐振，把山的思想和精神，翻译转换成为我们所能读懂的格式，所能理解的语言。

马仁山发出的代码信号，我们读懂了，我们理解了。

马仁山是在说，来，朋友们，我盼着你们，我爱着你们，你们就是我生命中最值得珍惜的贵人！

于是，我们走向马仁山。

十多年前的一个早春。一班贴着作家标签的朋友，从四面八方，相聚在了马仁山下。

以文学的名义，高举采风的旗帜，来赶赴马仁山春天的约会。

马仁山算不得名山大川，但却给人以不可忽视特立独行的震撼。从这个角度看过去，马仁奇峰，恰如拔地而立的巨神。波状起伏的峰峦，仿佛巨神优雅屈伸的手指，为奔它而来的我们而OK，为头顶新春的丽日而点赞。

缓坡，绝壁。草地，裸石。楠木，桦林。泉潭，飞云。山形的多样，地貌的迥异，植被的丰杂，色彩的纷繁。大自然，以最为黄金美学的搭配，为马仁山进行最为精心的装扮，直到马仁山成为春天的江南一道视觉的盛宴。

我与黎明、念秋，还有舒总，就是在这时，在这里，在关于文学深深浅浅的意义与价值的询探中，一路相识，一路相知，一路志同道合。

黎明说：现在许多作家写手，写作都是急功近利的，许多作品，严格意义上讲就是文字垃圾。这是文学上的一种堕落。

念秋说：这是因为作家缺乏了应有的责任意识和社会担当，文学作品，应该给人以美感，给人以希望，给人以正能量。

舒总说：马仁山最是适合做我们的创作基地，让我们在马仁山创作更多优秀的文学作品，上大刊，上头条，问鼎鲁奖，茅奖，“五个一”工程奖！

今夜，我们又一次聚在了马仁山下。

依然以文学的名义，依然高举采风的旗帜。

急急细雨，不经意而来，又不经意而去，就像一阵风，一个梦。

出浴的马仁山，泉流汩汩，芬芳暗袭，清纯而圣洁。

诗赋马仁，月圆中秋。一首首诗一首首歌，辉映着篝火的激情，醉

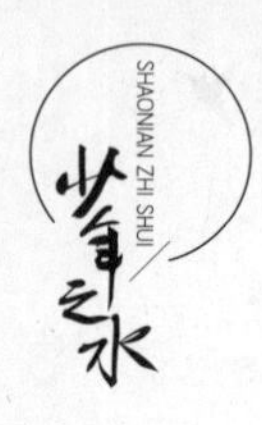

了马仁山，醉了今夜的月亮。

明月几时有，把酒问青天。成道以这首月亮最爱听的诗词开场，即兴演绎着千古以来人类对月轮不变的发问和念想。

念秋吟诵起《马仁山的冷月亮》，对月之美月之媚月之清纯月之永恒的礼赞，让月亮一时忘记了普天巡临的使命，恍惚之间，差点跌落在马仁山上。

舒总《一棵开花的树》，为了迎候我们的脚步和今夜的月亮，让佛把自己幻化，长在了马仁山下我们今生今夜注定必经的路旁。

……

谁说文学已被边缘？说文学已被边缘的人，是他自己在首先边缘着自己的心。

而一个自我边缘着心的人，无论在哪里，不管做什么，其结果也都必然逃不脱被边缘。

至少在今夜，在此时，你看，我们的诗歌，我们的文学，是多么神圣而庄严，是多么崇高而时尚。

如果没有诗歌，如果没有文学，今夜的马仁，今夜的月亮，今夜所有的传说和故事，将是多么寂寥，多么黯然，多么庸常。

月亮倾抚亭廊。亭廊生于水上。

一位几近中年的男子，倚侍在亭角的月影，听我们谈诗论文，静静，如月光里的马仁山一株谦逊的竹子。

又从哪里弄来一只通红的蜡烛，点燃，倒滴几滴蜡油，按粘在亭栏的柱头。一时间，天上月光，亭栏烛光，两情相悦，遥相辉映，诗情画意，直逼心田。问之，赧然答曰，少时爱读诗，也写过诗，最是喜欢朦胧诗，听你们在谈诗，就像听到心灵的启示，脚就走不动路了。再问之，答曰，就在马仁景区做门卫工作，倏忽二十多年，第一次在这样的月夜听诗，心里有种说不出的温暖，心就像要离开自己飞向月亮……

五千年诗歌的河流，从诗经的源头，沐着月影烛光，一路涣涣而来。

挟裹着马仁山的语言密码，直达我们文学的心园。

2015.9

延安的星

我来到了延安。

像我这样 1963 年出生的人，可以说是在“延安文化”的熏染下成长起来的。很小就从教科书里知道了延安的神圣，很早就把《回延安》连同延水河、宝塔山、杨家岭、枣园记在了心底。当然，延安最触我心灵使我神往的，还是人民领袖毛泽东，以及他与他的朋友们，在这块皇天后土上，成功策划上演的一出人间旷世神话。今天，我终于来到了延安！我在了却人生一大夙愿，心头的负债顿感一轻的同时，也让一颗心与延安贴得更近更近了。

我仰望宝塔山，我横跨延水河。宝塔耸如昨日，河畔八路军战士“三大纪律八项注意”，也似乎穿过历史的时空，从岁月的那头嘹亮地传来。枣园中央礼堂前的旷地上，一座毛泽东与他几位朋友的集体塑像。中年毛泽东，活力四射，气吞山河，昂首阔步，不可阻挡！毛泽东，中华民族最优秀的儿子，中国人民最伟大的领袖，他以他的思想，让整个民族折服；他以他的毅力，改变了整个世界。现如今，没钱办不成事，几乎成为机关的通病。一件再正常不过的工作没有完成，也几乎把原因完全归咎于经费缺乏。照这样的逻辑，应该是有钱才能办事，钱多才能办大事。可是，毛泽东，却带领最穷最苦的民众，从没有一分钱的地方，创下了任谁也无与伦比的一个国家的大业！忽然想起一本书上看到或听说的故事，说毛主席当年闹革命，在经济十分拮据的时候，夫人贺子珍让自己的母亲把陪嫁的首饰拿到当铺里当成大洋，支持中国革命。毛主席知道了，凝视远方，

默默良久，对贺子珍说，老太太今天为中国革命贡献了自己的首饰，我毛泽东将来要还她老人家一个新中国！……这就是思想的力量，这就是毛泽东思想，这就是毛泽东思想的解放，这就是解放的毛泽东思想！在全社会都高喊解放思想的今天，各级干部应到延安来，重温一下中国革命的过程，重温一个历史的真理：中国革命的胜利，是毛泽东思想的胜利，是以毛泽东为首的中国共产党解放思想的胜利！

窑洞是普通的，但这些窑洞又是多么不同寻常！毛主席，周总理，朱总司令，这些旷世奇才，就曾在这样深入土地内部的窑洞里，纵览世界风云，指挥百万雄师，商定扭转乾坤，实施改天换地！记得那个早晨，毛泽东在批阅了一夜的地图上重重地勾上一个圆圈，在思考了很久的文章里画上了一个小小的句号，他将那管狼毫在砚池里细细地舔成乌亮的笔剑，架放在那只乌木的笔架上。他稍一低头，跨出窑洞，从嘉岭山升起的太阳，映照他的脸盘，他把那顶缀有红星的八角帽缓缓戴在头上——从此，一张英俊的照片，通过美国记者斯诺的眼睛，传遍了整个世界；从此，中国不再只由太阳照亮，更由红星照亮！摸一摸这写出《论持久战》的巨笔，坐一坐这响彻“一切反动派都是纸老虎”论断的石凳，一股豪情在五脏六腑春潮般涌荡。走进七大会堂，这是一艘劈风斩浪的航船，那位天才船长“我们的目的一定要达到，我们的目的一定能够达到”的惊世之语，六十多年过去了，依然回响不绝。走进中央办公厅，那简陋的桌椅，是如何吸引了那么多天南地北的文艺名流来此相聚？座谈会上“百花齐放，百家争鸣”“文艺必须为无产阶级政治服务，必然同生产劳动相结合”是如何点燃文艺思想的火炬，使无序的、玩赏的文艺，从此有了明确的方向和价值的考量……

此刻，我走出位于黄土坡塬上的宾馆，这是晚上十点钟的光景。一同来延安的朋友们已经入睡。我是想在延安的夜晚，看一看延安的北斗星。黄土高原昼夜的温差，让穿了一件衬衫的身上有一丝凉意，但这丝毫也影响不到我心中的温暖。父亲一辈子崇拜毛主席，毛主席是父亲心中的神。父亲说过，当年很多人朝北斗星方向一直走就走到了延安。如今，毛主席与父亲都已去了另一个世界，我要在这里以延安的视角，看一看曾聚焦中国、聚焦世界的北斗星；我要凝望延安的北斗星，感谢一个给了我健全的生命、一个给了我共产主义世界观的两位不同意义上的伟人！北斗七星呈一个巨大的匙勺，勺端两颗连线的延长线上，一颗硕亮的星，那就是北极星。延安的北斗星和北极星，看上去是这样清朗与明亮，清朗明亮得令人不忍移开片刻目光。凝望这样清朗明亮的延安之星，我不能不再次想象毛主席的伟大，想象中国劳苦大众的伟大，想象延安这块土地的伟大！

不远的延河，汩汩流淌。

我的思想，正向延安的深处，迸发。

2006.10

京城的深秋

十月，应是北京的深秋了。

深秋，我在北京的土地上走过。

这是第一次来北京。目的或说任务，是与领导一起“跑部”，弄一点项目资金。我的一位乡梓在一个比较权势的部里做着管项目的领导，这是我们来“跑部”的全部理由与底气。项目对路，老乡关照，我们的要求很快得到答复。——这使我们觉得，“跑部”其实也不一定就是一件多么难的事。只要有人脉，有项目，有路数，不仅可以“跑部”，而且还真的可以“跑部前进”的。

又与在中央一家机关工作的乡友，以及在中办给一位首长做秘书的三十岁不到的阜阳小兄弟，喝着啤酒，爽爽地撮了一顿北京烤鸭。

回程的火车是晚上六点。事办好了，时间还早，那就转一转。第一是天安门，第二是毛主席纪念堂，第三是人民大会堂，第四是故宫，再看其他什么的，时间就来不及了。从广场看天安门，与心中预设的“雄伟”是有差距的。因为广场太大了，大得让人的视线一下变得格外高远起来。随着一步一步走近天安门，天安门才一寸一寸地长高，并最终长得与心中预设的一样“雄伟”起来。站在金水桥上，仰望天安门，注目中国人民的伟大领袖毛主席，心中渐渐涌起一股说不出的感慨与激动。我敬爱的父亲母亲，是把毛主席敬为神明的；我的伯父曾是九大代表，近距离聆听了毛主席的声音，并与毛主席幸福地握了手——这曾是我们这个家族父辈一代最为骄傲的往事。我在心里默默唱起“我爱北京天安门，天安门上太阳升，伟大领袖毛主席，指引我们向前进”的孩时歌谣；我举起右手，向毛主席，向天安门庄严敬礼：愿我的中国繁荣富强，愿我的亲人幸福安康！进入城门，登上城楼，一种庄严、一种肃穆、一种使命、一种责任、一种抱负、一种情怀，在心海的深处，缓缓升腾。我依稀听见“中国人民从此站起来了”的宣告；依稀听见人民呼喊“毛主席万岁”，毛主席呼喊“人民万岁”的历史之声。举目远眺，仿佛可以看到全中国的每一个角落，可以看到世界的每一个动静。一座城楼，以她的古老与年轻，以她承载的厚重与荣誉，让一个登临她的人可以清晰地看到不能看到的辽远，真是具有说不出的神奇。这绝不是世界其他地方任何一座城楼可媲的。我知道，西安也曾有过这样可以纵观海内、横览世界的城楼，那是一个朝代前面被冠以“大”字“盛”字的唐代，是百业俱兴各得其所飞天舒展天下来朝的唐代，而这样的“大”与“盛”，又是多么切合了浩浩中华当今中国的心理状态。

作为外省人，我童年的北京情结，就只两样：天安门城楼、毛主席。此时，我就站在天安门城楼上，放飞我的心灵，挥洒我的思绪。我想到了曾经的帝王将相，想到中华民族曾经的荣辱，想到了开天辟地的人民英雄，想到了 2008 中国奥运。无数的联想交织缠绕，无数的感慨汇聚升腾，双手扶握着汉白玉栏杆，让目光直达万里海疆。

参观纪念堂，瞻仰毛主席遗容的队伍足有一里路长。各种语言、各种肤色的人，静静地，一步一步地相随前移。据说遇上长假或旅游旺季，排上几个小时的队是常有的事。一个早已远逝的人，还有如此现实的引力，在这个世界，恐怕也只有毛主席他老人家了！真正瞻仰的时间是很短的，后面接踵的人流也不可能允许你停留稍长的时间。我怀着崇敬、思念和虔诚，默默祝祷，轻迈脚步，生怕惊醒为劳苦大众翻身解放，为中国繁荣富强操劳终生的千古伟人。

建筑是人设计的，人是不可能脱离一个时代而存在。建筑也因之而将打上深深的时代烙印。人民大会堂，雄伟的廊柱，开阔的门厅，聚敛的会场，环绕的星灯，直到今天，依然让人看到当年——当年新生的中国扬眉吐气的畅快，新生的中国按捺不住的雄心，新生的中国藐视一切的勇气，新生的中国匠心智慧的独运。走出大会堂，再次仰观气势夺人的廊柱，不由想到这样一点：中国人，以当年中国贫弱之力，神速建起如此的建筑。

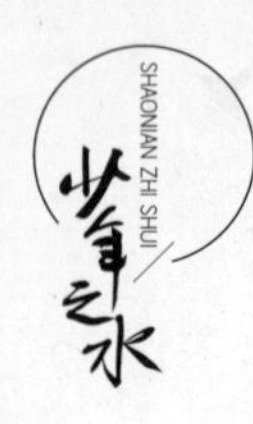

那么，以今天的国力与条件，建造任何建筑，也都是不足为怪的了。

故宫的外围，昨天晚上已绕了一圈，是坐的人力车。蹬车的是地道的北京人。坐在他的车上，膝盖搭着他车上准备的棉大衣，车子就顺时针围着故宫外墙绕起来。健谈的车主一路京味十足地呱嗒，前秦后汉的往事，嬉笑忧乐的时评。同行的领导说，你再厉害，比得过上海有钱吗？上海？你是说上海？车主显然有些不快，在这样接连问了两句后，也不等我们回答，就很是不容置疑地说，上海再多的钱，还不是交到我们这里来？！我们听了，一想，连说是是是。热情的车主还向我们顺道指认了一些国家领导的居家。……现在买票进了故宫，买一只电子导游器，往耳朵上一戴，就匆匆转悠起来。想当年，天下交通不便，讯息交流不畅，皇帝、皇后、嫔妃、太子就在这被方方正正的院墙围隔的宫里，治理天下，明争暗斗，用尽心机，你死我活，真是没有什么多大意思。那些天下绝代佳丽，就在这牢笼一般的围墙里，以自己聪慧的智力和情商，等待着，对抗着，在等待对抗中，一天一天眼睁睁让自己饱满的青春被岁月风干。忠诚和爱也是有的，但那是对恩赐的忠诚，对权力的敬爱，而一旦恩赐不行，权力不再，关系体系也就彻底打破，又一场血雨腥风也就到来了。

第一次到北京，就是这样的。

2004. 11

母亲，我想陪您去看观音山

这是五月的一个周末。我坐在客厅的沙发上，将手机调到了静音。我还用洁白的瓷杯，泡上一杯碧绿的黄山毛峰，放在沙发前的茶几上。窗外，暖暖的阳光静静地洒在院子里的桂花树上，一些春风中新生的叶片，因为春光的莅临而幸福得通体碧玉般晶莹，散发出小小少女额头毛茸茸的质感。这春风是从南中国的观音山那里吹过来的吗？这毛茸茸的质感是观音山观音佛无疆大爱的昭示吗？我的心里流过一股暖洋洋的情绪，我这样问我的心。我的心宁静而愉悦，我的心笑而不语。我从窗外幸福的叶片上收回暖洋洋的心思，让目光轻轻地触向手中的《人民文学》。

是的，《人民文学》，2011 年第 3 期，第四届“观音山游记”征文获奖作品集。昨天晚上，斜倚床头，读完了获得优秀奖的五十篇作品和一篇特稿，当深夜两点我关掉床头灯，躺下休息的时候，我就在心里决定了今天要做的事情和程序——继续读完一二三等奖的作品，还有包括手机的静音处理和绿茶的冲泡。手机和绿茶看上去与阅读似乎很不相干，但其实是有很大的关联。——手机静音了，我的心也宁静了；绿茶冲泡了，我的心也氤氲了。而这样的宁静和氤氲，正是阅读观音山、朝圣观音佛所必须营造和具备的环境和心境的背景。

昨天晚上，枕着《人民文学》，我还来到了久违的东莞。我到了樟木头，我在川流的人群中一眼就认定了一个小姑娘，一个我一眼就决定要向她问路的小姑娘，小姑娘也宛然专门为了我的问路而在这个时刻出现在这里与我相遇。——这都是前世和命定的安排吗？我问小姑娘，观音山在哪里？

小姑娘对我侧颊莞尔，她的明眸皓齿，她的娉婷端庄，她的清纯芬芳一尘不染的样子，让我肃然惊异是不是观音派来的使者。小姑娘仿佛有什么魔力，她轻舒玉指朝前一点，我就站在了观音山下森林的绿海。观音山的晨风，抚摸着我的脸，亲吻着我的额；观音山的清泉，踢踏着轻快的舞步，吟唱着青春的歌谣。我的思想也一如观音山的风一样透明，我的五脏六腑也一如观音山的泉一般清润。我的目光搭载着心的雷达，看到了海的那边和无限辽远的星星的背后。噢，她来了，她来了！是因为知道她必定而来，我才在这里幸福地等待；还是看到了我等待的良苦，她才怜爱而来？我不知道，我也不想去知道，她来了，我也就够了！——她从海的那边，从星星的背后，金冠束云，莲花吐芬，左托净瓶，右翘兰花，飘然，无声，落到观音山顶，理一理裙袂，盘膝坐拥玉莲，端庄美艳，绝世清芳，光芒四射，焕然目眩。一个声音，轻如鸿羽又贯穿洪荒，仿佛从时空的尽头，乘着宇宙之光，直达我的心房：人啊，你是在等我的吗？我幸福得一时无法言表，我只能用心，用全身三万六千个毛孔，一遍，又一遍回答：是的，我是在等您哪，我的观世音！

抿一口毛峰，把《人民文学》传达给我的观音山放在舌尖，慢慢品悟，然后存放于心。这是一次精神的攀登之旅，也是一次心灵的洗礼之旅。从优秀奖，到三等奖，又从三等奖到二等奖，再到一等奖，我从观音山脚向着山巅一路朝拜，我把观音山轻轻安放在我心灵最为柔软的地方。我想起了远在乡下的母亲。七十六岁的母亲，观音是她心中的太阳，观音是她精神的明灯，观音是她心中的至尊至敬。每个月，母亲都要参与乡下某处定期的观音会。母亲这天总是要梳洗得格外干净，穿戴得格外整洁。母亲说，观音是最圣洁的，你弄得邋里邋遢，就是对观音最大的不敬。母亲去参加观音会从不说“参加”，而是说去“做”。参加观音会的母亲们都说“做”。这“做”与“参加”有什么区别呢？我问过母亲，母亲说，“做”就是“做”呗，哪有什么这区别那区别的。但我还是在心里认真地想了想，终于想到了母亲们说“做”而不说“参加”的缘由。原来，“参加”是一个共同的连动，有时还带有一些不得已而为之的被动；而“做”，才是从本心出发，从自己的意愿出发，把观音会当成自己的责任和义务，当作一项必须由自己去“做”才能放心，才能完成的责任和义务。我把我的思考再拿来给母亲评定，母亲只说了“你真会想”，就笑而不言了。其实，母亲何尝是七十六岁才这样用心去“做”观音会的呢，在我看来，当我还是小小孩童的时候，母亲就已经把观音放在了“做”的位置。小时候，每当我有个头痛脑热，母亲就会从箱子底下摸出拳头大的一个红布包裹。我问母亲那是什么，母亲斜睨我一眼，低声而威严地嗔道：小孩子家不要瞎问。母亲剥开裹着的红布，把里面的物件轻轻地放在桌子上，我说，哦，原来是个小菩萨头子，真好玩。说着就要伸手去拿。母亲侧过脸狠狠地剜我一眼，一只手在我伸过去的小手背上啪地一拍，把我伸过去的小手拍回来，又连忙对着桌子上的物件虔诚而敬畏地喃喃：观音菩萨哎，你大人不计小人过噢，我家这个不懂事的东西，你千万不要生他的气啊。又回过头虎着脸说，这是天上的观音菩萨，专门为人间救苦救难的，还不快给我跪下。说着母亲一把拽过我，把我按跪在桌前。母亲自己也在桌前跪下，双手合十，朝着桌子上的观音菩萨鸡啄米般地礼拜，一边拜一面嘴里念念有词。我望一会儿母亲的脸，又望一会儿桌子上的观音菩萨，我听见母亲说，观音菩萨哎，求你保佑我儿狗头狗脑，平平安安噢……说来也真神奇，每次母亲在观音面前这样念叨请求后，少至几个时辰，多至一两天，我的头痛脑热什么的，确实也就在不知不觉中好了起来。

我看到了一棵古树的光芒；看到了观音山下的美好生活；看到了在观音山，我站成一棵树。观音山的古树，从五千年的岁月深处一路走来。那是怎样的一种震撼人心的深处呢？那是怎样的一种劫难万千的历程呢？这让我想起 2002 年 10 月，省委党史办聂皖辉主任与李辉主编带队去大西北考察。在横无际涯的戈壁上，一截截黑黑的木桩，剑一般斜刺向天，如同一个个直插戈壁的惊叹号。后来，我知道了他们的名字叫胡杨，是生而一千年不死，死而一千年不倒，倒而一千年不烂的胡杨！我惊叹，中国的大东南，与中国的大西北，地理如此迥异，风情如此不同，而古树，却同样承载着千年历史的托付，穿行于沧海桑田的隧道，都如此放射出亘古不变的光芒。我的眼里，观音山五千年的古树，与戈壁滩上的胡杨叠印在一起，我甚至确切地感到，观音山的古树，正与万里之外戈壁上的胡杨，悄然在地下向对方伸出根的触手，互问千年岁月之安。观音山的观音佛，高达 33 米，重达 3300 吨，端居云天，俯瞰众生，大千善恶，悉数于心。

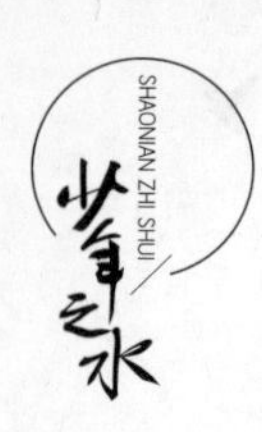

记得那年在大西北，沿着窄窄的木栈道，在悬崖高处莫高窟多少号洞窟，我震撼得半天无语。侧卧的巨佛，体态是那样的婀娜，线条是那样的柔润，一手搭在弧隆的胯侧，一手屈支在朝下的左颊，呈给我们一双憩寐的眼睛。我一眼就认定她是观音，只有观音才配有这样摄人心魄的大美！我一眼就认定她看见了我们，观音的全身都是洞察世事的眼睛！此刻，我感知着观音山的观音，也再次看到了莫高窟中的大美观音。中国的大东南，与中国的大西北，以大美大善让我震撼的，原来都是观音！我甚至相信，观音山的观音坐佛与莫高窟的观音卧佛，已在云空之上相互倾望，用倾望的目光交换着心中的秘密。……东莞，敦煌；观音山，莫高窟。因为树，我把它们联到了一起；因为观音，我把它们装在了心里。

合上《人民文学》，我又想起了我乡下七十六岁的母亲。母亲敬爱了一辈子观音，但母亲还从没去过名山大刹，还从没朝圣过高居云端的观音。我打开笔记本，先谷歌了一下地图，又查询了各类交通。从芜湖到樟木头镇，火车全程约 1400 公里，运行时间 21 小时 40 分；而转道南京空港，乘海南航空的航班，只需 1 小时 55 分。我站起身，走到窗前，望着观音山的方向，拨通了乡下母亲的电话。我要告诉母亲，东莞有座观音山，观音山上有尊世上最大的观音法像。我要陪母亲去看观音山。我要让一辈子都敬爱着观音的母亲，亲眼见一见端居云端的观音模样，亲身体验一下观音的无边佛法和无疆大爱；我也想让观音亲眼看一看，在人间，有多少像我母亲一样的忠实信徒，一辈子心里都有一个观音，一辈子都在向她敬奉着无限的忠诚……

2012．8

房门后的父亲

1998 年 1 月 31 日，农历虎年正月初五，凌晨四时三十分，父亲永远离我而去了。

此前，我们工作在两省三地的三兄弟都回来了。

母亲临时搭起一张床，一张与父亲睡着的床一样的架子床。两张床，床头抵床头，一字排开。母亲陪父亲睡在一张床上，照料着气若游丝的父亲；我们兄弟睡在另一张床上。这样的安排，让我们有了一种回归孩时的感觉。我们听母亲絮叨着，絮叨着关于她与父亲，还有我们小时候的一些往事。在母亲如歌的絮叨中，我们早已成年的身心，因为孩时般情绪的润染，一点一点，一点一点，变得豆花般稚嫩起来；我们已历经过几番人世风雨的情感，一点一点，一点一点，变得花季般纯粹起来。我们沿着母亲絮叨的河流，缓缓溯向生命的源头，直至我们的想象和记忆触摸不到的地方。我们为父亲已成定论的病情而生出的无尽悲戚，因为母亲歌谣般的絮叨，而渐至弥漫成落红满溪的美丽和忧伤。

你伯伯！你伯伯！！你伯伯！！！——母亲突然的惊呼和哭喊，让整个世界瞬然无梦！瞬然无梦！

……我的父亲，我亲爱的父亲，就这样，就这样带着所有儿女都已成家立业的满足，带着所有三个儿子都伴在身边送他远行的满足，当然也肯定带着我们知道或不知道的些许留恋和遗憾，在公元 1998 年早春即将到来的时候，永远，永远，挥别篾尺与竹刀，挥别亲人和朋友，走进了没有地址没有号码永远不醒的春天的梦……

可是，我们有许多许多的心思还没有告诉父亲。——其实，父亲肯定曾多么想知道我们的心思，也肯定多么想我们能找一点时间，和他面对面地，报告报告我们长大的情况，听他谈谈对我们的看法和建议。而这些看法和建议，应该是父亲花费岁月的代价换来的人生经验，也一定是父亲专为我们而苦心累积的心灵鸡汤。可是，可是我们，为了公家的事情，为了私自的点滴，却没有把这样一件重要的事情放在心上。我们忽略了时间的铁律，我们误以为生命会是无尽伸延的藤蔓。

可是，我们有许多许多的孝心还没有捧给父亲。——其实，我们完全可以多买几瓶好酒，多买几包好烟，多买几斤好茶，献给我们亲爱的父亲。如果这样，父亲一定会在对我们“不要破费不要花这个钱你们还要买房子”的轻声责备后，心里充满收获的甜蜜与自豪。可是，可是我们没有。我们忽略了最现实的当前，我们只知尽情享受如山的父爱，我们总是把愿想和感恩放在明天，放在仅存于想象之中却尚未交到我们手上的明天。我们不知道，在某一个尚未到来的明天，当我们终于知道向父亲捧上满怀孝心的时候，整个世界，竟再也找不到我们的父亲。

每次回家看母亲，我都会想起父亲，想念父亲。

想起父亲晚归时在院外很远就告知性响起的让人心里猛然踏实的清脆的咳嗽；

想起父亲做两块钱一天的上门工时经常买给我吃的三毛钱一个的鸡蛋糕；

想起父亲劳累一天后被我缠着不让睡觉在被窝里给我讲完的《杨家将》《小罗成》还有《王清明招亲》；

想起父亲第一次带我到老街上的曹伯伯家吃喜酒；

想起父亲第一次带我到大林桥的张伯伯家做学徒；

……

这时，我都会肃立堂前，面对八仙桌上方中堂左侧父亲的画像，深深地，深深地鞠下躬去。

我的眼睛，在这样的时候早已泪花满盈。

我的心海，在这样的时候总是滔叠浪飞。

突然感觉父亲没有走，是2006年初秋。

2006年初秋，天气十分晴和。

我回到故乡。母亲在灶上为我烧着我从小吃惯了的口味，我在老屋里以及老屋的前后随意地转悠。——这是我每次回到老家，我们母子各自最为经典的形象。

我看一看屋后的排水沟是不是有什么叶草散落或淤塞，我看一看屋檐的瓦片会不会因为木椽的腐损而有掉下来的迹象，我看一看院子里父亲当年手植的月季绽放如初的云霞，我看一看紧挨隔壁王妈家水泥场基这头的房间已被潮气侵蚀得泥灰剥落的壁墙。

我所看的，是已一次又一次看过的；我所想的，是已一遍又一遍想过的。我没有打算有什么新的发现，可我却突然面对了一个新的发现！——一个早已存在却被我忽略至今的发现。——我发现了房门后的父亲！——父亲现身在房门后的门板上，亲爱慈祥得一如从前……

我亲爱的父亲，原来，你根本就没有走！

我亲爱的父亲，原来，原来你一直就在房门的后面！

正月初六，高一，初七，高丅；初八，桂一，初九，桂丅，初十，桂下，初十一，桂正；初十二，刘一，……二月初一 3月12日

二月初二 13日

……

二十一 4月1日

二十二 2日

……

三十 10日

三月初一 11日

初二 12日

……

二十一 5月1日

二十二 2日

……

三十 10 日

四月初一 11 日

……

请允许我这样不厌其烦地记下这些公历和农历相间的日期。我确是有些没有考虑别人的感受。我想大家在对这些公历和农历相间的日期所表达的意义一头雾水之前，是不会对我的这种不厌其烦给予多少宽容和理解的。那么，请听我说，这些公历和农历相间的日期，就是我在 2006 年天气十分晴和的初秋，回到故乡，母亲在灶上为我烧着我从小吃惯的口味，我在老屋里以及老屋的前后随意地转悠而突然从房门后的门板上发现的秘密。——它是我亲爱的父亲将一个家庭推向幸福的历史印记，是我亲爱的父亲为了将一个家庭推向幸福而与时间进行的不懈对峙。父亲一生没有写过半篇文章，这房门后门板上的秘密，就是我亲爱的父亲最伟大的手稿！我不能省略它们，我不能改变它们在老家房门后的门板上久远以前就如此排列的版式，我只有把它们照样画下来，照着房门后的版式一模一样地画下来，画给自己看，画给我的兄弟姐妹们看，画给我的那些具有文化情怀的朋友们看，我的心里，才会流过一丝沧桑的慰藉。

“正月初六，高一”有谁能破译这里的秘密？我，有我！父亲每年只在过年的时候，才愿意歇几天。一般年初三一过，父亲就很有些坐立不安地闲不住了。竹刀在年前三十那天已磨得锋快，锋快的竹刀被父亲用一大块厚实的帆布紧紧包裹，放在工具篮里一个十分重要的位置；锯齿在年前三十那天也已锉得锐利，坚利的锯齿以及锯片抹了一层菜油，这样斜挂在工具篮上方墙上的整个锯子，看上去就闪现着一副朝气蓬勃斗志昂扬的神情，十分让人值得信赖。大年初三一过，工具篮里锋快的竹刀，斜挂墙上的锐利的锯子，仿佛都在抢着小声叫喊父亲，父亲也仿佛听到了它们急急地叫喊，就很有些坐立不安地闲不住了。记忆中很多个年，父亲都是初四就开工了。——父亲用被他的双手长年摩挲得光洁如铜的竹尺，一头将工具篮斜挑在肩背后面，另一头用手按捺在胸前，跨出堂屋的门槛，冒着料峭的清风，满怀崭新的希望，走向年前就预定的顾主。——父亲的这个姿势或造型，就像肩扛钢枪，枪刺上挂着弹药补给，领军出征的威武将士。——父亲又一年的劳作，也就在这料峭的清风中以这样的造型拉开了又一个轮回的序幕。

“正月初六，高—”这是哪一年？父亲破例在家多闲了两天。——“正月初六”，比往年的正月初四延迟了两天。这也许是因为母亲关心的劝阻；也许是家里来了在铜陵当着常委的大伯父，或繁昌圩乡的老家亲戚；也许是没选好开工的人家。总之，这样的延迟，肯定是有缘由的。“高”——我来破译——父亲这年正月初六开工，顾主家姓高。父亲每年开工有一个讲究，就是第一家顾主要有一个好姓名，父亲说这样一年才会顺当吉利。——这不能说就是父亲的庸俗或迷信。尽管父亲只在夜校里识了几个字，但中国的传统文化不只是在纸上传承，更流淌在所有层次的社会与民间，每一个人都无法回避地被它浸染。纵观现今，从婚嫁升迁到开业庆典，从企业投产到楼市开盘，从大桥通车到国际展会，谁不是都不能免俗地把日子掐了一遍又一遍。——父亲是以什么样的标准界定姓名的好或不好的呢？一般来说，就是姓和名听上去要让人感到舒服，感到有发展，有希望。比如姓“桂”，很好，让人听了联想到大富大贵，而大富大贵又有哪一个不喜欢不追求的呢。比如“钱”，很好，在父亲那个物质匮乏生活艰难的年代，还有什么比有钱更好的呢，中国人自古就信钱能通天，有钱能使鬼推磨，钱是中国人想得最多的事情。比如“高”，这在父亲眼里也许不仅是“很好”，而且是“最好”的了。因为这“高”可以代表一切！——“桂”很富贵，“钱”能通天，但不一定就能得到社会的最大尊重，也就是不一定就能达到站得“高”。而得到社会和天下人最大尊重的站得“高”，才是人在社会上生活的最大意义，有了这个“高”，就有了引领别人和号召别人的聚力，这时少一点“桂”，少一些“钱”，也就不是什么问题了。当然，这些好的姓，还要有好的名相配，才能听上去真正地好。比如同样姓“桂”，叫桂大发，这就很好，又富贵又发财而且是大发财，这太带劲了！但要是叫桂达满，就不是很好了。虽然字面比桂大发要文气要深刻，但父亲时代的农村又有几个人问你什么字面不字面，这很文气很深刻好极了的“桂达满”，早就被乡民们喊成了“跪踏板”了。田间劳作的时候，乡民们无聊时就会来一句“跪踏板，你昨晚有没有跪踏板”，或者“跪踏

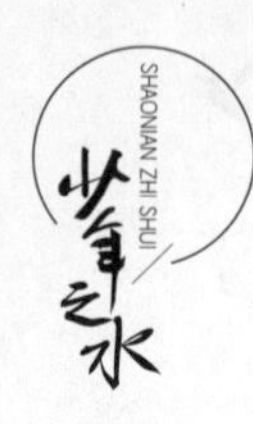

板，队长叫你今天和小货子挖塘泥”。这样桂达满就没有桂大发有意思了。还比如同样是“钱”，叫钱广进，这就很好，有钱，而且广泛进来，钱越来越多！但要是叫钱志霄，就犯了与“桂达满”一样的错误。父亲年代的乡民们听不懂这些很有志向的名字，他们对你名字的理解就是你的字音在乡间文化里的含义，他们对钱志霄的理解就是你钱再多也必定会自动消掉最后什么也没有了，这样的名字当然也就不具备被父亲列为拉开一年劳作序幕的首选了。还有一听姓，连名也不需再问就可以剔除在新年开工第一家主顾备选之外的是些什么姓呢？这主要是一些听上去就很容易打消人的积极性，进而影响人的精神状态的一些姓，如“黄”，让人容易联系到做什么事都容易半拉子，黄了；如“刁”，让人容易与呈狠霸强联系一起，与“好”肯定是沾不上边；还有“吴”“胡”，让人联想到是什么也没有，七胡八胡，与父亲时代的乡民们心中的梦想和追求一点也对不上号。

我是在试图破译我亲爱的父亲留在老家房门后的秘密。因为涉及“正月初六，高一”这样的符号，我只得以交代背景的目的，把父亲每年开工对首家顾主的选择，从姓名这个角度阐述一下父亲的，同时也是父亲时代的一种乡村文化态度。——当然，父亲的时代已成过去，这种对姓名的意义直接而简单的假定，也早已随父亲时代的结束而不复存在于我们的时代。——这样，“正月初六，高一”的含义，也就变得通俗起来：正月初六这天，父亲正式开工了，第一个顾主是一户 “高” 姓人家——这太符合父亲的心思愿想了！顶天而画的一个“一”，是父亲的记事方式，父亲就是用“正”字记录着在某一户人家、某个生产队、某个大队、某个粮站做工的天数，就像现在村里直选干部时用粉笔在黑板上画“正”字一样。做一天工就画一个“一”，做两天就画一个“丅”。这样具体到不同的顾主，少的只画一个“一”，多的要画一个“正”，也有更多的要画两三个“正”的。那么父亲在这“高”姓人家做了几天生活呢？房门后的门板上，“正月初六，高一”后面，是“初七，高丅”，再后面是“初八，桂一”。这说明，父亲在“高”姓人家只做了两天生活，从正月初八开始，就转移阵地，到另一家“桂”姓人家做生活了。而从画在房门后的“初九，桂丅；初十，桂下；初十一，桂止”来看，父亲在这户“桂”姓人家是一直做了四天生活的。——这里再次印证了父亲对每年开工第一家主顾姓名认真对待的态度：我们来看，高家的生活只要两天，桂家的生活需要四天，按一般对待生活量的常理来说，大多是先大后小，因为量大的生活所得报酬也就更高。可父亲为什么要违背常规，先小后大了呢？他是不知道量大的生活对他来说收入更多更重要吗？显然，父亲在这里没有单纯从生活量的大小上去考虑主顾的重要和自己的报酬，而是从谁的姓氏更顺当吉利的层面，将“高”家摆在了“桂”家的前面。——现在，在“初十二，刘一，……”的下面：

“二月初一 3 月 12 日

二月初二 13 日

……”

也就不难理解了。从农历的“二月初一”到“四月初一”，即对应的公历“3 月 12 日”到“5 月 11 日”，公历与农历环环相扣，紧密相对。我亲爱的父亲，就是这样，从这一年的“正月初六”到“高”姓人家开工，然后是二月，三月，四月，一村一村，一户一户，直到又一个家家户户忙把新桃换旧符的大年前夕，才肯休息一下身子，而且还要用这一年中唯一的一点休息时间，将用了一年已有些钝口的竹刀磨得锋快，并用一大块厚实的帆布紧紧包裹，放在工具篮里一个十分重要的位置；将用了一年已有些崩齿的钢锯锉得锐利，并抹上一层菜油，使其透射出一种令人振奋的摩拳擦掌的斗志。然后，是急急地等过三天闲得发慌的年，就又背上这些斗志昂扬的工具，从一个姓名听上去顺当吉利的农家主顾开始，描画着又一年辛勤奔忙劳作的轨迹。……

可是，这就是房门后我亲爱的父亲秘密的全部吗？就在我几乎也就是这样认为的时候，我的心忽然有了一种被深深刺痛的感觉。作为一个儿子，我对父亲秘密的破译是多么表面，多么直白，多么肤浅！父亲这么看重一年中第一家顾主的姓名，原因就完全是因为乡间的文化态度吗？父亲一年三百六十五天减去四天的辛勤劳作，仅仅是因为闲着就闷得慌吗？父亲时代那样粗劣的仅可果腹温饱的食粮，又是怎样支撑起父亲日复一日年复一年无休无止的体力与智慧的双重消耗？父亲的身体难道真的是铁打的，一年到头片刻也不会头痛脑热天生就与疾病无关吗？

如果不是这样，我奔忙无止辛勤劳作的父亲，另一面的真实究竟在哪里？

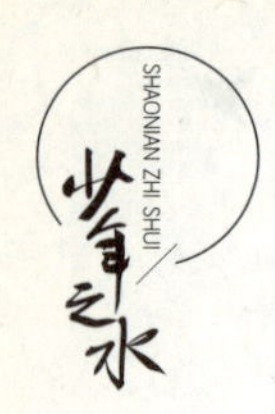

父亲的手艺技冠当地，一天劳作的报酬，在我记忆中的1972年前后，大约是人民币两元钱。如果父亲一天也不休息，一个月就可以挣到六十元。这在当时是一个很具有豪迈性的数字。因为这个时候，在乡民们眼里脚一跺地都会动三动的公社头头，一个月也拿不到这么高的工资。我的大哥这时刚刚考上民办教师，早出晚归到离家十来里的大山冲里教四个年级的复式班，一个人又是校长又是老师又是班主任，比电影《一个也不能少》里的老师还要辛苦许多，一个月到手的工资也只有十五元五角人民币，外加在生产队记上十五个工分，每个工分值三到五角钱。我1985年师范毕业分配到学校当老师时，定级工资也只有四十一元五角。所以，在我1972年前后小小少年的时光里，我曾多次为父亲盘算过一年的收入。“伯伯，你一年的工钱有七百二十多块钱，对不对？”父亲拍拍我的头，接着又在我的头上久久地摩挲，被竹篾弄得满是皮茧的父亲的手，往往摩得我头发响起吱吱的乐音。这时，我就抬头望向父亲，看到父亲对我慈爱的笑脸，我就感到心里甜滋滋的，并有了一种被肯定的长大了的感觉。这样的场景，大多发生在晚上。晚上，就着摇曳的煤油灯光，我正在看着什么课文或做着什么作业，或是正在听纳着鞋底的母亲讲着什么有趣的故事。晚归的父亲这时走过来，叫我给他写张领条。父亲跟母亲说，河北小队的生活明天就可以做完了，这次他们又是打新筐子，又是补旧簸箕，一共做了九天，我想送他们队里一个报工，就算八天，叶队长说不要客气，反正是公家，不能让私人吃亏，叫我就按九天算，这个叶队长还真是讲义气的人。父亲又转过头，说，我讲你来写。父亲不知道，我这时已进入喜欢表现的少儿张扬期，我不等父亲说完，就急急地举起从作业本上撕裁下来的半张纸，说，写好了，写好了！就在父亲很有一些惊讶和欣赏的目光里，我又不等父亲说话就对着纸条念起来——今领到：河北生产队做工九个，每工人民币两元，合计人民币大写壹拾捌圆整，人民币小写18.00元，具领人……我往往就在这样的时候自作聪明地接着帮父亲算着一年的工钱收入，然后享受着父亲摩挲着我的头，望向我的慈爱温暖的目光。母亲这时往往叫我不要瞎讲，母亲看看灯油，站起身，走到房门后面，把用麻线系住吊在房门后墙角钉子上装着煤油外胆已损坏只有一层内胆的保温瓶胆取下来，将一片抹平晒干用来做鞋底内衬的春笋长成竹子后脱落下来的笋壳叶，卷成锥形漏斗，小心地一滴不漏地给油灯倒上一些煤油，说小孩子不要不知道就瞎讲。我心想，我是照书上算术公式算出的，怎么会错呢？但我也不先急着争辩，我用铅笔在一张纸角写上“2×30×12”的简单算式，再次把这道完全用不着演算就一目了然的算式又演算了一遍，这才理直气壮地告诉母亲，“姆妈我不是瞎讲，伯伯一年三百六十五天，除了过年几天，按三百六十天计算，一天两元，不是七百二十元么？”母亲仿佛没听见我的详细算法，又说，你这小孩子，叫你不知道不要瞎讲就不要瞎讲！父亲说，小孩子家，他高兴呢，就是瞎讲又有什么关系！

我有一丝委屈，尽管父亲说就是瞎讲又有什么关系，可我到底哪里算错了呢？又哪里瞎讲了呢？在我更长大了一些后，我才知道，母亲并没有委屈我，我真是不知道就瞎讲了。因为，我的算法是书本算法，父亲一年真正的收入，用这种机械不变的书本算法是根本套用不起来的。父亲是个讲义气重诚信的人，他给公家做事，天数多了也主动要送一两个报工；给乡民百姓做事，几乎每做一户都要送一点报工了。至于送多少，主要是看在这家做生活的天数，天数少的，只一两天的，多是两元四元工钱里少收个五角八角的；天数多的，三到四天以上的，一般结账时父亲总要少收一到两元。这样一来，每年就至少有五分之一的天数，为公家，主要是为乡民百姓的主顾尽了人情和义务。还有母亲嗔我不要瞎讲，是因为父亲的工钱不是一元钱就能值到一元钱的。父亲的职业叫手工业者，手工业者在那个时代是与社员一样没有什么自由的，都是要被纳入某一块土地上的最小的生产关系单位——“生产队”严格控制和管理的。父亲的身份和生产关系，就是属于我们家下放的一个原本叫“接官亭”，后来改名叫“东风”的生产队的，父亲所有在公家与乡民百姓家做生活的收入，大部分都要上交东风生产队，甚至全部上交东风生产队也还是不够的。父亲每交两块钱给生产队，生产队就为我们家记一个工分，每个工分年终决算只值三到五毛钱，这样一来，父亲一天的劳作，就有一元五角到一元七角白白交给了生产队，算作了公共积累，也叫烂板。自己真正所得，不过劳动付出的七分之一或四分之一。——这可能，不，一定是人类社会史上对个人所得征收的最高税率。——这样，父亲一年三百六十天的劳作，除去报工之类，

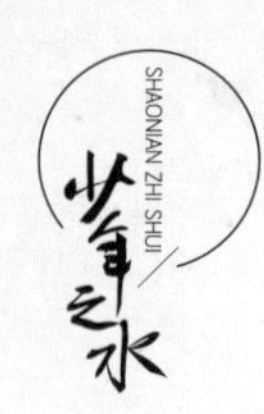

实际只有二百八十来天的收入。这些收入即使全部交给东风生产队，也只能给记上二百八十来个工分。加上哥哥每月十五个工分一年一百八十个工分，合计就是四百六十个工分。而生产队其他的农户，一个整劳力做一天普通的农活就能计上一个工，双抢和秋收季节，还有春天打蒿草做绿肥，冬天挖塘泥修沟渠，每天往往能够挣上两到三个工分，这样一年下来，一个整劳力的工分就抵得上甚至超过父亲和我哥哥两个人一年劳作折抵的工分。如果这家农户还有像我哥哥这样大的青年在生产队做工，每天常规可记上八到九厘工分，也就是零点八到零点九个工分，再如果这家农户还有一个像我这样半大的少年在生产队放牛，一年也可挣到九十来个工分，这样这户农家一年下来的总工分，就是我们家总工分的两倍以上了。——实际上，在东风生产队，这样的农户是比比皆是的。秋收过后，生产队开始分稻子了，分山芋了，分玉米了，分稻草了……一担稻子折多少工分，一担山芋折多少工分，一担玉米折多少工分，一担稻草折多少工分，都事先由生产队队长、会计等几个人测算好了写在一张纸上，贴在会计家大门边的墙上。再一张纸上，写着东风生产队每家户主，当然也包括父亲的名字，每个户主名字的后面，是这户人家有几个大人，几个小人。——现在来说就是几个成年人，几个未成年人。——每个大人应分多少稻子，多少山芋，多少玉米，多少稻草；每个小人应分多少稻子，多少山芋，多少玉米，多少稻草。再接下来是这户人家截止即日累计有多少工分，按这个工分，可以分得多少稻子，多少山芋，多少玉米，多少稻草。

稻子、山芋、玉米、稻草，一堆一堆，一垛一垛，就堆在被田野包围着的很大很大散发着丰收气息的晒场上。绝大多数社员并不识字，跑来站在会计家大门边墙上的红纸前，听会计念着自家的情况。绝大多数农户都不仅挣足了工分，而且将自家一年应分得的稻子山芋玉米稻草统统搬运回家里去，还有工分结余。这结余的工分，就会以三毛或五毛钱一个工值进行折算，从生产队再领一笔或多或少的钱回去。——这就叫“进款”。还有很少的几家，五六个小人，大的不过八九岁，小的还抱在怀里，这样的户主来到会计家大门边墙上的红纸前，会计就会指点着严肃地告诉他，按人头你家应分多少稻子，多少山芋，多少玉米，多少稻草，不过你看你家一共只有这么点工分，你就先把这么多工分的稻子、山芋、玉米、稻草先挑回去，剩下的先放在生产队库房里，等到年底工分挣够了再来称。这样的农户，等到年底工分是注定挣不够的，但大人小孩总不能看着饿死，草房漏雨了总不能没有稻草翻盖，就只有硬着头皮找队长和会计说情。队长会计也都是吃人间烟火的，被找得没法，也就一次一点、一次一点，让这样的农户弄一点粮食回去度日，并在账本上清楚地记下这一次一点、一次一点称出去的粮食及折成的工分值，等到来年再在这家农户的工分中扣除。——这样的农户，就成了“超支户”。这样的“超支户”，有的可能一年两年都不能翻身，还有的可能一年比一年超支得更厉害。

父亲当然每年这个时候也是要到会计家大门边墙上看看的。当然父亲白天是要到公家或乡民百姓家做生活的，父亲只有晚上才有时间到会计家去。会计对父亲不像对生产队那些社员，会计对父亲面子上是很客气的。会计一手端起桌上的煤油灯，一手并拢五指，弯成弧形护着灯火不让风吹，引着父亲来到屋外大门边的墙前。那时我家七口人，父亲、母亲、哥哥、姐姐、弟弟、妹妹，还有需要父亲及大伯、三叔共同赡养的奶奶。累计工分只能抵到生产队一个整劳力所挣的工分，是无法把全家应有的稻子、山芋、玉米、稻草全部换回家来的。但父亲没有叹息，记忆中的父亲从来没有过叹息。年底快到了，工分依然没有挣够，父亲会和母亲商量，把猪卖掉，将卖猪的钱交到生产队折抵亏欠的工分。母亲有时不舍得，就这一头猪，又是正长的时候，但为了换回应有的稻子、山芋、玉米、稻草，保住一家基本的温饱，保住冬天的雨雪不从腐蚀的草顶上钻透进屋里，只得忍痛把猪赶到公社食品站卖掉，然后把钱交到生产队会计手里。但是这样往往还不够，还不能换回所有的稻子、山芋、玉米、稻草，最后不得不成为“超支户”。

对于“超支户”这个问题，父亲有没有想过解决的办法？父亲又想过什么好的解决办法呢？父亲会不再花钱买鸡蛋糕，或买麻饼给我吃，而省下一些钱交到生产队作为换工分的钱吗？父亲会像其他农户一样，去向队长或会计请求，匀兑一条牛让我去放吗？如果这样，肯定是解决超支的比较现实而且有效的办法之一。现在，对父亲在这个问题上的真实心理和态度，我是无法直接地去了解或探究了。但有一点我可以肯定，在我童年和小小少年的岁月里，鸡蛋糕或麻饼的馨香和滋味，是一段没有标点、

连缀不断的美妙记忆。这样美妙的记忆，从不曾因为我家超支这个问题而中断或消逝。多少个夜晚，大多是秋冬或早春，情景就同前面说的一样，煤油灯跳闪的灯光，映向纳着鞋底的母亲，又将母亲美丽的剪影映向母亲侧后的墙上，母亲映在墙上的额头鼻子下巴和齐耳短发的整个头部的轮廓以及肩膀，上下左右轻忽地颤摆，那是煤油灯火借助从窗缝里钻进来的调皮的夜风制造的特技。母亲捏着针线的右手，时而会随着针线从鞋底中的又一次拔出，而划过侧后的整面墙壁，划向墙壁的顶端，这还不够，还要划过新翻盖过不久，甚至稻草的香味还没有散去的人字形的屋顶。这时，我的眼皮已往往止不住开始打架，但我又不想睡觉，我在等我亲爱的父亲归来。这样的等待，不完全是等待父亲的蛋糕或麻饼的味蕾的等待，更主要是在这样的夜晚，特别是一些没有月亮，尤其没有月亮也没有星光的雨夜，我童年或小小少年心思中最敏感的地方无端生出的对亲爱的父亲晚归安全莫名其妙的担忧。——反过来也可以说我童年或小小少年的心理的安全感是完全被亲爱的父亲带在身上的，父亲没有归来，我的安全感也就不在我的心里和身上。这时，我的听觉，以及所有可以配合听觉的神经异常灵敏，这灵敏的听觉像雷达一样，那样自然地伸向窗外，伸出庭院，探知着哪怕一丝一毫与亲爱的父亲相关的咳嗽声和脚步声。父亲的咳嗽是一种告知性的咳嗽，我会在第一时间以我听觉的雷达准确地捕捉父亲这种清亮的咳嗽在院外的位置，甚至屋外的风声、雨声，以及门前小河哗哗的流水声也无法干扰我这种准确的选择性判别。我会在捕捉到父亲清亮的咳嗽后的第一时间从里屋跑到堂前，拉开门闩，欣喜地迎接父亲安全地归来，并把我的安全感从父亲的身上接回放置到我的心里。晚归的父亲这时从院外走过来，走到大门前，先将双脚轮换地在门槛外屋檐的青石板上跺一跺，跺去一路沾落在脚上的灰尘，又用手将身上的灰尘拍弹拍弹，这才笑眯眯进得门来，回身关上大门，插上木闩，从上衣的荷包里或从其他什么地方，掏出一个油纸或干荷叶包着的一块鸡蛋糕或麻饼塞到我手里。然后我们一家开始洗脸、洗脚，我和弟弟，主要是我和弟弟，一边温习着鸡蛋糕或麻饼喷香的滋味，一边与母亲和兄妹一起，听父亲说着这一天在外面见到或听到的趣事。

“那时年年超支，我找队长会计，要求照顾照顾，匀一条牛给你放，你伯伯坚决不肯，就是那次我讲要让你到生产队放牛，你伯伯把我一顿臭骂，我从来没见你伯伯对我发过那么大的火，几天都不搭理我。”这是母亲在我长大后，直到今天还时常提起的一件事情。而这件事情，我是没有什么印象的，但从母亲时常提及来看，足以说明这件事在母亲所经历的事情中所占的位置和分量，也说明我亲爱的父亲对我们儿女的呵护，对我们儿女未来寄予的不同于一般乡民的期望。而在这种呵护和期望中，“超支户”在父亲眼里也就成了相对次要的东西，其带来的十分现实的身体劳作和精神压力，亲爱的父亲都愿意，并坚决而顽强地扛在自己的肩上。“那年你初二，东风生产队与你一块念书的几个同龄庚都不念书了，回到生产队做事挣工分了。那时年年超支，一到下半年工分不够，你伯伯脸皮薄，不要队长会计讲的，不管家里的猪长得多大，都要我送到食品站卖掉折兑工分。那时我也不知道你们念书最后有什么大用，又看与你一起念书的几个同龄庚都回到生产队做田了，我也就跑到生产队，找队长会计恳求，匀兑一条牛给你放放。七磨八磨，队长会计同意了。你伯伯晚上回来，我把这当作喜事一样对他讲，哪晓得你伯伯听过就像没听到一样不作声，我又对你伯伯讲，这年年超支也不好看，让你放条牛，挣一个工分是一个工分。听着听着，你伯伯突然将弯下洗脚的身子坐直，一手在坐着的板凳头子上用力一拍，压低声音恨恨地说，我看你是想工分想疯了！你这个女人就是头发长见识短！什么超支好看不好看，不好看人家也是说我不会说你！放牛，哼，你不是不晓得，我小时候放牛都放怕了，你还叫我的儿子放牛？放牛放牛，一辈子就放牛？你明天就去生产队给我回掉，我的儿子要念书，我的儿子不放牛！第二天，我一早就跑到队长家，我不好直接讲你伯伯要你念书，不让你放牛，我就讲你胆子小，怕牛，讲我这反反复复的，给队长添麻烦了。队长说，不要紧不要紧，老胡家的一直跟我后面哼，说要给条牛让她家儿子孟苗放，你不放正好，我就给她家孟苗放。”母亲每次最后总是这样说，“其实那时我去把牛退了后好长时间都想不通，只是怕你伯伯发火生气，也就忍着不再与你伯伯争。哪想到后来念书还能考上学校，还能分配工作，你伯伯的眼光就是比我看得远呢。”

唉，我亲爱的父亲，因为这“看得远”的眼光，您要比一般乡民多为您的子女承担多少，付出多少啊！

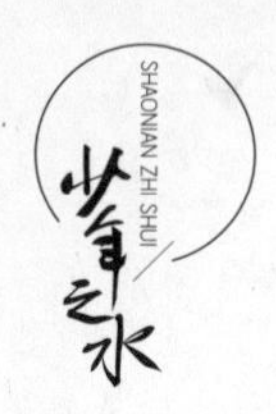

父亲因为不让我放牛而对母亲发火中说到的两点，现在想来，父亲是有着不可违逆的道理的。一是父亲说母亲“什么超支好看不好看，不好看人家也是说我不会说你！”对父亲这个说法，我是相信的。我确切的记忆里，我感觉是从来没有受过“超支户”的冷眼的。对我们家的超支，从队长会计到生产队一般社员，都没有给过我们一丝让人自卑的眼光。在晒场晒干再用风车风好的稻子，大都在秋天的傍晚开始一家一户过秤分配。这时父亲还在或远或近的公家或乡民百姓家做生活，哥哥还在远远的放学回来的谢家阡路上，而满满尖尖一担就有一百四五十斤的稻子，母亲、姐姐和我都是不敢放上肩膀的。这时，无论队长有没有发话，六五子、五一子、年宝、小栓子，还有后来成了我姐夫的正林哥，甚至队长本人，即使自家的稻子没挑，也会抢着用准备为自家挑稻的稻箩，为我家挑回分得的稻子。稻子挑来了，倒进了我家的粮仓里，连一口水一根烟的酬谢也不需要。现在想来，东风生产队的这种令我感到温暖的情味，除了那个集体时代，人与人之间普遍存在的互助精神外，与父亲对人的亲和与仁义同样具有十分重要的关联。二是父亲说母亲“哼，你不是不晓得，我小时候放牛都放怕了”。这个说法提到的事，还是在我出生以前的好多年好多年以前的事，我知道的是从母亲的闲谈和唠叨里来的。父亲从小为人诚实敦厚，不知道坑人利己，被一竹匠师傅看中，师傅说，荒年饿不死手艺人，跟我学徒吧。祖父想想也是，就让十二岁的父亲跟着了师傅。20 世纪 40 年代的学徒是很规矩的，三年时间，前两年基本上就是帮师傅家做着没有报酬的杂事，就像一个小长工。师傅家有一条大水牛，父亲来了正好叫父亲去放。父亲从小就不喜欢放牛，又特别怕牛打架，但要想师傅教你手艺，不听师傅的话不放牛肯定是不行的。有一次，放牛的时候，与邻村的几条牛放到了一起，牛们吃着吃着就角抵角地打了起来。父亲一下急了，要是师傅家的牛被打伤，或者牛角打断了，自己是肯定没有好日子过了，不仅师傅这关过不了，祖父那一关也是过不了的。父亲不顾一切地冲上去，以一个十二岁少年的力气，死劲地拽着自己的牛绳，想把自己的牛拖开。谁知自己的牛这时已进入了决战境界，自己的小主人这时不仅不来帮它，还硬把它往回拽，这不是帮着对手占上风吗？师傅家的牛也许就是这样想的，这样想着就生起了小主人的气，生起了小主人的气就一时失去了理智，失去了理智就回头一角抵拨向小主人，小主人当场就被抵拨得摔出四五米远……现在，我同样在想，不是母亲向父亲说起让我放牛父亲才发火，父亲不让他的儿子们放牛，应是从十二岁起就存在于父亲心底的一个隐形的结。这个隐形的结，成了一个十二岁少年成长为我父亲后的谁也不可破除的生存坚守。

父亲十二岁那年被牛角拨得摔出几米远。十几分钟后苏醒过来的父亲，腰是被重重地摔伤了，血，从胃里，一口一口地被咳出来。很晚才牵着牛回到师傅家的父亲，没有，也不敢向任何一个人吐露牛打架，还有自己被牛抵伤的秘密。这份十二岁的伤痛，就这样一直埋伏在了父亲的躯体，一直伴随父亲走完生命的历程。记得每年秋天与冬天交接的季节，父亲的腰就痛得厉害，有时简直就直不起腰来。但父亲没有因此而停止一天上工劳作。晚上让母亲用热毛巾敷一敷，至多买一块狗皮膏药贴上，就坚持着一天，又一天，直到坚持得疼痛也没有耐心再与父亲对峙而自我退缩。现在，我想，父亲当时肯定也动过“歇一歇”这个念头的，但父亲更肯定想到“歇一歇”与一家的温饱，还有与“超支户”的直接关系。父亲在权衡歇一歇的利与弊后，必定觉得歇一歇肯定是弊大于利，所以，父亲带着伤痛坚持，带着伤痛去对阵伤痛，最终把一年三百六十五天除去四天的日子，一个不少地用带着伤痛的劳作完整地穿缀起来，穿缀成一个送给他的儿女们温暖而美丽的希望。

“1994 01 月大。28。29。30。31。02 月。1 2 3 4 5 6 7

正月大。初九。18

初十。19

……

十二。21

……

三十。3 月 11

二月初一。12

……”

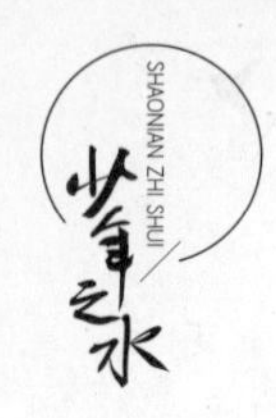

上面这些同样是白色粉笔画出的符号，位置是在房门上方宽宽的门边，然后从右边的门边折转向下的。我同样是忠实于符号排列的原貌。要说有什么不同，就是我将很多的一些日期符号简化成了几个省略号。我这样原貌排列，同样是出于对我亲爱的父亲人生作品的敬重！1994年，是个什么样的年份呢？四十一岁的哥哥，因为“全国教育科技十大新秀”的荣誉，即将被浙江作为优秀人才引进；弟弟已于四年前从一所乡村小学的校长，调到W市教育综合改革办公室。我也于三年前通过干部选调考试，以笔试面试都是全县第一名的成绩，走进了N县县委机关。亲爱的父亲不让他的儿子放牛的愿望，在1994年的早春，是早已真正彻底地实现了；多年前母亲心底弯着的她的儿子不放牛长大靠什么吃饭的长长问号，在1994年也是早已完完全全地拉直了。而我们却没有去想，我们这一步一步的成长，一步一步的踏实前行，都是亲爱的父亲在房门后一笔一笔画出来的，都是依靠亲爱的父亲这画在房门后的每一个日子的符号蕴藏的大爱和积蓄的物质和精神的能量！1994年，还是一个什么样的年份呢？这一年，父亲已年逾花甲，十二岁就隐藏在父亲身上的放牛之痛，在父亲花甲之后，呈出越发的张狂。我们劝父亲歇歇了，现在歇歇再也不用担心背上“超支户”的包袱了。这样的劝说有什么功效，我是早已记不清了。而房门后的父亲，让我清晰地看到了1994年，在我们声声劝着歇歇吧之后的父亲。——1994年，我年逾花甲，带着十二岁就隐藏在身上放牛之痛的父亲，在又一个春节到来之前，从1月28日到2月7日，对应的就是从农历十二月十七到二十七，一天不丢，依然一家一家做着生活。不同的是，这一年，父亲不像早年那样一直做到二十九，而是只做到二十七，就提前给自己多放了两天假，准备过年了。“正月大。初九。18。……二月初一。12……”从正月初九，2月18日开始，父亲就又用被他的双手摩挲得光洁如铜的竹尺，一头将工具篮斜挑在肩背后，另一头用手按捺在胸前，冒着料峭的清风，走向年前就预定的顾主，拉开了又一年劳作的序幕。1994年，我的儿子、父亲特别喜欢的孙子，已在县城上了幼儿园；我的爱人、父亲喜欢的儿媳，也从乡村中学调到县台做起了记者。我也在小小的县城，把我的工作一步一步做出了影响力。强烈的事业心和对工作的极端负责，使我几乎很少有时间回家看望亲爱的父亲母亲，想到并劝父亲歇歇的时候就更少了。偶尔回一次老家，常常都是父亲在外做生活，只能与在家种着菜园做着家务的母亲说上几句。母亲说，你们争气，为你伯伯长脸，你伯伯现在是越做越有劲，一天都舍不得歇，说你们现在正是要用钱的时候，能挣一个是一个，你没看见你伯伯，晚上回来一说起在外面人家讲你们争气有出息就高兴得不得了，笑得眼睛都眯成了一条缝。——现在想来，我亲爱的父亲，对他的儿女们是多么地护爱多么地理解啊！我们只是在自己的能力范围内做了一定的奋斗和努力，只是在自己的工作方面取得了很小很小的一点成绩，并且因此而使父亲很少能享受到我们实实在在的孝敬。可亲爱的父亲，却如此为我们感到高兴和快乐！这是天下为人父者都有的大爱情怀吗？

哦，我房门后的父亲！你带着十二岁放牛的伤痛，完成了六十八岁平凡而伟大的人生之旅。在你生命最需要儿子们的时候，哥哥在浙江忙碌，弟弟在 W 市忙碌，我在 N 县城里忙碌。在你最需要我们，最想跟我们谈谈家常的生命中最后的几个月，我们都在忙碌，你是怎么想的呢？你怪过我们吗？你觉得你付出了人生的一切养育了我们，是有些不划算吗？“你伯伯那天精神突然好些了，我扶他起来坐在屋檐下晒太阳，你阿爷直冲直冲地来了，见了你父亲就直嚷嚷，这养儿子有什么用，啊，你都病成这样子了，他们也不回来看看！”母亲好多次这样对我说，“你伯伯听了脸色一变，黑着脸硬着喉咙对你阿爷说，我叫你不要这么讲好不好，你怎么知道他们不回来看我，我的儿子都是孝子，他们是公家的人，在单位都有事情，总不能公家事不做好就天天陪我吧！你这是坏我儿子的名誉呢！”阿爷是我的三叔，一个性格外向性情直爽的叔叔。阿爷本来说这话可能还想向父亲讨一点好，哪知一向以兄长情谊护着阿爷的我亲爱的父亲，这回不仅不听阿爷，还破天荒地把阿爷顶了一顿。现在想来，我亲爱的父亲，是不允许任何人没有道理地指责他的儿女的。——即使在他生命最后的日子里，即使是他手足情深患难一生的同胞兄弟。因为父亲十分通达地知道，他的儿子们都在做着公家的事情，都在吃着公家的饭，公家的事情做得好坏，与儿子的未来是联系在一起的，这样，公家的事情总是比自家的事情更重要的。

我是在1997年11月左右的一天，请上我兄长般的朋友、主任医生王建新先生，到乡下老家为躺在床上的父亲再一次进行诊治的。此前，父亲已在弟弟所在的W市最好的医院诊治过，确诊为不治之症。建新先生有多年的临床经验，擅长中西医结合，我心里祈盼能有奇迹在我亲爱的父亲身上发生。那一天，我告诉从昏迷中醒来的父亲，我的房子已分到了，这是县里最后一次实物分房，在二楼，等装潢好就接他老人家去住几天。父亲听了，静谧的脸上慢慢浮现生动的微笑，翕动着嘴唇，连说好，好，好！我知道，儿子的又一件事情，让亲爱的父亲又放下心了。

1997年3月的样子，母亲在W市为弟弟照看孩子，父亲一个人在乡下老家。那天，父亲拎着一只竹篮，记得好像装的是一些鸡蛋和蔬菜，来到我居住的县人武部。那是一套单门独院的两层小楼，厨卫设施一应俱全，我告诉父亲，这是借住的，不是自己的，我自己的房子估计今年下半年能分下来，这是县里最后一次分房子了，以后就只给个人补贴些钱而不再直接分房子了。父亲听了很高兴，但也很着急，后来还几次与母亲问我房子分配的情况。也就是那次，爱人下班回来，给父亲做了肉丸小青菜汤，很对父亲的口味，赢得父亲多次对母亲说他的媳妇们对他多么多么孝敬，知道他喜欢喝清汤，就烧了肉丸青菜汤给他喝。九月的样子，芜湖收藏家龚世林来到县里举办毛主席像章展览，父亲在母亲的陪伴下，从W市的医院回家路过县城，来到我这里。父亲一生最相信也最崇拜的人就是毛主席，在我很小的时候，每当在电影纪录片里看到毛主席，父亲都是肃然起敬。我与母亲，还有爱人，带着父亲去看毛主席像章展览，心里默默地想着要让父亲得到毛主席的保佑。那天从楼梯走上二楼展厅的时候，父亲已显出了力不从心，当看到毛主席的各种像章，塑像，还有大幅丝织画像，父亲脸涨得通红，显得十分高兴；但终因体力不支，只草草走了一圈，就离开展厅，坐上晚班车，与母亲一道回到了乡下老家……

啊，我亲爱的父亲！您一辈子最喜欢正统，最喜欢听收音机里的国家大事。大多数乡下百姓都听不太懂的“新闻和报纸摘要”，您总是听得特别认真。有时，那些国家的大事新鲜事，您比我们都先知道，现在，您还是这样吗？亲爱的父亲，其实，对您，我根本没有尽到我的孝心，在您需要我们的时候，我们陪您太少，我们奉献给您太少，我们回报给您的爱与您给予我们的爱，无论是深度还是厚度，实在是不可以在一个天平上衡量的啊！我不知道，全世界的父亲，是不是都是像您这样，生来就是为了给予儿女们无尽恩泽的呢？我不知道，天下的儿女，是不是都像我一样，生来就是为了享受父爱而只能给予父亲很少很少爱的回报的呢？我的一年为我们这些儿女劳作三百六十五天除去四天的父亲，我房门后的父亲，您让我如何不把您忆念……

2010.10